가늠할 수 없는 억겁의 사랑 그리고 꿈

만다라
MANDALA

펄 S. 벅 지음 | 서정태 옮김

만다라 MANDALA

조직적으로 배치된 우주의 상징으로서 주로 기하학적인 모양의 동심원 조직이 특징이다. 각 형태는 신의 형상이나 속성을 담고 있다. 이 상징은 자아를 재통합하려는 노력을 의미한다.

■이 책을 처음 읽는 분들에게

문학과 삶에 온몸으로 헌신한
따뜻한 리얼리스트, 《만다라》를 꽃피우다

펄 벅은 3개월 된 아기 몸으로 중국 땅을 밟는다. 선교사인 부모를 따라 '시장바구니'에 담겨진 채 중국으로 건너간 솜털투성이 아기는 이후 그곳에서 40여 년을 산다.

1914년 미국 랜돌프-메이컨 대학에서 학업을 마치고 다시 중국으로 돌아온 그녀는 무척이나 결혼을 하고 싶어했고, 마침 쾌활한 외모의 미국 남성이 나타난다. 그의 이름은 로싱 벅, 장래가 촉망되는 농업학자다.

신혼 초 그런대로 만족스런 결혼생활을 보내던 펄 벅은 얼마 지나지 않아 남편 로싱 벅이 선교사인 제 아버지의 비타협적인 모습을 닮았고, 자기 입신과 양명에만 관심을 갖는 불성실한 사람이라는 걸 깨닫는다. 설상가상으로 첫아이 캐럴은 장애를 안고 태어난다.

극도의 좌절감과 죄책감 속에서 그녀는 글을 쓴다. 그녀에게 글쓰기는 자유와 해방감을 주는 유일한 안식처다. 진흙에서 연꽃이 피어난다 했던가. 미국인으로는 세 번째로 노벨문학상을 받은 《대지》가

이 시기 탄생한다.

  그녀는 장편소설뿐 아니라 단편소설, 희곡, 시, 아동문학, 수필, 칼럼 등 모든 장르를 넘나들며 필력을 자랑한다. 하지만 글에만 매진한 것은 아니다. 삶 전반에서도 제 열정을 아낌없이 분출한다. 그녀를 재발견하는 순간이다.

  요컨대 펄 벅은 성년 이후 평생 동안 행동하는 양심으로 산다. 중국에서의 40년 생활을 청산하고 1934년 미국으로 귀국해 살면서 그녀는 끊임없이 인권을 대변하고, 공개석상에 나가 인종차별정책 반대 연설을 하며, 여권신장을 부르짖고, 반제국주의와 반핵 운동을 하는 등 권력과 부조리에 항거한다. 아마도 자기소명에 눈이 먼, 근본주의 선교사 가정에서 자라는 동안 숙명적으로 몸에 밴 소외감과 외로움이 그녀를 행동하는 지성인으로 몰았을지도 모른다. 그러나 고독을 잊기 위해 그녀가 사회적 문제들에 맹렬히 투신했을 것이라고 추측하는 건 지나치게 감상적이다. 분명 그녀는 제 심성이 이끄는 대로 행동했을 게다.

  그녀는 누구보다도 페미니스트였고, 그보다는 휴머니스트였다. 여성으로서, 미국인 신분으로 40여 년을 중국에서 산, 사실상의 이방인으로서 그녀는 소수의 입장과 정의를 대변하는 대모였던 것이다. 또한 미국 최초로 국제입양기관인 '웰컴 하우스'를 설립하여 버림받은 아이들에게 양부모를 찾아주고, 그 자신이 여러 명의 아이를 입양하여 키웠으며 한국에서는 1967년 소사희망원을 세워 전쟁고아와 혼혈아들을 돌보았다. 동서양의 소통을 위해 매거진 〈아시아〉를 인수, 직접 발행하기도 했다. 그녀는 관념과 이론이 아닌 몸으로 인본주의를 실천했다. 이런 그녀를 미국 내 주류와 기득권은 깎아내리기 바빴는데, 특히 그녀가 선교사 집안의 일원임에도 미국 선교사업의 우월적 행태에 이의를 제기했을 때 미국 장로교의 맹비난은 극에 달했다….

앞서 말했다시피 글쓰기는 펄 벅에게 삶의 일부분이었다. 그녀는 장편소설, 대담집 등 60~70편이 넘는 책을 냈다. 그중 《만다라》는 1970년대 작품이다. '밀교에서 발달한 상징적 형식들을 그림으로 나타낸 불화'란 뜻의 만다라Mandala와 동명인 《만다라》는 인도의 격동기를 살아가는 네 주인공의 삶과 사랑, 우정과 꿈을 다루고 있다. 왕족의 권위를 벗어던지고 시대정신에 적극적으로 따르려는 인물(자가트)과 활화산 같은 욕망을 스스로 억압한 채 정체된 삶을 사는 인물(모티)이 있으며, 그들을 축으로 주관과 신념이 뚜렷한 두 매력적 이방인(부룩 웨슬리와 프란시스 폴 신부)이 얽혀들면서 이야기는 시작된다.

《대지》가 촌부인 왕룽을 중심으로 중국 민중의 삶과 애환을 그리면서 궁극적으로 인간의 보편적 삶을 노래한 대서사시인 것과 마찬가지로 《만다라》 역시 인도의 근현대 격변기를 사는 인물들의 시대와의 불화와 극복, 사랑과 갈등을 통해 인간의 보편적 삶을 성찰한다. 그리고 잘 짜인 서사와 시대에 얽매이지 않는 구성, 등장인물들의 리얼한 캐릭터 등 펄 벅 소설의 특징을 그대로 보여준다.

가령 펄 벅이 스스로를 영원한 국외자라 고백했듯, 《만다라》에서 그녀의 페르소나라 할 수 있는 부룩은 할머니 손에서 자라면서 존재의 고독과 자기 정체성의 혼란을 겪는 섬세한 인물이다. 진실된 현실을 찾기 위해 인도로 온 부룩이 자가트와 만나 운명적으로 사랑에 빠지고, 육체보다는 정신적으로 교감하는 관계로 나아가는 과정이 절제된 톤으로 아름답게 그려진다. 마그리트 뒤라스의 《연인》에서 중국인 남자와 프랑스 소녀의 사랑이 활화산처럼 불붙는 사랑이라면 《만다라》에서의 자가트와 부룩의 사랑은 기품 있으면서 슬픈 사랑이라 말해도 좋을 것이다.

 분명 《만다라》는 인종과 신분을 뛰어넘는 사랑이야기이지만 단순히 로맨스에만 머물지 않는다. 멜로를 바탕으로 당시 역사적 상황이 리얼하게 녹아난다. 늘 시대와 함께 호흡하길 원했던 펄 벅은 국제정세에도 주의 깊은 관심을 보였는데, 특유의 역사적 심미안으로 당시 인도의 시대적 상황이나 주변국과의 관계 등을 《만다라》에 생생히 담아낸다. 영국 지배에서 벗어난 뒤 활력을 되찾아가는 인도가 제국주의 야욕을 보이는 중국과 영토전쟁을 벌이는 장면(1962년 중국은 티베트를 합병하려는 속셈을 노골화했다), 인도와 한몸이었다가 이슬람교도 국가로 분리한 파키스탄과의 국경분쟁 같은 시대사를 다룬다.
 특히 자가트의 외아들인 자이가 노블레스 오블리주를 실천하기 위해 앞장서서 중국과의 전쟁에 참전하는 대목은 행동하는 지성인으로서의 펄 벅과 오버랩된다.

자전적 삶과 허구가 창조적으로 결합된 후기작

 그런데 왜 하필 펄 벅은 인도에 심취했을까? 잠시 그녀가 인도와 연을 맺은 장을 보자. 1933년 말 그녀는 자신의 첫 장편소설인 《동풍, 서풍》을 낸, 존데이출판사 사장인 리처드 월시와 인도를 여행했고(그로부터 2년 후 펄 벅은 리처드와 재혼한다), 1960년대 후반 또 다시 인도를 방문하여 수상인 인디라 간디와 함께 카스트제도와 빈곤 문제를 논의하기도 했다. 그녀는 하버드대 강연 등 기회가 있을 때마다 마하트마 간디의 위대한 지도력에 대해 언급하곤 했으며, 실제로 간디를 만난 적도 있다. 그녀는 인도의 거리에서 중국의 풍경을 보았고, 중국 민중의 삶과 다를 게 없는 인도 민중의 삶을 보았으며,

자신도 어찌할 수 없는 동질감을 느꼈다.

사실 그녀가 인도를 배경으로 쓴 소설은 《만다라》 말고도 《오라, 내 사랑》이 있는데, 선교사 집안의 4대기를 그리면서 선교의 의미를 묻는 작품이다.

《만다라》에는 그녀의 자전적 삶이 상당 부분 들어가 있다. 예를 들어 부룩의 할머니는 일생 동안 사랑과 욕망에 충실했던 펄 벅 자신의 한 면을 보여준다. 펄 벅이 첫 남편과의 불화 중에 사귀었던 중국의 낭만적 시인 쉬즈모와의 관계가 소설에 녹아 있으며(아름다운 손을 가진 이 시인은 비행기 추락사고로 숨졌다), 50년대 말에서 60년대 초까지 교감했던 텔레비전 제작자 태드 다니엘레프스키 그리고 (자가트와 부룩의 관계를 암시하는) 하버드대 철학교수인 어니스트 호킹과의 관계, 죽을 때까지 함께했던 정체불명의 댄스 강사인 테드 해리스와의 사랑이 부룩의 할머니의 삶에 스며들어 있다. 특히 일부 언론에 의해 기둥서방이자 스벤갈리(이기적이고 나쁜 동기로 남을 완전히 지배하는 사람)로 소개된 테드 해리스는 부정한 소문과 미천한 과거 등으로 호사가들의 입을 즐겁게 했지만 그럴수록 펄 벅은 더욱 그를 옹호하고 감쌌다. 그 모습에서 인간 펄 벅의 욕망과 존재의 고독을 느끼게 되는 것이다. 그녀는 오직 자신을 인정하고, 따르며, 설령 무슨 목적이 있었더라도, 자신을 보필하는 한 젊은 남자를 사랑했을 뿐이다.

펄 벅도, 펄 월시도 아닌 펄 시던스트라이커란 이름으로 불리기 원했던 그녀, 그녀는 누구의 남편도 아닌 한 명의 인간이고 싶어했다. 그 펄 시던스트라이커는 한 기고문에 이렇게 썼다.

"나는 예술이 어떤 것이라고 정의하지 않고 있으며, 그것이 예술인지 아닌지 말할 수도 없다. 하지만 그것이 삶이라는 것은 알고 있으며, 소설 속에서 둘 다를 가질 수 없다면 나는 예술보다는 삶을 갖는 것이 더 낫다고 믿는다."

덧붙이건대 필자는 붉은색 양장의 《펄 벅 평전》에 많은 빚을 졌다. 그녀에 대한 상세한 전기를 상기 책을 통해 얻어 들을 수 있었고, 피상적으로만 알던 펄 벅을 제대로 느낄 수 있었다. 그러면서 시종 펄 벅과 비슷한 시기에 태어나, 더 일찍 세상을 뜬 버지니아 울프를 떠올렸다. 버지니아 울프가 지성적이고 관념적인 소설-이른바 의식소설-을 썼다면 펄 벅은 시대의 소용돌이에 휩쓸리는 인간의 질척한 삶을 그린, 리얼리즘 소설을 썼다고 말할 수 있을 것이다. 이 독보적인 두 작가는 물론 소설형식 면에서 큰 차이를 보이지만 둘 다 여성의 삶을 이야기했다는 동질성을 갖는다. 어찌됐든 필자의 생각에는 펄 벅보다 울프가 더 높은 평가를 받는 것 같아 서운하다. 고상하고, 행동보다는 이른바 '의식의 흐름 기법'이라는 실험적인 방식으로 자기 내면을 천착한 울프는 고결한 문인으로 대우받는 반면 행동하고, 다작하고, 인간의 문제 앞에서 늘 목청을 높였던 펄 벅은 예상외로 정당한 대우를 받지 못하는 느낌이 들어서다. 필자는 필요 이상 펄 벅의 예술과 삶에 매료되었는지 모르며, 이는 어쩌면 단순히 필자의 인상비평일지도 모르겠다. 그럼에도 별수 없이 '문학적 귀족주의'에 의문을 품는 건 왜일까.

편집자

■ 인도는 어떤 나라?

　불교와 힌두교 그리고 찬란한 인더스문명의 발상지인 인도-파키스탄과 분리되기 이전-는 남부 아시아에 위치해 있다. BC 1500~1200년경 이란 고원을 넘어 인도로 침입해 들어온 아리아인들이 갠지스 강 유역에 정착, 도시를 건설한 것이 인도 역사의 시작. 물론 아리아인의 침입 전 인도 땅에는 원주민인 드라비다인이 살고 있었으나 아리아인의 지배로 복속된다.

백인에 가까운 아리아인과 흑인에 가까운 드라비다인의 피부색에서 그 유명한 카스트제도가 유래했다.

이후 최초의 힌두 왕조인 마우리아왕조(BC 321~185년경 세워진 인도의 고대국가)를 거쳐 굽타왕조(4세기 초 갠지스 강 유역을 중심으로 북인도를 지배하던 왕조), 무굴제국(1526~1857 인도 지역을 통치한 이슬람 왕조)에 이르기까지 힌두교와 이슬람교의 오묘한 관계망 안에서 인도 역사는 지속된다. 그러다 이슬람계 왕조인 무굴제국 당시 샤자한의 승락 아래 세워진 영국 동인도회사(영국이 인도 및 극동 지역과의 무역촉진을 위해 설립한 회사)가 급격히 성장함에 따라 무굴제국과 영국 동인도회사 간 충돌이 생기고, 1756년 벵갈의 회교 군주인 나와브가 캘커타의 동인도회사를 습격, 영국인들을 몰살한 사건을 계기로 인도와 영국 동인도회사의 갈등은 극에 달한다. 이후 무굴제국은 멸망에 이르고, 간신히 이슬람교계에서는 티푸 술탄이, 힌두교도계에서는 마라타왕조가 1803년까지 영국과 전쟁을 치르다 완전히 몰락하고 만다.

바야흐로 인도는 영국의 지배 아래 놓인다. 식민지 하에서도 인도는 여전히 작은 국가(번왕국)들로 분열되어 있었는데, 마하라자(왕에 대한 칭호)나 나와브(군주 칭호) 등이 다스렸다. 영국은 번왕국 왕들의 관리권을 인정하는 등의 유화정책을 펴는 동시에 중앙정부만은 영국식으로 조직하는 이중성을 보인다. 《만다라》의 주인공 중 한 명인 자가트가 바로 마하라자 신분이며, 구체적으로 라지푸트 족이다. 이 전사족은 라자스탄 지방에서 독립국을 유지하면서 영국의 유화정책에 따르기도 했다. 한편 영국 치하에 있는 동안 인도의 무수히 많은 독립투사들이 활동하였으며, 한국을 '동방의 등불'이라 노래한 바 있는 시인 타고르가 '마하트마(위대한 영혼)'라 칭송한 간디는 당시 비폭력, 비협력 저항운동으로 세계적인 반향을 불러일으켰다. 1947년 8월 15일 마침내 영국의 지배를 벗어나 힌두권인 인도와 이슬람권인 파키스탄이 각각 영국연방의 자치령으로 독립하였고, 3년 후인 1950년 자치령의 지위에서 벗어났다.

　서쪽으로 파키스탄, 북동쪽으로 중국·네팔·부탄, 동쪽으로 방글라데시·미얀마와 국경을 접한다. 1914년 설정된 '맥마흔 라인'(본문 주석 참조)에 의해 중국과의 국경분쟁이 시작되었고, 1962년 북동 국경지역과 라다크를 두고 전쟁까지 치렀다―신식무기와 풍부한 전투경험을 가진 중국과의 전쟁은 《만다라》에 생생히 묘사되어 있다. 이 전쟁으로 인도는 라다크 내에 있는 악사이 친(지금의 북동부 주)을 잃었다. 중국과의 이러한 국경분쟁은 현재까지도 양국의 관계발전에 장애가 되고 있으며, 최근(2007년 6월 7일)에야 이들 당사국은 국경분쟁의 해결의지를 내비쳤다. 한편 인도는 1965년 파키스탄과도 국경분쟁을 겪었는데, 이처럼 쌍생아인 파키스탄과의 미묘한 분쟁도 《만다라》에 현장감 있게 묘사되어 있다(그밖에 이슬람건축의 절정을 보여주는 타지마할 궁전, 무굴제국의 영웅인 샤자한과 악바르 황제, 파드미니, 라나 상가, 바베 등 인도의 역사 속 인물들에 대한 섬세한 필치도 인상적이다).

차례

■ 이 책을 처음 읽는 분들에게

제 1 부

굴뚝새 한 쌍이 시계 안에 둥지를 틀 때	21
사랑이 변하지 않으리라 믿기에 여자는 슬프다	32
호수궁전 그리고 짙은 녹색의 나무들	42
보석을 두른 살아 있는 봉건제도의 화석	55
폴 신부와 왕자 내외의 저녁식사	68
원칙을 누리는 사람과 지켜주는 사람	94
자가트, 근대를 넘어 현대를 껴안다	123
살아남은 자들의 증언	134
피아노 선율과 함께 나타난 이방인	149
고결한 여인이 비참하게 매달릴 때	172
일찍 도착한 방문객	182

제 2 부

사랑할 능력을 잃으면 심장은 죽는다	191
거울 속 그리스 소녀에게서 자신을 보다	202

MANDALA

사람을 통하지 않고는 어디에도 열쇠는 없다	213
네 사람의 만찬, 미묘한 불협화음	231
예전부터 서로 알고 지낸 것 같은… 끌림	249
우연히 민감한 자리에 놓일 때	257

제 3 부

오만한 내면과 차가운 영혼에 빠지다	273
청춘들, 비라와 버트	286
재회, 지금 여기 함께 있다는 것	295
현자에게서 환생 이야기를 듣다	324
순수한 사람에게는 부도덕도 순수하나요?	341
장밋빛 공단 옷, 가지런한 슬리퍼	349
도둑맞은 샌드위치	364
고백하나 운명의 사슬에 걸리다	387
내 손수건을 써요, 아름다운 옷이 망가지잖아요	394
자이의 유품과 새 아기	405
폴 신부, 위대한 사랑을 논하다	416
타오르는 불빛 한가운데서 평화가	431

《만다라》 속 등장인물

자가트   인도 아마푸르의 라지푸트(왕자). 근현대가 공존하는 격변의 인도에서 왕족의 권위에 매달리지 않고 적극적으로 현대를 끌어안으려는 인물
"사람을 통하지 않고는 어떤 나라에도 열쇠는 없어요."

모티   그의 아내. 인도의 전형적인 고결한 여인. 주체적 자아를 표출하지만 좌절된다. 채식주의자
"누군가를 사랑하는 것은 불행이라고 어머니에게서 배웠어요, 특히 여자가 남자를 사랑할 때는 더욱."

부룩 웨슬리   자기 정체성과 길을 찾아 인도로 떠도는 미국 여인(상속녀)
"사랑은 타오를 거예요… 영원히. 그리고 평화가 기다리고 있어요… 타오르는 불빛 한가운데서."

프란시스 폴   영국 출신의 신부. 인도의 한 부족인 빌 족의 인권과 삶에 관심을 갖고, 사랑보다는 현실 개선에 앞장서는 인물
"당신은 위대하고 선한 분의 아내고, 나는 하나님을 섬기는 신부입니다. 이것이 우리의 운명입니다."

비라   자가트의 딸. 인도의 계급체제를 부정하면서도 타협하는 인물
"부도덕한 것조차도 순수해요! 이제 어머니 말에 공감해요! 우리는 결국 같은 마음이네요!"

버트 오스굿   미국인 호텔 코디네이터. 밝고 유쾌한 젊은이로 사랑 앞에

	서 신중한 인물

"여기, 내 손수건을 써요. 아름다운 옷을 망가뜨리지 말아요."

라지   인도의 귀족이며 비라의 약혼자
"선택하기에는 너무 늦었소. 우리 가족은 이미 결정했어요. 주사위는 던져졌습니다."

자이   자가트의 외아들. 민족주의와 노블레스 오블리주를 절충하는 인물
"중국이 국경에서 전쟁을 일으키려는데 모른 척 그냥 영국이나 미국으로 갈 수 없어요, 아버지."

세라 롤   자가트의 연인이자 영화계의 청춘스타
"요즘 부모님들은 가엾어요! 현대적인 사람이 되고 싶어하시지만 우리들에게 자유를 주기 꺼려하시죠."

로드리게즈   자가트 왕실의 자의식 강한 집사. 후에 궁전 호텔 매니저로 승진함
"빨간 머리의 아이가 우리의 명예롭고 고귀한 왕족에서 태어난다면 어떻게 보이겠습니까? 웨슬리 양에게 그 죄를 일러주십시오."

제롬 버넷   미국의 떠오르는 소설가
"그녀도 자신을 변명하지 않았어요. 사랑하는 그녀의 육시은 먼지가 되었지만 그 때문에 내가 항상 그녀를 사랑했고 지금도 그런 거예요."

부룩의 할머니   호감에 따라 사랑해야 한다고 믿는 사랑지상주의자
"아가야, 사랑할 능력을 잃어버리면 심장은 죽는 거다."

티베트 라마승   죽음과 삶의 문제를 천착하는 현자
"인간의 동물적인 면이 진실을 보지 못하도록 하지요… 그 자신이 삶의 조건을 창조하는 사람이라는 것을."

인도   노인   마을을 산책하는 부룩에게 인도의 실생활을 자연스럽게 전해주는 인물
"우리 마을의 도둑들은 항상 음악소리와 함께 다가옵니다. 그들은 음악과 함께 왔고, 동생은 그들을 만나기 위해 문으로 나갔죠. 그들을 집 안으로 초대하고 내기를 하는 겁니다."

환생이 아니라면 어떻게 시로에게 연민을 느끼고
상대를 본능적으로 이해할 수 있을까. 환생이 아니고서야
어떻게 서로의 성격을 정확히 이해하는 것을 설명할 수 있을까?

제 1 부

굴뚝새 한 쌍이 시계 안에 둥지를 틀 때

어느 여름날 아침, 인도 아마푸르의 마하라나(Maha Rana 위대한 왕)인 자가트는 평소대로 비둘기들의 날갯짓 소리에 잠을 깼다. 침실 창문 밖에서 들려오는 그 소리는 꽤 컸다. 수천 마리의 비둘기가 오래된 성의 모퉁이와 갈라진 틈에 자자손손 둥지를 틀고 살아왔기 때문이다. 기억하건대 자가트는 매일 아침, 가장 먼저 일어난 비둘기의 기지개 펴는 소리에 눈을 떴다. 다른 비둘기들이 일제히 그 소리에 동요하면서 작은 날갯짓들은 이내 크고 빠른 리듬이 되었다. 그는 흰 비단잠옷 차림으로 침대 가장자리에 걸터앉아 크게 하품을 했다. 그의 모습이 침대 맞은편 벽에 걸린 커다란 거울에 비쳤다. 그는 쾌활하고 잘생긴 한 남자를 만족스런 표정으로 쳐다보았다. 입을 다문 채 검은 곱슬머리를 쓸어 넘기고는 생기 넘치는 자신의 짙은 눈동자를 뚫어지게 바라보았다. 그러고는 미소를 지어 보였다. 잠시 후 이불을 걷은 뒤 아침공기를 쐬기 위해 여닫이 창문으로 다가갔다. 습관대로 창문턱에 몸을 기대어 징지를 바라보았다. 호수 너머에서 방망이질 소리가 들려왔다. 그것은 호수를 사이에 두고 멀리 떨어진

아침공기를 들이마시기 위해 자가트는 창문턱에 몸을 기댄다. 멀리 호수 너머에서 방망이질 소리가 들려온다. 여인들이 옷을 빨고 있는 것이다.

작은 도시에서 여인들이 **빨래**하며 내는 소리였다. 그녀들은 수문 대리석 계단에서 옷을 빨며 나무방망이를 두드려댔다.

그가 사랑하는 풍경이었다. 호수 너머로 갈색의 반원을 이루며 솟아오른 언덕은 마치 벌거벗은 여인의 둥근 젖가슴 같았다. 그 부드러운 표면 위로 작은 사막관목들이 군데군데 자라고 있고, 평지처럼 넓은 계곡에는 하얀 대리석의 도시가 이른 아침 햇살에 빛나고 있었다. 언덕은 대리석으로 꾸며지고 집들도 대리석으로 지어졌다. 하얀 대리석으로 지어진 성은 도시의 가장자리인 푸른 호숫가에 있었는데, 벽과 꼭대기를 금으로 장식한 작은 탑과 첨탑들이 한데 어우러져 400미터 정도 뻗어 있었다. 이 성은 자가트의 혈통인 라자스탄의 라지푸트 족이 수세기 동안 살아왔던 곳이다. 마하라나인 그는 역시 마하라나인 자신의 아내 모티 그리고 두 아이와 함께 서쪽의 현대적인 부속건물에 살고 있다. 이 건물은 생전의 부친이 성 안의 드넓은 방에 살면서 지은 것이다. 거대한 건축물을 사이에 두고 강당과 통로 그리고 도서관이 있다.

자가트는 모티에게 생각이 미치자 몸 아래쪽에서 익숙하지만 뜨거운 무언가가 용솟음치는 것을 느꼈다. 그들 부부는 아직 젊었다. 그렇지만 혼기가 된 딸 비라는 림브의 젊은 왕자와 몇 달 안에 결혼할 것이고, 무수리 근처의 영국식 사립학교에 다니는 아들 자이는 옥스퍼드대에 진학할 예정이었다. 옥스퍼드대는 자가트 자신도 스물두 살에 학위를 받은 곳이다.

어쨌든 자가트와 모티는 여전히 젊었다. 그는 이제 막 마흔에 이르렀고 그녀는 서른여덟을 갓 지났다. 두 사람은 아주 어린 나이에 결혼했는데, 양가가 미리 약속해놓은 혼사였다. 모티는 부유한 정치가인 라마크리시나 프라사드의 **딸**이었다. 그래서 두 사람은 결혼식 날 초야를 치르고도 쉽게 사랑에 빠지지 못하고 시간이 걸렸다.

자가트는 문 위에 걸린 독일제 시계를 보았다. 성에는 수세기 동안 유럽의 대사들로부터 받은 시계로 가득했다. 그들은 성을 방문할 때마다 선물로 시계를 들고 왔다. 자가트가 수많은 시계 중 이 독일제 시계를 고른 이유는 기묘한 고딕양식이 마음에 들어서다. 시계는 금으로 된 성당 모양에 은으로 된 첨탑이 장식되어 있고, 일정한 시간이 되면 그 안에서 작은 인형 네 개가 나와 성직자같이 절도 있는 춤을 춘다. 그러나 계절마다 시계에 둥지를 트는 굴뚝새들 때문에 '성당의 문'은 철사로 묶여 있는 상황이다. 순간, 마른 풀을 입에 문 굴뚝새 한 마리가 자가트 머리 위로 날아갔다. 그리고 꼬리를 아래위로 흔들며 시계 안으로 바쁘게 들어갔다.

"아, 작은 녀석이군."

그가 외쳤다.

"일찍 왔구나. 네 짝은 어디 있니?"

그러자 이에 대답이라도 하는 듯 또 다른 굴뚝새가 날아와 그를 지나쳤다. 작은 새 두 마리가 서로 티격태격하며 쨱쨱거리자 이내 주변이 소란스러워졌다. 자가트는 그 지저귐 소리를 즐거워했다. 만약 경계선을 긋는다면, 이곳 인도에서는 사람과 사람 아닌 것의 구분이 명확했다. 그가 알기로 집안사람들은 동물과 인간이 세상의 구성원으로 함께 살아가는 것을 현명하게 받아들였다. 동물들도 이와 같은 생각이었다. 소들은 도시의 거리를 거닐며 자신이 인간이라고 상상하고, 회색 원숭이는 지붕에 매달리며 자신이 인간과 다를 게 없다고 생각했다. 심지어 필요할 때면 아무것이나 집어가곤 하는 골칫거리인 쥐, 다람쥐, 청솔모 같은 더 작은 동물들도 고귀한 생명체로 존중받았다. 지난 어느 날에는 망구스가 제 새끼들을 진홍색 벨벳 쿠션 위에서 키우는 바람에 자가트의 부친이 며칠간 황금왕좌에 앉는 것을 포기한 적도 있었다. 단 한 번도 생명체를 해치지 않았다는 사실에 자가트의 집안사람들은 자부심을 느꼈다. 때문에 그들이 오랜 세월에 걸쳐 동물의 존재를 인정하며 사는 것도 당연한 일이었다.

그러나 상념도 잠시뿐, 자가트는 제 안에서 꿈틀거리는 욕망을 참을 수 없어서 모티를 깨워야 할 지 고민했다. 그녀는 아직도 자고 있을 터였다. 많은 시간을 함께해도 그들 사이에 맞지 않는 것은 타이밍이었다. 자가트는 보통 해가 지면 일찍부터 졸리기 시작하지만 모티는 자정이 넘어서도 깨어 있다. 동이 트면 그가 먼저 일어나고 그녀는 정오가 되어서야 눈을 뜬다.

'당장 아내를 깨워야 하나 말아야 하나?' 주저하는 자가트를 향해 부드러운 바람이 불어왔다. 호수에서 온 그 바람은 봄의 안개를 싣고 왔다. 갑자기 새롭고 산뜻한 음악인 양 새소리가 그의 귓가를 울렸고, 마치 어서 결정을 내리라고 재촉하는 듯했다. '그래, 모티를 깨우자. 욕망이 이끄는 대로 그녀를 깨우자!' 자가트는 충동적인 걸음으로 방을 가로지르면서 재빨리 윗옷을 집어들었다. 그리고 모티의 방으로 가기 위해 복도를 건넜다. 시녀가 모티의 방문 앞에 잠들어 있었다. 자가트는 맨발로 시녀를 옆으로 밀치며 안으로 들어갔다.

모티는 잠들어 있었다. 침대 옆 낮은 소파로 간 자가트는 선 채로 그녀를 내려다보았다. 그녀는 오른손을 뺨에 대고 잠들어 있었는데, 얼굴은 창백할 정도로 하얗고 평화로워 보였다. 그녀의 길고 짙은 속눈썹은 뺨에 드리워지고 검은 머리카락은 굽이치며 헝클어져 있었다. 그녀는 흰 피부에 날씬한 카슈미르 사람으로, 가냘픈 골격을 지녔다. 하얀 잠옷이 그녀의 오른쪽 어깨에서 흘러내려 소녀의 그것처럼 둥글고 탱탱한 오른쪽 젖가슴이 훤히 드러나 있었다. 자가트는 더는 못 참겠다는 듯 서둘러 그녀 옆에 무릎을 꿇고 앉았다.

"모티."

그가 속삭였다.

"나 왔어요!"

눈을 뜬 그녀는 뒤늦게 남편을 알아보더니 미소를 지었다. 그러고 나서 두 손을 짚고 일어나 흘러내린 머리를 쓸어 올렸다. 그녀의 손은 아름다웠다. 자가트의 학생 시절 친구인, 파리에서 온 젊은 조각가는 한때 궁전에 일주일 동안 머문 적이 있는데, 그때 아마푸르는 안중에도 없이 오직 모티의 움켜쥔 손을 대리석에 조각하는 데 시간을 보냈다.

자가트는 이제 그녀에게 기댔다.

"모티, 정말 완벽한 날이에요!"

그는 습관처럼 영어로 말했다. 보통 자가트는 모티와 다른 언어를 사용했기 때문에 깊은 생각이나 사랑을 나눌 때는 영어로 속삭였다.

모티는 한숨을 쉬었다.

"자가트, 10시 전에는 깨우지 않기로 약속했잖아요."

"오늘이 그날 중에 하나란 말이오! 굴뚝새 한 쌍이 시계 안에 또 둥지를 틀고 있어요."

"새들이 이 방으로 오라고 하던가요?"

"그랬던가?"

그녀는 조용히 웃음을 터뜨리며 옆으로 몸을 움직이더니 침대에 자리를 만들었다. 문을 잠글 필요는 없었다. 시녀가 문이 닫힌 것을 보고 문 앞에 서 있을 것이다. 자가트는 몸에 두른 옷을 벗어 한쪽으로 치운 다음 그녀 옆에 누웠다. 그리고는 그녀가 걸치고 있는 사리*를 천천히 벗기면서 자신의 아랫도리에 힘이 불끈 들어가는 것을 느꼈다. 사랑을 나누는 일은 여전히 삶에서 가장 달콤한 즐거움이었

---

* 인도·파키스탄 등지에서 힌두교도 성인 여성들이 허리와 어깨를 감고 남은 부분으로 머리를 싸는, 무명이나 명주 천.

다. 아무리 짧은 시간이라도 서로 교감하며 한몸을 이루면 다른 생각 따위는 모두 사라져버리는 것이다. 자가트와 모티, 그 둘은 말도 잊은 채 조용히 익숙한 동작으로 쾌락에 빠져들었다. 얼마 후 갑자기 모든 게 끝이 났다. 자가트는 올 때처럼 서둘러 나갈 준비를 했다.

"고마워요."

그가 말하며 허리를 구부렸고 열정적으로 입을 맞춘 후 나갔다. 모티도 그를 따라갔다. 그가 18세에 아내로 맞이한 이 소녀, 아니 이 여자는 아직도 낯설었다. 두 사람은 때때로 힌두경전, 시와 역사, 근대 민주주의와 중국 공산주의에 대해 허물없이 이야기했다. 그는 항상 정확한 것은 아니지만 나름 그녀의 성격을 알고 있었고, 그녀의 몸 구석구석까지도 잘 알고 있었다. 그러나 그녀의 마음은 좀처럼 알지 못했다. 마찬가지로 육체적 관계가 이루어질 때 그녀의 몸이 어떤 느낌을 받는지 몰랐고 앞으로도 모를 것이었다. 그녀는 자가트의 강렬하고 꾸밈없는 육체적 흥분에 반응했던가? 그 흥분에 반응할 때마다 그녀는 항상 표현을 자제하며 수동적으로 누워 있었다. 그는 언젠가 봄베이에서 영화감독으로 일하고 있는 천박한 젊은 영국인이 인도 여인들의 흠에 대해 말하는 것을 들었다.

"그녀들은 아름답지만 형편없는 애인이죠."

그 친구는 이렇게 말하면서 그 모순을 설명했다.

"그녀들은 빨리 허락해요. 그렇지만 그게 다예요. 사랑을 어떻게 나누는지 모르죠."

자가트는 인도 여인들이 그런 노골적인 요구에 응했다는 것에 화가 났지만 대꾸하지 않고 꾹 참았다. 아마 어떤 인도 여자도 그러지는 않았을 것이다. 그 영국인은 단순히 사내로서 떠벌리고 싶은 마음에 되는대로 말했는지 모른다. 자가트는 그 친구와 더 이상 이야기를 나누고 싶지 않았고, 정말로 다시는 그를 만나지 않았다. 자가트는 모티가 여느 여자와는 똑같지 않다고 생각했다. 그녀는 거절하는 법이 없었다. 오히려 그를 반기며 부드럽고 우아하게 받아들였다. 그러나 그것은 조화라기보다는 타협이었다. 그 반대였을까? 어쨌든 자가트는 파리나 런던의 경험 많은 여인들이 하는 거짓된 사랑의 몸짓보다 그녀의 몸짓이 더 좋았다. 그는 나이가 들면서 점차 그런 젊은 날의 경험들이 싫어졌고, 더 이상 되풀이하지 않고 있다. 하지만 어쩌면 그는 진정으로 여인과 함께하는 즐거움을 여태껏 몰랐던 것은 아닐까?

자가트는 샤워를 마치고 나오면서 애써 그런 상념들을 떨쳐버렸다. 모티는 여전히 사랑스러운 아내였고, 정부가 왕자의 소득을 반으로 깎았을 때에도 불평 하나 없었다. 자가트와 친분이 있는 주변의 왕자들은 부인들의 심한 불평에 시달려야 했다. 그녀들은 소득의 반이 줄어들면 성을 관리하는 것은 둘째치고 가족 부양비를 어떻게 충당할 것이며 필요한 사리와 보석들은 또 무슨 돈으로 구입하겠느냐며 투덜거렸다. 토지문제도 있었다. 그것 역시도 줄어들었다기보다 아예 몰수된 탓에 왕의 친척들은 극도의 궁핍을 경험하며 몬테카를로에서 빠듯하게 1년을 지낸 후 재산을 정리하기 위해 고향으로 돌아와야 했다. 그전에는 왕자가 소작인들에게 작년보다 많은 수확량을 가져가겠다고 이른 다음, 재산관리인을 탈곡장에 보내어 왕의 지시대로 곡물이 나뉘는지 감독하기만 하면 되었다. 바로 이 주州에서는 그게 가능했고 또 잡음 없이 실행되어왔다. 그의 쾌활한 어린 삼촌이 프랑스 왕족과 이혼하여 수백만 프랑이 걸린 소송에 휘말렸을 때, 아버지는 삼촌을 위해 농민의 세금을 늘리겠다고 포고했다. 결국 그해 농민들은 밑진 농사를 질 수밖에 없었다. 왕이 곡물로 세금을 거두자 땅을 갈고 씨를 뿌리고 밀밭을 가꾸어온 농민들에게 남은 것은 수확량의 5분의 1뿐이었기 때문이다.

그러나 모티는 한 번도 불평하지 않았다. 그가 새로운 법규에 대해 이야기할 때 그녀는 단아한 모습으로 묵묵히 듣고 있었다. 그녀의 커다란 눈은 크림처럼 창백한 얼굴과 대조를 이루어 더욱 짙어 보였는데 그 아름다운 얼굴은 다소 빛을 잃어버린 듯했다. 그녀의 침묵 속에 그가 계속 말을 이었다.

"아이들에게 남겨줄 재산이 적어지고 앞으로 세대가 바뀔수록 점점 더 소득이 줄어들 것 같소. 결국엔 아무것도 남지 않을지도 모르니 사업 같은 것을 생각해봐야겠어요. 오랫동안 주민에게 받기만 하고 하나 준 게 없으니 사업을 하면 어쨌든 이건 공정한 것 같아요. 하지만 더 이상 내가 나의 주를 다스리는 군주가 아니란 게 어색하긴 하군요."

평소 습관대로 모티는 부드러운 하얀색 사리를 입었다. 그녀와 자가트는 저녁식사를 마친 후 넓은 대리석 테라스에 앉아 있었다. 성의 안쪽에 자리한 이곳은 자가트의 부친이 만든 것으로, 그해 부친은 한 그리스 소녀에게 마음을 빼앗긴 나머지 그녀를 이곳으로 데리고 왔다. 부친이 만든 테라스에는 인도 멀구슬나무가 잎을 늘어뜨려 그늘을 만들고, 아래쪽에서는 분수가 뿜어져 나오고 있었으며 그리스 소녀의 나신을 본뜬 옅은 녹색의 대리석 조각물이 서 있었다. 이방의 소녀는 곧 죽었는데, 똑똑한 스위스 과학자들이 급성 이질의 치료법을 발견하기 전이었다. 어쩌면 목을 맸을지도? 그것은 성 안의 소문이었다!

모티는 심사숙고하며 대답했다.

"자가트, 사람들은 한편으론 통치자를 그리워하겠지요. 하지만 당신이 통치자가 아닌 이상 필연적으로 시리질 것들이 생길 거예요. 당신의 아버님은 주민들의 무료한 생활에 활기를 주는 매력적인 존재였어요. 그의 실수조차도 매력적이었죠. 조부님께도 그리스 소녀가 곁에 있어서, 그야말로 이곳은 떠들썩했을 거예요. 고맙게도 당신은 그리스 소녀들이 없어도 매우 활기가 넘치죠. 그렇지만 호랑이 사냥은……. 참, 응접실 창 사이로 걸린 박제된 호랑이 머리에 나방이 들어간 것 같아요. 한번 살펴보시겠어요?"

"하지만 보석과 사리의 양이 절반으로 줄어들 텐데 괜찮겠어요?"
자가트가 물었다.

그녀는 가냘픈 어깨를 들썩여 보였다.

"저는 미처 다 걸치지도 못할 만큼 많은 사리와 보석들이 있어요. 당신은 너무 관대하시는군요, 자가트. 전 벌써 비라가 결혼하면 내 보석들의 일부를 주기로 결정했는걸요. 그리고 아마 농부들도 먹을 게 늘어나서 기뻐할 거예요. 왕년의 그리스 소녀들과 왕들은 자신의 생일마다 터무니없이 많은 귀중한 선물을 바랐는데 이제 더 이상 농부들은 그들에게 공납하지 않아도 되니까요."

그녀는 갑자기 웃음을 터뜨렸다.

"얼마나 큰 과욕을 불러일으켰나요! 아직도 당신의 할아버지는 자리를 지키고 계시는데, 재물과 그리스 소녀의 사랑 아니면 다른 거라도 선택하셨어야 했어요. 그리스 소녀는 딸뻘 되는 어린 나이였어요, 그렇지 않아요? 그리고 그는 정신없이 그녀에게 빠져 있었고요. 그녀가 목을 맸던 방에는 들어갈 수가 없어요."

모티는 이렇게 말하며 변함없이 우아한 자태로 일어나서 가버렸다. 너무 느린 동작에 그녀의 우아함이 자칫 나태하게 보일 수도 있지만 자가트는 그렇지 않음을 알고 있었다. 모티는 인도 종교뿐 아니라 천주교를 열성적으로 배웠다. 나이 든 프랑스의 대수도원장이 오랫동안 그녀의 천주교 교사가 되어주었다. 그녀에게 정통 불어를 가르쳐주던 이 노년의 두보아 신부는 작년에 숨을 거두기 전 자신의 죽음을 예감하고 젊은 영국 신부에게 그녀를 부탁했다. 젊은 신부는 턱수염을 기른 잘생긴 수도사, 프란시스 폴이었다. 그의 아버지는 신교도 백작으로, 제 아들이 기독교와 경쟁하는 천주교 신부가 된 것에 몹시 분노했다. 요즘은 자가트가 저녁 아무 때고 성으로 돌아오곤 하는데 그때마다 큰 키에 길고 검은 옷을 입은 젊은 신부가 테라스의 편안한 의자에 앉아 있는 모습을 볼 수 있었다. 그 옆에서 조금 떨어진 모티는 긴 머리카락을 늘어뜨린 채 쿠션에 머리를 베고 누워 있었는데, 이따금 바람이 불어와 그녀의 얼굴 위로 늘어진 머리카락이 부드럽게 날렸다.

어젯밤에 그들을 먼저 발견한 것은 자가트였다. 두 사람은 언제나처럼 자가트를 반겼고, 프란시스 폴 신부는 곱고 가는 손을 앞으로 맞잡으며 조용히 일어나더니 잘생긴 얼굴을 숙여 인사했다. 신부의 턱수염은 가지런했고 머리는 약간 길게 자라 있었다. 그 둘은 무슨 이야기를 하다가 멈춘 상황이었다. 자가트가 함께 자리에 앉자 신부는 잠자코 가만 있었다. 그는 자신이 진지하거나 가벼운 이야기를 하기 전에 왕*이 먼저 말하기를 기다렸다. 교육을 잘 받은 그는 교양 있는 마음가짐으로 왕자에게 다가갔다.

천주교에 대한 편견을 지니고 있음에도 자가트는 프란시스 폴 신부와 대화하는 것을 좋아했다. 신부는 누구보다도 예리했고, 심지어 종교적인 신비주의에 싸여 있을 때도 설득력을 잃지 않고 차분했다. 실제로 미신에 의해 변질되긴 했지만 신비주의가 인도인에게는 자연스러운 것이었다. 자가트 자신도 점쟁이가 불길하다고 일러준 날에는 새로운 사업을 시작하거나 여행을 떠나지 않을 것이었고, 자신

---

* 펄 벅은 남자 주인공인 자가트를 왕 또는 왕자로 섞어 호칭하는데, 이는 자치국 형태의 번왕국에서 중앙집권국이 된 인도의 현 시대상을 반영한 것이다.

이 이러한 미신에 따르기도 한다는 것을 굳이 감출 이유도 없었다. 그는 바로 오늘 모티에게조차 말하지 않은 계획에 관해 점쟁이에게 자문을 구할지를 내심 생각하고 있었다. 하지만 그리하지 않기로 결심했다. 공기는 맑고 상쾌하며, 호수 위로 햇빛이 반짝거리는 매우 좋은 날씨였다.

사랑이 변하지 않으리라 믿기에 여자는 슬프다

자가트가 옷을 입고 있는데, 갑자기 한 번도 본 적 없는 새가 방으로 날아 들어왔다. 비둘기치고는 너무 작고 지빠귀치고는 너무 큰, 흰 새였다. 그 새는 열린 창을 통해 화살처럼 곧장 날아와 높은 천장 아래로 바짝 붙어서 두 번 돌더니 황금액자 위로 앉았다. 자가트가 가장 아끼는 그림이었다. 그의 방 벽에는 라지푸트*와 무굴**의 역사를 그린 오래된 명화들이 걸려 있는데, 흰 새가 앉은 이 그림은 자가트의 선조인 라나 프라탑(Rana Pratab 1540~1597 라자스탄 주 남쪽도시인 치토르 성의 지배자이자 메와르 왕조의 영웅)의 초상화였다. 프라탑은 무굴의 침략자인 악바르(Akbar 1542~1605 인도 무굴제국의 제3대 황제)에게 빼앗긴 치토르 대요새를 탈환하는 데 성공했다. 치토르를 다시 차지하기 전까지 프라탑은 국민을 향해 금이나 은접시를 사용하지 말고 나뭇잎에 음식을 담아 먹을 것이며, 비단이나 면 침대가 아닌 밀짚더

---

* 그리스인과 이란인 등 혼혈로 이루어진 아리아족. 인더스 강 남쪽 지방 일대에 살았으며 5세기 중반에 중앙아시아에서 인도 북서부를 침입한 후 인도문화에 흡수되어 왕조를 세우기도 했다.
** 투르크계의 몽골 족장인 바부르가 선조의 땅이었던 인도 북부를 되찾기 시작하고, 악바르 황제 시대에 이르러 북인도의 전 지역을 지배함으로써 그 유명한 무굴제국(1526~1857)이 탄생하였다.

미에서 자고, 남자들은 턱수염을 깎지 말아야 한다고 공표했다. 자가트의 할아버지는 금은접시를 사용하기는 했지만 이 명령에 따라 상징적으로 나뭇잎을 접시 아래에 놓고, 짚을 침대에 넣었다. 그런데 왜 지금 불현듯 이 옛일이 생각나는 걸까? 흰 새 때문이다. 저 새가 지난 일을 상기시켜준 것이다. 위대한 반격의 아침에도 저런 흰 새가 프라탑의 천막으로 들어갔었다. 자가트는 그동안 심사숙고해 온 계획에 뭔가 좋은 일이 일어날 것이라는 징조로 받아들였다.

모티는 자신의 방에서 장 폴 사르트르(1905~1980 프랑스 소설가이자 사상가)의 최근작을 읽고 있었다. 그녀는 영어와 불어를 쉽게 읽을 줄 알았으므로 서구인들의 사고思考 속으로 여행을 떠날 수 있었다. 그녀는 오래전에 다른 나라로 가기 위해 고국을 떠나 흑해를 건너는 일은 없을 것이라고 다짐했다. 물론 상상 속에서야 얼마든지 갈 수 있겠지만! 자가트가 아침 일찍 찾아와 깨웠음에도 그녀는 처녀처럼 젊어 보였다. 어쩌면 성관계 때문인지 모르지만 그녀는 단 한 번도 그렇게 생각해본 적이 없었다. 그녀는 꼼꼼히 몸을 씻고 나서 언제나처럼 채식 위주의 아침을 먹었다. 고기를 싫어해서 자가트의 설득에도 채식을 고집했다.

"구운 쇠고기를 한 조각이라도 먹으면 당신의 창백한 뺨에 혈색이 돌 거요."

자가트는 결혼생활 내내 되풀이해 말했지만 모티는 한결같이 거절했다. 그녀는 생명체를 해하는 걸 싫어해서 달걀조차 먹지 않았고, 특히 자가트가 즐기는 호랑이 사냥을 끔찍이 여겼다. 그렇더라도 남편이 아들 자이를 데리고, 수세대에 걸쳐 왕자들이 지어놓은 산속 사냥터의 오두막집에 가는 것을 반대히지는 않았다. 자가트 혼자만 백 마리 이상의 호랑이를 쏴 죽였고, 그중에 훌륭한 것들은 박제를 만들거나 호랑이 머리만을 떼어 궁전의 높은 벽을 장식했다. 다른 것들은 가죽을 벗겨내고, 모피로 양탄자를 만들어 대리석 바닥에 깔았다. 하지만 그녀는 자신의 방만은 어떤 동물의 가죽이나 머리로도 꾸미지 않았다.

그녀는 조각인 양 가만히 앉아서 아침 내내 책을 읽었다. 이따금 하인이 열린 문 쪽으로 와서 들여다보고 가긴 했지만 아무도 그녀를 방해하지 않았다. 얼마 후 그녀는 흰색 공단의 갈피를 책장 사이에 끼운 뒤 책을 덮었다. 그리고는 미동도 않고 생각에 잠겼다. 오직 현재의 삶이 전부인 것처럼 사는 것, 그녀는 일시적으로 이 새로운 서양철학을 받아들이지 못했던 일을 회상했다. 인도의 과거가 때때로 받아들이기 힘든 유산이긴 하지만 역사가 살아 숨 쉬는 이곳에서, 오직 현재의 삶만이 전부인 양 사는 것은 불가능한 일이었다. 어쩌면 그래서 비라와 자이 같은 젊은이들이 나태하고 목적 없어 보였는지도 모른다. 찬란하게 빛나던 과거와 선조들의 위업 그리고 기상을 현재에 되살리는 것은 불가능하다. 그러나 자가트의 경우는 어떻게 설명할 수 있을까? 자가트는 하루하루를 게을리 보낸다거나 목적 없이 흘러 보낸 적이 없다. 결혼한 이후로 그는 항상 무언가로 바빴다. 그것이 여자가 아니라서 얼마나 다행인가!

모티는 16세에 약혼을 하고 18세에 결혼했는데 그 2년 동안 어머니로부터 신부수업을 받았다.
"여자들은 슬픈 법이란다."
어머니는 항상 이 말과 함께 훈계를 시작하셨다.
"여자들이 슬픈 건 사랑이 변치 않는다고 믿기 때문이야. 그것은 꿈일 뿐이고 그런 꿈들은 항상 위험하단다. 남자는 한 여자에게 충실하지 않아. 그들의 본능이 그걸 가로막고 있어. 개가 토끼를 발견하면 턱이 근질거리면서 침이 고이지. 어쩔 수가 없는 거란다. 마찬가지로 아내에게 충실하려고 노력하는 남자라도 젊고 아름다운 여자를 보면 그 본능이 꿈틀거리지. 네가 마음의 상처를 받는다면 그건 어리석은 짓이란다."

소녀 시절에는 모티도 사랑을 꿈꾸었다.

"어떻게 상처받지 않을 수 있어요?"

어느 날 그녀가 어머니에게 물었다. 그녀는 이제 다정하고 섬세하고 아름다운 것에 민감해진 제 모습을 보고서 자신이 꿈을 꾸고 있음을 알았다.

"남편을 너무 많이 사랑하지 않도록 해라."

그녀의 어머니가 충고했다.

"그렇지만 온 마음을 다해 그를 사랑하는 것이 제 의무 아닌가요?"

모티가 물었다.

"비밀을 말해주마."

어머니가 대답했다.

"만약 네가 그를 사랑하게 된다면 분명히 상처받을 거란 걸 잘 알고 있다. 책을 읽고 음악을 듣거나 다른 언어를 배우면서 시간을 보내고 정신을 집중할 수 있는 일을 해라. 그렇지만 남편을 너무 많이 사랑하지는 말거라. 아니 다른 사람도 말이다."

"다른 사람을 어떻게 사랑할 수 있나요?"

모티가 순진하게 물었다.

어머니는 잠시 당황한 기색이더니 대답했다.

"물론 다른 사람은 없지."

그러나 이제 모티는 사랑이 마음대로 되지 않는다는 것을 안다. 어제는 프란시스 폴 신부가 성직자만 아니었디면 그를 사랑했을 거라고 깨닫고는 깜짝 놀랐다. 젊은 영국인은 그녀의 심난하고 걱정스러운 마음을 이해했다. 그는 다정하고 섬세한 모습으로 모티의 고민을 들어주었고, 이 커다란 궁전의 여주인으로 살아가야 하는 그녀의 복잡한 삶을 헤아리고 있었다. 그동안 누구도 그녀를 개인적으로 걱정해주지 않았다. 때문에 그녀는 죄의식을 느끼면서도 신부에게 필연적으로 응했고, 이제 자신의 모습을 찾았다. 신부는 그녀의 영적인 지도자였다. 그가 인도인이라면 구루(힌두교의 스승)라고 불렀을 것이다.

그녀는 자가트를 사랑해야 한다는 걸 알면서도 지금까지 그를 온 마음으로 사랑하지 않았다. 앞으로 비라가 결혼하고 자이가 영국—어쩌면 자가트가 하버드대 얘기를 했기 때문에 영국보다 훨씬 멀리 있는 미국일지도 모른다—소재의 대학에 가면 그녀 곁에는 자가트밖에 남지 않을 것이다. 그리고 그는 다른 여자를 사랑한 적도 없다. 만약 그녀의 어머니가 살아 계셨다면 찾아가서 이렇게 말했을 것이다.

"어머니, 자가트는 다른 남자들과 달라요. 그는 아내인 제게 충실했어요. 그를 사랑하지 않아야 하나요?"

그러나 그녀의 어머니는 돌아가셨고, 이제 이런 것들에 대해 말할 상대는 없다. 언니가 있긴 하지만 털어놓을 수는 없었다. 그 언니는 자가트의 부친이 그랬듯 무희들을 데리고 있는 다른 주의 왕자와 결혼했다. 그러니 어떻게 자가트를 설명한단 말인가? 그는 주를 통치하게 되면서 새 떼처럼 시끄럽게 웃고 떠들거나 다투던, 궁 안의 무희들을 추방했다. 그녀들이 돈을 받고 떠나자 궁과 호수에 역사의 기운이 고요히 감돌았다. 이런 평화 속에서 모티는 많은 하인을 거느린 왕비이자 여주인으로 지냈고, 아이들을 길렀으며 여전히 자가트를 사랑하지 않는 아내로 살고 있는 것이다.

그때 열려 있는 문에서 노크소리가 들렸다. 그녀가 들어오라고 하자 딸 비라와 함께 회색 면 사리를 입은 하인들이 아침식사 쟁반을 들고 따라 들어왔다.

"식사하실 시간이에요, 어머니."

비라가 말했다.

"어머니가 원하시는 대로 아주 바삭하고 노릇노릇한 토스트를 준비시켰어요. 그렇지만 영국 빵을 흉내낸 이 인도 빵을 어떻게 드실 수 있겠어요. 학교에 있는 진짜 빵을 맛보셔야 하는데!"

날씬하고 키가 큰 비라는 옅은 노란색의 사리를 입고 짙은 머리를 땋아 내렸다. 그녀는 아버지의 눈을 닮아 생기 있는 갈색 눈에, 피부는 매끄럽고, 인상이 또렷했다. 옆에서 보면 코가 약간 매부리코지만 입은 그리스인의 그것과 닮아서 입가가 깊게 패여 있고 입술은 섬세하면서도 탐스러웠다. 오래전에 그리스의 알렉산더 대왕과 일행들이 인도를 침략해왔을 때 그중 일부가 인도의 북쪽에 남아 있었던 것이다.

"나는 인도 빵만 먹어왔고 그 맛에 익숙하단다."

모티가 대답했다.

비라가 붉은 공단 쿠션에 앉으며 말했다.

"그리고 제 생각에는 적어도 아침식사 때 계란을 드셔야 할 것 같아요. 제가 학교에서 어떻게 먹는지 보셔야 하는데. 포리지(오트밀 따위의 죽), 과일, 계란, 콩팥, 베이컨, 이런 걸 전부 먹는다고요."

모티가 웃었다.

"나는 내버려두렴. 그렇게 하는 건 불가능해! 날 바꾸려고 하지 마, 얘야. 차와 토스트면 충분하고 저녁에 과일을 먹는단다."

"그렇지만 어머니는 항상 창백하세요."

"너야 산 위에 자리한 학교를 다니지만 나는 산 위에 사는 게 아니잖니."

"그러면 그렇게 해야 해요."

"아니다, 그럴 수 없어. 난 산을 싫어해. 산에 가면 겁이 나. 아버지가 시간을 내서 무수리(인도 북부에 있는 여름 휴양도시) 여기저기에 널 데려갔으면 좋겠구나. 나는 학교로 들어가는 그 비좁은 길의 끝부분을 보고 정말 놀랐다. 난간도 없이 절벽 위로 튀어나온 길이라니! 어떻게 아무도 그 계곡으로 떨어지지 않았는지…."

"왜냐하면 우리 스스로 조심하니까요!"

"아마도 그렇겠지."

하녀가 차를 따르고 토스트를 준비하는 동안 침묵이 흘렀다.

"고마워, 사이라."

모티가 말했다.

"이제 가봐도 되네. 비라가 대신 할 거야."

하녀는 공손히 두 손바닥을 맞대고 올린 채 물러났고 문이 닫혔다.

모티가 딸에게 말했다.

"내게 무언가 할 말이 있는 것 같은데. 아니면 이렇게 일찍 일어날 리가 없지."

"네, 있어요."

비라가 잠시 말을 멈추더니 결심한 듯 말했다.

"어머니, 저 결혼 꼭 해야 되나요?"

모티는 놀란 얼굴로 딸을 쳐다보았다.

"그럼, 물론이지. 아버지께서 모든 준비를 다 하셨다. 왜 물어보는 거지?"

"어머니, 봄베이(現 뭄바이)에서 온 학교 친구들이 요즘은 자신의 남편감을 스스로 선택할 수 있다고 하던데요."

"정말! 그렇지만 넌 아마푸르 출신이지 봄베이 출신이 아니잖니. 그리고 네 아버지는 왕이지 봄베이의 상인이 아니란다."

"그렇지만 자이는 아내감을 영국이나 미국에서도 고를 수 있잖아요. 어쩌면 봄베이에서도요!"

"그렇게 말하던?"

"그럴 거라고 편지에 썼어요."

"아버지께 말해야겠구나. 난 미국인이나 영국인 며느리를 맞고 싶지 않다. 서구인을 좋아하긴 하지만 가족으로 맞을 수 있다는 건 아니야."

"동생도 결혼상대를 직접 선택하나요, 어머니?"

"그런 말은 들은 적도 없다."

"그럼 왜 흑해를 건너 다른 나라로 가기 전에 결혼하지 않는 거죠?"

"네 아버지가 반대하신 것 같아. 남자는 너무 일찍 결혼하면 안 된다고 생각하신단다."

"그렇지만 아버지도 일찍 결혼하셨잖아요."

"그래."

"저는 왜 일찍 결혼하고 자이는 아니죠?"

"너는 여자란다, 그래서 차이가 있어요. 네게는 책임감이 있어. 남자에게는 일어나지 않는 이상한 일들이 여자에겐 일어나지. 여자들은 일찍 결혼하는 게 탈이 없다."

"어머니처럼요?"

"그래, 나처럼."

"결혼하지 않았으면 하고 바란 적 없어요, 어머니?"

"아니. 그런 생각은 한 번도 한 적 없어. 아버지와 결혼한 것은 인연이다."

"어떻게 아세요?"

"그 일이 일어나지 않았니?"

비라는 생각에 잠겨 어머니를 바라보았다. 여기에 대한 대답은 없었다. 비라가 다시 물었다.

"그럼 어떻게 라지가 제 인연인지 알 수 있는데요?"

"벌써 정해져 있었다. 점성가에게 물어보았어. 네 별자리, 현재 별점, 모든 것을 알아보았다."

"라지 것은 빼고 저만요."

"글쎄, 그를 보았잖아, 그렇지? 내가 너만 할 때는 네 아버지 얼굴을 보는 것도 허락되지 않았을 거야."

"그래요, 한 번 봤어요."

"잘생겼니?"

"네, 그런 것 같아요, 건장한 남자를 좋아하신다면요. 그는 아마 온몸에 털이 났을 거예요. 귓가에도 털이 있더라고요!"

"비라!"

"그렇지만 어머니, 전 털 많은 남자가 싫어요!"

"그런 생각을 하면 안 된다. 정말 안 돼, 비라!"

모티는 조금 전보다 사뭇 진지한 모습이었다. 기운을 낸 그녀는 아침식사가 담긴 쟁반을 옆으로 치우더니 작은 은대야에 손을 씻은 후 수건으로 닦았다.

"너도 요즘의 인도 소녀들 같구나. 네 인생이 행복한 모습으로 계획되어 있어서 얼마나 운이 좋은지 모르는구나. 넌 서양 여자들처럼 시간과 노력을 허비하면서 남편을 구할 필요가 없어. 서양 여자들은 남편감을 찾기 어려워서 14세 이후부터 진심으로 무언가를 이룰 수 없다고 들었다. 자가트와 나는 네 부모된 도리로 이 부담을 덜어준 거란다. 라지는 좋은 젊은이야. 교육도 잘 받고, 우리와 같은 카스트 계급이지."

비라가 갑자기 몸을 일으켰다. 그 바람에 사리가 어깨에서 흘러내렸다. 그녀는 황급히 옷매무새를 가다듬었다.

"어머니, 정말 구식이세요! 나라에서 카스트제도를 폐지시킨 걸 아시잖아요."

"그래, 애야, 물론 알지. 하지만 여전히 같은 계급끼리 결혼하는 게 현명하고 이치에 맞는단다."

"제가 한 남자를 사랑하게 된다면 카스트계급에 상관없이 결혼할 거예요."

"그렇다면 나는 너에게 현명치 못하다고 말할 수밖에."

모티가 결심한 듯이 말했다.

"그럼 이제 연습을 해야 할 것 같구나. 어제 드뷔시(1862~1918 프랑스의 작곡가)의 그 곡이 참 아름다웠어. 전에는 드뷔시를 좋아한 적이 없었는데 말이야."

"절 쫓아내시려는군요, 어머니. 그 멋진 젊은 신부가 오늘 오나요?"

한순간 번득이는 냉기가 두 여자의 얼굴을 스쳤다.

"전에는 무례한 적이 없더니, 비라."

모티가 차갑게 말했다.

"그렇지만 그는 멋지잖아요, 그렇지 않나요?"

"그런 생각은 해본 적 없는데. 그리고 그는 곧 떠날 거다. 여름 주재지에서 자원봉사를 할 거야."

"아버지도 아세요?"

"그럼. 실은 아버지가 프란시스 폴 신부에게 지난번 사냥으로 잡은 호랑이 가죽을 주기로 약속하셨다. 마이소르에서 아버지가 맡긴 가죽이 가공되어 돌아오는 대로 말이야. 자 이제 가보렴, 비라."

"네, 어머니."

고집 센 딸아이가 어머니의 손가락 끝에 입을 맞추곤 나갔다. 혼자 남은 모티는 책을 옆으로 치우고 깊은 생각에 빠져들었다.

호수궁전 그리고 짙은 녹색의 나무들

"전하, 미국인이 왔습니다."

자가트는 커다란 사각형의 집무실에 있었다. 실내의 모든 바닥과 벽, 천장이 하얀 대리석이었다. 벽에는 그의 선조들의 초상화가 금으로 장식되어 있었다. 그는 조상으로부터 물려받은 거대한 책상 앞에 앉아서 올려다보았다.

"들어오시라고 해라."

하인은 명령대로 돌아서서 문 앞에 멈추었다.

"잠깐만."

자가트가 말했다.

"어떻게 생겼지, 이 미국 사람?"

하인은 그를 향해 다시 돌아서서 대답했다.

"전하, 젊은 사람입니다."

"그래?"

"전하, 어찌 달리 설명하겠습니까? 다리가 둘이고 머리는 하나, 팔이 둘 달린 사람입니다."

"눈도 두 개겠군!"

하인은 웃더니 동의하듯이 머리를 끄덕였다.

"알겠다. 들어오라고 해라."

자가트가 다시 명했다.

그가 책상 쪽으로 돌아앉자 문이 열리며 미국인이 들어왔다. 그는 정말 젊었고, 자가트의 짐작으론 아직도 20대인 것 같았다. 친근한 인상에 빈틈없어 보이는 푸른 눈을 가지고 있었으며 짧게 자른 붉은 머리에 미국인 특유의 환한 미소를 짓고 있었다. 그 미국인이 오른손을 쭉 뻗어 악수를 청했다.

"당신이… 뭐라고 불러야 하나, 마하라나 씨라고 부를까요, 아니면 다른 호칭으로 할까요?"

자가트는 그 천진난만한 서구인의 웃음과 악수할 양으로 내민 그의 손을 무시할 수 없어 잠깐 손을 맞잡았다. 젊음이 느껴지는 탄탄하고 따뜻한 손이었다.

"좋으실 대로 부르시죠, 앉으세요."

그 젊은 남자는 앉더니 진지하게 이야기를 시작했다.

"아니, 진심입니다. 당신의 신하에게 뭐라고 불러야 하는지 물었지만 대답하지 않더군요. 나리라고 부를까요?"

"아, 나리는 아닙니다."

자가트가 웃으며 말했다.

"그건 우리가 영국인을 부르던 호칭입니다."

"성을 가지고 계시지 않나요?"

"그게 좀 다릅니다."

자가트가 대답했다.

"우리의 성은 당신네 성과는 다릅니다. 우리는 2개의 성을 가지고 있어요. 다른 민족처럼 해와 달에서 기원한 전설을 가지고 있어서 태양의 민족인 수랴반시(수랴 Surya는 태양신을 뜻하는 범어)와 달의 민족인 찬드라반시(찬드라 Candra는 달신을 뜻하는 범어)가 있습니다. 전 수랴반시의 수장입니다."

"그럼, 태양 씨라고 부를까요?"

"좋으실 대로 불러도 됩니다."

자가트가 말했다.

젊은이는 큰소리로 웃었다.

"제 사업만 진행되면 됩니다!"

"우리의 사업만 잘 진행되면 상관없지요."

"정정을 받아들이겠습니다. 그럼, 호슛가에 있는 궁전 개조에 대해 어떤 계획을 가지고 있는지 말씀해주시겠습니까, 선생님?"

자가트는 망설였다. 그는 심지어 모티에게도 자신의 생각을 털어놓지 않았다. 누구에게도 말하지 않았다.

"사업가로 나서려고 합니다."

마침내 자가트가 또렷한 목소리로 말했다.

"요즘은 누구나 무언가를 해야 합니다, 당신도 알겠지만…. 성함을 얘기해주셨나요?"

"버트라고 부르십시오."

미국인이 말했다.

"제 이름은 버트 오스굿입니다."

이에 자가트는 감사히 여기며, 그러나 이름을 생략하고 말했다.

"이미 아시겠지만 우리 왕자들은 1947년 이후 새로운 물결에 휩쓸린 인도에서 명맥만 겨우 유지하고 있습니다. 고대로부터 우리는 절대군주였고, 최근 영국의 식민지로 있는 동안에도 그랬습니다. 그러나 중앙정부가 들어서자 우리는 거의 자발적으로 왕좌를 내주었습니다. 내가 '자발적'이라고 말한 것은 왕자마다 각기 다르지만 적극적으로 변화를 받아들였다는 뜻입니다. 예를 들어, 보팔(Bhopal 인도 중부에 위치한 도시)의 나와브*는 이를 받아들이기 힘들었지요! 우리 중 많은 사람이 정부의 부처와 기업에서 일을 맡거나 직업을 가졌습니다. 한 왕은 음료수를 만들어서 돈을 긁어모으고 있습니다. 또 다른 사람은 서양의 동물원에 보낼 흰 호랑이를 기르고 있습니다. 이 호랑이들은 그 지역에서만 발견되는 매우 희귀한 동물이지요. 나 또

---

* Nawab 인도 무굴왕조 때의 지방 장관 관직명. 18세기 무렵 무굴왕조의 중앙권력이 약해지자 점차 독립적인 지위를 갖게 되었다. 일종의 지방 군주임.

한 관광객을 위한 호랑이 사냥을 생각해봤는데… 아닙니다, 농담입니다. 여전히 무언가 해야 합니다. 내 수입은 반으로 줄었지만 가장으로서의 책임은 그렇지 않죠. 난 오랫동안 궁전과 사원을 관리해왔습니다. 하지만 다른 사람이 이 일을 대신하지 못하기 때문에 여전히 내가 관리해야 합니다. 따라서 종교행사도 열어야 하고 많은 친척들과 부하들을 돌봐야 합니다. 이것은 정해진 것입니다. 우리는 사람들에게 많은 책임과 의무를 지지만 그럴 자금이 없습니다. 그게 문제죠!"

말을 마친 자가트는 마주앉은 젊은이의 얼굴을 들여다보았는데 지루해하지 않고 오히려 흥미를 느끼며 집중하는 듯했다. 그는 계속 말을 이어갔다.

"내 아버지가 살아 계셨다면 이곳에서 통치권을 포기하는 일은 없었을 겁니다. 이곳에는 큰 영토에서부터 몇 에이커의 땅을 다스리는 통치자가 있습니다. 약 700명 정도 되지요. 영국으로부터 독립한 후 나라를 통합하기 위해서는 무엇인가 조치가 있어야 합니다. 아직도 분노는 가라앉지 않았습니다. 어떤 왕은 협상 중에 권총을 뽑기도 했죠. 그러나 나는 이곳의 통치권을 내놓는 데 찬성했습니다. 영국인들이 우리에게 해준 한 가지는 정부의 관할을 받도록 한 것입니다. 그들이 오기 전이나 통치를 하는 동안에도 하나의 인도는 없었습니다. 그렇지만 그들은 이슬람-힌두교에 상관없이 우리를 단결하게 만들었죠. 물론, 그러고 나서도 우리는 비교적 평화롭게 어울려 살고 있지만 정신과 영혼이 종교적으로 뭉치지는 못할 겁니다. 이슬람이 지배했던 기억이 너무 많이 남아 있죠. 내가 통치하는 이곳도 세 번이나 이슬람의 큰 공격을 받았는데 국민들은 항복하지 않았습니다. 어쩌면 항복한 듯 보였을지도 모르지만 정신만은 아니었죠. 저 산 위에 있는 오래된 요새는 치토르라고 하는데 국민들이 다시 되찾기 전까지는 절대로 들어가지 않을 거라고 단언했었고, 독립이 되고 나서야 온전히 국민의 것이 되었죠. 국가의식이 열리는 날 수상이 와서 상징의 의미로 돌려주었습니다. 치토르 요새는 멋진 곳입니다. 그곳은 예전 이 지역의 수도이기도 하죠."

"그것을 요새로 만들 수 있을까요?"

버트 오스굿이 간절한 어조로 물었다.

자가트는 웃었다.

"안 돼요, 안 돼. 거의가 폐허입니다. 내가 아름다운 파드미니 궁전과 몇 개의 건물을 조금 복원하긴 했지요."

"관광지가 될 수 있습니다."

버트가 제안했다.

"어쩌면요."

자가트가 갑자기 일어섰다.

"너무 얘기가 길어진 것 같군요. 내가 생각하고 있는 궁으로 가서 구상 중인 사업이 가능할지 한번 둘러봅시다. 대리석으로 된 궁전을 미국인과 유럽인 상대의 호화 호텔로 바꾸고 싶습니다. 왜 요즘은 미국인이 먼저 생각나는지 모르겠군. 모두들 그런 것 같은데…."

자가트는 미국인을 커다란 현관 홀로 안내했고 대리석 복도를 따라서 넓은 방으로 들어갔다. 대리석 바닥에는 호랑이 가죽이 깔려 있고, 벽에 걸린 호랑이 머리는 정글에서처럼 사납게 아래를 내려다보고 있었다. 오스굿이 그 박제된 머리를 바라보았다.

"이런 야생동물과 함께 지내면 악몽에 시달리지 않나요?"

자가트가 웃었다.

"아니오, 예전의 추억들을 생각나게 할 뿐이오. 여기 이놈은…."

그가 거대하고 위협적인 호랑이 머리 아래에서 멈추었다.

"이 녀석이 아버지와 나를 힘들게 했지요. 나는 매우 어린 나이에 첫 번째 사냥을 나간 거였죠. 우리는 비가 그친 어느 가을날 자이 사만드 호수 근처의 숲에서 사냥을 하고 있었습니다. 그 호수는 선조들이 저수지로 만들어놓은 아름다운 곳이죠. 어쨌든 그곳에는 아름다운 섬과 작은 어촌들이 있어요. 우리는 아버지의 오두막에 있었는데 어느 날 저녁 사신이 멀지 않은 숲속에 큰 호랑이가 돌아다니고 있다고 전해왔죠. 아버지께서 사냥감을 사정거리 안으로 몰고 오라고 명령하셨고, 우리는 시간이 걸릴 것이라 생각하며 밖으로 나갔어요. 그런데 글쎄, 호랑이가 나를 쫓아오고 있었단 말입니다! 그놈이 오두막까지 왔죠. 20피트도 채 떨어지지 않은 땅바닥 가까운 곳에서 녀석이 금록색의 눈을 번뜩이며 자세를 잡고 있었습니다. 뛰어오르기 위해 웅크린 상태였지요. 조준할 시간도 없었어요. 그렇지만 나는 오른쪽 눈을 정확히 맞추었습니다. 굉장히 재밌었죠!"

"그게 재미있다고요?"

"아, 그럼… 누구나 기지가 있어야 해요. 그 점이 좋습니다. 매우 흥분되죠. 그 후로 사냥에 재미를 붙였습니다. 이제 아들과 함께 다니는데 유감스럽게도 그는 아직 참맛을 모르지요."

두 사람은 오래된 궁전의 끝없이 이어진 통로를 지났다.

"이 대리석 건물의 길이는 얼마나 되죠?"

오스굿이 물었다.

"겨우 400여 미터밖에 안 됩니다."

자가트가 신이 나서 말했다.

"전부 대리석은 아니랍니다. 물밑의 기초는 화강암으로 다졌습니다. 영구적으로 지은 거죠. 선조들은 우리의 삶이 그러하듯 이 건물도 결국엔 낡아질 것이란 걸 생각조차 하지 않았죠. 나 역시도 가끔씩 믿기 어려워요."

"모든 것이 변합니다."

미국인이 힘주어 말했다.

"그것도 좋은 일이죠… 사업을 위해서는."

"나도 그랬으면 좋겠소."

자가트가 엄숙하게 말했다. 그는 호수로 이어진 대리석 계단으로 미국인을 안내했다.

"여기가 보트 창고입니다. 내 전동 요트를 이곳에 보관해놓았죠."

그는 요트가 있는 창고로 가볍게 뛰어 내려갔다. 조용히 나타난 뱃사공 두 명이 양손을 얼굴 앞으로 모아 합장하며 그들을 맞았다.

"머리를 조심하시오."

자가트가 미국인에게 말했다.

"천장이 낮습니다."

그들이 요트에 앉자 모터가 부드럽게 작동되더니 호수로 나아갔다.

"이럴 수가!"

오스굿이 방금 벗어난 대리석 궁전을 바라보면서 경외심에 탄식을 내질렀다.

"저곳에 비하면 백악관은 인형의 집 같군요. 그런데 저런 곳이 수백 개나 있다고요?"

"모든 왕이 궁전을 소유하고 있으니 아마도 꽤 되겠죠."

자가트가 대꾸했다.

"누가 비용을 부담합니까?"

"백성들이죠."

"인내심이 많은 사람들이군요!"

"이제 모든 것이 끝나서 좋습니다. 사적으로 쓰는 건물을 제외하고 궁전은 모두에게 개방되었습니다. 아버지가 돌아가신 후 내가 시에 기증했지요. 시 당국은 이 궁전을 어떻게 처리해야 할지 몰랐지만 사람들이 와서 구경하게 되면서 가이드들은 관광객들로부터 돈을 조금 벌 수 있었죠."

"정말 멋진 관광지입니다."

요트가 조용히 물살을 가르는 동안 그들은 잠시 말이 없었다. 해가 높이 떠 있고 호수면 위로 푸른 하늘이 비쳤다. 성문으로 이어진, 멀리 떨어진 물가의 계단에서 여자들이 빨래하는 소리가 규칙적으로 들려왔다. 그들은 옷을 물에 담갔다가 돌 위에 올려놓고 작은 방망이로 두드려 물을 빼냈다.

"저곳이 내가 호텔로 만들고 싶은 궁전이오."

자가트가 불쑥 말했다.

오스굿이 돌아서서 호수 위로 보이는 먼 곳을 쳐다보았다. 하얀 대리석이 파란 수면 한가운데로 보석처럼 솟아 있었다. 그는 부드럽게 휘파람을 불었다.

"정말 자연스러워요. 한눈에 보이네요! 한 폭의 그림 같아요. 호수, 궁전, 뒤에 있는 산들, 모래빛… 금빛인가요? 물가에 선 짙은 녹색의 나무들! 잠깐, 지금 광고문구가 생각났어요. '호숫가의 궁전, 위엄 있고 우아한, 그 무엇과도 비교할 수 없는 아름다움 속의 현대적인 편안함. 일 년 내내 좋은 기후와 델리에서 출발하는 편안한 항공편. 아마다바드와 봄베이로 이어지는 도로와 철길, 유럽식과 라자스탄식 요리, 객실마다 배치된 라디오와 전화.' 그리고 이 호수에서 배타고 낚시를 하거나 수상스키를 탈 수 있겠죠. 물론 악어는 없겠고요?"

"있습니다."

자가트가 솔직히 대답했다.

"그럼, 총으로 쏴서 죽이세요."

오스굿이 진지하게 말했다.

"이곳에 전기가 들어오면 악어들은 자연 사라질 겁니다. 사람들은 악어를 쏴 죽이는 것을 원치 않아요. 악어가 행운을 가져다준다고 생각하죠. 그래서 두려워합니다."

"만약 그놈이 관광객의 머리를 물어뜯는다면 행운은 누구에게도 없을 겁니다."

오스굿이 비꼬았다.

"아니, 아니죠. 악어는 잊어버리세요. 아니면 호수 가장자리에 가두어놓고 관광객들이 먹이를 줄 수도 있죠. 그러면 또 하나의 볼거리가 될 거예요."

"다 왔습니다."

자가트가 웃으며 말했다. 엔진이 천천히 멈추더니 뱃사공이 밧줄을 들어 대리석 기둥에 달린 쇠고리에 묶었다. 긴 대리석 계단이 궁으로 이어져 있었다. 자가트는 청동이 레이스 문양으로 새겨진 대리석 삼중 문으로 올라갔다. 두 사람이 지나갈 때 나이 든 관리인이 합장했고, 거대한 대리석 로지아(loggia 건축에서 한쪽 벽이 없는 복도)를 따라가자 잡초와 휜 나무가 무성한 정원이 나타났다. 분수대는 작동이 멈춘 채로 조용했고, 갑작스런 인기척에 놀란 새들만이 그들의 머리 위에서 빙빙 돌았다.

오스굿은 신이 나서 소리쳤다.

"모든 것을 상상할 수 있어요! 분수대가 물을 뿜고 조명이 비추며 말끔히 청소된 대리석은 새하얗게 빛나요. 춤추기에 멋진 곳이죠, 바는 저쪽에 있고요."

그가 첫 번째 정원으로 걸음을 옮기려 하자 뒤에 있던 관리인이 맨발로 소리 내며 걸어와 힌두어로 외치며 그의 코트 자락을 잡아당겼다.

"정원에서 코브라 두 마리가 우유를 먹고 있다는군요."

자가트가 설명했다.

"지금이 식사시간이랍니다."

오스굿은 재빨리 뒤로 물러났다.

"코브라를 둘 수 없어요! 모두 치워야 합니다."

자가트는 망설였다.

"그들은 이곳에 오랫동안 있었소. 악어와 같이 그들도 행운을 주는 동물이라고 인도인은 믿고 있어요."

"아무런 행운도 가져오지 않을 겁니다."

오스굿이 자신만만하게 단언했다.

"코브라가 관광객 한 명을 물게 되면 당신은 즉시 고소당할 겁니다. 죽여버리세요."

두 남자는 서로를 응시했다.

"다른 섬으로 옮기겠소." 자가트가 말했다.

"내가 같이 가지 않아도 되겠소?"

자가트가 물었다. 종일 호수궁전에서 시간을 보낸 두 사람은 점심 식사도 따로 가져오게 했다. 인물화와 사생화로 장식된 천이 쟁반 위에 덮여 있었다.

"이렇게 종일 있었는데 여기서 밤을 보내려는 건 아니죠?"

오스굿이 물었다.

"좀 쉬셔야겠어요."

"생각을 더 해보고 싶은데 호수 한가운데 있는 이 궁전보다 더 좋은 곳은 없소. 결국 계획대로 착수할 겁니다. 이런 변화에 익숙해지도록 마음의 준비를 해야 할 것 같군요. 인도의 상징이라 할 만한 코브라도 옮겨야 하다니! 오랫동안 이곳도 그들의 궁전이었죠."

"재정적으로 준비만 된다면 다른 건 문제되지 않습니다."

오스굿이 대답했다.

"미리 말씀드리는데 25만 달러가 들어갈 겁니다. 미국이라면 200만 달러는 들어갈 텐데 이곳의 인건비는 그렇게 비싸지 않으니까요."

"정부로부터 모든 경비를 받아야 합니다. 그러니 당신의 회사가 수익을 보장해야만 가능할 것이오."

자가트가 대답했다.

"보장합니다! 자세한 건 모르지만 미국인들이 이 외진 곳까지 오도록 설득해야 합니다. 그렇지만 그들은 좋은 호텔만 있다면 어디라도 갈 겁니다. 밤에 좋은 침대에서 자고 맛있는 음식을 먹고 잠시 앉아서 즐길 수 있는 바만 있다면 먼 것은 문제가 되지 않으니까요. 물론 벨리댄스 같은 즐길 거리가 있어야 합니다. 인도 여자들은 어떨까요?"

자가트는 대답하지 않았다. 이것이 그가 들었던 미국인들의 전형적인 모습이었고, 더는 생각하고 싶지 않았다. 아마푸르시에 있는 사창가 여인들은 우리 안에서 행인들을 쳐다보며 유혹했다. 그녀들이 실제로 우리에 갇힌 것은 아니지만 쇠창살 때문에 그리 보였다. 자가트는 그 거리를 피해 다녔다. 그러나 사창가 여인의 존재이유에 대해선 너무도 잘 이해하는 그였다. 그는 대답을 피했다.

"아까 그 요트를 타면 강변까지 갈 겁니다."

그가 조용히 말했다.

"부두에 내 차가 대기하고 있을 겁니다. 봄베이행 비행기를 탈 시간은 충분합니다. 비행기는 사실 하루에 한 번밖에 운행되지 않지만 방문객이 많아지면 하루에 2회 더 증편해주기로 했습니다. 비행기가 좀 흔들리더라도 겁먹지 마세요. 오래된 비스카운트기인데 잘 고쳤습니다. 우리의 사고 기록은 당신들 제트기보다 적고 그 규모도 크지 않습니다."

"감사합니다, 폐하."

오스굿은 왕자가 뒤따라오는 것을 보고 말했다.

"이달 말까지 필요한 정보를 자세히 알려드리겠습니다. 그런데 한 가지 걱정이 있어요, 이윤을 내기 위해 침실을 충분히 갖추시는 건 어떻겠습니까? 많은 공간을 화려한 스위트룸으로 사용하시던데요."

"그것은 손님들을 위한 것입니다."

자가트가 말했다.

"모든 고급 특별실이 이곳에 온 사람들로 가득 찼으면 좋겠습니다. 세계에서 가장 아름다운 곳의 가장 좋은 호텔이 될 테니까요."

오스굿이 웃었다.

"모기를 막아주세요, 그럼!"

"모기는 없습니다."

자가트가 되받았다.

"호수에는 물고기가 많아요. 우리 선조들만을 위해 잡을 수 있었죠. 이젠 미국인들이 먹을 겁니다."

"크게 성공할 거예요."

두 사람은 악수를 했다. 잠시 후 자가트는 요트가 석양에 금빛으로 물든 호수의 물살을 가르며 나아가는 것을 지켜보았다. 일순 사위가 고요해지고 깊은 외로움이 그를 감쌌다. 그는 지금 새로운 삶과 새 시대의 경계에 서 있었다. 지금까지 그는 조상들의 보호 아래서 부와 여유를 누리며 살아왔고, 존경받는 지위와 권력에도 익숙해 있었다. 이제 그는 권력을 빼앗기고 재산의 반도 잃었다. 미래를 위해 준비하는 모든 것은 그의 성격과 정직에서 나온 결과일 것이다. 만일 그가 조상들의 아이하고 거만한 자세를 따른다면 살아남지 못할 것이다. 돌아보건대 할아버지와 아버지는 그가 지나가면서 찍은 아름다운 여자를 능히 보내주었고, 자연히 그 여자는 자가트 소유가 되었다. 그것은 무굴을 정복한 자들의 특권이었다. 너무도 탐욕스러운 정복자들 때문에 힌두 여성들은 거리를 나설 때마다 얼굴을 가렸다. 이는 그녀들 스스로 터득한 삶의 방식이었다. 얼굴을 가려야 하는 필수적 관습은 이제 사라졌지만 예전의 가르침은 아직도 여성들의 기억과 내면 곳곳에 깊이 남아 있다. 심지어 모티도 그랬을지 모른다! 그녀는 제 얼굴을 가리지는 않았어도 마음은 차가웠다. 자가트의 일방적인 상상인지는 모르지만 왠지 그렇게 느껴졌다. 그녀는 자가트에게 사랑한다고 말하지 않을 것이다. 결혼생활 내내 교묘히 빠져나가며 결코 그를 사랑한다고 말하지 않았다.

"왜 이미 알고 있는 걸 말하라고 하는 거죠?"

그녀는 이렇게 대답하곤 했다.

자가트의 추측대로 그녀는 여름 별장을 호텔로 만드는 데 반대하지 않을 것이다. 그녀는 단 한 번도 남편이 하는 말과 일에 반대한 적이 없었다. 그녀는 단지 마음이 내키지 않으면 자신만의 조용한 장소에 깊이 처박힐 뿐이었다. 그녀는 자신의 아지트에 자가트를 들이지 않았다. 뒤로 물러나는 것이 그녀의 대답이었고, 언제나 그는 극도의 외로움 속에 남겨졌다. 그를 비롯하여 광대가 없는 왕들과 재산도 없는 지도자들은 갑자기 외로워졌다. 대리석 궁전의 적막 속에서 영혼들만 부유하는 듯이 느껴졌다. 이곳에서 그의 아버지와 할머니는 끝없는 휴일과도 같은 인생을 보냈고 즐거운 여름휴가를 만끽했다. 당시 그는 어린 소년이었다. 그럼에도 중년의 그는 빛나는 사리를 입은 소녀들이 활기를 불어넣었던, 넓고 새하얀 곳을 기억할 수 있었고 그들의 웃음소리와 노랫소리가 들리는 듯했다. 그의 할머니와 어머니는 변함없이 자리를 지키는 동안 수많은 어린 소녀들을 보아왔다. 두 여인은 궁전에 왔다가 돌아가는 그 어린 소녀들을 잘 참아냈다. 남자를 즐겁게 해야 한다는 전통적 믿음을 부정하지 않지만 그 믿음대로 산다는 것은 서글픈 일이었다. 소녀들이 오도록 내버려두었고 그들이 가면 다른 소녀들이 왔다. 오래된 대가족의 삶은 영원해 보였다. 그러나 이제는 모든 것이 사라졌다. 그의 부모와 조부모는 돌아가셨고 전통적 삶의 방식도 함께 사라졌다. 정원에는 잡초가 자라고 대리석 벽은 곰팡이가 껴서 회색으로 변했다. 둥근 천장에는 새들이 둥지를 틀었다. 오직 자가트 자신만이 남아서 모든 것을 새롭게 바꾸어야 했다.

"어쩌면 나 자신도 그렇게 해야 할지 몰라."

그가 중얼거렸다.

저녁이 되자 그는 자신을 태워가기 위해 다가오는 요트의 엔진 소리를 듣고 반가웠다. 그가 배에 올랐을 때 해는 저물고 호수는 격렬한 주홍빛으로 물들었다.

보석을 두른 살아 있는 봉건제도의 화석

모티는 긴 식탁의 맞은편에 앉아서 자가트를 바라보았다. 그녀는 아침을 혼자 먹고 점심식사도 남편과 거의 같이 하지 않는데 저녁은 보통 함께 한다. 그녀는 식탁의 먼발치에서도 결코 작아 보이지 않았다. 식탁은 12피트 길이에 4피트 너비로, 갈라지거나 휘지 않도록 300여 년 전에 거대한 티크나무를 세로로 잘라 통째로 다듬은 것이었다. 코끼리들이 이 거대한 나무를 아라칸의 숲에서 끌어왔다. 식탁 위 천장에는 자가트의 할아버지가 체코슬로바키아에서 가져온 그고 섬세한 유리 샹들리에가 반짝이는 빛을 뿌리며 걸려 있었다. 집사와 하인 두 명이 왕 내외의 시중을 들고는 준보석이 박힌 커다란 상아병풍 뒤로 물러났다. 그들은 상아병풍 틈으로 식탁을 살피며 음식이나 음료를 내갈 준비를 하고 있었다.

조용히 앉아 있는 모티를 향해 자가트가 먼저 침묵을 깼다.

"그래, 오늘은 무엇을 하며 지냈나요?"

버틀러가 가져온 은접시에서 카레를 덜며 그가 물었다.

그의 목소리는 친절했고 눈동자는 멍했다. 카레와 밥을 먹으면서

는 고개를 숙였다. 모티가 부드럽고 조용한 목소리로 말했다.

"저요? 정말 아무것도 안 했어요! 오전에 잠시 책을 읽었지요. 자이에게 편지도 썼어요. 이제 그의 방학이 끝날 때까지 편지 쓸 일은 없어요. 다음 주에 집으로 돌아온대요."

"잊지 않았어요. 그럼, 여기서 어떻게 시간을 보내야 하겠어요?"

그녀는 잠시 생각했다.

"프랜시스 폴 신부에게 가정교사를 부탁하려고 해요. 그는 언덕의 다른 부족들을 포교하는 새로운 임무를 맡았지만 우리가 부탁하면 여름 동안은 이곳에 머물러줄 거예요."

"신부가 아들에게 무엇을 가르칠 수 있겠어요, 기도하는 것?"

"아마 영어를 완벽하게 가르칠 테죠."

"자이는 영어를 아주 잘해요."

"인도식 발음이 약간 있어요. 그렇게 생각하지 않으세요?"

"자이는 인도인이에요."

"알아요, 자가트. 하지만 우리는 이제까지 훌륭한 옥스퍼드 억양으로 영어를 써왔어요. 그런데 요즘은 제대로 된 영국인을 만날 기회가 없어요."

그녀는 집사가 가져온 크리스털 접시에서 응유(거의 굳은 우유)를 덜었다. 자가트가 별다른 대꾸를 하지 않자 그녀는 그가 더 이상 자신의 이야기를 듣고 있지 않다는 것을 알았다. 그래도 이야기를 계속했다.

"비라가 오늘 제게 이상한 질문을 했어요."

자가트는 딸의 이름이 나오자 언제나처럼 민감하게 고개를 들었다.

"그게 뭐였죠?"

"부모가 선택한 남자와 결혼해야 하는지 물었어요."

"라지를 싫어한단 말이요? 만약 그렇다면 어리석은 일이에요."

"그를 모르는데 어떻게 싫어하겠어요?"

"그 아이도 라지를 보았어요."

"그거로는 충분하지 않은 것 같아요."

자가트는 접시를 옆으로 밀어놓았다.

"그와 결혼하기 전에 어떻게 그를 알 수가 있겠소? 남녀 사이에 알 수 있는 것은 피상적인 것뿐이지."

"비라에게 말씀해보시겠어요?"

"그럴 필요 없어요. 난처해질 뿐이니까."

"자이와 말해본 적 있나요?"

"무엇에 대해서요?"

"결혼이나 여자에 대해서 말이에요."

"왜 내가 그래야 하오? 자이는 나보다 더 많이 알고 있을 거요."

"오, 자가트, 당신은 정말 귀찮아하시는군요."

모티는 그러나 아주 부드럽게 웃으며 이 말을 건넸고 자가트도 따라 웃었다. 두 사람은 함께 일어나 테라스로 걸어갔다.

"나는 오직 경험한 것으로 말할 수밖에 없어요, 부인. 나는 당신과 결혼하기 전까지 여자에 대해 아는 것이 없었어요. 다른 어떤 관계도 무의미하고 겉치레일 뿐이었죠. 아버지도 어머니와의 관계를 빼고는 모두 의미 없을 뿐이었어요. 그래서 내가 규방을 없앤 거요, 그 탐욕스러운 곳을! 이제 그 돈으로 다른 일을 할 수 있어요. 그리고 내가 말하지 않은 것 같은데, 오늘 미국인 친구가 나를 만나러 왔어요. 지난달 델리에 머무를 때 그를 만난 적이 있어요. 모티, 호수의 궁전을 호텔로 바꾸면 어떻겠어요?"

그녀는 예기치 않은 질문에 놀라 자주 앉곤 하는 의자에 털썩 주저앉았다.

"뭐라고 하셨죠, 자가트?"

"부인, 우리는 정부에서 주는 수입만으로 살 수 없어요. 일생 동안 한 번도 일해보지 않은 많은 사촌과 나이 든 숙모, 삼촌들을 부양해야 하고, 궁전도 유지해야 해요! 그들도 내가 이런 말을 하면 당혹스러워하겠지만 우선 호수의 궁전부터 호텔로 변경하고, 만일 성공한다면 다른 곳도 해볼까 해요. 어쨌든 아마푸르는 세상에서 가장 아름다운 곳이에요. 이 미국인 친구는 지난달에 내가 델리에 있을 때 만났는데, 가장 큰 호텔 체인회사에 근무하며 봄베이에 호텔을 지으려고 계획하고 있어요. 호텔을 만들어야겠다는 생각을 하기 전에는 그를 까맣게 잊고 있다가 호텔 구상계획이 생기자 그가 생각났어요. 명함을 찾아 전화를 했고, 일찍 비행기를 타고 왔더군요. 우리는 호수의 궁전으로 가 모든 곳을 둘러보며 하루를 보냈어요. 그는 가능성이 있다고 했고, 내게 견적과 계획서를 보낼 겁니다."

그녀는 잠시 동안 말이 없다가 입을 열었다.

"제가 이방인들을 좋아하게 될지 모르겠네요."

"왜 안 되겠어요? 그저 당신의 본래 모습을 보여주면 돼요. 그들은 아마푸르의 진짜 왕비를 만나서 매혹될 거예요."

"저도 구경거리 중에 하나가 될 거란 말씀인가요?"

"내 말은 당신은 그냥 당신일 뿐이란 거예요, 부인. 그 자체만으로 당신은 아마푸르의 왕비니까요."

집사가 와인을 가져와 대화가 중단되었다. 굴라 와인은 할디가티(haldighati 인도 라자스탄 주의 남부 도시인 우다이푸르 근교)의 야생장미 꽃잎에서 증류하여 만든 것이었다. 굳은 얼굴의 집사는 침착했지만 왕 내외의 대화를 모두 들었다. '아마푸르에 외국인들이 오면 어떻게 될까?' 그는 무표정한 얼굴로 샌들을 신고 조용히 테라스로 갔다. 그러고 나서 합장하며 예를 갖춘 뒤 왕의 곁을 떠나 자신만의 생각에 잠겼고, 고아(Goa 인도 남서 해안의 옛 포르투갈 영토)의 청년인 로드리게즈로 돌아갔다.

로드리게즈는 고아의 어린 소녀이며 같은 카스트계급인 이네즈와 오래전에 결혼했다. 일 년 뒤 그의 아내는 첫출산 때 아기와 함께 죽고 말았다. 그가 좁은 고아의 소수민족 거주지를 떠난 이유가 포르투갈 사장에 대한 개인적인 유감인지 분노인지 알 수 없지만 아마도 둘 다였을 것이다. 어쨌든 그는 선박 잡화점을 떠났다. 이 잡화점은 부모님이 보내준 가톨릭학교를 졸업하고 얻은 첫 직장이었다. 사실 로드리게즈는 갑작스럽게 직장을 그만두었다. 포르투갈 사장의 모욕을 더 이상 참을 수 없었기 때문이다. 뚱뚱한 사장은 술을 너무 많이 마시고 걸핏하면 인도 여자들을 괴롭혔다. 로드리게즈는 잡화점에서 일하는 동안 여동생들에게 당부했다.

"절대로 가게에 오지 마. 나이 드신 부모님이나 이네즈의 소식을 전하고 싶어도 참아."

로드리게즈는 또한 이네즈에게 말했다.

"그 뚱뚱한 주인은 탐욕스러운 돼지 같아."

학교를 다니지 않았다면, 그러니까 현재로선 자신이 무엇도 바꿀 수 없는 과거에 대해 너무 많은 것을 배우지 않았다면, 그에게 삶은 좀 더 쉬웠을 것이다. 그는 역사책을 통해 많은 것을 알게 되었다. 가령 인도 땅에서 영국인들이 물러나고 마침내 인도가 독립할 때 포르투갈인들은 어떻게 해서 고아를 떠나지 않았는지 등을 말이다. 그것은 수백 년 전 유럽의 두 나라인 스페인과 포르투갈 사이의 다툼에서 비롯되었다. 콜럼버스는 지구 반대쪽의 작은 섬을 발견하고는 바보같이 인도를 발견했다고 생각했는데, 이 실수에 스페인과 포르투갈이 특히 흥분했다. 포르투갈은 스페인을 시기하여 향료와 보석의 땅인 인도로 가는 새로운 길을 찾기 위해 떠났다. 한편 두 경쟁국 사이의 전쟁을 염려한 교황은 유럽을 제외한 세계를 반으로 나누었다. 그런 다음 콜럼버스가 섬을 발견한 이듬해에 자신이 상상한 수백 마일의 경계선을 아조레스 서쪽에 그어 남북을 갈랐다. 교서를 통해 로마 교황은 '포르투갈은 이 경계선 동쪽의 모든 이교도(즉, 비기독교인) 지역을 가질 것이며, 스페인은 이 선의 서쪽 지역을 가질 것'이라고 선언했다.

　이렇게 하여 고아라는 도시가 넓은 인도 해안의 중심지에 세워졌고 위대한 수상 네루(1889~1964 인도의 독립운동가·정치인)가 강제로 **빼앗을** 때까지 그곳은 포르투갈의 점령지였다. 고아가 해방되어 인도로 반환되던 날, 로드리게즈는 금요일에 고기를 먹고 신부에게 고백하지 않기로 결심함으로써 자신만의 독립을 선언했다. 그 후 프란시스 폴 신부가 궁을 방문했을 때 이 결심을 비밀로 유지하기란 쉽지 않았다. 그러나 로드리게즈는 태연하게 영국인 신부를 접대할 수 있었다. 로드리게즈는 30년을 인도에서 살았고, 그동안 아마푸르의 왕을 20년 동안 모시고 있었다. 그는 포르투갈인 사장이 첩으로 삼고 싶어하던 젊은 소녀에게 좀처럼 말을 전하지 않으려 했다는 이유로, '인도 돼지'라는 욕을 먹고 그날 고아를 떠났다. 그날 밤 걸어서 봄베이에 도착한 그는 파르시 사람들과 함께 일했다. 그곳에서 그는 자신이 만든 양고기 카레를 좋아하는 한 늙은 왕에게 제의를 받았다. 그래, 20년 전에 로드리게즈는 아마푸르의 이 궁전으로 왔고, 이젠 신만이 무슨 일이 일어날지 알고 있다. 그는 자가트 왕자가 델리에 체류하던 중 취한 행동에 강력하고 은밀하게 반대했지만 살아 있는 동안 왕을 모실 것이었다. 신은 보잘것없는 사람뿐 아니라 위대한 사람도 창조했다. 그리고 어느 누가 모든 사람이 평등하다고 선언함으로써 신을 부정할 것인가?

　"그렇지만,"

　그날 저녁 로드리게즈는 엉덩이가 땅에 닿지 않도록 쭈그리고 둘러앉은 하인들을 향해 말했다.

　"그럼에도 돈 많은 외국인들 상대로 호수의 궁전을 호텔로 개방할 거라고 말하면 나는 뭐라고 해야 하지? 적어도 그곳은 호수의 궁전이야. 샤자한*이 자신의 귀양살이 중에 14번째 아이를 낳다가 숨을 거둔 아내를 기리며 장엄한 타지마할을 구상한 섬의 궁전은 아니란 말이지. 우리는 이방인을 이곳에 들여서는 안 돼. 500여 년 전에 포르투갈인들은 인도의 서쪽에 있는 고아를 빼앗았어. 수세기 동안 떼어내려 노력해도 그들은 거머리처럼 들러붙어서 우리의 피를 빨아먹었지. 맨 처음 부임한 알부케르케(1453~1515 포르투갈 군인. 인도의 제2대 총독)를 봐! 동방의 총독이라 불린 그 자는 여자, 아이 가릴 것 없이 수천 명의 사람을 죽였어! 처음에 그들은 장사꾼으로 오지만 눌러앉으면서 지배하려 들지. 안 된다, 안 돼. 왕께서 우리의 낙원에 악마를 초대하려고 하는구나."

그는 크게 한숨을 쉬더니 궁 위로 창백하게 떠오른 빈 그릇 같은 달을 바라다보다가 갑자기 피곤하다며 자러 가야겠다고 말했다. 재혼하지 않은 그에게는 외로운 잠자리였다.

비라는 장미정원을 거닐고 있었다. 그녀는 안절부절못했고, 방학이 길었지만 학교로 돌아가고 싶진 않았다. 학교 친구들이 그리우면서도 조바심이 났다. 앞으로 3개월 후면 그녀는 결혼한 여자가 되어 있을 것이다. 두 달 안에 학위를 받고 한 달 동안 카라치와 바라나시에서 사리를 비롯하여 보석과 가구 같은 혼수용품을 살 것이다. 그녀는 한때 결혼하고 싶었지만 이제는 그렇지 않다. 자나 깨나 그녀는 봄베이의 젊고 잘생긴 청년 라지를 생각하면서도 두려워했다. 림브에 있는 왕의 아들이면서도 그는 왕자의 신분에 거의 신경 쓰지 않았다. 오히려 그는 비라와 만난 자리에서 제 아버지를 비웃었다. 비라는 그런 모습이 버릇없지만 재미있다고 생각했다. 그러나 이제

---

* 1592~1666 인도 무굴제국의 제5대 황제. 무굴제국의 전성기를 이룬 황제로, 죽은 비妃를 애도하여 세운 타지마할 묘는 인도의 대표적 건축물로 유명하다. '위대한 자한 왕'이란 뜻.

는 자신이 라지에게 호감이 있는지 확신이 서지 않았다.

"아버지께서는 요즘 경제사정 때문에 공단 대신 가정에서 손으로 짠 옷을 입으시죠."

그가 비라에게 말했다.

"그렇지만 언제나처럼 단추는 커다란 다이아몬드입니다. 굳이 보석으로 단추를 만들 필요는 없는데 그런 생각은 안 하시나 봐요. 한 친구가 우리 왕자들을 뭐라고 부르는지 아세요? 그는 작가인데 '보석을 걸친, 살아 있는 봉건제도의 화석'이라고 불러요."

"제 아버지는 그런 분이 아니세요."

비라가 반박했다.

"아, 그럼요."

라지가 동의했다.

"그분은 영국에 계셨지요. 영국은 모든 사람을 바꿔놓아요, 특히 인도 사람들을 말이죠. 그곳에 다녀오면 딴 사람이 되죠. 저 자신도 그랬고요. 영국 학교에 들어가기 전의 나를 보셨다면 아마 만나기 싫었을 겁니다. 정말 형편없었어요. 왜냐면 심지어 도티(인도 남자가 허리에 두르는 천)를 걸쳤으니까요!"

비라가 웃었다.

"지금은 제가 당신을 만나고 싶어하는지 어떻게 아시죠?"

그의 밝은 얼굴에 처음으로 미소가 사라지고 잠시 동안 진지해졌다.

"그 말에 별 뜻이 없기를 바랍니다. 내가 보기에 당신은 아름다워요. 물론 왕자가 나랏일에 참여하는 것은 좋은 일입니다. 한 친구의 아버지는 99마리의 코끼리를 가지고 있었는데 아끼던 세 마리를 제외하고는 모두 다 포기했지요. 그리고 니잠이라는 다른 친구의 아버지는 이웃에 사는 왕자에게서 하룻밤 동안 200명의 첩을 거느릴 수 있다는 말을 들었죠. 여자들은 좀처럼 밖으로 나오지 않는다고 하더군요. 이제는 전혀 나오지 않아요."

라지의 말에 비라는 웃지 않을 수 없었다. 그 일을 회상하며 그녀는 조용히 웃었다. 라지에게는 사랑스러운 무언가가 있었다. 언젠가 그녀는 그와 사랑에 빠질 수 있을까? 아니 그와의 사랑을 원하기는 한 걸까? 학교의 소녀들은 사랑에 대해 많은 이야기를 했고, 오래된 할리우드 잡지를 보며 서양 미녀들이 하는 연애 같은 것을 꿈꾸지만 그것들은 모두 꿈일 뿐이었다. 어쩌면 그런 사랑은 인도에 존재하지 않을지도 모른다. 사랑은 기쁨이면서 슬픔이나 어려움도 될 수 있다. 언젠가 그녀는 라지를 사랑하게 되는데 정작 그가 그녀를 사랑하지 않는다면? 이런 생각만으로도 비라는 견딜 수 없었다. 만약 그런 상황이 온다면 자신은 호수에 빠져버릴 것이다…. 그녀는 깊은 생각에 잠긴 얼굴로 창가에 기대어 물결이 햇살에 반짝이며 화강암 성벽에 부딪히는 것을 바라보았다. 자살하려면 용기가 필요했다. 그녀는 치토르가르*의 사랑스러운 파드미니처럼 용감하지 못했다. 파드미니는 적군인 무굴이 쳐들어오자 숙녀들을 모아서 대리석 궁전의 지하실로 내려갔고 그곳에서 불을 피워 몸을 던지지 않았는가. 비라는 승리탑들과 부서진 성벽들로 둘러싸인 치토르를 좋아하는 아버지를 따라 궁전을 자주 방문했다. 특히 파드미니와 여인들이 희생된 방으로 내려가려 했지만 하인과 문지기 그리고 안내인에게 제지를 당했다.

"그곳은 안전하지 않습니다."

그들은 말했다.

"이제 사자死者들의 처소가 되어 코브라와 죽은 여인들의 영혼만

---

* 인도 라자스탄 주의 중남부 도시. 8세기 라지푸트 족이 건설한 번왕국의 수도였다. 14세기부터 16세기에 이르기까지 이슬람의 공격을 세 차례 받았으며, 치토르라고도 한다.

이 떠돕니다. 모두 다 위험하지요."

왜 사랑스러운 여인들의 영혼을 위험하다 할까? 비라는 생각에 잠겼다. 그리고 파드미니는 사랑과 자존심을 지키기 위해 다른 이들과 함께 죽음을 택한 것이 아닌가? 물론 사랑하지 않는 적에게 사람을 내어주는 것은 있을 수 없는 일이다! 그러나 비라가 라지를 사랑하는 법을 배우지 않았다면 어쩔 수 없이 그렇게 해야만 하지 않을까? 사람을 양보한다는 것은 정확히 무슨 의미일까? 이에 대해 소녀들은 저마다 공포와 경외심을 가지고 약간은 동경하면서 귓속말로 이야기했다. 어떻게 두려워하는 것을 동경할 수 있단 말인가? 누군가를 빼고 말이다!

그때 아버지의 요트가 연기를 뿜으며 궁전 아래 정박장에 모습을 드러냈다. 창문 밖으로 몸을 내민 그녀는 아버지가 한 외국인과 대리석 계단을 내려가 요트에 오르는 것을 보았다. 곧 뱃사공이 호수궁전으로 배를 몰았고 물이 은빛으로 반짝이며 두 갈래로 갈라졌. '아버지는 오늘 무슨 일로 외국인 친구를 호수궁전에 데려가 구경시키는 걸까? 어머니는 왜 프란시스 폴 신부와 친하게 지내는 걸까? 서구인에게는 특별한 매력이 있는 것일까?'

봄베이의 몇몇 여자들도 외국 남자를 좋아했다. 비라는 누군가 얘기할 사람이 필요했다. 그녀는 다시 학교에 가고 싶어졌다. 오직 자신의 또래하고만 말이 통했다. 부모님에게 그녀는 항상 조용하고 고분고분하며 솔직했다. 어쩌면 기숙학교에 대한 그리움 때문에 가슴 한구석이 아린지도 모른다. 그런데 고산高山의 요새-대영제국 시대에 영국인들이 습하고 뜨거운 대지의 열기를 피해 아이들을 올려 보낸 곳-에 있을 때도 고향의 궁전과 이 두 개의 방이 그리웠다. 그녀는 이곳에서 태어난 이후 줄곧 자신을 보살펴준 늙은 유모와 함께 대부분의 시간을 보냈다. 그런데 결혼하고서도 계속 외롭다면 이를 치료할 방법은 없는 것이다. '어머니도 항상 외로웠을까? 아니라면 왜 그렇게 어머니는 프란시스 폴 신부와 많은 시간을 보낼까?' 해답을 구하기 어려운 수많은 질문처럼 그것은 대답하기 힘든 문제였다. 아니면 오직 여자만이 이 질문에 답을 찾지 못하는 것일까?

수백 마리의 비둘기 떼가 성의 지붕과 망루에서 날아올랐다. 그들은 살아 있는 구름처럼 위로 치솟아 출렁이는 물결을 이루며 돌더니 다시 성의 망루와 처마에 내려앉았다. 그들은 수세기 동안 이곳에 살았고 앞으로도 계속 그럴 것이다.

문이 열리면서 늙은 유모가 들어왔다.

"아가씨,"

유모가 외쳤다.

"왜 그렇게 창밖으로 몸을 빼고 계세요? 올려다보는 외간 남자의 눈에 띌 수도 있어요."

비라는 상체를 일으켜 세우곤 심홍색 카펫 위에 쌓여 있는 쿠션에 몸을 던졌다.

"아내란 무엇이지?"

비라가 물었다.

늙은 유모는 주름진 눈으로 비라를 쳐다보았다.

"아내요, 아가씨? 아내란 남자가 돌아가는 곳이죠. 그는 방황합니다. 아, 그럼요. 그는 그렇게 되어 있으니까요. 그렇지만 그녀는 그를 꾸짖지 말아야 해요. 그저 부드럽고 작은 목소리로 '여보, 제가 어떻게 당신을 실망시켰나요?'라고 말해야 하지요. 그녀는 좋은 부인이기 때문에 그는 자신에게 화가 나면서도 정작 그녀에게 화를 낼 겁니다. '시끄럽소.' 그는 소리칠 거예요. '아무 말도 하지 마시오.' 그러나 외도를 한 그는 다른 여자와의 관계가 끝나고 나면 아내에게 돌아와 용서를 빌 겁니다."

"그가 용서를 빌면 그녀는 받아들일까?"

열심히 듣고 있던 비라가 물었다.

"물론이지요."

늙은 부인이 말했다.

"그녀는 '여보, 당신을 사랑해요, 언제나 당신을 사랑할 거예요'라고 말할 겁니다. 이게 그녀의 의무니까요."

"그렇지만 그가 그녀를 사랑할까?"

비라가 끈질기게 물었다. 늙은 유모는 한참 동안 생각했다.

"그녀를 존경할 겁니다."

마침내 유모가 말했다. 소녀는 미심쩍은 마음에서, 늙은 유모는 동정심에서 서로를 쳐다보았다. 그리고 나서 늙은 유모는 여주인 앞에 무릎을 꿇더니 그녀의 가늘고 부드러운 손을 어루만졌다.

"아가씨, 남편 될 분은 아가씨를 사랑할 거예요. 그는 정말 남자다워요. 그리고 아가씨는 카슈미르의 장미처럼 아름답고요."

"라지가 남자다운지 자네가 어떻게 알지?"

비라가 물었다. 늙은 유모가 가까이 왔다.

"그의 귀를 못 봤어요? 양쪽 귀에 검은 털이 나 있잖아요. 이만큼이요!"

유모는 구부러진 엄지손가락으로 1인치 정도 재어 보였다.

폴 신부와 왕자 내외의 저녁식사

멀리 떨어진 사막의 언덕에 자리한, 방이 세 개 딸린 집에서 프란시스 폴 신부는 편지를 읽고 있었다. 문은 열려 있고 바람결에 가는 모래가 마룻바닥으로 날려 들어왔다. 거대한 커치(인도 서부 구자라트

주의 파키스탄 국경에 위치한 번왕국)의 습지로부터 수틀레지 강 계곡에 이르기까지 8만 평방 마일의 드넓은 대지 위로 바람이 불었고, 그와 함께 여름이 찾아오면서 사막은 다시 늘어나는 중이었다. 수백 년 동안 라즈푸타나(Rajputana '왕자들의 거처'란 뜻으로 현 라자스탄이 여기서 유래함) 사막은 점점 넓어지고 있다. 이를 두고 한 선왕은 "소금과 모래로 인도의 오른쪽 숨통을 조이고 있다"고 비통하게 말한 적이 있다. 지금 북동쪽에서 불어오는 바람은 아직 부드럽다. 여름과 장마철에 광활한 북서쪽을 지나 많은 먼지를 몰고 오는, 높고 꾸준한 강풍에 비하면 말이다. 프란시스 폴 신부는 어머니로부터 온 편지를 내려놓고 열린 문으로 사막을 바라보았다. 그는 마음속으로 릭포드성의 거실 책상에 앉은 어머니의 짧은 백발곱슬머리에 장미향이 감도는 것을 그려보았다. 잔디밭에는 녹색의 장엄한 숲이 영국의 하늘과 대조를 이루며 서 있었다. 그곳은 기쁨과 꿈과 희망이 넘치던 어린 시절 그가 가장 좋아하던 장소였고, 지금은 더욱 값진 추억이 되었다. 숲이 얼마나 소중한지 왕에게 어찌 설명할 수 있을까? 이곳에서 산림은 단지 연료와 사료로 쓰기 위한 마을 공공의 재산이다. 작년에 그가 고원에 왔을 때는 닐기리와 아부산의 장엄한 유칼립투스 나무들조차도 벌목되고 있었다.

그는 한숨을 쉬며 편지를 치우고 기도할 준비를 했다. 새벽에 시원한 바람이라도 불어오지 않는다면 지금 그가 거한 이 작은 방은 해가 뜨면서 점차 더워지고 만다. 그러는 통에 지내기 불편할 수도 있다. 그러나 이도 얼마 가지 못할 것이다. 정오가 되면 바람이 잦아들고, 낙타가 밟고 지나가면서 깨어난 모래사장이 하늘 아래 펼쳐질 것이다. 낙타는 언젠가 그가 이 사막에서 연구하고 싶은 동물이다. 낙타들은 수세기 동안 기념비처럼 변함없이 이곳에 정착하고 있다. 사실 그는 본의 아니게 낙타의 특이한 형태를 연구해왔다. 그는 일

전에 자신이 묵었던 궁전에서 지금 살고 있는 고원까지 태워다줄 낡은 버스를 기다리는 동안 긴 행렬에 끼어 있는 낙타를 유심히 보았다. 그 행렬은 마침 천천히 지나가거나 음료와 카레라이스를 먹기 위해 멈추어 쉬고 있었다. 낙타의 골격은 특이했는데, 선체처럼 생긴 뼈대를 네 개의 앙상한 다리가 받치고 있었다. 털이 덥수룩한 커다란 발은 부드러운 모래사막과 암석으로 된 구릉의 충격을 흡수하기에 알맞았다. 낮게 드리워진 목은 높이 솟아오른 등의 중심을 잡았고, 모가지 위로 작고 슬픈 형상의 머리가 있었다. 어떤 표정이 깃든 아랫입술이 늘어진 입에 매달려 있고, 큰 눈꺼풀에 슬픈 눈을 하고 있었다. 신비한 영혼을 지닌 낙타는 그 슬픈 눈으로 세상을 바라보고 있었다. 이해하려 애쓰지 않고 그저 순순히 받아들이는 세상을…. 낙타는 너무 많은 짐 때문이었는지 아니면 기수의 무관심에 마음이 상한 탓인지 그 자리에 주저앉아서 항의하듯 움직이지 않고 있다가 죽고 말았다. 그러나 낙타가 영적이고 조용한 동물인 것만은 아니다. 갑자기 노한 낙타의 경우 공격자가 제 악취에 쓰러질 때까지 거친 숨을 몰아쉬기도 한다. 낙타에 대해 모든 것을 안다고 생각했던 폴 신부는 바로 어제 낙타의 또 다른 이상한 행동을 보았다. 낙타의 커다란 몸통 안에서 깊고 크게 으르렁거리던 소리가 마침내 목구멍과 입으로 이어진 알 수 없는 관을 통해 진동한 것이다. 그 소리는 먼 산에서 울리는 천둥소리 같았다. 낙타 입 안쪽 어딘가에 2피트 지름의 분홍색 풍선 같은 막이 있었다. 폴 신부는 숨이 턱 막혔다.

"저게 뭐죠?"

그는 밥을 먹은 후 먼지 속에 쭈그려 앉아 반쯤 졸고 있던 낙타 기수에게 물었다. 빌은 하품을 하더니 머리를 긁적이며 말했다.

"어떻게 알겠소? 혼자 좋아서 저러는 거요."

그런 것 같아 보였다. 신부는 잠시 낙타를 지켜보았다. 낙타는 입

안으로 막을 끌어당기며 큰소리를 냈다. 신부는 이 오래된 땅 인도에는 크고 작은 놀라운 일들이 많이 일어난다고 생각했다. 매일 새로운 볼거리와 소리 그리고 향기가 있었다. 예를 들어 마을길을 가운데 두고 마주보며 열린 창문과 문 사이에 앉아 있는 이 순간, 고개를 돌리지 않고도 영화 화면에서처럼 일상의 모습이 계속 바뀌는 것을 볼 수 있었다. 거의 발가벗은 작은 소녀는 까무잡잡한 피부에 헝클어진 머리를 하고 마을 우물에서 막 길어온 물을 놋쇠항아리에 이고 간다. 열린 문 안에서는 젊은 엄마가 왼팔을 구부려 아이에게 젖을 먹이고 있다. 길 건너에서는 턱수염을 기른 남루한 노인이 먼지를 뒤집어 쓴 원숭이 세 마리를 줄에 묶어서 끌어당긴다. 노인의 머리 위 지붕과 인도 멀구슬나무 가지에서는 회색 원숭이들이 꽥꽥 울면서 곤경에 처한 세 마리 원숭이를 연민의 눈으로 바라보고, 문가에 묶인 사슴은 고개를 돌려 쳐다본다. 길 끝의 질퍽한 우물가에서는 두루미가 먹이를 먹다가 커다란 날개를 펼치고 위엄 있게 날아올라 소란스러운 마을을 벗어난다.

그제야 프란시스 폴 신부는 정신이 번쩍 들었다. 그는 저도 모르게 바깥세상에 빠져들었는데 오늘은 시간이 없었다. 왕의 마흔 번째 생일을 축하하기 위해 궁전의 저녁식사에 참석하기로 약속한 것이다. 버스는 두 시에 주재지를 떠났고, 그는 겨우 카레라이스와 치즈로 간단히 점심식사를 마쳤다. 실제로 자정에 이르러서야 음식이 나오겠지만 왕족과 특히 왕비는 날이 저물 때쯤 신부가 도착하리라 생각하고 있었다. 신부는 문득 기억을 떠올리며 살며시 미소 지었다. 처음으로 궁전의 정찬에 초대되었을 때 그는 대화가 네 시간 동안이나 계속되고 11시까지 음식이 나오지 않으며, 그 후에 곧 물러나야 한다는 것을 미처 알지 못했다. 이제야 안 사실이지만 그것은 인도의 평범한 관습이었고, 그래서 그는 시장한 상태로 기다렸다. 지금 생각해보면 그는 정찬이 시작되기 전의 긴 저녁시간을 즐겼고 마음 껏 음식을 먹은 뒤에 잠을 청하러 갔다.

프란시스 폴 신부는 금욕주의자이며 수행자이긴 하지만 그 자신은 호화로운 궁전의 생활을 즐겼다. 그날 저녁 신부는 언제나처럼 터번을 쓴 하인을 문에서 만나 서쪽 건물에 있는 방으로 안내되었다. 왕은 종종 신부가 하룻밤 묵고 가기를 바랐는데, 넓은 침실은 서쪽 하늘과 호수의 흰 대리석 궁전을 향해 있어서 신부에게는 천국과도 같았다. 신부는 매번 아름다움을 마음껏 즐기는 게 죄가 되지 않기를 바라며 미리 기도를 올린 다음 줄곧 그 시간을 음미했다.

"신부님, 마실 거라도 드릴까요?"

시중 드는 하인이 물었다.

"아닙니다, 고마워요."

프란시스 폴 신부가 대답했다.

"그러면 드실 거라도?"

"테이블 저쪽에 있는 과일이면 됩니다, 고마워요."

"전하께서는 오늘 저녁에 좀 늦으실 거라고 신부님께 양해를 구하셨습니다. 하지만 왕비께서는 평소대로 여덟 시에 서쪽 테라스에서 신부님을 기다리고 계십니다."

"기다려주셔서 감사하다고, 곧 갈 거라고 전해주세요."

"그리고 신부님을 위해 목욕물이 준비되어 있습니다."

"고맙습니다."

하인은 합장을 하며 인사하고는 가기 전 제 이마에 손을 댄 뒤 조용히 문을 닫았다. 창가로 간 프란시스 폴 신부는 손가락으로 묵주를 잡고 명상을 했다. 이런 아름다운 경치는 신의 선물이고, 여기 라자스탄에서 특히 압권인 것은 사막의 아름다움이었다. 온갖 색이 한데 엉킨 신기루 속에 해질 무렵의 태양이 낮 동안 푸르게 반짝이던 호수 위로 불그스레한 황금길을 선명하게 드리우고, 하얀 궁전은 옅은 금빛 위에 비치고 있었다. 그 너머 멀리 짙푸른 강기슭은 민둥산에 돌이 많은, 그러나 지금은 장밋빛으로 물든 아라발리 산을 떠받치고 있었다. 궁의 정원에는 망고나무들이 빽빽하게 서 있었다. 인도의 역사만큼 오래되지는 않았어도 이 작은 도시에서 왕궁은 심장이나 다름없었다. 16세기 고대 메와르 시대에 지어진 이 왕궁에서 수많은 사람이 살아왔고 앞으로도 그럴 것이다! 오늘 프란시스 폴 신부는 왕에게 왼쪽으로 1마일 정도 떨어진 작은 섬의 궁전에 대해 물어보리라 다시 한 번 다짐했다.

'그곳에서 샤자한은 몇 년 동안이나 갇혀 있었을까, 제 사랑하는 아내가 잠든 아그라를 꿈꾸면서? 그곳은 호수의 큰 궁전보다 더 오래되었을까?'

그 순간 프란시스 폴 신부는 지난 5년 동안 고심해왔던 일에 결정을 내렸다. 그것은 라자스탄의 역사를 집필하는 것이다. 이곳에는 인도의 풍부한 역사와 전설이 많은 영웅들의 삶과 얽혀 있다. 16세기 메와르의 통치자이던 라나 상가는 이슬람 침략자인 무굴제국의 황제 바부르에 맞서 싸우다가 81군데에 상처를 입고 죽었다. 고집이 세고 수려한 라나 상가는 왕 중의 왕으로 이웃한 말와의 왕을 제압한 후 언제나처럼 태평하게 은혜를 베푼 바 포로로 잡힌 말와의 왕을 풀어주었고, 잃어버렸던 왕국의 반을 꽃 한 아름과 함께 되찾았다. 지금 칠흑 같은 어둠에 묻혀 있는 저 산에는 요새와 흉벽들이 흩어져 있으며, 그곳에서 국민의 사랑을 받던 라나 프라탑은 수년 동안의 끈질긴 저항으로 무굴제국의 아크바를 몰아냈었다. 이 대리석 도시가 세워지기 전 치토르가 수도일 때, 거대한 요새인 그곳을 잃고 나서 왕실의 군대는 침략자에게 항복해야만 했다. 그날 요새는 무굴의 침략자들에게 세 번이나 약탈당하고, 라지푸트의 남자들은 사프란 옷을 걸치고 나가 죽을 때까지 싸웠으며, 여자들은 승리한 적에게 불명예스럽게 넘겨지느니 죽는 게 옳다 하여 수천 명이 불 속으로 뛰어들었다.

프란시스 폴 신부는 생각에 잠긴 모습으로 열린 창가 아래의 푹신한 소파에 털썩 앉았다. 그제야 정신을 차리고 시계를 보았다. 왕비를 만나기 전까지 30분 조금 넘은 시간적 여유가 있었다. 지금쯤 목욕물은 분명히 차가울 것이다. 아니, 그렇지만은 않았다. 더운 날씨 덕분에 신부가 몇 분 후 큰 대리석 욕조 안에 몸을 담갔을 때 물은 기분 좋을 정도로 식어 있었다. 평소에는 자신의 방 한 구석에서 작은 항아리에 물을 담아 몸에 뿌리는 것이 고작이었기 때문에 신부는 잠시 동안 호사를 누리기로 했다. 그는 깨끗하고 부드러운 욕조 물에 어깨까지 몸을 담갔다. 물이 너무 맑아서 제 하얗고 마른 긴 다리와 놀랄 정도로 큰 발이 다 보였다. 신부는 자신의 벗은 모습이 쑥스러웠다. 제 남성적인 모습에 익숙지 않은 그는 욕조에서 나왔다. 몸에서 물이 뚝뚝 떨어졌다. 오늘밤 그는 하얀 법의를 입었는데 그의 옷을 세탁해주기 위해 일주일에 두 번 들르는 한 노부인이 근처 시냇가에서 깨끗이 빨아준 옷이었다. 그는 이를 사치로 여기며 때로 죄스러워했지만 덕분에 인도에서는 제 손으로 빨래를 하지 않아도 되었다. 그는 혼자뿐인 선교사이고 다른 동료들과의 왕래가 없어서 주방과 방 세 개를 관리해주는 사람이 있었지만 신부로서 편안하게 살지 않기를 바랐다. 그는 힌두교도들을 공경하며, 주의를 기울여 최대한 간소하게 음식을 먹었고 고기는 먹지 않으려 조심했다.

그는 수염을 빗질하면서 왕의 자유로운 사상에 흔들리지 말아야겠다고 마음을 다잡았다. 오늘밤에도 고기가 나오면 왕은 언제나처럼 왕성한 식욕을 보일 것이고 반면에 고기를 입에 대지 않는 왕비는 일상적인 채식 위주의 식사를 할 것이다. 이윽고 그는 깨끗한 흰

색 법의를 입고 목에 묵주를 걸어 준비를 마쳤다. 여덟 시 10분 전이었다. 그는 마지막으로 어두워지는 하늘을 보았다. 달은 아직 나오지 않았지만 잠시 후면 테라스에서 솟아오르는 달을 볼 수 있다. 아직도 왕비는 그를 기다리고 있을 것이다. 삶이란 얼마나 즐거운 것인가! 그는 이런 기쁨이 죄가 아니기를 바랐다.

그가 열린 티크나무 문 안쪽으로 들어가자 왕비는 의자에 그대로 앉아 있었다. 그녀는 신부를 기다리고 있었지만 그가 가까이 오자 움직일 수 없었다. 그는 온화한 얼굴에 강하고 검은 턱수염을 길렀는데 잘 정돈되어 있고, 검은 머리카락은 부드럽고 피부는 하얘서 정말 잘생겨 보였다. 푸른 눈동자에는 묘한 매력이 있었다. 물론 카슈미르 사람에게서도 푸른 눈동자를 볼 수 있지만 영국인의 얼굴에서는 힘이 느껴졌다. 그래서 인도의 어떤 사람은 자국의 독립을 인정하면서도 물러난 푸른 눈의 영국인들을 그리워했다. 많은 영국인이 인도에 머물지 않기로 한 것은 유감스런 일이다. 왕비는 봄베이에서 자라면서 학교를 다니고 그곳에서 영국 소녀들을 친구로 사귀었다. 이제 프란시스 폴 신부는 그녀 앞에 멈추어 손을 잡았다. 가끔 그녀의 손등에 입맞춤을 하듯 오늘밤에도 신부는 그녀의 손등에 입을 맞추었다.

그녀는 손을 빼기 전 잠시 동안 부드러운 그의 턱수염을 느꼈다.

"안녕하세요?"

그녀가 중얼거렸다. 그녀는 그를 신부로 부르는 일이 점점 어려워짐을 느꼈다. 그녀 자신의 생각에 두 사람은 거의 같은 나이였다. 하지만 그녀는 신부에게 나이를 묻지 않았고, 알고 싶지도 않았다. 그녀 자신의 나이가 그의 나이보다 조금 더 많다면 더욱 말이다.

"앉으세요."

그녀는 부드러운 목소리로 말했다.

그가 가까이 앉았다.

"이렇게 섬세한 일몰은 본 적이 없습니다."

그가 말했다.

그녀는 언젠가 신부에게 '왕비마마'라는 말을 하지 못하게 했다.

"하지 마세요. 우리 사이에 거리를 만들어요."

그녀가 간청했다.

"네, 일 년 중 이때의 일몰이 가장 아름답지요."

그녀는 가슴이 벅차 올라 말하기조차 힘들었다. 형언할 수 없는 외로움과 더 이상 나이 들기 전에 누군가를 진실로 사랑하고 그 사람의 곁에 있고 싶다는 열망은 참을 수가 없었다. 그러나 삶의 모든 것을 참아야 했으므로 그녀는 더욱 침착하게 말했다.

"전하께서 늦을 것 같아서 죄송하다 하십니다."

"전하께서는 요즘 호텔 구상계획에 바쁘신 것 같습니다. 산에서도 그 소식을 들었습니다."

그녀는 옆에 있는 작은 대리석 탁자 위에서 신문을 집었다.

"이 일로도 바쁘시지요."

그는 신문을 받아 굵은 글씨로 된 제목을 읽었다.

'훌륭한 메와르의 왕'

"읽어보시죠."

그녀가 말했다. 그것은 〈뉴델리 타임스〉의 스포츠 면에 실린 기사였다. 신부가 계속 읽어내려 갔다.

"인도의 왕자가 왕실 크리켓 경기에서 위업을 달성했다. 아마푸르 팀의 주장으로서 그는 97점을 기록하며 뛰어난 뉴델리 팀을 이겼다. 왕자는 한때 케임브리지에서 나라를 대표하여 팀을 이끌기도 했

모티는 형언할 수 없는 외로움과 더 이상 나이 들기 전에
누군가를 진실로 사랑하고 싶다는 간절한 열망에 휩싸였다.

다. 전쟁 때를 제외하고 줄곧 그렇게 해왔다. 이제 그는 왕들의 땅인 자신의 주를 이끌게 되는데, 그곳은 더 이상 전쟁의 붉은 들판이 아니라 녹색의 크리켓 경기장이다."

프란시스 폴 신부는 신문을 돌려주며 웃었다.

"전하께서는 항상 젊어 보이시고 저도 그 모습을 보니 기쁩니다. 지난번에 뵈었을 때는 더욱 건강해 보이시던데요. 말로 할 수 없을 만큼 그분을 존경합니다. 제가 감히 말씀드리지만 지난번 생신 저녁 만찬에서처럼 춤추는 무희 대신 고전음악을 선택할 왕자들은 많지 않을 겁니다."

그녀는 부드럽지만 무관심한 투로 대답했다.

"자가트는 어떤 면에서 무척 영국인 같아요. 그리고 오늘밤에는 조용히 저녁을 먹을 겁니다."

"최근에 호랑이 사냥을 하셨나요?"

"예, 꽤 큰 놈을 잡았다고 말씀하셨어요. 저는 보지 않을 겁니다. 내가 얼마나 그런 일들을 싫어하는지 잘 알 거예요. 내 반대를 무릅쓰고 자이를 데려갔었어요. 나는 아무리 호랑이가 짐승이라고 해도 그를 죽이는 건 끔찍합니다. 자이가 아무것도 해치지 않아서 다행이에요. 왕께선 눈이 내리기 전에 시킴에서 사냥을 하실 거라고 말씀하셨어요."

신부는 왕비의 기분을 너무 잘 알고 있었다. 그는 그녀의 통제된 침착함 뒤로 내면의 동요를 감지할 수 있었다.

"왜 그렇게 침울하세요?"

그가 조용히 물었다.

그녀는 언제나처럼 부정했다. 그는 너무 쉽게 그녀의 마음속을 꿰뚫어 보았다. 그녀는 그가 자신을 이해해주기를 바랐지만 한편으로는 두려웠다. 그녀는 늘 혼자 있을 때면 그가 신부라는 것과 영혼을 돌보는 것이 그의 임무라는 것을 상기시켰다. 그러나 그를 빌 산bhil mountain의 수많은 영혼 중 하나로 치부하기는 싫었다.

"당신은 자신을 제게 숨기고 싶어하시네요."

그가 말을 이었다.

"제가 천상의 개처럼 당신을 쫓아서 달래주기를 바라는군요. 그렇다면 그렇게 하겠습니다."

그녀는 강하게 부정하고 싶었지만 기껏 얼굴만을 돌릴 뿐이다. 프란시스 폴 신부는 하늘에 비친 그녀의 창백한 옆모습만을 볼 수 있었다. 그는 생각했다. '모티는 다른 인도 여성이 지니고 있는 관능적인 매력이 없기 때문에 어떤 사람들은 그녀를 아름답지 않다고 여길지도 모른다.' 그러나 신부 자신에게는 그녀의 섬세함과 창백함, 우울함까지도 너무나 아름다웠다. 오래전 육체적 욕망을 절제하는 법을 배우지 않았다면 그 유혹을 참기 어려웠을 것이다. 그는 이제 모티와의 관계에 있어서, 육체로부터 분리된 정신과 영혼의 욕망이 그렇게 강한 건 아닌지 궁금했다.

"빌 산에 있는 사람들은 어떤가요?"

그녀가 갑자기 물었다.

"어떻게 계속 그 사람들과 지낼 수 있지요? 당신처럼 배운 사람이 가족과 떨어져서 말이에요!"

"어쩌면 그런 이유로 더 빌 족(Bhils 인도의 미개민족)에게 매력을 느끼는 건지도 모르겠습니다. 아니 저를 필요로 하는 그들이 신부인 저를 끌어당기는 겁니다. 왕비마마 같은 인도사람들은 세상을 접할 수 있지만 빌 족은 수백 년 전과 같이 살고 있습니다."

"내가 세상을 접할 수 있다고요?"

그녀가 물었다.

"이 성에 갇혀 있는데요?"

"영어, 불어, 독일어를 할 수 있으시죠, 그리고 다른 건 뭐가 있는지 모르겠네요. 이곳의 어떤 것도 당신의 마음을 가두지는 않아요."

그녀는 대답하지 않았고, 그는 그녀의 창백한 옆모습을 바라보며 말을 이었다.

"빌 족과 얘기한 적 있으신가요?"

"빌 족에게 무슨 말을 하죠?"

그녀는 고개를 돌리지 않았다. 그는 얼른 대답하지는 않았다. 대신 잠시 침묵한 뒤에 혼잣말하듯 이야기를 시작했다.

"그 언덕에 사는 사람들은 제게 낯설지 않아요. 한편으로 그들은 작은 부족 중 하나이자 나의 동포인 스코틀랜드의 고지인高地人을 생각나게 합니다. 물론 빌 족은 이와 다른 생김새지만 같은 부족끼리 결혼하지 않는다는 점이 비슷하고, 또한 작고 실용적인 면에서 우리처럼 창의력이 풍부하죠."

이제야 모티가 고개를 돌려 신부를 쳐다보았다.

"빌 족은 확실히 아름답지는 않아요. 그들은 검고, 코는 크고 넓적한 데다 동물처럼 털도 많아요."

신부는 이 말을 무시했다.

"어제 저는 한 달 전쯤 제가 먼 마을에 세운 작은 성당에 갔습니다. 바람이 길 위의 구릉 사이 이쪽저쪽으로 불고 있었죠. 저는 그곳에 많이 가보긴 했어도 빌 족의 안내인을 데리고 갔습니다. 우리는 잠시 쉴 요량으로 멈추었고 물론 안내인은 담배를 태우고 싶어했죠. 그는 성냥개비 몇 개를 가지고 있다며 으스댔지만 실력이 신통치 않아서 불을 피우지 못하고 모두 다 써버렸습니다. 그런데도 그는 침착했지요. 그 사람은 허리춤에서 삼조각을 꺼내들었어요. 속이 빈, **뼈**로 된 손잡이가 한쪽 끝에 달린 삼조각이었죠. 그리고는 산에 널려 있는 대리석 조각 두 개를 집어들고 그것들을 서로 부딪쳤습니다. 불꽃이 일자 삼조각에 옮아붙게 했고요. 그는 세차게 입김을 불었고 곧 불길이 일어났습니다. 아뿔싸, 그는 깜박 잊고 파이프를 챙겨오지 않았다는 것을 알았지요. 그렇지만 큰 문제는 아니었습니다. 그는 덤불에서 꺾은 가지를 땅에 꽂고 작은 구덩이를 팠습니다. 그런 다음 그릇 모양 같은 구덩이 안에 담뱃잎을 넣고 불을 붙였습니다. 그는 담뱃잎을 흙으로 덮은 다음 나뭇가지를 꺼내어 그 구멍 위에 손을 대었습니다. 그리곤 마치 파이프가 있는 것처럼 연기를 빨아들였지요. 그를 존경할 수밖에 없었습니다."

그녀가 웃었다.

"당신과 빌 족 사람들이란! 그들을 사랑한다고 자백하세요."

"물론 좋아합니다. 적어도 그들의 영혼만은 사랑합니다."

"글쎄, 난 그들을 사랑하지 않아요. 털이 많이 난 데다 추울 때도 더러운 흰 면 옷만 어깨에 걸치고 있는 사람들을 별로 좋아하지 않아요."

"아, 카스트계급이란 이유로 사람에 대한 편견을 가지고 있는 건 아니죠!"

"왜 아니겠어요, 내가 어느 시대에 살고 있나요? 그들을 해치겠다는 건 아니에요. 그냥 그들은 자기 마을에 살게 하고 나는 이곳에서 지낼 겁니다."

두 사람이 모르는 새에 하얀 정장을 말끔히 차려 입은 자가트가 문으로 들어왔다. 그는 두 사람의 대화를 방해하지 않으려고 거기 그대로 서 있었다. 그가 앞으로 걸어왔다.

"모티, 난 당신이 그렇게 말하는 걸 들어본 적이 없어요. 그녀의 말을 믿지 마세요, 신부님! 그녀는 단지 지금 침울한 것뿐입니다. 카스트제도가 법적으로 사라진 것을 잘 알고 있어요."

자리에 앉은 자가트는 보석함을 열고 담배에 불을 붙였는데 모든 동작이 재빠르고 정확했으며 언제나처럼 절도 있었다.

"나 자신은 빌 족을 공경하고 있어요. 그들이 우리 조상보다 먼저 이곳에 살고 있었다는 것을 알고 있습니다. 사실, 라지푸트 족은 그들의 우선권을 인정합니다. 물론 이젠 형식적인 것이 되어버렸지요. 하지만 우리에겐 더 이상 권력이 없기 때문에 전통을 지키는 의미에서 땅을 살 때 그들의 허락을 구합니다."

"자가트는 그들이 야만적인 사냥꾼이라서 좋아한답니다."

모티가 말했다.

"그들은 훌륭한 사냥꾼이죠."

자가트가 동의했다.

"그러나 야만적이지는 않아요."

"사냥꾼은 모두 야만적이에요."

모티가 반박했다.

"오, 그만해요, 모티."

자가트가 되받았다.

"빌 족은 먹기 위해 사냥을 합니다. 신부님, 당신도 알다시피 그들은 정말 자연 속으로 감쪽같이 사라집니다! 몇 주 전 사냥터의 오두막으로 가는 중이었는데 참, 당신이 있는 곳이었지요, 인사하는 소리가 들려왔어요. 나는 주위를 둘러보았죠. 아무도 보이지 않다가 풍경의 일부가 움직이더니 빌 족 심부름꾼 하나가 보이는 겁니다. 그러나 그가 움직이기 전에는 보이지 않았습니다. 그의 검은 피부와 집에서 짠 도티 때문에 모래언덕에서 그가 보이지 않았어요."

"흥미롭게도 그는 사자를 사냥하고 있었어요. 자기 두 눈으로 똑똑히 보았다고 확신하면서요. 그 말이 사실이라면 매우 드문 일입니다! 일생에 한 번 보기도 어렵거든요. 이곳은 사자의 고향이 아닙니다. 이슬람교도들이 옛날에 쳐들어오면서 아프리카 노예들을 데리고 왔는데 이 노예들이 사자새끼를 끼고 왔지요. 이 새끼들은 라자스탄에 머물렀고 물론 새끼를 쳤습니다. 사냥감을 보존하는 준가드에서는 볼 수 있지만 야생에서는 한 번도 본 적이 없고, 빌 족이 봤다는 말도 믿지 않습니다. 어쨌든 난 곧 그 빌 족 심부름꾼을 가시덤불 속에서 놓치고는 다시 볼 수 없었어요."

"여자였다면 볼 수 있었을 텐데요."

모티가 비꼬듯이 말했다.

자가트가 웃었다.

"물론이지요! 그래서 여자들이 밝은 색 파란 치마와 붉은 숄을 걸치고 짤랑거리는 발찌와 팔찌를 하는 거잖소. 얼마나 즐거운 사람들이오. 이젠 독립도 했고요."

모티는 흰 비단 사리를 어깨까지 끌어올리고 말했다.

"더러운 사람들이지요! 난 빌 족 여자들을 궁 안에 절대로 들이지 않을 거예요. 당신은 독립이라고 말할지 모르지만 내가 보기에 그들은 교화될 수 없는 자들이에요."

프란시스 폴 신부가 조용히 끼어들었다.

"아, 당신의 생각이 틀린 것 같네요. 그 여자들을 먼저 좋은 기독교인으로 만든 다음 그녀들로 하여금 부족의 남자들이 기독교인으로 개종하도록 도울 겁니다."

자가트는 준비한 듯 웃었다.

"당신네 영국사람들은 절대로 포기하지 않는군! 순진한 빌 족이 그곳에서 그냥 행복하게 살도록 놔두는 게 어때요? 그들이 자신만의 방식으로 살게 내버려둬요! 그들은 '산신'이라고 부르는, 신 같은 존재를 믿고 있어요. 그들은 자기들 나름의 방식으로 조상들을 숭배하고, 내가 알기론 뱀도 숭배하지요. 심지어 우리 힌두교의 몇몇 신도 섬깁니다. 가네쉬(Ganesh 인도의 힌두신. 코끼리 두상을 한 지혜와 번

영의 신)의 코끼리 머리도 구릉 여기저기서 보았고 때때로 시바신도 보았어요. 그리고 그들은 힌두교의 삼위일체를 공경합니다."

"전 그들이 힌두교를 받아들이지 않기를 바랍니다, 전하."

프란서스 폴 신부가 기탄없이 말했다.

"구릉의 부족민들이 자유롭고 자주적이며 정직할 수 있도록 내버려두십시오. 그들이 힌두교의 영향을 받는다면 자신들의 영혼을 의심할 겁니다. 당신들은 그들을 경멸하고, 빌 족도 그 사실을 압니다. 이 기회에 제가 오랫동안 하고자 했던 말을 하겠습니다. 친절하게 받아주시기를 간청합니다, 전하. 당신의 하급 관리들은 빌 족에게 항상 공정하지는 않습니다. 그들은 빌 족에게 너무 지나친 풀과 땔감을 요구합니다. 그리고 새로운 댐을 건설하려는 전하의 의도는 존중합니다만 빌 족이 강제노역을 하고 있다는 사실을 아시는지 궁금합니다."

"아니, 모르고 있었습니다."

자가트가 말했다.

"그것이 사실이라면 그들이 임금을 받고 있는지 내가 알아보겠소."

모티는 이제 제법 차가워진 밤기운에 떨고 있었다.

"댐을 지어야 하나요, 전하?"

프란시스 폴 신부가 이번에는 평온하지 않게 끼어들었다.

"무례한 손님으로서 한 가지만 더 말씀드리면, 빌 족이 약탈을 하고 심지어 때때로는 살인으로 보복하는 것은 이상한 일이 아닙니다. 전하께서 서구의 갑부들을 위해 궁전을 호텔로 바꾸는 동안 빌 족의 나라는 역사의 뒤편에서 미개발지로 남아 있습니다. 그곳에는 도로, 학교, 병원, 관개시설도 없습니다. 당신들은 필요할 때만 그들을 이용하고, 그게 답니다. 그리고 빌 족의 마을은 산에 사는 부족 특유의 자주성을 보여주긴 하지만 힌두교도의 마을보다 형편없습니다. 힌두 마을보다 적은 수의 가옥은 진흙과 거친 돌로 지어지고, 열대우림의 풀로 지붕을 이은 각각의 집은 낮은 언덕에 자리 잡고서 가시덤불에 둘러싸여 있습니다."

잠깐 동안 자가트는 화난 얼굴로 대답하려 했다. 그러나 대신 자리에서 일어나 옆에 있던 작은 대리석 탁자 위의 황금재떨이에 담배를 비벼 껐다.

"그 말에 동감합니다, 신부님."

자가트가 조용히 말했다.

"이제 식사를 합시다. 고행자처럼 배가 고파보이네요. 그런데 항상 야위고 굶주려 보이더군요, 신부들은."

자가트는-응당 그래야 하듯-자신의 권리인 양 앞장섰고 그 뒤에서 프란시스 폴 신부가 왕비를 기다리다 뒤따라갔다.

그러나 고아 출신 하인이 첫 번째 음식을 내오자 자가트는 빌 족의 얘기를 다시 꺼냈다.

"신부님, 나는 원주민들에 대한 아내의 생각에 동의하지 않습니다. 다시 한 번 말하지만 빌 족의 사냥 기술을 존경합니다."

프란시스 폴 신부는 왕의 기분에 맞추기 위해 웃으며 말했다.

"그럼 사냥꾼이 무엇이라고 생각하십니까, 전하?"

자가트는 골똘히 생각에 잠겨 있다가 왕들의 오락거리를 생각했다.

"사냥꾼이란 단지 먹기 위해 짐승을 죽이는 것이 아니라 무엇보다도 사냥의 즐거움을 위해 죽입니다. 알다시피 우리 주에는 사냥감이 많지 않아서 최고의 사냥을 하고 싶을 때면 가끔 나는 인도의 다른 곳으로 갑니다. 그러나 우리에게는 호랑이가 있고 호랑이 사냥에는 빌 족이 최고입니다. 그들은 멀리서도 호랑이 냄새를 맡지요. 그들은 나처럼 능숙한 사냥꾼도 찾기 어려운 호랑이를 발견합니다."

"그들은 가죽 때문에 호랑이를 죽인다구요."

모티가 반박했다.

"맞았어요."

자가트가 말했다.

"나 또한 가죽과 머리를 얻기 위해 사냥을 하지요. 그것들이 문 앞의 저 두 마리처럼 훌륭한 표본이 된다면 언제고 박제로 만들어 걸어놓을 겁니다."

프란시스 폴 신부가 대답했다.

"무슨 이유로 빌 족을 좋아하시든 간에 제가 그들의 영혼을 사랑할 수 있도록 해주십시오."

자가트는 의자 뒤로 물러앉으며 머리를 기댔다.

"그들에게 영혼이 있다는 사실을 내가 믿지 않는다고 비난하는 거요! 물론 그들도 영혼을 가지고 있지만 당신이나 나 같은 영혼은 아닐 거고 어쩌면 좀 더 간단할 것일 테지요. 영국의 천국에서 그들을 받아들일지 몰라도 땅에서처럼 우리의 천국에서도 그들을 맞을 것이며, 그들도 당신들보다 우리와 함께 있는 게 훨씬 편할 겁니다."

모티가 끼어들었다.

"자가트, 무례하지 않았으면 좋겠네요."

"전하와 논쟁하고 싶지 않습니다."

프란시스 폴 신부가 말했다.

"그렇지만 당신을 위해 매일 아침마다 기도합니다."

자가트는 웃었다.

"정말로 그렇게 한단 말입니까? 맨땅에 무릎을 꿇고! 가여운 무릎이 까지지 않도록 호랑이 가죽을 깔개로 주어야겠네요. 나를 위한 기도가 짧아지지 않기를 바랍니다."

식사를 마친 자가트는 이렇게 말하면서 일어나 다시 테라스로 갔다. 모습을 드러낸 지 얼마 되지 않은 달이 짙은 하늘의 어둠 속에서 은빛으로 창백하게 빛나고 있었다. 커다란 인도 멀구슬나무 가지에 등불이 걸려 있고 정원의 탁자 위에 커피가 준비되어 있었다. 터번을 쓴 하인이 커피를 따르고, 다른 한 명은 섬세한 영국산 자기 잔을 옆의 작은 탁자 위에 놓았다. 조금 떨어진 곳에서 근사한 음악이 부드러운 밤공기를 타고 흘러나왔다. 거기다 정원에 핀 수선화 향기가 미풍에 날려 멀리서도 달콤한 향을 느낄 수 있었다.

얼마간 서로 말이 없었다. 자주 말이 없던 모티는 부드러운 하얀색 사리를 두르고 앉아 있고, 프란시스 폴 신부는 강한 블랙커피를 마시는 동안 아무 말도 하지 않았다. 그러자 불쑥 자가트가 말을 꺼냈다. 그는 반쯤 생각에 잠긴 채 혼잣말처럼 짧게 사과했다.

"지루하게 한 것 같군요, 그렇지만 당신이 요즘 이곳에 있는 유일한 영국인입니다. 신부님, 그리고 미국인에게는 이런 식의 대화가 힘들어요. 이곳에 미국인이 한 명 있는데 그는 인도나 역사에 대해 아무것도 모릅니다. 비록 반대편에 있기는 하나 적어도 당신 영국인들은 우리와 한 세기를 같이했지요. 그렇지만 우리 왕자들은 당신들 편이었습니다. 아버지께서는 돌아가실 때까지도 변화가 있어야 한다는 사실을 믿지 않으셨고, 다행히 그분이 살아 계시는 동안에는 변화가 일지 않았지요. 아버지는 절대로 변하지 않으셨을 겁니다. 돌아가시기 전인 작년에 이야기를 나눈 적이 있어요. 그때 나는 아버지께 찬성하는 척하면서 아무 말도 하지 않았습니다. 아버지는 언제나처럼 공단 쿠션더미 위에 앉아 계셨어요. 발을 받치지 않고는 앉을 수가 없었습니다. 그리고 쿠션 아래에는 한쪽 벽에서 반대쪽까지 호랑이 가죽으로 된 카펫이 걸려 있었는데 아버지가 쏴 죽인 호랑이 71마리의 가죽을 이어 붙인 것으로, 각 모서리에는 커다란 호랑이 머리가 걸려 있었지요. 그분은 그 방을 자랑으로 여기셨고,

거기다 대고 내가 101마리의 호랑이를 쏴서 잡았다는 말은 절대 하지 않았습니다. 지금은 111마리가 되었죠. 그래요, 아버지는 변화를 한 번도 겪지 않으셨습니다. 내가 호수에 있는 여름 궁전을 호텔로 바꾼다고 말했다면 내 나이에 관계없이 어떤 식으로든지 벌을 주셨을 겁니다. 아버지는 잔인한 면도 가지고 계시지요. 한번은 그의 명령에 의해 빌 족이 채찍질당하는 것을 본 적이 있습니다. 채찍에 검은 피부가 벗겨지고 빨간 속살이 드러날 때까지 빌 족은 얻어맞았지요. 가엾은 그 친구는 얼룩말처럼 보였습니다. 나는 그 일을 절대로 잊을 수가 없습니다. 그렇지만 아버지가 그립습니다. 이런 아픈 과거에도 불구하고 빌 족도 내 아버지를 그리워할 겁니다. 지금은 춤을 보여줄 대상이 없지요. 관광객들은 민속춤을 즐기겠지만요. 그래요, 그것은 의식입니다. 신부님, 궁전을 호텔로 바꾸는 것은 간단한 작업이 아닙니다. 내 삶에서 그것은 의미 있는 변화를 뜻합니다. 어릴 때 저 대리석 복도를 뛰어다니고는 했어요. 맨발에 닿는 차가운 감촉이 아직도 생생합니다. 그리고 다른 사람들이야 성스러운 호수에서 물고기 잡는 것을 좋아하지 않지만 이젠 익숙해져야 합니다. 옆에 있는 섬에는 수영장과 테니스장을 지으려고 합니다. 그리고 샤자한이 살았던 궁전을 무도장과 놀이공원으로 만들려고 합니다. 내 자금 대부분이 들어가겠지만 오스굿은 이득이 날 거라고 확신했습니다. 나도 그렇게 생각합니다. 어떤 식으로든 좋은 결과가 있을 겁니다. 그것이 더 이상 군주가 아니어서 치러야 하는 부분입니다. 다른 방법이 없습니다. 아직도 무슨 일이 생기면 판차야트(인도의 전통적인 부락 단위 의회)의 원로들이 오십니다. 그렇지만 나는 그분들의 충고대로 할 수가 없고, 언젠가는 그분들도 내 뜻을 아실 겁니다. 지금 모르신다면 아마 그런 척하는 걸 겁니다!"

"그분들이 그런 체하는 건 아니라고 생각합니다."

프란시스 폴 신부가 말했다.

"그리고 전하께서 그들을 도울 수 있습니다. 그들은 오랜 세월 동안 누군가를 바라봐 왔습니다. 갑자기 혼자 힘으로 헤쳐 나가는 것은 쉽지 않을 것이고 시간이 걸릴 겁니다."

"혼자 힘으로 해나가는 건 물론 쉽지 않습니다. 그건 사실이지요. 나는 아버지의 명령에 안절부절못했지만 갑자기 어느 더운 날 그가 과식으로 돌아가셨을 때 충격을 받았습니다, 가여운 분. 삼 년 동안 그를 위해 일해오면서도 거의 언제나 무슨 일이 일어났는지 말하지 않았지만요. 무슨 소용이 있을까요? 그는 다른 시대에 살고 있었는데 말이죠. 아직까지도 아버지께서 저기 쿠션 위에 앉아 계시는 모습을 다시 볼 수 없다고 생각하면 가슴이 아픕니다."

모티가 인도 멀구슬나무 그늘 아래서 말했다.

"저도 아버님을 매일 그리워해요."

"아, 그래요. 아버지는 항상 당신을 좋아했지, 모티. 어떤 면에서 당신은 시대를 초월한 것 같아요. 프란시스 폴 신부님, 내가 기회를 주는데도 미국에 가지 않으려는 여자에 대해 어떻게 생각하시나요?"

"미국이요?"

"언젠가 호텔 경영학을 공부하기 위해 미국 뉴욕에 가야 합니다. 오스굿은 믿기지 않는 특이한 것들을 말하더군요. 나는 직접 보고 싶습니다. 달러화가 귀하긴 하지만 내 호텔이 달러화를 벌어들일 수 있다는 것을 증명해 보인다면 정부도 허가해줄 것입니다. 아들과 함께 가야 할지도 모릅니다."

"아, 안 돼요!"

모티가 소리 질렀다.

"아니, 돼요."

자가트가 맞받았다.

"아들은 자신이 시험을 잘 본다면 가을에 옥스퍼드대에 진학하리란 것을 알고 있어요. 하지만 그가 만일 하버드대학에 간다면 더욱 도움이 될 겁니다."

"난 아는 미국인이 없어요."

모티가 중얼거렸다. 그녀는 조금 떨면서 하얀 사리를 스카프처럼 머리에 뒤집어썼다.

그러나 자가트는 달을 주시하며 머리 뒤로 양손을 깍지 꼈다.

"아, 좋든 싫든 그들을 알게 될 거요. 신부님, 술 한 잔 하시죠. 우리의 유명한 장미술입니다."

로드리게즈 집사가 꽃잎처럼 부서지기 쉬운 술잔이 든 은쟁반을 들고 있었고 프란시스 폴 신부는 술잔 한 개를 집더니 코끝으로 풍부한 향을 맡았다.

"이 장미술은 여기 궁전 말고 다른 곳에서는 맛본 적이 없습니다, 전하."

"왜냐하면 이곳에만 있기 때문이지요. 우리 집안의 비밀입니다."

오늘밤에는 대화하기가 어려웠다. 오랫동안의 침묵도 있었다. 프란시스 폴 신부는 마음속 깊이 왕비와 단둘이 있고 싶다고 생각했다. 왜 그는 이런 생각을 하는 걸까? 그녀의 기분이 좋지 않았고, 그 이유를 알 수 없어 더 불안했다. 그러나 자가트는 자리를 지키며 침묵하고 있다가 추상적인 이야기를 꺼냈다.

"잠시 실례합니다."

모티가 갑자기 말했다. 그녀는 일어나서 프란시스 폴 신부에게 손을 내밀었다. 잠깐 동안 그는 제 손바닥으로 전해지는 날렵하고 시원한 느낌을 받았고 그 느낌은 이내 사라졌다. 그녀가 부드럽고 품위 있는 자태로 테라스를 건너갈 때 밤바람이 불어와 그녀의 사리를 흔들었다. 그녀는 곧 궁 안으로 사라졌다.

서로의 마음을 숨긴 채 두 사람 사이에 침묵이 흘렀다. 신부는 단 한 번 여자와 사랑에 빠졌었고 앞으로는 그러지 않을 것이다. 그는 청년 시절 교회에 헌신했는데, 어떤 문은 열면 안 된다는 것을 알고 있었다. 만약 열린다면 닫을 수가 없다. 자가트는 부인 모티를 비롯해 많은 여인을 알았다. 그의 기억으로는 자신이 열여섯 살 되던 해 아버지가 그녀들 모두를 보내주었다. 나이 든 왕이 말했다.

"명령에 따라 정결히 하고 창녀를 멀리하면 바른 남자가 될 것이다."

그중에 18세 때부터 자신과 함께 살아오면서 아이까지 낳은 모티만이 알 수 없는 여자로 남아 있다. 그는 신부에게 조언을 구하기 위해서가 아니라 그저 그녀에 대해서 말하고 싶었다. 자신을 숨기고, 무관심한 정도는 아니지만 마지못해 몸을 허락하며, 몸을 돌릴 정도로 냉담하지만은 않은 여자의 속성에 대해 이야기하고 싶었다. 그렇지만 신부란 사람이 여자에 대해서 무엇을 알 것이며, 체면 있는 남자가 어떻게 자신의 아내에 대해 신부에게 말하겠는가?

그러나 너무나 간절한 나머지 자가트는 돌려서 이야기를 꺼냈다.

"난 신앙심이 깊은 사람이 부럽습니다."

그가 갑자기 말했다.

"정말이세요?"

프란시스 폴 신부가 대답했다.

"어떤 점에서죠, 전하?"

"글쎄, 당신은 어쨌든 복잡하게 얽히지 않고 살 수 있는 것 같군요. 우리 인도에도 고행자와 성인들이 있지만 당신같이 한창때의 젊은 남자가 여자에 대한 욕정 없이 지내는 것은 불가능해 보이네요. 너무나 궁금해서요, 용서해주세요!"

"우리도 욕정이 없는 것은 아닙니다."

프란시스 폴 신부가 대답했다. 그는 술을 다시 맛보며 혀끝에 맴도는 풍부한 단맛을 느꼈다.

"그러면 혼자서 어떻게 하나요?"

"내 자신에게 말할 수밖에 없습니다. 어떻게 하냐고요? 기도하죠! 그게 충분치 않으면 마을로 나가서 일을 합니다. 전하께서도 제가 교구 안에 25마일마다 학교와 의료시설을 세우려 노력하고 있는 것을 아실 겁니다. 정부가 부락회의 격려와 함께 훌륭하게 도와주고 있어요."

"그러면 자신만의 사적인 시간은 없나요?"

"전하께서 말씀하시는 그런 것은 없습니다."

"그것을 원한 적이 없습니까?"

"내 자신이 속세의 쾌락을 좇도록 허락하지 않습니다. 그러나 전하는 물론 모든 기쁨을 누리시겠지요. 당신의 가족, 지위, 새로운 인도의 활기, 자신만의 계획…"

신부의 목소리가 잦아들었다.

"그리고 당신의 아름다운 아내"라고 말할 수는 없는 것이다.

자가트가 갑자기 일어섰다.

"그래요, 당신 말이 맞습니다. 나는 모든 행복을 누리고 있습니다. 그럼 이제 신부님, 이만 실례해야겠네요."

프란시스 폴 신부도 자리에서 일어났다.

"물론입니다. 제가 너무 생각이 없었습니다. 전하와 함께한 이곳을 떠나는 일은 언제나 힘이 들어요. 빌 족은 제게 잘해주지만…."

자가트는 진심으로 힘차게 웃었다.

"하지만 그들은 빌 족일 뿐입니다! 자주 오세요, 신부님. 언제나 환영입니다."

자가트는 신부를 문으로 안내하여 야간 경비병에게 부탁하고 자신의 방으로 돌아갔다. 그는 열린 창문에 기대어 모티가 아직 불을 밝히고 있는 것을 보았다. 짐작컨대 그녀는 종종 밤늦게까지 책을 읽는 것 같았다. 아무 걱정이 없는데 왜 그녀는 잠을 이루지 못하는 걸까? 분명히 그녀는 평화롭게 지내지 않은가.

달이 호수 위에 반사되었고 우연히 자가트 내외의 대리석 궁전을 비추고 있었다. 어쩌면 불길한 징조일지도 모르지만 자가트는 길조이기를 바랐다. 갖가지 걱정거리로 마음이 혼란스러워진 그는 침실을 떠나 개인 서재로 향했다. 책상용인 거대한 분홍색 대리석 탁자 위에서 불빛이 타고, 계획, 수치, 예산, 절차를 담은 문서들이 그 옆에 놓여 있었다. 그는 하얀 재킷을 벗고 반팔 차림으로 앉았다. 밤바람은 잦아들었다. 종일 햇빛에 데워진 호수 때문에 공기는 찌는 듯이 뜨겁고 습했다. 호텔에 전기를 놓으면서 궁전의 이 건물에도 설치할 것이다. 그렇지만 펑커(하인이 직접 부치거나 또는 기계로 돌아가는, 천장에 매단 칸막이 비슷한 큰 부채)를 설치해야 한다. 그가 손뼉을 치자 언제나 문 밖에서 기다리고 있던 하인이 합장한 채 나타났다.

"펑커를 부쳐라!"

자가트가 짧게 말했다.

알았다는 듯 고개를 끄덕인 뒤 밖으로 나간 하인이 잠시 후 오래된 펑커를 들고 와 자가트의 머리 위로 바람을 일으켰다. 자가트는 계획서를 보다가 얼굴을 찡그렸다. 그 신부는 언제나 왕이 빌 족에 대해 충분히 생각하지 않는다는 듯이 말한다!

'왕자들이 더 이상 하지 않으니 정부에게 빌 족을 돌보도록 하자! 그리고 정부는 많은 것을 했다고 말하자! 자가트 자신은 오랜 세대 동안 그러했듯이 충성을 다했고, 인권에 기반한 확고한 정부조직을 남겨두고 떠난 영국에게도 충실했다. 그리고 영국인들은 갖가지 다른 언어를 사용하는 인도사람에게뿐 아니라 동부와 서부의 의사소통 수단으로 영어를 남겨두고 갔다. 물론 인도 내 자유주의자와 보수주의자 사이에 커다란 혼란이 있었다. 다시 말해 보수주의자들은 영어를 국어가 아닌 외국어로 남겨두기를 원했다. 그러나 자가트가 앞장서 이끌던 자유주의자들은 지구의 한쪽에서만이 아니라 민족 내의 다른 언어 사용자 간에 영어가 공용어로 사용되는 것을 다행으로 여겼다. 한 나라에 12개에서 14개의 언어가 사용되고 있는데 누가 그 언어들 중 하나를 표준어로 정하겠는가? 대통령이 의회에서 영어로 연설하고, 수상 자신도 델리의 국회의사당 두 군데서 매일 날아드는 질문에 대부분의 의원이 사용하는 영어로 대답하는 것은 이상한 일이 아니다! 힌두교도가 주장하는 힌두어는 모국어가 되어야 하지만 텔루구와 구자라트 사람, 또는 그 밖의 힌두어를 이해하지 못하는 사람들을 생각해보라! 아시아 문화의 어머니인 인도는 현대세계에 접어들었고 이러한 이유로 어쨌든 영국에 감사할 수 있다. 특히 광활한 중국의 경우 정부체계가 무너지고 무정부 상태가 자리 잡았다. 티베트는 또 어떤가! 티베트의 피난민들이 눈과 얼음을 헤치고 히말라야를 넘어 인도로 밀려들어 오고 있다.'

이쯤에서 자가트는 생각을 멈추었다. 자신의 조국이 다민족 국가라고 해도 중국인과 티베트인을 포함시켜서는 안 된다. 자신의 손자들이 빈털터리로 굶주리지 않도록 그는 대리석 궁전을 현대적인 호텔로 바꿀 것이다.

원칙을 누리는 사람과 지켜주는 사람

오스굿이 말했다.

"호텔 경영의 가장 중요한 점은 음식입니다. 형편없는 음식이 많은 것보다 종류가 적더라도 최고의 메뉴를 갖추는 것이 좋습니다. 미국인들의 경우, 익숙한 음식을 바랄 겁니다."

"인도인들도 자신들에게 익숙한 음식을 원할 겁니다."

"물론이지요. 그렇지만 너무 매워서 미국인들의 혓바닥이 탈 정도면 안 됩니다. 지난밤에 칠리라는 음식을 먹었는데 이름은 안 매울 것 같았지만 미치도록 매웠습니다. 그 후로는 얼음물밖에 삼킬 수가 없더군요. 말하자면 이런 일들이 손님들에게 발생하지 않도록 조심해야 하는 점입니다. 또 한 가지 갖춰야 할 것은 손님 각자에 대한 배려입니다. 이것은 좋은 방법입니다. 옷장에 옷걸이를 걸어두거나 과일과 꽃을 객실에 보내는 것입니다! 그러면 서비스를 경험한 손님들이 돌아가 소문을 낼 겁니다. 제 친구들에게 호텔이 얼마나 좋았는지 전할 겁니다. 물론 만족하지 못하는 사람들도 항상 있게 마련이지요. 그런 사람들의 경우 명단을 가지고 있다가 그들이 다시 오면 방이 없다고 하세요. 골프장도 계획 중이신가요? 골프장은 꼭 있어야 합니다."

자가트는 눈썹을 치켜세웠다.

"여기 호수 한가운데 말이오?"

"강변 어딘가에 만들어야 합니다. 미국 기업가들이 골프를 치지 않을 거란 상상은 하기 힘드니까요."

"하지만 자기네 고국에서 치지 않소."

"그래서 이곳에서도 치려고 하는 겁니다. 좋은 호텔에서는 프런트 안내직원이 손님에게 골프를 치는지 물어봅니다. 그리고 그가 친다면 프로골퍼에게 줌 카드를 건네고 골프장 직원에게 전화를 합니다. 그러면 그 직원은 손님에게 전화를 걸어 골프장 이용시간 등을 안내하고, 프로골퍼의 도움이 필요하다면 기꺼이 예약해드리겠다고

권합니다. 이런 서비스가 사람들을 다시 불러 모읍니다. 물론 춤도 추게 할 겁니다. 옛날에 사용했던 커다란 알현실이 있던데 옥좌를 치우고 관현악단을 위해 연단을 넓힐 수 있습니다. 오래된 왕의 거실에는 영화관을 만들 수 있습니다."

오스굿은 인상을 쓰며 아랫입술을 엄지와 검지로 잡아당겼다.

"그런데 손님들이 맨발로 춤추는 것은 어떻게 해야 할지 모르겠네요. 미국의 고급 호텔에서는 손님들이 무도장에서 신을 벗을 수 없습니다. 여기서는 모르겠어요, 인도 여자들은 언제라도 샌들을 벗잖아요."

자가트가 웃었다.

"문제가 발생하면 생각해봅시다!"

오스굿이 미소 지었다.

"그럼, 이제 리넨(linen 아마실로 짠 얇은 직물을 통틀어 이르는 말) 류에 대해서 말씀드릴게요! 세 가지 종류의 시트와 베개보가 모든 침대에 있어야 합니다. 하나는 침대 위에, 하나는 세탁실에, 하나는 선반에 두어야 합니다. 한번 볼까요, 400명의 손님들로 계산하면…"

그는 잠시 동안 조용하더니 말을 이어갔다.

"리넨 류와 자기 그리고 은식기 류를 전문으로 하는 도매업자들에게 연락하겠습니다. 가장 좋은 방법은 아소카에서 한 것처럼 뉴델리의 대사관에 연락해서 각 나라의 추천을 받는 것입니다."

"정부는 되도록 인도 물품을 사라고 할 겁니다."

자가트가 그 점을 상기시켰다.

"아, 물론이죠."

오스굿이 동의했다.

"그렇지만 이 모든 것은 나중에 고려합시다. 먼저 해야 할 일은 좋은 건축가를 구해서 설계를 하는 겁니다. 그러고 나서 실내 장식가를 구해야 하는데, 그건 제가 할 수 있습니다. 미국인이 하는 게 나을 겁니다."

"난 인도인을 원하오."

자가트가 말했다.

"물론입니다, 그렇지만 의자와 침대는요? 바닥이나 대나무 간이 침대에서 자려는 사람은 없을 겁니다. 그리고 좋은 고객들을 끌어들이려면 광고와 홍보 분야에서 최고의 전문가를 확보하는 것이 매우 중요합니다. 하루에 얼마 쓰지도 않는 하찮은 관광객을 데려오면 이익이 남지 않습니다. 이곳은 왕족의 땅이며 궁전에는 오직 왕자들만이 살았다고 광고하십시오."

오스굿이 갑자기 이야기를 멈추는 바람에 자가트는 놀랐다. 그는 오스굿의 시선을 좇아 고개를 돌렸다. 비라가 부드러운 장밋빛 비단 사리에 길고 검은 머리를 허리까지 땋은 모습으로 문가에 서 있었다.

자가트는 그리 기분이 좋지 않았다.

"내 딸아."

그가 짧게 말했다.

"비라, 이쪽은 오스굿 씨다."

비라가 물결치듯 우아하게 걸어 들어와 푹신한 황금의자에 앉았다.

"아버지, 자이에게서 편지가 왔어요."

그녀는 긴 속눈썹 아래로 오스굿을 힐긋 보았다.

"그래?"

자가트가 눈썹을 치켜세웠다.

"동생한테서 편지가 왔다고 지금 아버지를 방해해야겠니?"

"동생이 학교를 떠났다고 아버지께 전해달라고 해서요."

"학교를 떠났다고?"

"네, 아버지. 군대에 자원하겠대요."

"군대…."

"네. 라디오에서 중국인들이 국경에 모여들고 있다는 소식을 듣고 많은 소년이 학교를 떠난다는군요. 자이는 전사가 되는 것이 우리의 전통이라고 해요. 할아버지가 살아 계셨으면 그가 자원하는 것을 바라셨을 거라고 확신하던걸요."

"이런, 바보 같은 놈."

자가트가 중얼거렸다.

"실제로 자이가 옳은 선택을 했다고 생각해요, 아버지."

비라의 커다란 검은 눈동자가 반짝거렸다.

"그리고 자이가 가지 않는다면 저도 화가 날 거예요."

그녀는 눈을 돌려 오스굿을 오랫동안 쳐다보며 동조해주기를 바랐다. '이해하시겠어요'라고 묻는 듯했다. 오스굿은 갑자기 가슴이 뛰는 것을 느끼며 붉어진 얼굴로 응수했다. 그리고는 자가트를 향해 말했다.

"전하의 아드님을 존경합니다."

자가트는 진정되지 않았다.

"말도 안 돼! 중국놈들은 몰려들고 있지 않아. 그건 그들의 도발에 불과하다고. 1954년 중국 수상이 자기 나라 지도에 국경이 명확치 않다고 지적한 후로 계속되고 있는 일입니다. 그들은 수정하겠다고 했지만 그렇게 하지 않았어요. 우리는 아직도 서명사인이 든 '평화공존 5원칙'을 가지고 있습니다. 그들이 그것을 부정할 수는 없지요."*

"제 생각에 중국인들은 무엇이든 할 수 있습니다."

---

* 1954년 6월 중국의 수상 저우언라이와 인도의 수상 네루가 공동성명을 통해 '평화공존 5원칙'을 발표한 것을 두고 한 이야기다. 이 평화공존 5원칙 안에 ①영토주권의 상호존중 ②상호불가침 ③내정불간섭 ④평등·호혜 ⑤평화공존 등의 내용이 담겨 있다.

오스굿이 단호히 말했다. 그는 문 옆 황금의자에 앉아 있는 아름다운 소녀에게서 눈을 떼지 못했다.

"아버지, 방송에서 나온 거라고요."

비라가 강하게 말했다.

"중국인들이 이미 롱주Longju의 동부 지역에 있는 국경을 넘어왔고 우리의 영토 반 마일까지 들어와 로이마을에 도착했대요. 게다가 순찰대를 칩챕 지역의 라다크까지 보냈답니다. 자이가 전화도 했어요."

"멍청한 놈, 멍청한 놈!"

자가트가 소리쳤다.

비라가 일어섰다. 우아한 자태로 사리의 끝자락을 머리 위에 걸치고 일어났는데 마치 봄의 성모마리아 같았다.

"화내지 마세요, 아버지."

그녀가 부드러운 목소리로 말했다.

"모든 훌륭한 젊은이들이 군대에 들어가길 원할 거예요. 우리는 그들을 자랑스러워해야 해요."

자가트는 이 명백한 민족주의를 무시했다.

"집으로 먼저 온다고 했니?"

"예, 아버지. 내일 집에 올 거랍니다."

"어머니에게 말씀드렸니?"

"예, 어머니께 말씀드렸어요. 명상에 들어가셔서 방해하지 말라고 하셨어요. 이제 가도 되나요, 아버지?"

"그래, 어서 가라. 네가 오늘 기분을 망쳐놓았구나. 자이의 방이 준비되었는지 보거라."

"네, 아버지."

비라의 시선이 미국인에게 잠시 동안 조용히 머물렀다. 그러고 나서 미소 짓더니 가버렸다.

침묵이 흘렀다. 자가트는 설계도 위로 고개를 숙이고 생각을 정리하려 애썼다. 그는 목을 가다듬더니 말했다.

"오스굿 씨, 나는 당신이 우리가 이 모든 예산에 있어 최대한 절약해야 한다는 점을 알아주셨으면 합니다. 모든 것이 최상의 상태로 되어야 하지만 효율적이고 낭비가 없어야 합니다. 내가 투자를 하고 있소."

아무 대답이 없자 자가트는 궁금해서 머리를 들었고 오스굿의 놀란 눈과 마주쳤다.

"저렇게 아름다운 소녀를 저는 본 적이 없습니다. 제가 이런 말 하는 걸 용서해주시기 바랍니다, 전하! 처음 보았습니다, 그게, 저토록 아름다운…."

"내 딸아이는 아직도 어린애요. 아직 교육을 받고 있는, 기숙학교에 다니는 소녀지요."

자가트는 냉정하게 말했다.

"무엇 때문에 교육을 시키시나요?"

오스굿이 말했다.

"교육이 필요 없을 것 같습니다. 이미 모든 걸 갖추었습니다."

"딸아이는 약혼 중에 있소."

자가트가 퉁명스럽게 말했다.

그는 기분이 상한 얼굴로 일어나면서 말했다.

"잠시 실례합니다, 오스굿 씨. 아들 소식에 걱정이 되는군요. 궁전으로 돌아가 아이엄마에게 가봐야겠소. 그녀가 고민에 빠져서 명상도 못하고 있을 게요. 아들에게 전화를 걸어서 자원하지 못하게 해야겠소. 다음에 봅시다, 오스굿 씨. 나와 함께 돌아가겠소?"

"저는 여기 남아서 측량을 마치겠습니다."

젊은 미국 남자는 떨었고
인도 소녀는 그를 살며시 보며 미소 짓더니 가버렸다.

"좋습니다. 배를 다시 보내주겠소."

자가트는 고개를 끄덕이고 방을 나왔다. 잠시 후 그는 재빠르게 호수를 건너고 있었다.

"안녕하세요, 아버지."

자이가 말했다.

그는 한밤중이 지나서야 궁전에 도착했고, 생각보다 늦게 잤다. 열여덟 살임에도 스물다섯은 되어 보였다. 면도한 피부 아래로 검은 턱수염이 나 있으며 짙은 검정 눈썹에 눈이 검게 보였다. 귓가를 따라 가는 검정 머리카락이 나 있었다.

"들어오너라."

자가트가 말했다. 그는 할아버지가 쓰시던 사무실 책상-영국식 디자인이지만 인도 자단으로 만든 것이었다-뒤에 앉아 있었다.

자이는 문에서 가까운 의자에 앉았다. 서구식 옷을 입은 그는 수라산 비단 양복에 노 넥타이 차림이었고, 옷깃은 그의 강인한 목둘레에 접혀 있었다. 자가트는 아들을 흘깃 보더니 다시 외면했다. 그는 제멋대로인 아들에게 부드러운 모습을 보여주고 싶지 않았으므로 부러 앞에 놓인 서류에 금 손잡이가 달린 펜으로 숫자를 적으며 계속 일했다.

"우리의 산업 생산이 증가되어 매우 고무적이다."

그가 올려다보지도 않고 말했다.

"유리와 시멘트, 소금, 의류, 연사, 볼 베어링, 전기계량기, 면직물 생산 모두 작년보다 나아졌어. 물론 자본이 충분히 공급되고 있지 않지만 어디선가 차관을 해야 할 것이야. 정부를 잘 설득한다면 돈을 빌릴 수 있어. 다행히도 강 운하가 완공되었지만 관개가 꾸준히 이루어져야 한다. 특히 라자스탄 운하에 말이다. 반면에 하나뿐인 내 아들은 중국놈들에게 죽으러 가려고 한다!"

"중국이 국경에서 전쟁을 일으키려는데 모른 척 그냥 영국이나 미국으로 갈 수 없어요, 아버지."

자이가 말했다.

"난 네 대신 수백 명을 보낼 수 있어."

자가트가 말했다.

"그들이 저는 아니잖아요."

아들이 반박했다.

자가트는 펜을 내려놓았다.

"내 가슴을 찢어놓고 싶으냐?"

"아닙니다, 아버지. 아버지는 제 마음을 아프게 하시려나요?"

"내가 어떻게 그러겠니? 네 마음은 대리석처럼 단단하다."

"그러면 그것은 산에서 바로 정기를 받은 라지푸트 족의 마음입니다. 저는 선조들을 잊지 못합니다. 우리는 인도 전체를 이끌었습니다. 그렇지 않나요, 아버지? 우리가 반격하지 않는다면 누가 싸우겠습니까?"

자가트는 대답하지 않았고 자이는 격렬한 어조로 말을 이었다.

"학교 친구들 중 제가 가장 먼저 자원하지 않는다면 수치스러울 겁니다. 그들은 그걸 바라고 있습니다. 전 라지푸트 족입니다. 장교 교육도 받았습니다. 그들은 저를 따를 거지만 저는 아무도 따르지 않습니다."

자가트는 한숨을 내쉬었다.

"네가 태어나기 전에 돌아가신 할아버지 같구나! 나는 그분을 매우 잘 기억하고 있지. 1930년에 할아버지가 돌아가셨을 때 난 너와 비슷한 나이였다. 웨일즈 공작(prince of wales, 즉 영국 왕 조지 5세) 대관식" 때 할아버지가 굉장한 소동을 일으켰지. 그는 왕족 전체, 사실은 인도 전체를 화나게 했어. 물론 경의를 표하는 차원에서 웨일즈 공작을 '니잠(Nizām, 인도의 군주 칭호)'이라 부르는 데 절대적으로 반대했지! 솔 바트리스티는 이제 할아버지가 그렇게 하도록 허락할 수도 있을 거야. 그리고 그는 항상 우리 국회의 보호를 받고 있었는데 상원에는 최고 지위의 라지푸트 족 군주 16명이, 하원에는 다른 30명의 라지푸트 족 군주가 있었지. 너는 그게 무엇인지 아느냐?"

자이가 씩 웃었다.

"왜 저에게 솔 바트리스티에 대해 말씀하시는 거죠?"

자가트는 한숨을 쉬었다.

"맙소사, 다 지나간 일이야! 어쨌든 이곳의 고위 관료들은 내 할아버지가 어떻게든 그 공작을 만나서 봄베이로 가도록 설득해야 한다고 생각했지. 봄베이 정부(영국의 식민지)는 견고했고, 그 웨일즈 공작만이 이 문제를 풀 수 있는 유일한 사람이었지. 그는 배에 승선한 채 나의 할아버지를 맞았는데 엄격히 말해 그 배는 영국의 영토였고, 할아버지는 그 직후 바로 떠나셨다. 내가 이 얘기를 했던가?"

"네, 아버지."

"아, 그랬군. 말했었나?"

"그 이야기가 입대를 결정하는 데 도움을 주었지요, 아버지."

자이가 웃으며 말했다.

자가트는 아들의 미소 띤 얼굴을 외면했다.

---

* 1911년 12월 12일 델리에서 열린 대관식을 말한다. 에드워드 7세가 죽고 난 뒤 그의 뒤를 이어 조지 5세가 대영제국의 왕으로 취임한다는 것을 천명하기 위해서였다. 조지 5세와 메리 왕비는 인도의 황제와 황비 자격으로 대관식을 거행했으며, 인도의 많은 왕족이 이 행사에 초대되었다. 이것은 델리에서 열린 세 번째 대영제국의 대관식이었다. 첫 번째는 1876년 빅토리아 여왕이 인도의 황후로 선포된 대관식이었고 두 번째는 1903년 에드워드 7세의 즉위를 기념하기 위한 것이었다.

"중국과 싸우는 것은 불필요하다! 그들의 지도에서 국경이 모호해진 1954년 이후로 그랬던 것처럼 우리는 협상을 할 것이야. 결국 우리는 서구인들처럼 환희에 차서 전쟁에 자신의 몸을 던지진 않을 것이다. 우리의 전통은 달라."

"그래요, 그럼 중국인들이 뭐라고 말하는지 아세요?"

자이가 캐물었다.

"그들은 지도가, 오래된 민족주의자들의 것이어서 개정할 시간이 없었다고 합니다. 그들은 거짓말을 하고 있어요! 그들은 충분한 시간이 있었습니다. 게다가, 같은 해 7월에 우리의 군대가 우타르 프라데시에 위치한 바라호티에 있었다고 불평하고 있습니다, 아버지. 그곳은 니티 파스의 남쪽이고 항상 우리의 영토였지요. 그리고 일 년 뒤에 그들의 말을 우리가 반박했음에도 중국군은 쳐들어왔습니다."

"역사를 잘 알고 있구나."

자가트는 마지못해 말했다.

"전 역사를 알 뿐 아니라 기억도 하고 있어요."

자이가 대답했다.

"아버지가 뉴델리에 저를 데리고 가셨을 때 수상 각하와 얘기하는 것을 들었습니다. 그리고 2년 뒤에 중국 수상이 자신의 정부가 미얀마에 있는 예전의 맥마흔 라인**에 동의한다고 말한 것을 기억합니다. 그 국경선은 인정되지 않았고 지도도 개정되지 않았습니다! 그런 사람들에게 맞서 싸우는 것 말고 무엇을 하겠습니까! 그들은

** 인도와 티베트의 국경선. 1914년 인도의 '심라회의'에 영국과 중국 그리고 티베트의 대표가 참석한 가운데 영국 대표인 맥마흔과 벨이 조정자로 나서 인도와 티베트 간 국경선을 붉은색으로 표시한다. 이른바 '맥마흔 라인'이 확립, 이후 인도와 중국 간 분쟁의 원인이 된다. 참고로 심라회의에서 티베트 대표는 티베트가 독립국가임을 주장했고 중국 대표는 티베트를 중국의 일부라고 주장하였다.

우리의 영토 5만 평방 마일을 자기네 것이라 주장하고 있습니다! 이를 참아야 합니까? 정찰대 몇 명이 목숨을 잃었습니다. 반면에 중국인들은 티베트와 신장을 연결하는 고속도로를 완공했는데, 그 도로는 북동쪽 라다크의 악사이 친 지역을 가로지릅니다. 우리의 영토를 말입니다! 지난 2년 동안의 논쟁에서 과연 무엇이 나왔습니까? 우리는 세 번이나 중국인들에게 많은 증거를 제시했는데 그들은 상관이나 했나요? 제가 장담하는데 그들은 그 영토를 차지하기 위해 거짓말만 하고 있어요. 올해는 결판을 내야 하고, 거기에 동참하고 싶습니다. 그들은 다시 정찰대를 거느리고 칩챕 지역에 있는 라다크로 넘어왔습니다. 이제 막아야 합니다."*

"신발에 낙타 똥이 묻었구나."

자가트가 말했다. 그는 아들이 이야기할 때 아래를 보면서 아들이 흰 양말 위에 신고 있는 멋진 영국 신발의 밑창을 관찰하고 있었다.

"뭐라고요!"

자이가 큰소리로 말했다. 그는 직접 자세히 보려고 허리를 굽혔다.

"이럴 수가, 아버지, 우리나라의 길바닥 상태가 형편없어요! 무언가 조치를 취하셔야 해요. 궁전 밖으로 몇 발자국밖에 떼지 않았는데 말이에요. 호수에 가서 제 모터보트가 있는지 보려고 했거든요. 아버지 외에는 사용하는 사람이 없는 것 같네요. 어떻게 할까요?"

---

* 인도와 중국은 1950년 외교관계 수립 후 1954년 '평화공존 5원칙'에 전격 합의했다(앞의 주석 참조). 그러나 2년이 지난 1956년 중국은 티베트와 자국 본토를 연결하기 위해 카슈미르 지역의 '악사이 친'을 통과하는 도로를 건설했고, 1959년 인도는 중국의 무력침략에 대항해 봉기를 일으켰다가 실패한 티베트의 지도자 달라이 라마를 자국에 피신시킴으로써 중국과 인도의 관계는 냉각되기 시작했다. 중국은 수차례의 무력도발 끝에 1962년 인도 라다크 지역을 전격 침공했으며 20여 일간 계속된 전투는 인도의 참패로 끝났다. 이로써 두 나라 사이는 파국으로 치닫는다. 여기서 카슈미르는 인도·파키스탄·아프가니스탄·중국의 국경 지역에 위치한 탓에 이들 나라 간 영토분쟁의 불씨가 된다.

자가트는 책상의 벨을 눌렀다. 즉시 하인이 들어와서 인사를 했다. 자이는 오른쪽 다리를 뻗었다.

"신발을 벗겨서 닦아오너라."

"알겠습니다, 왕자님."

하인은 쭈그리고 앉아서 신발을 부드럽게 벗겨내더니 나갔다.

"신발을 버리는 게 낫겠어요."

자이가 불평했다.

"낙타는 냄새가 고약해요."

자가트가 웃었다.

"전쟁터에서는 어떻게 하려고 그러느냐, 이 까다로운 녀석아? 네가 신발을 기다리는 동안 다른 가족사를 얘기해주마, 네 엄마가 아직 말해주지 않았다면 말이다. 이곳 왕의 휘하에 있으면서 잘라 족의 우두머리였던 사다리sadhari의 군주가 왕의 총애를 받아 그의 딸을 아내로 맞았지. 신부는 큰 주에 있는 사다리로 갔고, 군주는 그녀가 남편에게 복종하는 좋은 힌두교 아내이자 공주가 될 수 있을지 보기 위해 기다렸다. 저녁에 그녀와 단둘이 테라스에 있게 되자 그는 그녀에게 긴 담뱃대에 불을 붙일 수 있도록 화로에서 석탄재를 가져오라고 부탁했어. 그녀는 즉각 하인의 일은 하지 않을 거라고 단언했지. 군주가 계속 요구하자 그녀는 자리에서 일어나 대기 중인 마차에 올라탔어. 그리고는 하인들에게 자신의 고향으로 갈 것을 명령했지.

공주는 집으로 돌아와 제 어머니에게 이 일을 전했고, 분개한 어머니는 왕에게 직접 가서 결혼 취소를 요청했어. 그분이 네 할아버지 같았다거나 나 같았다고 말하지는 않겠다! 왕은 솔 바트리스트리에 간다는 말만 했고 사다리의 군주도 그곳에 모였지. 그때쯤 나는 사다리의 군주가 자신이 일으킨 모든 소동에 대해 미안해하고 겸손하게 나올 줄 알았다. 그런데 내 할아버지는 그 군주를 좁은 복도로 불러냈어. 너도 기억할 게다, 한 번에 한 사람밖에 지나갈 수 없는, 네가 어릴 적에 숨기 좋아하던 장소 말이야. 그 복도를 통과해 그들은 정원으로 들어섰는데 지금은 아니지만 그때는 여자들의 규방이 그대로 보였지. 할아버지는 미리 그곳의 특정한 곳에 슬리퍼를 놓아두도록 명령했어. '슬리퍼를 신게.'

할아버지께서 군주에게 말했지.

물론 슬리퍼는 찾을 수 없었다. 할아버지는 본인이 직접 찾아서 먼지를 턴 다음 사위에게 주었어. 그러자 사위가 무척 당황해하며 황급히 사과했지. 내 할아버지는 그저 조용하기만 했다! '이곳에서 우리는 주인과 하인이 아니네.' 그가 말했지.

'자네는 내 사위고 경전의 말씀에 따라 나는 자네를 정중히 대해야 하며 그렇게 하고 있네.' 당연히 공주는 이 모든 상황을 규방의 창문을 통해 보고 있었어. 곧 그녀는 자신이 훌륭한 아버지보다 모자란 것을 깨닫고 밖으로 나와 군주와 함께 돌아갔고, 아내로서의 책임을 다했다."

자이는 이 모든 이야기를 듣더니 의미 있는 웃음을 지으면서 말했다.

"어머니께서 벌써 얘기해 주셨어요."

"그런데 이야기를 끊지 않다니 예의가 매우 바르구나."

자가트가 대꾸했다

"저는 내일 전선으로 떠납니다."

자이가 조용히 말했다.

아버지와 아들은 오랫동안 서로를 쳐다보았다.

"좋다, 아들아." 자가트가 말했다.

"이제 어머니에게 가 보거라."

모티는 테라스의 보리수나무 아래 앉아 있었다. 선조들이 300년 전에 심어놓은 보리수나무는 거대했다. 그 둘레는 잴 수 없을 정도여서 그저 짐작할 따름이고, 오히려 재는 것보다 가만히 추측해보는 게 더 흥미로웠다. 그녀는 오늘 평소보다 일찍 일어났다. 자이가 궁에 도착하여 조만간 자신을 찾아오리란 것을 알고 있었기 때문이다. 그녀는 오늘도 평상시대로 유럽식의 아침식사를 했다. 커피, 빵 조각 그리고 그녀가 소녀 시절에 프랑스 여자 가정교사한테 만드는 법을 배운 과일 설탕절임, 신선한 제철과일이 식단의 전부였다.

그녀는 홀로 앉아서 하인이 곁에 있는지도 모르고 언제나처럼 생각에 잠겼다. 이제 성인이 된 아들 자이의 여자관계에 대해 숙고하였다. 자이가 성인이 되었다는 건 의심의 여지가 없었다. 모티는 아들에게 감성적인 면이 없을 거라고 생각했는데 어느 날 하인에게서 믿을 만한 소식을 들었다. 그러니까 자이가 봄베이에 있는 동안 영화 관계자들이 자주 드나드는 주후Juhu 비치 호텔의 파티에서 예쁜 여배우를 만났고, 그녀와 무슨 일이 있었다는 것이다. 남녀 사이에 무슨 일이 일어났다는 것은 한 가지를 의미한다. 모티는 이에 대해 서운함이나 한 치의 후회도 느끼지 않았다. 그녀는 '훌륭한 남자'의 의미에 대해선 잘 몰랐지만 제멋대로인 아이를 좋은 남자로 키워냈다. 여자에게 좋은 남자란 단순한데, 결혼 전에는 순결을 지키고 결혼한 후에는 가정에 충실히 임하는 것이다. 모티는 항상 육체적인 본능에 좌우되는 남자들에게 미안함을 느꼈다. '아, 가엾은 자이도 충동적이고 노골적이겠구나! 그 여배우를 아직도 사랑할까?'

자이에게는 어머니를 한 여자로 바라보기가 쉽지 않았다. 특히 그가 영국 상류층의 관습이나 전통을 가진 학교에 진학한 뒤로 두 모자는 오랫동안 가깝게 지내지 못했다.

그때였다. 모티는 문가에 서 있는 자이를 발견하곤 잘생긴 청년으로 자란 그의 모습에 매우 놀랐다. 물론 턱수염은 어린 마음에 기른 것이겠지만 어쨌든 잘 어울렸다. 그의 옅은 올리브빛 얼굴은 아직 아이처럼 둥글고 광대뼈 부분이 불그스레했다. 아름다운 담갈색 눈은 크고 표정이 풍부했으며 속눈썹은 숱이 많고 눈썹은 짙었다.

"어서 오거라, 내 아들아."

그녀가 말했다.

자이는 걸어 들어와 두 손을 모으고 멈추었다.

"안녕하세요, 어머니. 좋아보이시는데요?"

"나는 매우 잘 지낸다, 고맙구나."

그녀는 하인을 향해 손짓으로 신호를 보냈다. 자이에게 커피를 갖다 주라는 것이었는데 그는 사양했다.

"고맙습니다, 그런데 전 그걸 마실 줄 몰라요. 차를 마시겠습니다."

하인이 나가고 나자 자이는 어머니를 유심히 보았다. 흔들리는 보리수나무 그림자로 인해 그녀의 섬세한 얼굴이 생기를 띠었다. 자연스러워 보였다. 그는 한 번도 어머니를 여자나 제3자로 생각해본 적이 없었다. 이 순간 어머니가 자신과 떨어져 상관없는 사람으로 보이자 그는 약간 놀랐다. 집에 돌아왔을 때 누군가 집에 있었으면 하는 바람 이외에는 그녀를 특별히 필요로 하지 않았다. 때문에 그는 어머니가 이러는 것은 전부 당신의 개인적인 권리를 누리는 것이라고밖에 생각할 수 없었다. 일 년에 한 번 그녀는 소녀 시절에 살았던 자푸르의 집으로 가서 한 달 동안 머물렀다. 자이는 그럴 때 어머니를 그리워했다.

"자이," 그녀가 불쑥 말했다.

"결혼할 계획은 없니?"

"예, 어머니."

"왜 안 하려는 거지?"

"혼자서 전쟁터에 홀가분하게 가고 싶어요."

"그럼 네가 전사하고 아버지를 이을 후계자가 없으면 어떻게 하지?"

"그게 문제가 되나요, 이제 우리는 더 이상 인도의 통치자가 아니잖아요?"

"우리에게는 문제란다."

자이는 대답하지 않았다. 모티는 은으로 된 과도로 꼼꼼하게 무화과를 깎고 있었다.

"저는 지금 이 순간 더 이상 방해받고 싶지 않아요."

마침내 자이가 말했다.

"정말 냉정하구나."

모티가 대꾸했다.

"사랑을 생각해야 할 때 전쟁과 살인을 생각하다니! 만일 네가 돌아와서 심지어 중국인을 죽였다고 해도 네 손 하나 잡지 않을 테다."

"죄송해요, 어머니. 제가 죽지 않으려면 최대한 많은 중국인을 죽여야 합니다."

"이런 식의 대화는 하기 싫구나."

그녀가 말하더니 갑자기 무화과를 내려놓았다.

그러나 그녀는 곧 다시 집어들더니 조각을 내어 먹기 시작했다. 그는 어머니가 마음속으로 자신과 논쟁할 준비를 하고 있다는 것을 느낄 수 있었다.

"정부는 아직도 중국과 어떤 방법으로든 대화할 의지가 있다고 말하고 있어. 그런데 왜 너는 책임을 짊어진 채 학업을 미루고 군인이 되려는 거냐?"

자이는 가만히 앉아 있지 못했다. 그는 일어나서 어머니 앞을 왔다 갔다 하며 말을 쏟아냈다.

"어머니, 어머니는 신문에서 읽고 싶은 것만 읽으시는군요. 불과 나흘 전, 정확히 1962년 9월 8일은 역사적으로 중요한 날이며 그래서 제가 강조하는 겁니다. 중국이 따가라thaga la를….."

"물론 알고 있다."

그녀의 목소리가 격해졌고 눈빛은 빛났다.

"그렇지만 결국 라다크 지역에서 대접전이 일어나 양국이 더 이상의 피해를 막기 위해 철수할 것을 제안했다."

"중국이 거절했어요!"

그는 어머니 앞에 멈추어 섰다.

"오늘 정부의 발표가 있었습니다. 중국이 무력으로 점령한 인도 지역을 반환할 때까지 어떤 대화도 하지 않을 것이라고요. 어머니, 중국에겐 물러날 의도가 없다는 것을 모르시겠어요?"

그녀는 무화과를 먹다가 멈추고 말했다.

"그렇지만 왜?"

그녀가 졌다는 것을 알 수 있었다. 그녀의 불같은 눈길이 잦아들고, 유리그릇에 손을 담가 씻은 후 수건으로 닦는 동안 그녀의 손가락이 떨렸다.

"넌 아버지를 꼭 닮았구나."

그녀가 말했다.

"네가 하고자 하는 것은 꼭 하지. 왜 내가 두 사람 때문에 애쓰는지 모르겠구나."

그녀는 자이가 물러나 주기를 바랐다. 그가 가고 나면 그녀는 방으로 가 프란시스 폴 신부에게 자성의 긴 편지를 쓸 것이다. 그녀는 이젠 자신의 의견을 주장하는 아들에게 어떻게 해야 하는지 물을 것이다. 그녀는 최선을 다한 것이 아닐까? 아들이 어릴 적에 그녀는 모든 생명체를 사랑하라고 가르쳤다. 심지어 둥지에 있는 새들도 괴롭혀서는 안 된다고 가르쳤다. 그것이 불편한 장소일 때, 가령 제비들이 식탁 위 거대한 크리스털 샹들리에 위에 둥지를 트는 바람에 사람이 불편을 느끼더라도 그들이 무사히 보금자리를 만들어서 알을 낳고 부화시킬 수 있도록 놔둬야 한다.

"어머니, 왜 웃으시나요?"

자이가 물었다. 그는 제 손가락으로 껍질을 벗긴 무화과를 통째로 입에 넣어 먹고 있었다.

"식탁 샹들리에 위로 둥지를 튼 제비들을 생각하고 있었다. 너도 기억나지?"

자이가 웃었다.

"어떻게 잊어버리겠어요? 나이 든 로드리게즈가 샹들리에 아래에 모기장을 칠 줄 누가 알았겠어요. 하지만 어머니는 누구도 둥지를 건드리지 못하게 하셨죠. 어머니, 로드리게즈가 다시는 건드리지 못할 겁니다. 어쨌든 다음 해 봄에 샹들리에 위로 들어오면 안 된다는 것을 제비들이 알 수 있도록 로드리게즈가 조치를 했죠."

"그런 일이 있었니? 왜 제비들이 다시 안 오는지 궁금했단다. 조금 마음이 상하는구나."

"어머니, 그것 보세요."

자이가 무화과를 잔뜩 입에 물고 말했다.

"어머니 같은 점잖은 여자들은 이런 달콤한 원칙을 가지고 있지만 우리 같은 나머지 사람들은 그 원칙을 지켜주기 위해서 노력한다고요. 우리들이 살려면 누군가 아무도 모르게 새들을 조용히 시켜야 하고, 모기와 뱀들을 죽여야 하고, 호랑이를 사냥하고, 중국과 싸워야 한다고요. 로드리게즈는 아무도 모르게 제비 방어망을 만들었지만 저는 비밀리에 전쟁터로 갈 수 없어요, 어머니. 그러니 축복하면서 보내주세요. 언제 다시 만날지 모르겠지만요."

그녀는 울컥, 목이 메어 말을 할 수 없었다. 그리고 일어나더니 아들의 머리를 당겨 이마에 축복의 입맞춤을 했다.

자이가 나가자 그녀는 깊은 외로움을 느꼈다. 아들이 있다는 생각조차 들지 않았다. '이것은 불길한 징조일까? 아니야, 말도 안 돼! 자이는 아주 건강해. 위험한 전쟁터로 나가기 전 수주에 걸친 훈련과 준비가 있을 것이야. 그러면 전쟁은 끝날지도 모르지.' 그러나 새로이 밀려든 외로움은 습관적인 외로움과는 달랐다. 마치 그녀의 한 부분이 사라지고 자신을 잃어버린 것 같았다. 아주 깊은 고통이 몰려왔다. 온 세상에 그녀가 이야기할 수 있는 사람은 아무도 없었다. 사람들에게 둘러싸여 있지만 그녀는 외롭고, 의지할 신도 없었다. 힌두교의 여러 신 중에서는 그녀가 열망하는 정체성을 찾을 수 없었다. 때문에 그녀는 기독교도들처럼 유일신을 원했다. 창조의 시바, 보호의 시바, 파괴의 시바의 성삼위일체에서 그녀는 어느 신을 원하는가? 보다 분명하고 덜 광범위한 유일신이 있어야 한다. 그래서 의지하고 싶을 때 쉽게 기도할 수 있어야 한다. 프란시스 폴 신부가 그랬던 것처럼 귀기울여주는 최고의 신을 믿는다는 것은 매력적이다. 그녀가 제비들에게 했던 조그마한 일도 그와 비슷한 것이었다. 하지만 프란시스 폴 신부를 만나지 않았다면 과연 그녀는 이런 믿음들의 필요성을 느꼈을까? 프란시스 폴 신부가 그날 저녁 궁에 오기 전까지 그녀는 자신이 외롭다고 느끼지 않았고, 자신을 속이는 그런 사람도 아니었다. 사실이다. 그녀는 자신을 돌아본 적이 없었다. 단지 자신은 궁의 복잡한 생활 한 부분을 차지하고 있다고만 생각했다. 프란시스 폴 신부가 그녀 자신을 돌아보게끔 무슨 말을 했던가? 그녀가 신부에게 모호한 내용의 긴 편지를 보내기 전까지 두 사람은 거의 이야기도 나누지 않았다. 지금도 그가 궁을 찾아오면 지난 편지에 썼던 질문에 대해서만 이야기한다. 천성적으로 수줍음을 타고, 갑자기 침묵하거나 두문불출하기 일쑤인 그녀는 아직도 그를 어려워해서 편지도 자주 쓰지 않는다. 그리고 때때로 그는 자가트를 칭송하는 것과 같이 이해할 수 없는 방법으로 그녀에게 상처를 주기도 한다. 그는 심지어 호랑이나 멧돼지 사냥을 좋아하는 자가트에 대해서도 왕비가 비난해서는 안 된다고 말한다.

"전하께서는 자신의 결정을 내리셔야 합니다."

프란시스 폴 신부가 말했다.

그는 자가트를 항상 '전하'로 호칭했는데, 물론 다른 호칭을 상상할 수 없긴 하지만 '전하'라고 말할 때는 마치 그녀가 부군인 자가트에게 제대로 존경을 표하지 않은 것을 질책하는 것 같았다. 그리고 프란시스 폴 신부처럼 온화한 분의 꾸짖음은 견딜 수 없었다. 아, 그랬다. 신부는 부드러울 정도로 온화했고 그것이 그녀의 삶에 필요했다.

무언가 말하고 싶은 충동에 그녀는 일어나 자신의 방으로 갔다. 그녀의 하얀 사리가 펄럭였다. 문을 닫은 후 자단으로 만든 책상으로 가서 펜을 잡았다.

"어떻게 해야 하나요?"

그녀는 언제나처럼 인사도 없이 적어내려 갔다.

"제 아들이 전쟁터로 갑니다, 하나뿐인 아들이!"

자이는 어머니를 만나고 나서 곧장 비라에게 갔다. 비라는 거실에서 영국식 베이컨과 스크램블 에그로 아침식사를 하는 중이었다. 그녀는 영국풍 옷을 입고 있었다. 새로 난 나뭇잎처럼 푸른, 인도 모슬린으로 된 여름 드레스였다. 그녀가 이리 아름다운 줄 그전에는 느끼지 못했다. 자이는 가장 편안한 의자에 앉았다.

"라지가 마음에 들어?"

난데없이 자이가 물었다.

"왜 묻는 거야?"

비라가 인도산 오렌지 잼을 토스트에 바르면서 대꾸했다.

자이는 비라를 자세히 보았다.

"사랑에 빠진 것 같은데."

"여자가 사랑에 빠진 모습을 어떻게 알아, 기도라도 해? 맛있는 영국 잼이 있었으면 좋겠다!"

"진짜 애국심도 없구나, 내가 방금 전쟁에 참가하기로 결정했는데 말이야!"

"어머니께 말씀드렸어?"

"방금! 못마땅해하셔."

"당연하지. 어머니가 널 제일 예뻐하시잖아."

"말도 안 돼. 어머니는 그렇지 않아. 만일 그렇다면 누나라고."

"정말 말도 안 돼. 어머니가 딸들을 가장 예뻐하지는 않아. 그 자리는 항상 아들 차지라고. 왜 자원하려는 거야?"

"글쎄. 그래, 누군가 할 수 있는 분명한 일이기 때문이지. 요즘은 명확한 것을 찾기 힘들어. 아버지가 호수의 궁전을 호텔로 바꾸려는 것처럼 모든 것이 새것과 옛것으로 뒤범벅이야! 그 미국사람 봤어?"

비라는 밝고 수줍은 얼굴로 자이를 쳐다보았다.

"그 사람이 나를 봤어."

"그리고?"

"아무 일도 없었어."

"그가 좋아했던 것 같은데?"

"아마도."

"그러면 라지는?"

"라지의 생각을 내가 어떻게 알아? 게다가 그는 아무것도 몰라."

"알아야 할 일이라도 있나?"

"물론 없지. 어떻게 그런 게 있겠어?"

"그러면 대체 무슨 얘기를 하는 거야?"

"아무것도."

"분명한 게 없군. 내 말이 그거야. 인도에서는 명확한 게 없다고."

자이는 안절부절못하며 일어나서 창가로 갔다. 그가 여태껏 바라봐온 풍경이었지만 오늘은 왠지 처음 보는 풍경처럼 아름답게 다가왔다. 회색빛 사막언덕으로 둘러싸인 호수 위로 파란 하늘이 비치고 그 한가운데에는 대리석 궁전이 히말라야의 눈보다 더 하얗게 빛나고 있었다. 그는 어릴 적에 보았던 그 궁전을 기억했다. 할아버지가 첩들에 둘러싸여 그곳에서 여름을 보내는 동안 할아버지의 아내인 늙은 왕비는 궁전에 남아 있었다. 할머니는 언제나 '평온함을 위해서'라고 주장했다. 옛 인도 여인들의 놀라운 인내심이었다! 오늘날 어떤 여자가 남자의 그런 행동을 사랑스럽게 받아들여 주겠는가? 그러나 심지어 이상할 정도로 인도의 현대 여성들이 이런 수동적인 자세를 물려받았다고 설명할 수밖에 없는 것이다. 그녀들은 평생 동안 자신에게 닥칠 어려움을 기다리며, 자신이 원하는 대로 인생을 개척해 나가지 못하고 있다. 비라조차도 말이다! 그는 자신이 아는 다른 여자들을 떠올려보았다.

그는 가능한 한 휴일에는 주후 비치의 새 호텔에서 머무르는데 어느 일요일, 가족과 함께 있던 세라를 봄베이에서 만났다. 그녀의 뚱뚱한 어머니는 인자하셨고, 아버지는 한 정부기관의 수장이었으며, 남동생과 여동생들이 있었다. 그곳에서는 일요일마다 가족들이 도시를 떠나 수후 비치에 가는 것이 일상적인 일이었다. 부유한 사람들은 점심을 먹기 위해 호텔에 오곤 했다. 그날 자이는 수영하고 방으로 돌아오는 길에 분홍 장밋빛 사리를 입은, 키가 크고 아름다운 세라를 보았다. 자이는 황갈색의 새 아마사 옷을 입고 내려와 야외 탁자에 앉았다. 세라의 가족이 가까운 곳에 있었다. 그는 양해를 구한 뒤 자신을 소개했다. 그 후 커다란 정원이 바다를 향해 나 있는 세라의 집을 두 번 방문했다.

"사랑에 빠졌니?"

이번에는 비라가 물었다.

자이는 돌아서더니 그녀의 정확한 돌발질문에 놀랐다.

"그건 내가 지금 나 자신에게 물어보고 싶은 거야."

"그 여자가 누군데?"

"세라 롤."

"나는 모르는 여자인데."

"나도 잘 몰라. 하지만 그녀는 아름다워."

"인도 스타일로?"

"어, 하지만 새로운 인도 스타일이지."

"델리 출신이야, 봄베이 출신이야?"

"봄베이 사람이야."

"그 여자와 결혼하고 싶어?"

"아니, 내가 전쟁에 자원하지 않는다면 그럴지도 모르지만. 내 말은 그러기에는 너무 일러. 그리고 나는 이제 곧 멀리 가야 하는걸."

"부모님은 네가 떠나기 전에 결혼하기를 바라셔, 그렇지 않아?"

"대를 이어야 하는 문제라면 예전처럼 그게 그리 중요하지는 않아."

"아, 우리는 더 이상 왕족이 아니구나, 정말 그래! 옛날이 그립지, 자이 왕자님?"

"그래, 어떤 면에서는. 하지만 아니야. 왜냐하면 지금은 자유롭거든."

"그 세라라는 여자, 가기 전에 만나야 되잖아?"

"그래야겠지, 나 자신을 위해서."

그가 자리에 앉았다. 두 사람은 잠시 동안 진실한 눈빛으로 서로를 쳐다보았다. 그가 말했다.

"누나가 라지를 정말로 좋아한다고 말했으면 좋겠어."

비라는 왼손을 재빨리 앞으로 내밀었다. 커다란 다이아몬드가 그녀의 세 번째 손가락에서 반짝거렸다.

"내게 기회가 왔을 때 내가 그를 사랑할 수 있느냐가 문제야."

"라지가 누나한테 혐오스러운 건 아니지?"

"그 사람이 왜 그러겠어?"

"귓가에 털 난 거 말이야!"

비라가 웃었다. "아, 그거…."

"아니야?"

"자이, 왜 내게 부담을 주는 거야? 네 귓가에 난 털을 보라고!"

"난 누나를 좋아해, 알지?"

"우리 감상적이 된 거야? 그런 적 없었잖아."

"아니, 그렇지만 지금 어쩌면 예민한 것 같아. 모든 일이 잘 돼고 모두가 잘 지낼 거라고 생각하면서 떠나고 싶어."

"모든 일이 잘 될지 내가 어떻게 알겠니? 이번이 학교생활의 마지막 해기 때문에 난 인생의 한 부분을 접고 새로운 장을 맞이하고 있어."

"라지와 언제 결혼할 거야?"

"곧, 그러겠지… 내가 안 하겠다고 결심하지 않는 한 말이야."

"그럴 거야?"

"아니, 안 그럴 거 같아. 더 나은 사람이 없어, 적어도 내가 아는 사람들 중에는."

"사랑이라는 필수조건은 제외시킨 거야?"

"아, 그를 사랑할 거야. 일단 그와 결혼하고 나면 다른 가능성이 없잖아."

"지금은 가능성이 있는 거야?"

"그걸 내가 어떻게 알겠어?"

대화는 이상하게도 만족스럽지 못했고 자이는 종지부를 찍었다.

"이만 가볼게, 누나. 편지 보내."

그는 일어나더니 비라 옆으로 갔다. 그녀는 두 손으로 그의 손을 잡았다.

세라 롤을 만나기 위해 자이는 부드러운 파도 속에서 나왔다. 인도의 바다 위로 태양이 지고 있었다. 세라는 부모님과 함께 호텔 테라스에 있는 야자나무 아래 작은 테이블에 앉아 있었다.

"당신은 언제나 마지막까지 기다리는군요."

자이가 시중 드는 하인에게서 가운을 받아들고 옆에 앉자 그녀가 불평했다.

"실례하네." 세라의 아버지가 말했다. "잠깐 산책하고 오겠네."

그는 아내에게 고갯짓을 했고 뚱뚱하고 조용한 그녀는 창백한 얼굴 뒤로 백발을 묶은 채 뒤따라갔다.

세라가 웃었다.

"요즘 부모님들은 가엾어요! 현대적인 사람이 되고 싶어하시지만 우리들에게 자유를 주기 꺼려하시죠, 물론 언제나 경계를 두시고요! 자이, 왜 수영할 때 나를 놀래주려고 했는지 말해봐요."

자이는 하인이 건넨 수건으로 소금물에 젖은 얼굴을 닦았다.

"깜짝 놀랐어요?"

"물론 놀랐죠. 바다 속이 얼마나 위험한지 알잖아요. 일단 조수가 바뀌면 바다로 쓸려나갈 거라고요. 그땐 누구도 해안가로 나올 만큼 빨리 헤엄치지 못해요. 이곳의 조수는 세상에서 제일 무서우니까요. 그런데 당신은 멀리까지 나가서 간신히 해변으로 돌아오더군요. 물에서 걸어나올 때 파도가 다리를 잡아끄는 걸 봤어요."

"당신이 놀랐다니 걱정했나 보군요."

"어쩔 수 없잖아요."

중요한 순간이 왔다. 이제 자이는 무슨 말인가를 해야 한다. 자신과 그녀를 엮어주고, 자신이 다시 돌아올 수 있게 만들 무슨 말인가를. 그리고 만약 그가 돌아오지 않으면 그녀가 그를 위해 울어줄 것이다. 세라는 오늘따라 더 아름다워 보였다. 그녀의 짙은 머리칼이 물기를 머금은 소금기 있는 바람에 얼굴 쪽으로 날렸다. 그가 전장에서 죽을 것이 확실하다면 그는 즉시 말할 것이다. 그는 손을 내밀어 그녀의 손을 잡을 것이다. 그러나 그는 자신이 전사할는지 알 수 없었고, 만약 살아서 돌아온다 해도 자신이 돌아가고 싶은 사람이 그녀인지 확신이 서지 않았다. 하지만 몇 시간 후 떠나야 한다는 사실에 그들이 만나는 시간은 더욱 촉박해졌다. 아주 잠시 동안 그녀와 떨어져 있을 것이다. 무슨 말이든 지금 해야 한다. 그는 팔을 작은 탁자 위로 짚은 다음 그녀의 얼굴 가까이 다가갔다.

"세라, 나는 당신을 마음속 깊이 사랑해요."

그가 잠시 말을 멈추자 그녀는 검은 눈동자를 크게 뜨고 기다렸다.

"어쩌면 다시 돌아올 수 있을지 알지 못하기 때문에 당신을 사랑한다고 말해야 하는 건지도 모르겠어요. 그렇지만 당신을 기다리게 하는 것은 좋지 않은 것 같아요. 내가 돌아오면 어떻게 변해 있을지 모르겠어요, 지금과 낳이 달리저 있을까봐 걱정돼요. 당신이 나를 좋아하지 않을지도 모르고."

그녀가 낮은 목소리로 말했다.

"난 언제나 당신을 좋아해요, 무슨 일이 있어도. 언제나 당신을 사랑할 거예요."

그는 대답할 수 없었다. 어떻게 선물을 거절할 수 있겠는가? 세라는 그에게 자신의 마음, 한 사람의 마음, 한 여자의 마음을 주었다. 요즘 그는 삶의 의미를 찾고 있었다. 물론 국경에서 중국군과 전투를 벌이는 것 이상의 의미가 있을 것이다! 어쩌면 남자와 여자 사이의 평범하지만 좋은 관계에 의미가 있는지도 모른다. 그가 세라에게 돌아온다면 그녀는 그를 행복하게 만들어줄 것이다. 그들은 맑고 검은 눈과 짙은 곱슬머리를 가진 사랑스러운 아이들을 가질 것이다. 그가 무사히 돌아온다면 그것은….

그런데 갑자기 이것은 자신이 원하던 삶이 아니었음을 자이는 깨달았다. 그는 세라의 손을 부드럽게 잡았다.

"고마워요."

그가 말했다.

"당신이 한 말을 절대 잊지 않겠어요."

세라가 대답하기도 전에 그녀의 부모님이 돌아오셨고 그는 손을 놓아야 했다.

"가자, 세라."

그녀의 아버지가 말했다.

"밤바람이 바다에서 불어오고 있어. 네 어머니가 추우실 게야."

세라가 뒤돌아 사랑의 눈길로 오랫동안 자이를 바라보았다. 그리고 그들은 사라졌다. 순식간에 땅거미가 지자 자이는 밤바람이 차가워진 것을 느꼈다. 불길한 예감이 들었지만 애써 외면했다. 내일 아침 동이 트면 그는 훈련소로 떠날 것이다. 6주간의 기본 훈련 뒤에 라다크의 전쟁터로 갈 것이다. 6주간의 훈련이다!

자가트, 근대를 넘어 현대를 껴안다

"만족할 수 없군요."

자가트가 말했다.

자이가 집을 떠나 전선으로 간 지 몇 주가 흘렀다. 가을의 농작물들이 들에서 익어가고, 가을바람에 사막의 공기가 차가워졌다. 자이가 히말라야의 추위 속에서 싸우고 있다는 게 믿기지 않았다. 자가트는 며칠 전에 경제통계청 국장이 보내온 소책자를 내려놓았다.

"올해는 매우 건조합니다." 국장이 말했다.

자가트가 다시 책을 집어들고 크게 읽었다.

"라비*의 곡물이 작년보다 10퍼센트 줄었다. 카리프** 곡물도 5퍼센트 줄었다. 콩류도 작년보다 많지 않다. 총 곡물 생산량 감소. 지방 종자 수확 저조. 섬유 생산 저조."

"그렇지만 기타 항목은 올랐습니다."

국장이 힘주어 말했다. 작고 뚱뚱한 그는 헐렁한 흰 면 도티와 셔츠를 입고 있었다. 걱정스러운 듯 그의 둥근 얼굴에는 연신 땀이 흘렀다. 이제는 왕에게 권력이 없다는 사실이 국장에게는 별 의미가 없었다. 그는 더 이상 통치력이 없는 왕자에게 습관대로 보고서를 보내고 말았는데 물론 전통을 따르는 마음에서였다. 자가트 역시 그런 태도에서 모순을 발견하지 못했다.

"문제는 관개계획이 지연되고 있다는 것입니다."

그가 불평했다.

"이것을 보십시오. 강 운하만이 완공되었습니다. 이번에도 마히

---

* Rabi, 이슬람력의 제3월 혹은 제4월을 의미함. 라비 시기의 곡류는 여름 우기가 끝난 후 10월 혹은 11월에 파종되고 봄철(4월이나 5월)에 추수됨.

** kharif, 이 시기 농작물은 4~6월 사이에 파종되고 9~11월 사이에 수확됨.

나 라자스탄 수로에는 진척이 없습니다."

"참발 강을 보십시오, 전하. 그리고 바크라 나갈도 보십시오!"

자가트는 책상 위에 있던 책을 덮었다.

"전하라고 부르지 말아요! 아, 용서해줘요, 오랜 친구! 사실은 내 아들 때문에 걱정입니다. 지금 국경에 있는데 전투가 미얀마 국경까지 번졌어요. 베이징에서는 맥마흔 라인까지 물러나지 말라고 명령을 내렸습니다. 오늘 아침 라디오에서 룸푸를 빼앗겼다고 해요. 맥마흔 라인에서 남쪽으로 10마일이나 떨어진 곳이지요! 아들은 군수 물자가 부족해서 낡은 무기만으로, 아무런 준비도 없이 전투를 계속해야 한다고 불평했습니다. 우리는 속아서 병사들을 준비시키지 못했어요. 하지만 내 아들 같은 젊은이들보다 준비가 덜 된 사람은 없을 겁니다. 인도의 꽃이 희생되고 있는데…."

자가트가 순간 말을 멈추었다. 국장은 한숨을 쉬더니 셔츠 끝으로 눈가를 훔쳤다.

"저의 두 아들도 그렇습니다, 전하."

자가트는 불쑥 오른손을 내밀어 국장의 오른손을 꽉 잡고 영국식으로 악수하더니 서둘러 손을 놓았다. 부드럽고 촉촉한 느낌이었지만 갑작스런 자신의 행동에 그는 약간 부끄러워졌다. 이것은 아버지가 이해 못할 행동이었다. 이 혼란스러운 시대에는 그것이 문제였다. 누구나 근대의 민주적인 면을 지니고 있어서 졸지에 상대를 당혹감에 빠뜨릴 수 있는 것이다. 검은 피부만 아니라면 국장의 얼굴이 아마 붉어졌을 것이다. 그는 더워 보였고 작은 땀줄기가 그의 뺨을 타고 흘러내렸다.

"자, 자."

자가트가 매우 무뚝뚝하게 말했다.

"관개시설이 효과를 발휘하는지 봅시다."

국장은 이마에 두 손을 모으고 인사한 뒤 서류를 모아서 갔다. 자가트는 빨간 대리석으로 덮인 커다란 자단 책상 앞에 잠시 앉았다. 안절부절못하는 얼굴로 그는 사냥대회에서 받은 트로피들을 바라보았다. 아, 아라발리 고원의 오두막에서 보낸 그 즐거웠던 밤들! 매시간마다 그는 평지붕 위를 걷다가 달빛에 비친 풍경을 주의 깊게 바라보았다. 그리곤 멈추어 몰이꾼이 내는 소리를 들었다. 덤불 속에서 야수의 금빛 눈이 번쩍이는 것을 발견한 즉시 아름다운 고양잇과 동물의 두개골을 가능한 망가뜨리지 않고 심장을 맞추기 위해서는 엄청난 노력과 기술이 필요했다! 자가트는 열정적인 데다 여자를 좋아했다. 하지만 그 어떤 순간의 열정도 자신의 총알을 맞은 아름다운 동물이 온기를 간직한 채 땅 위에서 죽어가는 찰나의 순수한 즐거움에 비할 바 아니었다. 그는 아들 자이가 훌륭한 사냥꾼이 되도록 라자스탄의 전통 위에서 영국식으로 훈련시켰지만 지금은 아들이 광기어린 중국군을 상대로 이 모든 사냥 기술을 헛되이 낭비하고 있는 것은 아닐지?

자가트는 때때로 라다크를 방문했었다. 처음에는 아버지와 함께 갔고 그 다음에는 히말라야의 낮은 산기슭에 있는 차 농장을 시찰하기 위해 혼자 갔다. 땅은 조상으로부터 물려받은 것으로, 증조부가 구입했으며 수익이 매우 많았다. 어쩌면 지금 그곳은 파괴되었을지도 모른다. 그 아름답던 차밭의 정원은 너무 가파른 경사지에 자리하고 있어서 그저 늘 차를 따는 사람들이 어떻게 발을 딛고 서는지 신기할 뿐이었다. 제철에는 수확을 하는, 구릉지 사람들의 밝은 옷이 뜨거운 햇빛에 반짝였다. 정말 멋진 광경이었다. 아, 라디오에서는 라다크의 갈완 계곡 기지가 이미 중국에게 넘어갔으며, 10월 25일의 격렬한 전투 후 타왕(군사전략 요충지)에서 후퇴한 인도군은 민간인들에게 최후의 저항을 위해 대피할 것을 권유했다는 보도가 흘러나왔다. 인도군이 방해 없이 전투에 임할 수 있도록 남자들은 나이든 부모님을, 엄마들은 아기를 데리고 집을 떠났다. 그래서 추슐에서의 전투가 시작되었고 지금도 계속 이어지고 있다. 그 피 튀기는 전쟁터 어딘가에 자가트의 외아들이 있었다. 자가트는 추슐 기지가 인도로 들어가는 매우 중요한 길목이므로 격렬한 전투가 벌어질 것을 알고 있었다. 중국군은 기지를 빼앗기 위해 모든 수단을 동원했는데, 단련되고 무자비한 수천 명의 지원군을 거기에 쏟아 부었다.

"아, 자이, 내 아들아, 내 아들…."

자가트의 마음속에서 신음소리가 터져 나왔다. 그 고통을 참을 수가 없었다. 그럼에도 자신이 할 수 있는 건 아무것도 없었고, 전쟁터에서 날아온 소식만을 기다릴 뿐이었다. 인도군이 꿋꿋이 용감하게 싸우고 있기 때문에 전쟁은 며칠, 몇 주 동안 계속될 것이었다. 인도의 모든 부모가 자신들의 아들을 걱정하며 고통에 빠져 있는데 자가트는 제 아들의 안위만 걱정하다니 얼마나 이기적인가! 그는 총독이 할아버지에게 선물로 준, 상아와 은으로 된 의자에서 일어났다. 그리고 호수가 바라다보이는, 대리석 격자가 붙은 창으로 걸어갔다. 푸른 호수 가운데서 빛나는 하얀 궁전이 보였다. 그 광경은 언제나 놀라울 정도로 아름답고 평화로웠다. 멀리 도시의 수로 입구에 있는 대리석 계단에서 규칙적인 방망이질 소리가 나지막이 들려왔다. 그곳에서 여자들은 밝은 사리를 입은 채로 목욕을 하고 옷을 빨았다.

갑자기 그가 서 있던 창가 바로 아래 있는 궁전의 부두로 작은 모터보트가 나타났다. 양팔에 짐을 든 미국인이 시끄러운 엔진 가까이 앉아 있는 게 보였다.

자가트는 미국인을 뒤따라가기로 했다. 대리인과 추수 업무를 보고, 수확량을 계산하고, 소작료를 곡물로 나누느라 20여 일 동안 개조 중인 궁전에도 가보지 못한 터였다. 토지가 사람들에게 돌아간 뒤로는 왕실대리인이 모든 수확창고를 체크한 다음, 왕실의 할당량을 가져가기 때문에 이것이 아버지 때처럼 큰 일은 아니다. 그럼에도 일부 토지는 왕자 자신이 소유하고 있으므로 이제는 심각하게 줄고 있는 자산을 알 필요가 있었다. 자가트는 실로 이상하고 모순된 나라에 살고 있는 것이다. 그는 왕권의 포기를 승인했고, 왕의 영토도 양보했다. 근대국가는 고대의 전제 통치자를 기반으로 세워질 수 없다. 그러나 그는 그런 통치자에 익숙해 있었고 자신의 비민주적인 충동을 계속 억눌러야 했다. 주민들은 그를 통치자로 대하려 하면서도 점점 마음처럼 쉽지만은 않았다. 그들은 인도 정부가 전통의 기반 위에 현대적으로 정비한, 마을 원로들과의 부락회가 해산하고 나서 그에게 사적으로 조언을 구하러 왔다.

어제만 해도 그는 모임에 참석하기 위해 도시에서 10마일이나 떨어진 마을로 갔다. 동이 트기 전부터 일찍 일어나 말 위에 올라탔다. 이윽고 마부와 수행인 한 명을 데리고 험한 길을 지나 마을에 도착했을 때 사람들은 모두 일어나 있었다. 여자들은 흙벽으로 된 집에서 바삐 움직이고 있었고, 아침 찬 공기에 대비해 하얀 면 숄을 두른 남자들은 마을길 한곳에서 줄을 지어 쭈그리고 앉아 있었다. 자가트는 이른 아침이면 으레 마을 사람들이 의기소침해 있다는 걸 알고 있었다. 그는 큰소리로 인사하며 마을을 둘러싸고 있는 반얀나무에서 아직 자고 있는 회색 원숭이를 깨웠다. 그의 외침소리에 깨어난 마을 사람들도 희미한 미소를 지으며 환영인사를 건넸다. 그러고 나서 자가트를 둘러싸더니 마을 일에 대해 의논하기 시작했다. 특히 자신이 더 이상 주민의 목숨을 좌지우지하던 예전의 그 지주가 아님을 깨닫지 못하는 한 영주의 범죄행위에 대해 이야기했다.

그렇다, 전통은 아직도 예전과 같이 가족과 삶에 깊이 들어와 있었다. 같은 날, 자가트는 정오에 일이 끝난 후 곧 치러질 마을 결혼식에 참석해달라는 부탁을 받았다. 자신의 손과 팔을 잡아끄는 열성적인 주민들에게 두 손을 들고 말았다.

"함께 머물러 주세요, 전하."

간청하는 목소리가 들렸다.

자가트는 머물렀고, 옛 관습이 조금밖에 변하지 않은 것에 놀랐다. 라지푸트 족의 관습에 따라 칼이 벌써 신부의 집에 도착했다. 신부는 칼과 결혼하고, 종교적인 의식과 단식을 위해 신랑의 집으로 왔다. 그녀가 이 절차에 따르는 동안 말을 타고 온 신랑은 거세한 황소가 끄는 신부의 마차 안으로 들어갔다. 그리고 가려놓은 커튼 뒤로 그녀 옆에 앉았다. 신랑은 매우 어렸는데, 말이 기다리는 동안 그가 참을성 없이 사라지는 바람에 소동이 일었다. 마침내 마을 뒤 언덕에서 친구와 함께 연을 날리고 있는 신랑이 발견되었다. 곧 어린 신랑은 서둘러 깨끗이 목욕을 하고 결혼예복을 입었다.

자가트는 이 모든 절차를 기다리면서도 즐거운 마음으로 추억에 잠겼다. 그 마을에서는 아무것도 변하지 않았다. 그는 자신이 마을 주민들을 깊이 이해하지 못하고 자신의 궁전에서만 모든 것이 변했다는 생각에 안절부절못했다. 그는 손뼉을 쳤고 하인이 나타나자 말했다.

"궁전 호텔로 가겠다."

잠시 후 그는 모터보트를 타고 잔잔하게 반짝이는 물살을 헤치며 빠르게 나아갔다. 호수 가장자리에서 검은 악어들이 누군가가 던지는 먹이를 낚아채기 위해 주둥이를 내미는 모습이 보였다. 자가트는 며칠 전에 자신이 명령한 내용을 기억하고는, 엔진을 조종 중인 사공을 돌아보며 말했다.

"악어들에게 먹이를 주지 말라고 하지 않았던가? 저것들이 사라졌으면 하네."

"전하, 그러셨습니다."

사공이 대답했다.

"그렇지만 먹이를 주지 않아도 악어들은 죽지 않을 겁니다. 그들은 우리 아이들을 잡아먹을 겁니다. 심지어 여자들이 목욕하고 빨래를 할 때 낚아채 갈 겁니다. 기억하십니까, 전하? 선친이 살아 계실 때 가뭄으로 악어들이 죽었는데 그들의 뱃속에 귀중한 것이라도 들었는지 확인하려고 배를 가르자 많은 보석과 금 장신구들이 쏟아져 나왔습니다."

자가트는 조바심이 났다.

"호텔을 손님들에게 개장하기 전에 저 괴물들을 없애야 한다. 미국인 한 명이라도 잡아먹히게 되면 세상에 알려져 시끄러울 것이고 우리는 곧 망할 것이다."

"알겠습니다, 전하."

사공이 순순히 대답했다.

더 이상 아무 말도 없었다. 그러나 자가트는 자신이 직접 저 오래되고 신성한 악어들을 쏴 죽이지 않으면 사라지지 않을 것임을 알고 있었다. 하지만 그 역시 아무것도 하지 않고, 어떤 불상사가 일어날 때까지 아무 조처도 하지 않을 것이다. 대신 악어들에게 계속 먹이를 주고, 그는 거의 포기할 것임을 알고 있었다. 모든 것이 변하는 동안 그의 백성뿐만 아니라 그 자신도 변하지 않았다. 그리고 변하지 말아야 하는 어떤 것이 있었다. 그는 다른 관개시설로 이동했다.

"장미와인을 양조하기 위해 목재들을 모아놓았나?"

"제가 알아보겠습니다, 전하."

사공이 연세나처럼 침착히게 대답했다.

자가트는 대꾸하지 않았다. 갑자기 언짢은 기억이 그의 머릿속에 떠올랐다. 장미와인에는 최음제 농축액이 들어 있어서, 직접 만들지 않고 구입할 경우 돈의 가치가 귀했던 할아버지 때도 한 병에 200루피나 할 정도로 매우 비쌌다. 영국인 프란시스 폴 신부가 이 장미와인을 즐겨 마셨는데, 자가트는 다음에 신부가 궁을 방문하게 되면 와인의 위험성을 알려주기로 했다.

신부에게는 금욕생활이 어렵지 않을까? 그러면 자가트는 신부가 궁을 방문하여 아내에게 정신적인 위안을 주도록 하고, 그 유명한 잠 비바지의 와인처럼 강력한 최음 작용이 있는 음료를 마시도록 허락해야 할까? 잠 비바지는 저녁식사로 16개의 뼈를 씹어 먹는 것만 빼고는 여느 노인과 다를 게 없었다. 그는 버펄로 두 마리의 젖을 다른 버펄로에게 먹인 뒤 그 젖을 먹었다. 그는 보통 사람이 우유를 마시듯이 그것을 맛있게 먹었고 그릇을 싹 비웠다….

장미와인은 잠Jam을 위해 만들어졌고, 자가트도 아내에게 성적으로 난폭해지지 않기 위해 그것을 마실 때 주의했다. '신부가 와인을 마시지 못하도록 하거나 그 모르게 희석시키는 게 나을 것 같군!'

자가트가 이를 결심하기도 전에 엔진이 꺼졌다. 사공이 보트를 궁전의 대리석 계단으로 끌자 자가트는 배에서 내렸다. 경비병이 그를 맞으러 나왔다.

"미국인은 어디 있나?"

그가 물었다.

"커다란 테라스에 있습니다."

경비병이 대답했다.

자가트는 복도로 들어서 위층의 테라스로 이어지는 대리석 계단을 올라갔다. 방 가운데의 주랑 위에 하늘을 지붕 삼아 지어진 이 테라스에서 버트 오스굿이 일하고 있었다. 그는 웃통을 벗고 검은 선글라스를 낀 채 뜨거운 햇빛이 내리쬐는 커다란 탁자 옆에 서 있었다.

"안녕하십니까, 왕자님."

오스굿이 크고 밝은 목소리로 인사했다.

"제때 오셨습니다. 정원이 보이는 최고급 객실을 설계하고 있었습니다. 한번 보시겠어요?"

"셔츠를 입도록 하시오."

자가트가 대답했다.

"태양빛이 내게도 좋지 않습니다."

"버릇이 돼서요." 미국인이 느리게 말했다.

"그렇지 않아요."

자가트가 되받았다.

버트는 이 말을 듣지 못했다. 그는 서류들을 훑고 있었다.

"여기 객실에 관한 세부사항이 있습니다. 커튼과 실내 장식은 인도 제품으로 꾸밀 겁니다. 정말 아름답더군요. 지난주에 봄베이에 있는 가게들을 둘러보았습니다. 이곳 창고를 빼고는 다른 곳에서 재료들을 구할 필요가 없습니다! 뉴욕에 있는 회사에 연락하여 같이 일하던 실내 장식가 몇 명을 보내달라고 할 겁니다. 그들이 모든 세부사항을 맡을 겁니다. 조상대대로 내려오는 지하실에 무엇이 있었는지 아십니까? 상자, 탁자, 침대, 온갖 유럽식 가구 등 대부분이 운송용 나무상자에 그대로 담겨 있었습니다. 선조들이 돈을 어떻게 써야 하는지 잘 알고 계셨더군요, 그렇지요? 그런데 왜 그것들을 사용하지 않았는지 모르겠네요. 파리에서 온 침실 세트가 있는데, 금칠이 되어 있고 백 년 전 이곳으로 운반했을 당시처럼 상태가 좋습니다. 심지어 제가 열어볼 때까지 뜯지도 않았더라고요."

자가트가 살짝 미소 지었다.

"그분들은 자신만의 방식으로 살아가는 걸 좋아하셨던 것 같습니다."

"그럼 왜 이 모든 것을 사신 거죠?"

"단지 원할 때 그곳에 두었다는 것을 알고 있는 거죠. 어쩌면 아무도 신경 쓰지 않았는지도 모릅니다. 누가 알겠어요?"

"어쨌든 왕자님은 운이 좋으십니다. 돈을 많이 아낄 수 있으니까요. 자, 여기 운영 등에 관한 자세한 내용이 있습니다. 미국인들이 어떤 호텔을 좋아하는지 몇 가지 내용을 적어놓았습니다. 이곳의 모든 사람과 인도적인 분위기가 매력적으로 보이기를 바라지만 그들이 원하는 것은…."

자가트가 끼어들었다.

"인도의 손님들은 새로운 무언가를 좋아할 것입니다. 결국 우리는 이 인도의 환경에서 몇 천 년을 살아왔습니다."

버트 오스굿은 연필을 내려놓았다.

"이 사랑스러운 인도의 보금자리에 어떻게 미국인 상대의 호텔을 지어야 할 것인지 알기 위해 저를 고용하신 거죠? 아니면 제가 꿈을 꾸고 있나요?"

자가트가 웃었다.

"어서 말해보시오."

버트는 엄격해 보이려고 했다. 하지만 이 애교 있는 인도인의 얼굴 앞에선 웃음으로 답할 수밖에 없었다!

"왕자님, 용서해드리지요. 전에 이야기 했듯이 인도인들이 좋아하는 델리와 봄베이의 새 호텔들은 작은 것들을 소홀히 다룹니다. 그런데 작은 것들을 챙기는 데서 사려 깊은 마음이 드러납니다. 예를 들어 룸서비스로 아침식사를 가져오면 침실에서 토스트를 만드는 것입니다. 제가 말씀드린 대로 미국인들은 그런 서비스들을 잊지 않고 친구들에게 말합니다. 특히 미국인들에게는 기본 매너를 지키는 것이 중요합니다. 식당에서 재킷을 갖춰 입고, 무도회장에서는 신발을 벗지 않는 것 따위의, 제가 말씀드린 그런 예절들입니다."

자가트는 검은 눈동자를 굴리며 듣고 있었다.

"여기 라자스탄에는 흥미로운 곳이 많이 있습니다. 이 지역에는 역사적인 유적이 많이 남아 있지요. 치토르 요새는…."

"아, 물론입니다. 관광코스 같은 것을 만들어두어야 합니다."

버트가 말했다.

"그렇지만 미국인들은 분명 익숙한 것을 원할 겁니다. 춤이나 골프, 영화 그리고 수영과 낚시 같은 것들 말입니다. 여기서 가끔씩 대회의를 열어도 됩니다."

"대회의라고요?"

"네, 라이온스나 엘크스나 아니면 다른 것들이요, 어쩌면…."

"동물 말입니까?"

동서양이 서로 이해하지 못하는 부분에 이르렀다.

버트는 멍해졌다.

"무슨 동물 얘기 말인가요?"

"라이온스라고 했잖소."

"아, 이런."

버트는 애써 참는 소리를 내더니 결국 웃음을 터뜨렸다.

"그것은 친목단체 이름입니다. 미국에는 그런 것들이 많아요."

높다랗게 터번을 쓰고 턱수염이 난 하인이 계단에 나타났다. 그는 은쟁반에 봉인된 봉투를 담아 가지고 왔다.

"전보입니다, 전하."

그가 말했다.

자가트는 봉투를 뜯어보았다. 안에는 얇은 종이가 들어 있고, 그 위에 영어로 몇 자 적혀 있었다.

"작전 중 사망."

분명히 이렇게 씌어 있었다. 다른 말이 더 있었다.

"놀라운 용기."

그러나 자가트의 눈에는 단 한 가지 사실만 들어왔다. 아들이 죽었다.

"실례합니다."

자가트가 중얼거렸다.

"급한 소식이 있어요. 지금 아내에게 가봐야겠소."

살아남은 자들의 증언

"이렇게 죽게 될 줄 알았어요."

모티가 말했다.

"그건 알 수 없는 거요."

자가트가 대꾸했다. 그는 가방을 싸고 있는 하인 앞에서 모티에게 안절부절못하는 제 모습이 부끄러웠다. 그는 인도군이 아직도 교전 중인, 국경마을 추슐에 최대한 가까이 가기 위해 라다크로 날아갈 헬리콥터를 대절했다.

"가방 한 개면 되네."

그가 하인에게 말했다.

"그렇지만 전하, 라다크는 매우 춥습니다."

"필요한 것만 입을 것이야."

그가 말했다.

"라다크에 도착하기 전 당신은 감정에 북받쳐 추위를 잊을 거예요."

모티가 말했다. 자가트는 그녀가 울기를 바랐지만 끝내 울지 않았다. 전보를 펼친 채로 그의 뺨에는 계속 눈물이 흘러내리는데도 모티는 그가 온 후로 단 한 방울의 눈물도 보이지 않았다. 하얀 사리를 걸친 그녀는 테라스에 홀로 앉아 있다가 전보를 건네받아 읽고는 그를 바라보았다. 그는 아내가 흐느낄 것이라 생각하며 바라보았지만 그녀의 눈이 더 커지고 짙어지더니 단지 기운만 쭉 빠진 듯했다. 그녀는 전보를 다시 돌려주더니 꼼짝도 하지 않았다.

"이리 와요," 마침내 자가트가 입을 열었다.

"짐 싸는 것을 도와줘요. 난 빨리 떠나야 하오."

그녀는 남편의 뒤를 따라갔지만 거들지는 않았다. 그가 하인에게 지시하는 동안 그녀는 방에 앉아 그 광경만을 쳐다볼 뿐이었다. 눈물도 흘리지 않았다. 그는 이제 소식을 듣기 위해 라디오를 켰다. 수상의 목소리가 방 안에 흘러나왔다. 영어였다.

"이 운명적인 날, 우리는 독립 이래 가장 큰 위협에 직면하고 있습니다. 그렇지만 결의를 다지고 이 위협에 맞섭시다. 우리 뒤에서 여러 개의 주가 힘을 실어주고 있습니다. 이를 기뻐하면서 오늘의 중대한 임무에 전념합시다. 우리의 완전한 자유와 영토를 수호하고, 인도의 신성한 영토를 침범하는 모든 적을 물리칩시다. 우리는 이 위기를 가볍게 대하는 것이 아니라 진지하고 확고한 마음으로, 우리의 투쟁이 정당하다는 믿음과 결과에 자신을 가지고 헤쳐 나갑시다."

멋진 목소리가 낮아지더니 멈췄다가 다시 계속되었다.

"여러분이 속한 어떤 종교나 정당, 단체에 관계없이 우리에게 닥친 이 커다란 시련 앞에 동지가 되어 하나로 뭉쳐야 합니다. 나는 우리 국민과 명분 그리고 조국의 미래에 확신을 가지고 있습니다. 어쩌면 우리의 미래가 이런 시험과 고난을 우리에게 요하는지도 모릅니다."

목소리가 그쳤다. 저도 모르게 자가트는 더 들으려고 멈추었는데 모티가 방에서 나가고 없음을 눈치 채지 못했다. 그때 그녀가 다시 돌아왔다. 사리로 감싼, 무거워 보이는 무언가를 손에 들고 있었다. 그녀는 자가트 앞으로 오더니 마주보며 감싸고 있던 사리 뭉치를 놓았다. 자가트의 발치로 떨어진 것은 바로 금붙이들이었다. 그녀가 가진 모든 황금보석들로 금목걸이, 귀걸이, 팔찌, 반지 등 그녀의 혼수품들이었다. 재정부에서 적군 방어비를 충당하기 위해 여성들에게 금장신구들을 기부해 달라고 간청해왔음에도 거절해온 그녀였다. 모티는 실제로 그런 요구에 관심도 기울이지 않았다. 그녀는 자신을 국민의 한 사람으로 느끼지 않는 것 같았다. 자가트는 몇 번이나 그녀에게 주의를 주려고 했다.

"하지만 모티, 당신은 왕비이기 때문에 라자스탄의 여성들에게 모범이 되어야 하오."

자가트는 아내를 세심히 배려했고, 자신의 기부액을 두 배로 늘렸다.

지금 대리석 바닥에 빛나고 있는 보석들을 보고 있자니 그의 가슴이 찢어지는 것 같았다. 그는 팔을 들어 그녀를 꼭 감싸 안았다. 옷을 반쯤만 걸치고 있는 탓에 그는 제 맨살에 닿는 그녀의 젖은 뺨을 느꼈다. 내려다보니 억지로 참고 있던 모티가 끝내 울음을 터뜨리고 말았다.

"울어요, 참지 말고 울어요."

그가 다시 말했다.

그의 말을 들은 그녀는 갑자기 큰소리로 흐느끼기 시작했다. 터번을 두른 하인이 두 사람을 위해 등진 채 벽을 바라보고 서 있다가 견디기 힘들었는지 슬픔에 겨워 눈물 흘리며 방을 나갔다.

아내와 단둘이 남은 자가트는 부부로서 한 번도 느껴보지 못한 일체감을 슬픔 안에서 느꼈다. 자신들의 사랑의 결실이었던 외아들이 이제는 더 이상 존재하지 않는다. 그것은 무슨 뜻일까? 이 물음이 그의 마음에서 떠나지 않았다. 슬픔이 지나고 난 후에도 일체감은 지속될까, 아니면 모든 것이 사라지듯 두 사람을 영원히 떨어뜨려놓을까?

그는 또 다른 걱정에 싸여 모티를 꼭 껴안았다.

"실컷 울어요, 여보."

그가 속삭였다.

"계속 울어요, 당신과 내가 편안해질 때까지!"

헬리콥터가 착륙했다. 자가트는 헬기에서 내려 스팡골 호수를 둘러싸고 있는 라다크의 광활한 사막을 바라보았다. 저 멀리 험한 히말라야 산맥이 보였다. 그 봉우리에서 강한 바람이 불며 눈보라가 일었다. 수마일 떨어져 있는데도 그 모습이 정오의 밝은 햇빛 속에 드러났다.

찢어진 옷을 입은 경비병이 다가와서 경례를 했다.

"전하."

그가 말했다.

"기다리고 있었습니다."

"아들은 어디 있나?"

자가트가 물었다.

"전하, 아드님의 유해는 다른 전사자들의 유해와 함께 이 호수에 뿌려졌습니다."

경비병이 말했다. 그는 야윈 까만 손을 들어 방향을 가리켰다. 그의 손가락이 새의 날개처럼 떨렸다.

자가트는 강렬한 눈빛으로 푸른 호수를 바라보았다. 그 호수는 라다크에서 흔히 볼 수 있는 호수 중 하나지만 100마일 길이의 가장 큰 호수였다. '왜 스팡골에 자이의 유해가 잠들어야 하나?' 너무 오랜 여정을 거쳐 왔으므로 자가트는 아들의 시신이라도 찾을 수 있기를 바랐지만 그뿐이었다. 그는 강가로 조금 걸어가서 몸을 굽히고 빈손을 물에 담갔다. 그의 손바닥에 닿은 물은 반투명하며 맑고, 시릴 정도로 차가웠다. 짧은 여름은 5월에 시작되어 9월에 끝난다.

그는 일어나더니 젖은 손을 코트에 문질렀다.

"그 얇은 군복만 입고 춥겠구나."

그가 경비병에게 말했다.

경비병은 남쪽에서 온 피부가 검은 친구였는데 추위 때문에 얼굴이 창백한 자줏빛이었다.

"전하, 저희는 겨울옷 하나도 받지 못했습니다."

경비병이 대답했다.

"내 아들도 이 옷만 입고 있었나?"

자가트가 물었다.

"저희는 모두 똑같이 입습니다."

경비병이 말했다. 그는 잠시 주저하다가 말을 쏟아냈다.

"중국군은 솜으로 누빈 따뜻한 카키색 군복을 입습니다. 그리고 좋은 무기를 가지고 있습니다. 매우 신식이고 현대적인 자동 소총입니다."

"러시아제로군."

자가트가 말했다.

"아닙니다! 중국제입니다."

그가 반박했다. 콧물이 흘러나와 윗입술에 얼어붙었다.

"이리 오너라."

자가트가 말했다.

"추위에 떨고 있구나. 어디서 자느냐? 그곳으로 안내해라. 이 바람 속에서는 이야기를 할 수 없다."

"바람소리 때문에 네 말을 알아들을 수가 없구나."
자가트가 소리쳤다.
"피난처에 도착할 때까지 기다려라!"

멀리 떨어진 산들이 파란 하늘에 유독 하얗게 보였다. 그렇지만 모래평야에는 눈 하나 없었다. 그치지 않고 종일 부는 바람이 밤낮으로 모두 날려버린 것이다.

"이제 몇 사람밖에 남지 않았습니다."

경비병이 말했다.

"우리는 탈출해서 멀리 도망쳤습니다, 사실입니다. 그렇지만 전투가 끝나고 거의 모두 전사했습니다. 우리는 좋은 총도 없습니다, 전하. 오직 30년이나 지난 구식 총뿐입니다."

그는 총을 내보이며 자가트에게 걸어가 어깨 너머로 말했다.

"중국군은 모두 갖고 있습니다, 전하. 대포, 기관총, 모든 것을 말입니다."

"바람소리 때문에 네 말을 알아들을 수가 없구나."

자가트가 소리쳤다.

"피난처에 도착할 때까지 기다려라!"

피난처는 추슐마을 너머 언덕에 있는 작은 고대 사원이었다. 라마교의 나이 든 승려 두 명이 노란 법복을 입고 부처님 동상 앞에 향을 피우고 있었다. 소기름으로 만든 양초 두 개가 놋그릇 안에서 반짝였다. 승려들은 뒤돌아 자가트를 보고 놀랐다.

"메와르의 왕께서 아들을 찾기 위해 오셨습니다."

경비병이 말했다.

"아, 이런."

나이가 더 많은 승려가 대답했다. 그는 크고 마른 티베트인으로 얼굴은 햇빛과 바람에 가죽빛 갈색으로 변해 있었다.

"아."

자가트가 되뇌었다. 그는 손이 시려 제단 쪽으로 나아갔다. 그리고는 불타는 초에 가까이 손을 댔다. 살을 에는 듯한 추위와 오래된 먼지냄새 그리고 향냄새가 사원을 가득 메웠다.

"안에 있는 방으로 드시지요, 전하. 그곳이 더 따뜻합니다."

조금 어린 승려가 말했다.

몸집이 작고 창백한 그 승려는 주황색의 거친 양모 법복을 입었고, 큰 귀에 얼굴이 앙상하게 여위었다. 그의 안내를 받으며 자가트가 뒤따랐다. 낮은 문이 나올 때면 몸을 굽히기도 했다. 방 안에 놋쇠화로가 타고 있었다. 그 주위에 인도인 다섯 명이 앉아 있었는데 그중 세 명은 부상병이었다. 그들이 일어서려고 하자 자가트가 그만두라고 손짓했다. 그들은 흙바닥에 다시 앉았다.

"이 방석 위에 앉으시지요, 전하."

나이 든 승려가 말했다.

"뜨거운 차를 가져오겠습니다."

자가트는 극심한 피로가 밀려오는 것을 느꼈다. 그는 방석에 앉아 다리를 꼬고 손을 화로에 댔다. 경비병이 옆으로 앉았다. 얼마간 모든 것이 조용했다. 방 안 사람들은 존경을 표했고, 자가트는 극도의 피로를 느꼈다. 라마 승려가 버터차(티베트인들이 일상적으로 마시는 차)가 담긴 사발들을 내왔다. 자가트는 진하고 뜨거운 차를 마셨다. 따뜻한 기운이 온몸에 돌자 조금이나마 원기가 회복되었다. 그는 빨간 칠을 한 쟁반에 사발을 내려놓고는 자신을 쳐다보고 있는 얼굴들을 쭉 둘러보았다.

"말해보게."

자가트가 입을 열었다.

"내 아들이 어떻게 죽었는지 정확히 말해보게나."

그들은 시모 쳐다보며 누군가 먼저 말하기만을 기다렸다. 마침내 한 인도 젊은이가 이야기를 꺼냈는데, 그의 다리는 전사한 동료 병사의 녹색 군복에서 찢은 피투성이 천으로 묶여 있었다. 그의 검은 얼굴은 초췌했다.

"전하, 이것은 하루 동안에 일어난 한 가지 사건이 아닙니다."

"하고 싶은 얘기부터 하여라."

자가트가 말했다.

젊은이는 소란스러울 정도로 심하게 기침을 해댔다. 그리고 바닥에 침을 뱉더니 모래를 문질러 침을 덮었다.

"중국인들은 우리와 이 년 동안 대치해왔습니다."

그가 말을 시작했다.

"우리는 작은 초소에서 여러 번 광활한 지역에 걸쳐 서로 대치해왔습니다. 인도의 초소는 언제나 중국의 초소보다 작았습니다. 인도 병사는 약 150명이고 중국 병사는 400에서 500명이었습니다. 중국군은 항상 모든 것이 잘 준비되어 있었습니다. 그들은 매우 잘 짜여 있었고, 우리의 정보기관은 그들의 암호를 풀 수 없었습니다. 우리 군에겐 통역자가 거의 없었습니다. 따라서 우리는 사전에 준비할 수 없었습니다. 우리는 하루하루 기다리면서 지냈습니다. 식량은 떨어지고 물도 부족하고 탄약도 충분치 못했습니다. 모든 것이 공수되는데 때때로 늦기도 했습니다. 그리고 전하, 중국인들은 5000년 동안 전쟁을 해왔지만 우리 인도인은 전쟁을 모르는 사람들이었습니다. 그들은 모든 종류의 전략을 습득했고, 훌륭한 지휘관이 있었습니다. 이것이 그들의 전술입니다…."

그는 모래바닥에 원을 그렸다.

"여기 그들의 초소가 있습니다. 갈완 강 초소인데 2년 전만 해도 이랬습니다. 그래서 지금까지 그들과 이렇게 대치하고 있습니다. 우리가 기다리는 동안 그들은 우세한 병력으로 비밀리에 우리를 포위했습니다. 그들을 발견한 우리 병사들은 저항했습니다. 그들은 반격하지 않았습니다. 그들은 고지에 앉아서 우리가 굶주리기만 기다렸습니다. 그리고 나서 우리에게 주먹을 흔들며 손짓했습니다. 그래서…"

그는 뼈만 남은 주먹을 머리 위로 흔들어 보였다.

"그들은 확성기에 대고 항복하라고 말했습니다. 우리는 거절했지요. 굶주린 데다 물 한 방울 없이 우리는 거부했습니다. 마침내 헬리콥터가 식량과 물을 가져왔고 보급품을 떨어뜨렸습니다. 충분하지는 않았지만 무언가 도착했죠."

자가트가 말을 가로막았다.

"중국군이 내버려두었나?"

그는 이렇게 물었지만 속으로는 다른 말을 하고 있었다. '자이는 어떻게 되었나? 짧은 인생 동안 고생이란 걸 모르던 그가 배고픔과 갈증 속에 죽어간 것인가, 왕의 아들이?'

그는 머리를 좌우로 움직였다.

"중국군은 내버려두었습니다. 우리는 그들이 어떻게 할지 몰랐습니다. 그들이 아무런 군사행동을 취하지 않았기 때문에 우리는 이를 냉전의 결과로 생각했습니다. 또한 그렇게 계속될 거라고 생각했습니다. 그리고 그렇게 되었습니다. 기억하십니까, 전하? 우리는 갈완에 있는 중국의 새 초소 쪽 공급로를 끊기 위해 7월에 초소를 세웠습니다. 신문에 난 적 있으니 기억하실 겁니다. 우리는 그들의 조롱과 위협에도 꿋꿋이 버텼습니다. 그들은 우리의 초소 15야드까지 접근했고, 우리는 그들에게 더 가까이 오면 쏠 것이라고 말했습니다. 이에 그들은 멈추었고, 양국 정부는 서신을 교환했습니다. 그러고 나서 중국군은 후퇴했지요. 우리는 다시 한 번 이것이 냉전의 일부분이라고 생각했습니다. 그리고 먼저 사격하지 말라는 명령이 철회되었습니다. 이 점이 우리를 안심시켰지요. 그렇지만 이곳 추술에서도 같은 전술이 사용되지 않을 거라고 누가 믿겠습니까? 아아, 이곳에서는 똑같지 않았습니다. 7월부터 10월까지는 계속 냉전체제였지만 10월 20일에 중국군이 총공격을 감행해왔습니다. 우리는 이에 저항했습니다. 하지만 그들은 우리 초소를 쓸어버렸습니다. 초소의 병사 중에 저만 빠져나왔습니다. 도망친 것이 아니라 갑자기 속이 안 좋아 바위 뒤에서 구토하고 있었는데 그들이 저를 발견하지 못한 겁니다. 밤이 되자 저는 길을 찾아 평지와 언덕을 지나 추슐에 도착했습니다. 수일이 지난 후였습니다."

"추슐에서는 상황이 달랐습니다."

경비병이 덧붙였다. 한 노병이 그의 말에 반박했다.

"다르지 않았습니다! 앞서 정확히 말한 바와 같이 중국군은 철저히 계획을 세웠습니다. 추슐은 세 지대로 나눌 수 있는데 비행장, 비행장을 내려다볼 수 있는 산악지대 그리고 마을입니다. 전하, 중국군이 비행장이나 적어도 마을을 차지했다고 생각하실 겁니다. 아니오, 그것은 그들의 계획이 아니었습니다. 그들은 오직 산악지대만을 차지할 생각으로, 우리가 호수를 바라보고 있는 동안 뒤에서 이곳을 점령했습니다. 산은 높이가 16,000피트나 됩니다. 왜 중국이 이곳을 점령했을까요? 바로 이 산악지대가 그들이 주장하는 영토에 포함되기 때문입니다. 추슐마을은 어떻습니까? 왜 그들은 마을을 차지하려고 하나요? 50여 채의 가옥에 문맹이고 육식을 하는 어리석은 주민들이 300에서 500명 정도 오두막에 살고 있습니다. 그 주민들은 티베트인과 몽고인들로, 물물교환을 하고 근친결혼을 하며…."

"우리는 밀도 재배합니다."

좀 어린 라마 승려가 말했다.

"글쎄, 약간의 밀을 재배하고 야생마를 잡고 새 사냥을 합니다."

병사는 인정했다.

"너희들도 중국에 대항하느냐?"

자가트가 물었다.

"물론 저희도 저항합니다!"

한 사람 이상이 대답했고, 젊은 병사가 다시 이야기를 받았다. 그는 바닥에 그었던 선을 지웠다.

"우리에겐 기회가 없습니다, 전하."

그가 말했다.

"중국인들은 침몰할 정도로 낡은 배를 가지고 있지만 호수로 오지 않습니다. 저들이 만든 자동차 도로를 따라 티베트에서 지상으로 옵니다. 그 도로는 그들이 이미 차지한 광활한 고원에 있습니다. 4000명의 그들 군사가 대대적으로 공격하여 이틀 만에 산을 점령했습니다. 마을은 우리 수중에 있었지만 어떻게 하겠습니까? 우리는 맨손으로 그들의 현대식 무기에 맞서 싸웠습니다. 중국군은 강했습니다! 그들은 어려움을 값지게 생각했습니다. 목표는 분명하고 혼란은 없었습니다. 그들은 필사적으로 임했고 신속했습니다. 10월 22일과 23일에 그들이 주장하던 국경선을 확정하고 전투를 중단했습니다. 모든 것이 계획대로 되었습니다. 그들의 계획대로 말입니다!"

나이 든 승려가 끼어들었다.

"아, 그들이 티베트에 그렇게 쳐들어온 것이군! 모든 것이 계획적이었어요. 처음에는 좋은 말로 우리를 속였지요. 그리고 병사들이 대대적으로 쳐들어왔고요. 그들은 우리의 기밀을 모두 알고 있었어요. 심지어 성스러운 포탈라*의 지도도 갖고 있었지요. 우리의 신왕은 겨우 탈출했습니다."

노병도 한 마디 했다.

---

*6세기 초 티베트의 전성시대를 구가한 송첸캄포 왕이 라싸에 세운 왕국. 미완성으로 남아 있다가 제5대 달라이 라마에 의해 완성되어 현재에 이르는, 티베트의 신비의 성.

"국경문제로 우리와 다툰 지난 2년 동안 그들은 계획을 세우고 있었습니다. '우리 국경선은 5000년의 역사를 갖는다'고 우리는 말했죠. '우리는 8000년이나 된다'고 그들은 말했습니다. 양쪽 다 냉소적이었어요! 그렇지만 그들이 쳐들어올 거라고는 생각지 못했습니다."

자가트는 앉아서 사그라지는 석탄불을 보며 듣고 있었다.

"공격이 몇 시였나?"

자가트가 물었다.

"동틀 무렵이었습니다."

젊은 병사가 말했다.

"언제나 두 번 중 한 번의 공격이 있습니다. 동이 틀 무렵이나 어두워질 때인데 모두 시야 확보가 어려운 시간대지요. 그들은 우리 쪽 후방에 만들어놓은 도로로 내려와 처음에는 대포로 공격하다가 완전무장한 병사들을 진군시켰습니다. 우리는 겨울옷도 없고 병사 수도 충분치 않았습니다. 전하의 아드님은…."

병사의 목소리가 낮아졌다. 그는 불꽃을 바라보았다.

"아드님이 생각납니다. 그는 믿을 수 없다는 듯이 잠시 서 있었죠. 아무도 믿지 못했습니다. 정보국에서도 우리에게 알려주지 않았습니다. 그리고 그는 소리쳤습니다. 맨 처음 '중국군이 쳐들어온다!'고 소리친 사람은 아드님이었습니다. 우리는 그 소리에 깼습니다. 우리는 이 바닥에 모여서 따뜻하게 있었습니다. 그는 우리를 깨우려고 뛰어다니며 어깨를 잡고 흔들었습니다. 그가 맨 처음 발견했습니다."

"언제 전사했나?"

자가트가 물었다. 목이 메여 소리가 작았다.

"곧 전사했습니다."

젊은 병사가 속삭이듯 말했다.

"바로 숨을 거두었나?" 자가트가 물었다.

젊은 병사는 고개를 끄덕였다. "곧바로 죽었습니다. 아무런 고통 없이."

"상처는?" 자가트는 마른입으로 물었다.

"뒤통수가 날아갔습니다! 얼굴만은 깨끗했습니다. 마치 죽음의 가면 같았습니다."

자가트는 더 이상 묻지 않았다. 자이의 눈썹은 짙고 수려했으며 그 밑의 눈은 크고 검었다. 모티에게 아들의 머리가 반쯤 날아갔다고, 자가트는 절대로 말하지 않을 것이다.

라다키 여성이 아파서 우는 아이를 품에 안고 문으로 들어왔다. 한 남자와 함께였다. 그 남자는 앞으로 나아와 노승에게 인사를 했다. 자가트가 모르는 언어였다. 두 남녀는 장식 띠로 맨 티베트 옷과 쭉 뻗은 긴 옷을 입고 있었다. 그들은 이상할 정도로 닮았는데 세월의 흔적이 얼굴에 묻어 있었다. 여자는 검은 머리를 땋은 모습이고 남자는 몽고인처럼 약간의 수염이 나 있었다. 나이 든 승려가 일어나더니 그들을 사원으로 안내했다.

"우리 대장도 용감했습니다."

젊은 병사가 말했다.

"대장은 첫날밤에 부상을 당했으면서도 짚더미에 누워서 계속 우리를 지휘했습니다. 이튿날 정오에 그는 숨을 거두었습니다. 우리는 밤까지 싸웠습니다. 그러고 나서 항복했습니다. 물론 여기 작은 언녁으로 후퇴히면서 찾을 수 있는 전사자들을 옮기고 나서야 그리한 겁니다. 모든 병사는 각자의 종교에 따라 묻어주었고요."

"너희들은 용감하게 할 수 있는 한 최선을 다했다."

자가트가 말했다.

날이 밝자 자가트는 일어나서 밖으로 나갔다. 이른 아침 햇살이 하늘에 비추고, 눈 덮인 먼 산들을 장밋빛으로 물들였다. 그는 전에 한 번 이런 아름다운 광경을 본 적이 있다. 모티와 어린아이들을 데리고 휴일에 다르질링으로 여행을 떠났을 때였다. 그는 아침 일찍 식구들을 깨워서 '호랑이 언덕'으로 가자고 달랬다. 그곳에서 히말라야에 해 뜨는 것을 보자는 것이었다. 모티와 비라는 그의 말에 넘어오지 않았다. 모녀는 영국인이 지은 작은 호텔에 편안히 머물고 싶어했다. 그 호텔의 객실은 안락하고 석탄 난로의 열기로 따뜻했다. 그와 자이만이 코트와 스웨터를 껴입고 밖을 나섰다. 두 사람은 위대한 히말라야 산 위로 동이 트는 것을 보기 위해 어둠 속에서 지프차를 타고 '호랑이 언덕'까지 올라갔다. 그들은 어둠과 추위를 견디며 언덕의 작은 탑에서 일출을 기다렸다. 자가트는 아들이 고사리 같은 손으로 자신의 손을 꼭 쥐고 함께 히말라야를 바라보던 그 순간을 잊지 못한다. 눈 덮인 진줏빛 산의 윤곽이 하늘 위에 뚜렷이 나타났다. 그것은 너무 높아서 마치 정상에 걸려 있는 것 같았다. 침묵 속에서 그와 아들은 빛이 점점 밝아지면서 마침내 히말라야가 하늘 아래로 웅장하게 드러나는 것을 지켜보았다. 아무 말도 없이 부자는 다시 지프차에 올랐다.

이제 자가트는 잊고 있던 지난 일을 떠올렸다. 절벽 가장자리에 난 길이 너무 높아서 그 아래는 보이지도 않았다. 자가트는 아들이 갑자기 자신의 손을 꽉 잡는 것을 느꼈다. 아이는 마치 추운 듯 떨고 있었다.

"무슨 일이니, 아들아?"

그가 물었다.

"무서워요."

자이가 훌쩍거렸다.

"무서워요, 무서워!"

그는 아들을 팔로 꼭 껴안았고 작은 얼굴을 품에 안았다.

"내가 떨어지지 않게 해줄 거야."

그가 약속했다.

"넌 안전하다, 사랑하는 아들아."

지금에서야 그때의 광경이 불길한 징조로 다가왔다. '신기하게도 아들은 언젠가 자신이 이렇게 멀리 떨어진 고원지대의 산에서 죽으리란 것을 예감한 것일까?'

자가트는 대기 중인 하인에게 말했다.

"델리로 돌아갈 것이다."

그리고 덧붙였다.

"수상 각하께 개인적으로 보고드릴 게 있다."

피아노 선율과 함께 나타난 이방인

자가트가 들어갔을 때 수상은 커다란 책상 뒤에 앉아 있었다. 머리에 하얀 간디 모자를 쓰고서 고개를 숙이고 있었다. 방문객을 보자 그가 자리에서 일어났다.

"들어오게." 그가 말했다.

"조금이라도 기다리게 했다면 미안하네. 자네가 아들을 잃은 것을 알고 있네."

수상이 손을 내밀었다. 자가트는 그의 휘차면서도 자상한 손길을 느꼈다.

"수상 각하, 저 때문에 오전 방문객들을 그냥 보내시고, 거기다

오후까지 기다리게 해서 죄송합니다."

수상은 의자에 앉으라고 손짓했고 자신도 앉으면서 이야기를 꺼냈다.

"이건 깜짝 놀랄 일이네. 중국이 인도를 밀어붙인다는 것은 바보 같은 짓이야. 있는 그대로 받아들여야 하네. 전쟁에 대해 이야기하는 것은 터무니없지만…."

자가트는 간략하게 아들의 죽음을 보고했다. 그는 마음속으로 너무나 자주 되새겨서 거의 아무 감정도 없이 이야기했다. 뺨에 흘러내리는 눈물을 하얀 손수건으로 훔쳐낸 사람은 오히려 수상이었다. 그리고 나서 마음을 다잡더니 자가트를 위로하는 대신 곤경에 처한 나라에 대해 이야기했다. '중국의 공격은 전혀 예상치 못한 일이었다. 인도 육군의 대부분인 50만 명의 병사들은 파키스탄 국경에 주둔해 있었고, 라다크의 공격에 준비가 되어 있지 않은 상황이었다. 물론 그곳에 한 개의 인도 사단이 있었으나 기껏해야 15,000명 정도였고, 고작 40,000명 정도의 병사들만이 구식무기를 가지고 관문을 지키고 있었다.'

"저도 압니다."

자가트가 대답했다.

"우리 군은 좋은 총을 가지고 있지 않지만 반면 중국군은 자동소총과 반자동소총 그리고 120밀리미터 포탄을 발사하는 소련제 박격포가 있다고 들었습니다."

수상은 한숨을 쉬더니 계속했다. '중국의 보급체계도 뛰어났다. 가파른 절벽에 난 좁은 길로 보급품을 옮기는 것은 불가능하다고 여겨졌는데 중국군은 그 불가능을 현실로 만들었다. 그들은 트럭과 노새, 지프차, 인부, 짐꾼들을 이용해 병사들에게 모든 것을 제공하고 있다.'

자가트가 끼어들었다.

"각하, 그들의 인부가 라다크 지역에 도로를 만들어 트럭들은 빠른 속도로 그들 초소에 진입할 수 있습니다. 반면에 우리 군은 일주일을 행군해야 겨우 기지나 비행장에 도착할 수 있습니다."

수상은 다시 한숨을 쉬더니 말을 이었다. 그가 지금까지 한 것 말고 무엇을 할 수 있을까? '10월 29일 그는 신속한 군사적 원조를 위해 미국 대통령과 영국 수상에게 긴급 서신을 보냈다. 양국 모두 답을 보내왔다. 미국은 500만 달러어치의 휴대무기를 보낼 것이고, 어제는 군대를 전방으로 태우고 갈 비행기를 약속했다.'

"10월 29일에요?"

자가트가 말을 막았다.

"그날은 제 아들이 죽은 날입니다!"

수상은 자가트의 얼굴을 바라보았는데 그 검은 눈이 슬퍼 보였다. 그가 말하기도 전에 시계종이 울렸다. 그는 시계를 보더니 급하게 일어났다.

"지금 하원에 일정이 있네. 파키스탄과 중국의 동맹문제가 논의될 것이네. 적들이 이제 우리에 맞서 연합하고 있네. 의원들의 질문 공세를 집중적으로 받을걸세. 그렇지만 전쟁은 계속될 수 없네. 파키스탄은 평화를 원할걸세."

그는 가볍게 고갯짓을 하고 방을 떠났다. 자가트는 흰 바지에 무릎까지 오는 검정 코트를 입은, 호리호리하고 허리가 굽은 수상이 복도를 지나 사라질 때까지 일어나서 지켜보았다. 그러고 나서 문을 여니 방금 물을 뿌린 정원의 꽃들이 뜨거운 태양 아래 반짝거렸다. 자가트는 왜 이곳에 있을까? 아무도 그의 아들을 다시 살려낼 수는 없다. 자이는 이제 한 줌의 재가 되어 바람과 물에 흩어졌을 뿐이다. 그는 아들 생각을 떨쳐버릴 수 없어서 한때 대영제국이 차지했던 거대한 건물을 벗어나 길거리로 나왔다. 그 건물은 햇빛에 진한 빨간색으로 빛나고, 아스팔트는 뜨거웠으며, 밝은 색 사리를 입은 여자들은 열기를 피해 머리를 가리고 있었다. 그는 택시를 잡아탔다.

"아소카로 갑시다."

그가 말했다.

자가트는 호텔로 들어섰다. 커다란 로비는 사람들로 붐볐지만 정오의 태양으로부터 벗어나니 시원했다. 그는 군중 속에서 개인적인 슬픔에 못 이겨 멈추어 섰다. 누구에게 갈 수 있을까? 그는 어느 누구한테나 든든한 언덕이 될 만큼 가장 강한 사람이었고, 집으로 돌아가면 다시 그 위치에 서야 한다. 모티는 이 여행에 관한 모든 이야기를 듣고 싶어할 것이다. 그녀에게 모두 털어놓고 위로할 준비를 해야 한다. 그리고 비라에게는 뭐라고 말해야 하나? 이런 무거운 상념들 때문에 아마푸르행 비행기를 타러 가기 전까지 호텔방에서 홀로 시간을 보내는 일은 힘들 것 같았다. 그는 엘리베이터를 타는 대신 로비 뒤쪽의 바bar로 향했다. 멀리 구석에서 누군가 그랜드 피아노를 연주하고 있었다. '아, 음악을 들으면 위안이 될 수도 있어!' 낮 시간의 바는 손님이 거의 없으므로 그는 한참 걸어가 피아노에서 가까운 자리에 앉았다. 연주자는 여자였다. 자가트는 서양음악을 모르기 때문에 그 여자가 무슨 음악을 연주하는지 알 수 없었다. 그렇지만 왠지 잊히지 않으면서도 힘 있는 선율의 곡이었다. 여자는 미국인임이 분명했다. 미국인은 언제나 알아보기 쉽다. 특히 그 무엇도, 그 누구도 두려워하지 않는 미국 여자는 더욱 그렇다. 그녀는 이곳에 제 혼자 있는 것처럼 고개를 숙이고서 피아노 연주에 몰두하고 있었다. 그녀는 옆모습만 보였는데 맑고 아름다웠다. 빳빳하고 딱 붙는, 단순한 하얀 드레스 같은 것을 입고 있었고 신발도 하얀색이었다. 가늘고 밝은 금발머리는 흰 끈으로 묶었다.

곡이 끝나가고 있었다. 그녀는 소리가 울려 퍼지도록 음을 길게 늘였다.

"매우 아름다운 곡이었소."

자가트가 말했다.

그녀가 고개를 돌렸고, 자가트는 사랑스러운 얼굴을 보았다. 차분하고 강인한 인상의 여자였다. 잠시 동안 그는 자신이 그녀의 나이를 잘못 짐작하고 있다고 생각했다.

그녀는 매우 차분하면서도 맑게 빛나는 눈빛으로 성숙함을 뽐내고 있었다. 그녀는 어렸지만 더 이상 소녀는 아니었다.

"음악을 좋아하시나요?"

그녀가 물었다.

"서양음악에 대해서는 거의 모릅니다."

그가 대답했다.

"그 곡은 쇼팽의 서곡입니다."

"매우 슬픈 곡이네요."

그가 감상을 말했다.

"네. 그의 마음속에는 항상 슬픔이 가득했어요."

"그렇지 않은 사람도 있나요?"

자가트가 물었다.

그녀는 자가트를 똑바로 보더니 마치 그의 슬픔을 알아차린 것처럼 말했다.

"아니, 아무도 없지요."

누 이방인 산의 내화는 새로운 경험이었다. 자가트는 어떤 여자도 잘 알지 못했는데 심지어 모티에 대해서도 그렇다고 가끔 생각했다. '이 서양 여자의 이름을 물어봐야 할까?' 그는 잠시 생각하다가 관

"매우 슬픈 곡이네요."
"네. 쇼팽의 마음속에는 항상 슬픔이 가득했어요."
"그렇지 않은 사람도 있나요?"
"아니, 아무도 없지요."

두기로 했다. 이름을 알아야 할 이유가 전혀 없었다. 그는 일어나서 감사인사를 전했다.

"잠시 동안이지만 당신이 걱정을 덜어주었군요. 고마워요."

그는 방으로 갔고 잠을 제대로 못 이룬 탓에 다음 날 늦게야 일어났다. 오전의 햇빛이 색유리창으로 들어왔고, 그는 실망한 기색으로 사이드테이블 위의 시계를 집어 들었다. 아마푸르로 가는 비행기를 놓쳤다! 그는 잠깐 동안 후회했으나 그러고 나서 멍해졌다. 아들의 자세한 사망소식을 듣고 모티에게 돌아갈 때까지 하루가 더 남았다. 허무한 희생이었다. 자이는 호랑이를 사냥할 때 가죽이 상하지 않도록 가능하면 두 눈 사이를 쏘라는 것 말고 무엇 때문에 살생을 배웠는가? 자이가 중국인들의 미간을 쏘았을까? 그렇더라도 그는 살아서 말하지 못한다.

샤워하고 옷을 입는 동안 자가트는 아들의 죽음에 대해 곰곰이 생각해보았다. 중국군은 미친 듯이 노래 부르고 소리 지르면서 소란스럽게 전투에 임한다고 들었다. 이것이 사실인지는 확실치 않다. 아마 아닐지도 모른다. 그렇지 않으면 어떻게 중국군이 자고 있는 인도군 뒤로 몰래 접근했겠는가? 그런 방법으로 어떻게 사막에 몰래 도로를 만들 수 있었을까? 그렇지만 중국군은 그렇게 한 것이다.

아침식사를 마치고 나서도 상념들은 계속 그의 머릿속을 괴롭혔다. 절망적이었다. 그는 방으로 돌아와 대통령 집무실로 직접 전화해서 통화를 요청했다. 전화는 즉시 연결되었고, 저편에서 모든 인도인이 존경하는 노학자의 부드럽고 교양 있는 목소리가 들려왔다.

"대통령 각하, 저는 아들의 죽음을 확인하기 위해 전방에 갔다가 막 돌아왔습니다."

"알고 있네."

그가 나이 든 목소리로 대답했다.

"자네가 아들을 찾으러 들어갈 수 있도록 허락했네."

"각하와 상의드릴 것이 있습니다."

자가트가 말했다.

"바로 오게. 일정을 미루겠네."

한 시간 뒤 자가트는 한때 영국 총독이 차지했던 대통령 관저의 집무실에서 나이 든 정치인과 마주하고 앉았다. 고령임에도 정치인은 꼿꼿하고 민첩했으며 마른 몸이었지만 무릎길이의 검은 코트와 하얀 승마용 바지를 품위 있게 입고 있었다. 검은 살갗의 야윈 수행자는 성직자가 쓰는 주교관 같은 커다란 하얀 터번을 머리에 두르고 있었다. 그 하얀색이 총명한 검은 눈을 더 크게 만들었다.

"이제 털어놔보게."

그가 자가트에게 말했다.

용기를 얻은 자가트가 속마음을 털어놓았다.

"제 아들은 죽었습니다, 각하. 지나간 일을 얘기하는 건 아무 소용이 없습니다. 앞으로의 일에 대해서만 이야기 하겠습니다. 그렇지만 과거를 돌아보지 않고서 어떻게 미래를 알 수 있겠습니까? 여기서 우리가 교훈을 얻는다면 제 아들이나 다른 비슷한 젊은이의 죽음이 헛되지 않을 것입니다."

현명한 노인은 조용히 듣고 있었다. 수년간의 긴장과 혼란이 옷처럼 그의 몸을 감싸고 있었지만 주름진 얼굴에는 자애로운 평화가 여전히 깃들어 있었다.

자가트가 말을 이었다.

"아들이 목숨을 바친 우리나라에 대해 얘기하겠습니다."

그리고는 의자에서 몸을 앞으로 기대어 상대의 주름지고 온화한 얼굴을 바라보았다.

"인도, 중국, 파키스탄. 이 삼국이 적이 되어 진정한 삼각구도를 이루고 있습니다. 엘레판타 동굴*에 있는 세 개의 얼굴을 가진 여신처럼 우리 중 누가 누구인지 알 수 없습니다. 각자가 창조주라고 주장할 뿐 아무도 파괴자임을 인정하지 않는데 어떻게 누가 수호자라고 할 수 있겠습니까? 아아, 우리는 계속 변합니다. 인생에서 돌처럼 분명한 것은 없습니다! 어쨌든 각하, 파키스탄이 1959년 유엔 안보이사회에서 카슈미르 지역에 관한 권리주장에 실패했을 때 그들은 복수심이나 절망감에서 중국을 향해 돌아섰습니다. 어떤 이유에서인지 누가 알겠습니까? 어쨌든 그들은 중국과의 대화를 통해 카슈미르 지역의 주권을 재확인했습니다. 기억하시겠지만, 그때 중국은 조심스러웠고 우리와의 회담 결과가 나온 후에야 파키스탄 대표단을 만나기로 약속했습니다. 그러나 아시다시피 각하, 중국과 파키스탄의 대화는 이후의 협정에 대한 시작에 불과했습니다. 지난봄에 파키스탄이 6000평방 마일이나 되는 자신의 영토를 중국에 준 사실을 어떻게 설명하겠습니까? 중국은 악사이 친 사막에서 우리 인도의 군사적 압박 때문에 그곳을 차지할 수 없다는 것을 깨달았고, 그 지역을 티베트와 신장 자치구를 연결하는 통로로 이용할 수 없었습니다. 어쨌든 이 모든 상황으로 인해 실제로 파키스탄은 서쪽 지역에서 우리와 더 멀어졌고, 그들은 보복의 일환으로 중국과 더 가까워졌습니다. 이제 중국은 카슈미르 문제의 중심에 있습니다. 그러나 카슈미르의 산맥은 중국과의 관계에서뿐만 아니라 파키스탄과 우리 인도 모두에게 서로 필수적인 방벽이지요. 길기트와 발티스탄은 특히 파키스탄에게 중요한 지역이며, 만약 인도가 라다크를 잃는다면 국경 방위에 큰 구멍이 뚫릴 것입니다. 그리고 소련도 역시 카슈미

---

* Elephanta 인도 봄베이만안(灣岸)의 엘레판타 섬에 있는 힌두교의 석굴사원. 8세기 전반경에 조성된 것으로 보이며 힌두교 미술의 대표적 작품이다.

르에 관여하고 있습니다. 그들은 중국에 대하여 우리를 지지하고 있습니다. 오늘 신문을 보니 러시아가 교관들을 보내 인도 공군을 상대로 그 무시무시한 산맥에서 비행하는 법을 가르치고, 중국에게 판매한 제트 전투기보다 더 현대적인 기기를 우리 측에 제공하기로 약속했습니다. 무슨 의도일까요, 대통령 각하? 물론 제 생각입니다만 중국의 신장 자치구 때문이 아니겠습니까? 그곳은 광물이 풍부할 뿐 아니라 소련과 중국 간 전략적 요충지면서도 국경이 확정되지 않았습니다. 신장은 귀중한 곳입니다. 그렇지만 우리는 어떤가요?"

대통령은 의자에서 몸을 움직이더니 벽시계를 보았다. 자가트는 서둘러 이야기를 마무리 지으려고 했다.

"이제 라다크도 신장으로 가는 통로로서 중국에게 중요한 위치가 된 겁니다. 그들은 라다크에 대한 권리를 주장할 것입니다. 이것을 알고 계시지요, 대통령 각하?"

대통령이 고개를 끄덕였고 자가트는 일어났다.

"물론 알고 계실 겁니다, 각하. 그렇지만 저에게 라다크는 아들의 무덤입니다. 중국의 야욕을 막기 위해 그는 목숨을 바쳤습니다. 만일 우리가 그 영토를 내준다면 그는 또 한 번 죽는 것입니다."

"우리는 포기하지 않을 것이네."

대통령의 목소리는 확고했다. 그가 손을 내밀자 자가트가 맞잡았다. 연약한 손길이었지만 힘주어 잡았고, 자가트는 다소 위안을 받고 떠났다. 자가트가 한 말 중에 새로운 것은 없었다. 대통령도 모든 것을 알고 고려하고 있음이 분명했다.

저녁이 되어서야 자가트는 호텔 로비에 들어섰다. 손님들이 오가는 소란 중에 그는 다시 피아노 선율을 들었다. 아들의 죽음으로 더 깊어진 오래된 외로움이 온몸을 짓눌러왔다. 그는 각국에서 온 사람들이 차나 칵테일을 마시는 바bar로 가서 피아노 근처에 자리를 잡았다. 연주를 하는 사람은 그녀였다. 연주하다가 고개를 든 그녀가 미소를 지어 보였고 그는 그녀의 손길에서 흘러나오는, 느리지만 강렬한 음악을 들었다. 그녀는 곧 마지막 음으로 여운을 남기며 연주를 끝냈다. 그리고는 자가트를 바라보았다. 그를 부르는 신호였다, 그렇지 않을까? 자가트는 일어나서 그녀 옆으로 갔다.

"나는 내일 아침에 일찍 떠납니다. 인도에 있는 동안 즐겁게 보내기를 바라요. 앞으로 어디로 가나요?"

"이곳에서 며칠 머물 겁니다. 얼마 동안일지는 잘 모르겠네요. 아직 계획이 없어요."

그는 망설였다. 자신을 바라보고 있는 그녀의 얼굴은 아름다웠고, 생각보다 아직 어려 보였지만 내면의 슬픔으로 어딘가 성숙해 보이기도 했다. 어쩌면 같은 외로움을 앓고 있는 걸까? 그녀는 제 나라에서 멀리 떨어진 이곳에서 혼자 무엇을 하고 있는 걸까? 바보 같게도 그는 그녀에게 호기심을 느꼈다. 그녀는 이방인이고, 계속 이방인으로 남을 것이기 때문이다.

"오늘 저녁에 시간 있으세요?"

자가트가 충동적으로 말했다.

그녀는 놀란 것 같지는 않았다.

"네, 있어요. 전 언제나 한가해요. 아는 사람이 없는걸요."

"내가 인도를 조금 보여줄 수 있을 것 같네요."

"좋아요. 언제 그런 날이 올까 기다려왔어요."

"친구가 없나요?"

"네."

"이상하군요."

"별로 말할 게 없네요, 정말로요. 전 그냥 여행 중이에요."

그녀는 거기 그대로 앉아 정말 아름답고 순진한 얼굴로 자가트를 바라보고 있었다. 피아노 건반 위로 손을 얹은 채였다. 문득 그는 자신이 왜 그녀에게 말을 걸었는지 생각했다. 아마도 단지 자이를 잃은 슬픔에서 그리했을 것이다. 새로운 경험에서 위안을 받기 위해 그랬을 것이다. 자가트는 사적인 슬픔에 익숙지 않았고 어떻게 대처해야 하는지도 몰랐다. 어쩌면 단지 비극적인 소식을 모티에게 전하는 일을 미루고 있는 건지도. 어쩌면… 어쩌면….

"여기서 여덟 시에 만날까요? 같이 저녁식사 해요."

그가 말했다.

"여기 있을 거예요, 저쪽에 있는 황금의자예요. 편안해 보이는데 항상 누가 앉아 있더라고요."

차분한 푸른색 눈으로 그녀가 장난스럽게 힐긋, 그를 보았다.

그가 웃었다.

"이번에는 당신 차례입니다."

"네."

그녀는 사랑스러운 미소를 가지고 있었다. 그 미소는 생각에 잠긴 듯하면서도 명랑해서 그녀의 얼굴은 꼭 소녀 같았다. 상대방은 잊은 듯 그녀가 다시 연주하기 시작했다. 자가트는 물러났고, 음악소리가 울려 퍼지며 뒤따라왔다.

그날 저녁 자가트는 '약속하지 말걸.' 하고 반쯤 후회하며 로비에서 그녀를 기다렸다. 몇 년 전 옥스퍼드에 있을 때 그는 자주 만나던 몇 명을 빼고는 서양 여자를 몰랐다. 이 여자는 그들과 달랐다. 미국 여자들은 독립심이 강하고 자유로우며, 쉽게 사랑에 빠지지 않는다고 들었다. 그러나 그는 세상 어디에서나 여자들은 똑같다고 생각했다. 그런 여자와 그렇지 못한 여자가 있는 것이다. 그녀는 그렇지 못한 여자에 속했다. 그는 초조하게 시계를 보았다. 저녁시간이 길어져서는 안 된다. 내일 아침 일찍 그는 모티를 만나러 떠나야 한다.

그때 그녀가 엘리베이터에서 내려 서두르지 않고 황금의자 쪽으로 우아하게 걸어가는 모습이 보였다. 그녀는 발목까지 오는, 타이트한 검은 드레스를 입고 있었다. 목이 파이고 소매는 길었다. 에메랄드 귀걸이를 하고, 또 다른 커다란 에메랄드는 왼쪽 손에 끼고 있었다. 결혼반지는 없었다. 자가트는 그녀와 대면하기 몇 초 전에 이 모든 것을 보았다.

"제가 늦지 않은 것 같네요."

그가 다가오자 그녀가 말했다. 그는 처음으로 그녀의 목소리를 자세히 들었는데 부드럽고 매우 여성스러웠다.

"아니오, 내가 일찍 왔습니다. 실례지만 정말 미국인입니까?"

그녀가 웃었다.

"예, 맞아요! 왜요? 미국인을 싫어하나요?"

"당신을 몰라서요. 사실 당신은 내가 두 번째로 말을 나눠본 미국인입니다. 첫 번째 사람은 좀 건방진 빨간 머리 젊은이인데 제 궁전 중 하나를 현대적인 호텔로 바꾸는 일을 하죠."

"그럼 서로 소개하지 말아야 하나요?"

두 사람은 이제 식당으로 천천히 걷고 있었다.

"아니오, 물론 해야죠. 그리고 저녁식사 자리가 아닌 다른 곳에 데려가지 못해서 죄송합니다. 여기 음식이 항상 맛있지는 않지만 냉방이 되거든요."

"상쾌할 정도로 시원해요, 그리고 그게 음식보다 중요하지요."

두 사람은 식당에 들어서서 그가 주문한 자리로 안내되었다. 은제 화병의 흰 장미가 그녀를 향해 있었다.

"당신에게 드리는 겁니다."

그가 말했다.

"평범한 금송화는 두지 말라고 했지요."

그녀는 장미를 보고 웃으며 말했다.

"고마워요."

그는 계속 말했다.

"그리고 당신을 위해서 인도 요리 몇 가지를 주문하려고 합니다. 최고는 아니더라도 색다를 겁니다. 질긴 쇠고기를 대접하고 싶지는 않고 인도 양갈비는 조금 이상합니다. 사실은 염소고기거든요."

"정말 여리고 작은 염소던데요."

그녀가 말했다.

"시골길에서 깡충거리며 뛰어다니는 것을 본 적이 있어요. 먹지 못하겠더라고요. 그리고 인도 음식은 한 번도 먹어본 적이 없어요. 인도의 신사분과 함께 있는 지금보다 더 좋은 기회가 어디 있겠어요?"

"전에 여기 와본 적이 없나요?"

"아니오, 처음이에요."

"제 소개를 할까요?"

"그러세요."

"호칭은 생략해야겠군요. 아버지는 인도의 북서쪽에 있는 한 주를 다스렸습니다. 아주 오랜 역사 안에서라면 나도 자연스럽게 그의 뒤를 이었겠지만 지금은 현대이고, 왕이 통치하는 곳은 더 이상 없습니다. 내 이름은 간단히 자가트입니다."

그녀는 어떻게 불러야 하는지 물어보지 않았고 그도 말해주지 않았다. 오늘 저녁만을 위한 동행이라면 굳이 그의 이름을 부를 필요가 없는 것이다. 만일 그들이 다시 만난다면(어쩌면 다시) 그녀는 가장 좋아하는 이름을 고를 수 있다.

"그럼 당신의 이름은요?"

그가 물었다.

"부룩 웨슬리예요."

"부룩."

그가 되뇌었다.

"그런 이름은 처음 들어요. 당신에게 어울리네요. 미스… 미스 맞나요?"

그녀는 얼마간 망설였다.

"네…."

두 사람 사이에 무언가 어색한 기운이 감돌았다. 그는 갑자기 뭔가 물어보고 싶은 충동이 생겼고, 그녀는 주저하는 것 같았다. 이 짧은 시간 동안 음식이 도착했다. 자가트는 설명하느라 바빴다.

"우리가 항상 먹는 빵은 주문하지 않았습니다. 내 생각엔 너무 부담스러울 것 같아서요. 아, 물론 나는 인도식으로 찢어서 먹지요. 영국 팬케이크와 비슷한데 더 두꺼워요. 카레에 적셔서 먹지만 익숙하지 않으면 그리 즐거운 일만은 아니죠. 이것은 더 얇고 부드러운 차파티(밀가루를 반죽하여 둥글고 얇게 만들어 구운 인도의 음식)입니다. 그리고 저것은 물론 쌀밥인데 사프란을 넣어서 노랗습니다. 이 카레와 먹어도 되고, 여기 양념이 있어요. 난 야채 카레를 주문했습니다. 인도 닭들은 조그마한데 밴팀 닭입니다. 아, 내가 말했는데도 닭고기를 넣었네! 그렇지만 한번 먹어봐요. 그럼 접시를…."

하얀 터번을 쓴 웨이터가 그녀의 시중을 드는데도 자가트는 자신이 직접 잘게 자른 견과류, 잘게 부순 코코넛, 망고 처트니(카레 따위에 치는 달고도 매운 인도 원산의 조미료)를 떠서 그녀의 접시에 있는 밥 위에 올려주었다.

그가 말을 이었다.

"이건 굳은 우유인데 카레가 너무 매울 경우 혀를 달래주기 위한 겁니다. 여기에 익숙지 않은 모든 사람을 위한 거지요."

그녀는 즐겁게 들으며 먹기 시작했다. 그는 그녀를 지켜보았다. 그녀는 얼마나 아름다운가. 길고 검은 속눈썹, 아, 그는 길고 검은 속눈썹을 많이 보았지만 짙은 금발머리에 보랏빛의 푸른 눈을 감싸고 있는 그녀의 눈썹은 처음이었다. 오늘밤 그녀는 느슨하게 머리카락을 위로 감아 올렸는데, 고상한 그녀의 머리 모양이 더욱 돋보였다. 그는 깨끗한 그녀의 옆모습이 좋았다. 섬세하면서 윤곽이 뚜렷하고, 계란형의 얼굴에 골격은 은근히 강인해 보였다. 그는 아름다운 인도 여성들의 관능미에 익숙했고 실제로 좋아했다. 하지만 이번에는 달랐다. 그녀의 피부는 무척 하얗고 맑았으며 입술은 섬세한 분홍빛이었다. 그리고 그녀의 입은 의외로 육감적이었다.

"음식이 맛있네요."

그녀가 맛을 보며 말했다.

그는 우습게도 기운이 솟았다.

"잘됐네요, 이제 나도 음식을 즐길 수 있겠군요."

배가 고팠던 그는 그녀가 포크를 내려놓을 때까지 몇 분 동안 조용히 식사했다.

"이제 더 이상 못 먹겠어요."

"디저트는 좋아하지 않을 겁니다."

그가 단언했다.

"오스굿이, 우리 호텔 일을 하는 친구 말입니다, 절대로 인도 디저트는 대접하지 말라고 했죠. 아몬드를 으깨어 크림과 설탕에 넣은 것입니다."

"저는 가끔 다른 사람들이 싫어하는 것을 좋아하지요."

그녀가 대답했다.

"그렇지만 순리에 반대되는 것은 아니에요. 제 생각엔 새로운 것을 좋아해서 그런 것 같아요. 한 번도 맛본 적 없는 음식이나 몰랐던 사람처럼 말이죠."

"아, 그렇다면."

그가 의기양양하게 말했다.

그는 저녁식사 후에 무엇을 할까 고민했다. 춤은 아니었다. 자이의 일이 있은 지 얼마 되지 않았고 그럴 마음도 없었다. 그렇지만 그녀와 함께 있고 싶었다. 어쨌든 아름답고 평온한 그녀를 보고 있으면 그의 어두운 영혼이 위로받을 수 있었다.

"실례지만 저녁식사 후에 노골적인 청을 해도 될까요?"

"원하신다면요." 그녀가 미소 지으며 대답했다.

"타지마할을 보셨나요? 달빛 속에서요."

그녀가 웃었다.

"아니오! 노골적이라는 말에 동감이네요. 제가 인도에서 유일하게 아직도 그곳을 보지 못한 미국인일 거예요. 모든 관광안내원이나 택시기사들이 타지마할 행을 제안했지만 계속 거절했죠."

"아, 그럼 다른 걸 할까요?"

"아니오, 다른 것 말고요! 정확한 때와 사람을 기다리고 있었는데 지금 찾은 것 같네요. 그렇지 않았다면 끝내 혼자 갔거나 아예 가지 않았을 거예요."

아무 말 없이 서로를 살피면서 두 사람 사이에 눈빛이 오갔다.

"그곳은 과대평가되었어요."

그는 수동적으로 말했다.

"미적인 면이 아니라 사랑 이야기가 말이죠. 14명의 자식을 낳은 왕비는 마지막으로 아이를 낳다가 죽었죠. 내 생각엔 그리 낭만적이지 않아요!"

"제가 보고 싶은 것은 그곳의 아름다움이에요."

그녀가 대답했다.

"그리고 아마 첫사랑 이후에는 로맨스가 필요하지 않은 것 같아요. 어쩌면 사랑이나 후회 아니면 남녀의 영혼을 움직이는 다른 어떤 것이 그 자리를 차지하죠. 사랑이 유일한 건 아니에요."

그는 그 말의 의미를 알아내려 하면서 듣고 있었다. 그 말 속에 얼마나 많은 뜻과 의미가 담겨 있을까?

"그럼 갑시다."

그가 말했다.

그는 웨이터를 시켜 택시를 불렀다. 여기에서는 자신의 차와 운전기사가 대기하고 있지 않아서 좋았다. 이런 나들이에 대해 사람들이 어떻게 생각하겠는가? 운전사에서 요리사로 그리고 요리사에서 여자 하인에게로, 다시 모티의 개인하녀에게로 소문이 돌아서 모티의 귀에 들어갈 수 있었다. 어쩌면 두 사람은 다시 만나지 않을 것이므로 쓸데없는 잡담인지도 모른다. 부룩! 물론 그는 지금, 어쩌면 영영 그녀의 이름을 부를 수 없겠지만 부드럽게 흐르는 음악 같은 이름이었다. 택시가 바람을 가르며 밤의 군중 사이를 달리는 동안 그녀가 자신에 대해서는 아무 말도 하지 않았던 게 생각났다.

그가 입을 열었다.

"결국, 내가 어떤 사람인지 말했네요. 당신은 이름 말고는 아무것도 가르쳐주지 않았는데."

그들은 이제 도시를 떠나 아그라Agra로 향하는 고속도로에 접어들었다. 그녀는 그의 말을 못 들은 것 같았다.

"나무에 걸려 있는 저 검은 매듭은 뭐죠?"

그녀가 물었다.

"저것들이요? 독수리들입니다. 땅바닥에 누워 자는 개가 차에 치이길 기다리죠. 만약 개가 치이기라도 하면 그들은 땅으로 날아와

뜯어먹을 겁니다. 물론 녀석들이 제일 원하는 것은 사람들 사이에 사고가 나는 거죠."

"저들을 그냥 참고 두다니 이상하네요!"

그녀가 소리쳤다.

"녀석들은 좋은 청소부입니다."

그가 대답했다.

그녀는 그가 한 말을 생각해보며 거기에 비난할 생각이 없는 듯 아무 말도 하지 않았다. 인도의 풍경은 또 다른 삶의 방식이었다.

그가 다시 말했다.

"그래서 당신은 누구죠?"

그녀는 자신도 모르겠다는 듯이 생각에 잠기더니 대답했다.

"저를 특별한 사람이라고 말하지 않을 수도 있어요. 저는 미국 동부 해안의 꽤 오래된 도시에서 태어났지요. 부모님은 부자였고 저는 외동딸이었는데 어릴 때 돌아가셨어요. 저는 그분들을 거의 기억하지 못해요. 부모님은 제게 모든 것을 남겨주셔서 일할 필요가 없었고, 음악만을 추구하며 살아왔죠. 그밖에는 인생에서 한 게 없어요."

"결혼하지 않았나요?"

"네."

"왜죠?"

"결혼하고 싶은 남자를 만나지 못했어요."

"당신은 너무 독립적이에요."

그가 조언했다.

그녀가 새빨리 그를 보더니 다시 고개를 돌렸다.

"어쩌면 그것이 단점일지 몰라요."

자가트는 사랑에 빠진 적이 있는지 물어보고 싶었지만 아직은, 어쩌면 앞으로 영영 그럴 만한 자격이 없기 때문에 그만두었다. 현대적인 인도 여자였다면 그는 주저하지 않고 물었을 것이다. 성은 노골적이고, 남자와 여자 사이에 말할 거리는 별로 없는 것이다. 그러나 제 옆에 앉아 있으면서도 멀게 느껴지는 이 아름다운 존재도 여자일 뿐 아니라 사람이었다. 그는 그녀를 차갑게 느끼지 않았다. 그녀의 입매, 촉촉한 두 눈, 리듬 있는 목소리, 인사하면서 그의 손을 잡을 때 느껴지던 관능적이고 부드러운 손길, 날씬한 몸의 굴곡, 이 모든 것이 그의 강한 남성적인 면을 자극했다. 그러나 아직, 아직!

차가 멈추었다.

"도착했나요?"

그녀가 물었다.

"네, 이곳이 입구입니다. 들어갈 때 잠깐 멈춰 서서 균형미를 느껴보세요."

그는 운전기사에게 기다리라 이르고 커다란 터널형 문으로 그녀를 안내했다. 저 멀리 출구가 웅장한 묘를 향하고 있었다. 그들은 혼자가 아니었다. 많은 사람이 지나갔는데 사리를 입은 여자들은 달빛에도 밝게 보였고 남자들은 흰옷을 입었으며 아이들은 서로 손을 잡고 있었다. 연못에 달빛이 비치고 그 물은 양쪽에 있는 대리석 보도 사이로 흘렀다. 저 먼 끝에 대리석 건물이 불빛을 받으며 서 있었다.

자가트는 말을 건네기 위해 고개를 돌렸다가 그녀를 보고는 그만두기로 했다. 그녀는 꼼짝 않은 채 머리를 들고 손은 허리에 둔 모습이었다. 밤바람에 그녀의 머리카락이 부드럽게 날렸다. 그리고 두 눈은 달빛에 반짝이고 입은 벌어졌다. 그녀가 말할 때 그는 마치 그곳에 없는 듯했다.

"이곳은 제가 본 것 중 기대했던 것보다 훨씬 아름다운 첫 번째 장소예요."

"그것을 인도에서 발견했다니 기쁩니다."

그가 부드럽게 말했다.

이후로 그는 자신에게 매우 익숙한 그곳을 안내하는 것 말고는 그녀에게 별로 말하지 않았다. 선 세공을 한 보석이 대리석 위에 박혀 있었는데 오래전 영국 점령군들이 구멍에서 빼내어 팔았다는 이야기를 해주었다. 그는 귀족 정치인으로서 도굴 중지를 명령한 영국 귀족과 총독에게 모든 것을 위임하고, 몇 개 정도는 더 낮은 가치의 보석으로 교체한 적이 있기도 했다. 그녀는 그의 이야기를 차분하고 조용히 듣고 있다가 이따금 걸음을 멈추었다. 깎인 대리석 문양을 손끝으로 더듬어가면서 아름다움을 직접 느끼기 위해서였다. 그녀는 그와 나란히 왕 내외의 무덤이 있는 지하납골당으로 내려갔다.

"왕은 또한 자신을 위해 대리석 무덤을 지으리라 생각했지요."

자가트가 말했다.

"그러나 그것은 검은 대리석이어야 했습니다. 아, 그의 탐욕스러운 아들들이 그를 퇴위시키고 가두었습니다. 말년에 그는 권력을 장악할 수 없었지요."

"아들은 없는 게 나아요."

그녀가 말했다.

그는 이 가슴 아픈 사실을 충격으로 받아들였다. 그가 외아들을 잃었다는 것을 그녀는 어떻게 알았을까? 그녀는 모른다. 직감으로 말한 것이다. 그는 아무 대답도 하지 않았다.

호텔에 도착하자 자가트는 이제 인적이 뜸한 바_bar_로 그녀를 데리고 가서 자리에 앉기를 권했다. 그녀는 그 말에 지친 듯 뒤로 기대어 앉았는데 피곤한 것은 아니었다. 그가 보기에 그녀는 단지 상대의 말을 들을 준비가 된 것이다. 그는 의자를 그녀 가까이 끌어당겨 마주앉았다. 큰 실내에 두 사람뿐이었다. 손님들은 떠나고 종업원은 자기 자리에서 졸고 있었다.

"우리는 서로 모르는 사람들이죠, 당신과 나."

그가 말했다.

"우리는 세상의 다른 곳에서 온 이방인들이에요. 어쩌면 다른 시대인지도 모르죠. 이곳 인도의 생활은 대부분 아직도 중세에 머물러 있어요. 그런데 지금 이 순간 나는 당신을 전부터 알았던 것 같아요. 말해봐요-그가 몸을 앞으로 기댔다, 왜 아들이 없는 게 낫다고 말했죠? 인도인에게 그런 말을 하는 건 가장 이상한 일이고, 어떤 인도인도 그 말을 믿지 않을 겁니다. 어쩌면 나만 빼고 말이죠. 이 특별한 순간에 나는 외동아들을 잃고 슬픔에 잠겨 있어요. 그는 13일 전 라다크에서 중국군에게 목숨을 잃었죠. 또 다른 아들을 가질 수 없어요. 그래도 아들이 없는 게 낫다고 말하겠어요?"

그녀는 이를 마치 다른 별에서 보내온 말처럼 느끼며 조용히 들었다. 대답할 시간이 흘러갔다. 그녀는 하얗고 가는 손으로, 조각된 의자의 팔걸이 끝을 잡고 있었다.

"그래도 아들이 없는 게 낫다고 생각해요. 이제 당신이 하고 싶은 대로 삶을 마칠 수 있어요. 당신을 만족시킬 사람이 없기 때문에 자기 자신을 만족시킬 거예요. 남자와 여자가 아이를 가지면 그들은 서로 나눠지고 자신들에게 핑계를 대죠. 제가 어떻게 했는지 보세요, 사람들이 그러는데 나 자신을 바꾸었어요. 만일 내가 우리 세대에서 임무를 전부 수행하지 못하면 내 아들이 자기 세대에서 할 거예요. 우리나라에서는 아이들이 미래의 희망이라고 매우 자주 말해요. 하지만 저에게 그것은 책임회피고 모순이에요. 그들은 우리보다 더 잘할 수 없어요. 당신의 아들이 살아 있다면 당신이 했거나 앞으로 할 일보다 더 잘하지 못했을 거예요. 당신은 아직 젊으니까요."

"나는 인생의 중반에 있습니다."

그가 말했다.

"그러면 자식을 더 볼 시간이 없네요."

그녀는 조용히 말했다.

그는 의심스러운 동시에 놀라서 그녀를 바라보았다. 그녀가 옳을까? 그녀는 자신을 뚫어지게 쳐다보는 그의 검은 눈동자에도 흔들리지 않고 아무 질문도 없이 시선을 마주쳤다.

"그래서 결혼을 안 한 겁니까?"

그가 물었다.

"말했잖아요. 결혼하고 싶은 사람을 못 만났다고요."

"만났다면 결혼했을까요?"

"네, 그 사람도 원했다면."

"만일 원하지 않았다면?"

"그렇다면 그의 곁에 영원히 머물기 위해 준비했을 거예요."

그는 이 말을 다시 생각해보기 위해 머릿속에 담아두었다. 그리고 자리에서 일어났다.

"나는 내일 아침 일찍 떠납니다. 그러니까 아마푸르에 오고 싶은 마음이 당신에게 없다면 지금 하는 인사가 작별인사가 되겠군요. 하지만 만일 마음이 있다면 당신은 호수궁전 호텔의 첫 번째 손님이 될 겁니다. 초대를 받아주시겠어요?"

"어쩌면요."

"객실까지 데려다 드릴까요?"

그녀는 주저했다.

"피아노를 연주한다면 손님들에게 방해가 될까요?"

"그렇지 않을 겁니다."

"그럼 안녕히 주무세요."

그녀가 손을 높이지 않고 내밀자 그는 두 손으로 잡았다. 그의 뜨거운 손바닥에서 그녀의 손은 야무지고 차갑게 느껴졌다. 그가 멀어지면서 돌아봤을 때 그녀는 이미 피아노 앞에 앉았다. 고개를 돌리지도 않았다. 그를 잊은 걸까? 그는 질문 뒤의 말을 기억해냈다. 그녀는 '안녕히 주무세요'라고 했지 '안녕히 가세요'라고는 하지 않았다!

고결한 여인이 비참하게 매달릴 때

"모티!"

자가트가 불렀다.

그녀는 자기 방의 긴 안락의자에 누워 생기 없는 눈으로 그를 바라보았다.

"왜 이렇게 늦었어요?"

"뉴델리에 들렀다 온 거요. 국경에서 알아낸 사실들을 전할 필요가 있었소."

그녀의 하녀가 그를 따라 방으로 들어왔다.

"왕비마마께서는 약간의 응유와 과일을 빼고는 아무것도 드시지 않으셨습니다."

"물러가거라."

모티가 못 참겠다는 듯 말했다.

"그냥 내버려둬! 내가 먹건 안 먹건 무슨 상관이냐?"

하녀는 평소에 유순했던 사람이 화를 내자 문 밖의 그림자 속으로 물러났다.

"새로운 소식이 있나요?"

모티가 물었다.

그가 자리에 앉았다. 항상 꽃향기로 상쾌하던 그녀의 방이 이상하게 적막했다. 화분에 심은 오렌지와 레몬나무, 델리의 정원에서 들여온 영국산 장미꽃, 이 근처 사막의 향기 없는 꽃 등 모든 꽃은 치워져 있었다. 화병은 비어 있고, 바닥과 가구들에는 먼지가 쌓여 있었다. 사실이다, 며칠 강풍이 불면서 여기저기 모래가 쌓였고, 지나치게 깔끔한 성격인 모티는 유독 이 기간에 하녀들을 바쁘게 부리곤 했었다. 그녀는 이제 남편이 실내를 이리저리 둘러보는 것을 바라보았다.

"멍청한 하녀들이 여기저기로 돌아다니는 꼴을 참을 수 없었어요."

"당신은 스스로를 죽이고 있어요."

그가 말했다.

"당신은 죽으려고 해요. 살려고 노력해야 되오."

그녀의 두 눈이 깊게 패여 있었다. 그가 외부에 나가 있는 동안 그녀는 살이 많이 빠졌다. 하얀 사리를 걸치고 있는 지금, 창백한 피부만이 그녀의 가는 뼈를 덮고 있었다.

"어떻게 음식이 넘어가겠어요?"

그녀는 안절부절못하며 물었다. 그리고는 낯설게도 조바심을 내며 그를 추궁했다.

"무슨 일이 있었는지 말해봐요."

그는 말하기에 앞서 한숨을 쉬었다.

"내가 어떻게 알겠소? 자이는 수십, 수백 명의 다른 병사들과 함께 목숨을 잃었어요. 공격은 뒤쪽에서…."

그는 잠시 말을 멈추고 조금씩 기억을 더듬으며 하나하나 이야기해 나갔다. 아들이 오래된 무기를 가지고 추운 날씨에도 낡아빠진 옷을 입고 있었다고 털어놓자 그녀는 가만히 듣고 있지 못했다. 자리에서 일어나더니 방 안을 이리저리 돌아다녔고, 조금 전에는 문 옆에 있다가 이제는 호수가 보이는 저 끝의 창가로 갔다. 마음이 쓰라려서 잠자코 있을 수가 없었던 것이다. 그는 항상 몇 시간 동안 꼼짝하지 않고 앉아 있던 그녀가 이리 민첩하게 움직인다는 사실에 놀랐다.

"델리*에 가서 불만을 이야기하지 않았나요?"

그녀는 그를 향해 울부짖었다. "그곳에서 그들이 우리 아들을 죽인 거라고 말하지 않았어요?"

"모든 걸 보고했소, 모티. 그 이야기를 다시 할 필요는 없어요. 우리는 미국, 영국에게 도움을 요청했고 방어에 제일 적합한 최신 무기를 약속받았소."

"물론 그랬겠지요, 이제 우리 아들은 죽었는데…."

"모티, 당신은 흥분하고 있어요. 우리 아들이 유일한…."

그녀는 방의 맞은편 쪽에서 그를 향해 돌아섰다.

"자이는 내게 유일했고, 지금도 유일한 존재예요! 하지만 당신이 어떻게 여자의 마음을 이해하겠어요? 당신은 한 번도 나를 이해해 준 적이 없다고요! 난 여기서 수십 년 동안 살았지만 당신은 나에 대해 아무것도 몰라요. 왜 내가 지금 당신에게 위로받기를 기대하고 있는지? 보고했다고요! 보고에 살인이라는 단어가 들어갔나요? 자이가 목숨도 지켜주지 못하는, 아무 쓸모 없는 구식 무기를 가지고 있던 게 누구의 잘못인가요? 추위를 막아주어야 했던 따뜻한 옷들은 다 어디 있는 거죠? 자이는 추위를 싫어했어요. 어릴 적에 그가 눈을 얼마나 싫어했는지 잊히지 않아요. 그가 추위 속에서 죽어가야 했다니! 당신을 용서할 수 없어요. 델리로 돌아가서 자가트 왕자의 아들, 자이가 살해되었다고 그들에게 말하세요!"

---

* 펄 벅은 델리와 뉴델리를 섞어 쓰고 있다.

"모티, 그들은 나를 미쳤다고 할 거요."

"그러라고 하세요! 당신에게 뭐라고 하는 게 그리 중요한가요?"

"모티, 내 말을 들어봐요. 중국이 철수하겠다고…."

"아, 중국 이야기는 하지 말아요! 그들이 철수한다고 우리 아들이 돌아오나요?"

이야기해도 소용이 없었다. 분노와 슬픔을 이기지 못한 그녀가 울면서 따지는 동안 자가트는 대리석 바닥을 바라보며 꼼짝 않고 앉아 있었다. 갑자기 그는 더 이상 참을 수가 없었다. 그는 일어나서 그녀 곁으로 갔다. 지친 그녀는 기둥에 몸을 기대고 있었다. 그는 팔을 둘러 그녀를 안아올리곤 침대로 가 베개 옆에 뉘였다. 품 안에 든 그녀는 얼마나 가볍고, 연약한가! 그녀는 뒤로 눕더니 눈을 감고 조용히 흐느끼만 했다.

그가 하녀를 부르자 그림자 뒤에서 나타났다.

"왕비를 진정시키도록 해라."

그가 말했다.

"관자놀이를 문지르고 머리카락을 빗겨주어라. 진정하면 우유 한 잔을 가져다주고."

그는 자신의 방으로 갔다. 그리고 제 슬픔을 감싸 안았다. 이전까지는 여행과 대화 그리고 미국 여성과의 만남으로 바쁘게 보냈다. 이제 그는 혼자다. 선조들이 살았고 자신과 아들이 태어난 이 궁전에서 그는 정말 혼자였다. 그의 가족사가 끊임없이 이곳의 벽을 스쳐갔다. 그리고 갑자기 멈추었다. 그가 마지막이다. 내일은 누가 선조들이 벽에서 바라보고 있는 이 방들을 차지할 것인가, 나면서부터 물려받은 왕사의 지위를 차지할 것인가? 그가 죽으면 대대로 살아왔던 방들은 비게 될 것이다. 그와 그들은 더 이상 존재하지 않을 것이고 그들의 뒤를 이을 사람도 없다. 그에게는 이것이 자이의 죽음을 의미하는 마지막 시간이었다.

가장 어둡게 느껴지던 그날 밤, 그는 잠을 이루지 못하고 침대에서 이리저리 뒤척이다 누군가 문 앞에 서 있는 소리를 들었다. 그는 즉시 가만히 누워서 귀를 기울였다. 문이 삐걱거리는 소리를 내며 열렸다가 조용히 닫혔다. 그는 도둑이거나 암살자일 거라고 생각했다. 옛날에 바로 이 방에서 선대의 왕자 한 분이 정체불명의 침입자에게 죽임을 당하셨다. 살인자는 끝내 잡히지 않았지만 왕자가 궁으로 데리고 온 아리따운 젊은 여자의 남편이라는 말이 있었다. 하지만 그것은 아주 오래전 일이고, 자가트는 그런 죄를 범하지 않았다.

두려웠다면 소리를 질렀을 테지만 그는 두렵지 않고 궁금할 뿐이었다. 누가 이렇게 조용히, 아무도 모르게 들어와서 대리석 바닥을 걸어오고 있는가? 어둠 속에서 그는 사람의 형상을 상상했다.

"원하는 게 무엇이냐?"

그는 평상시와 같은 목소리로 크지도 작지도 않게 말했다. 그리고는 성냥을 켜서 옆에 있는 초에 불을 붙였다. 어둠 속을 응시하던 그는 모티가 어깨에서 흘러내린 흰 사리 끝자락을 손에 쥐고 다가오는 것을 보았다. 그는 소리 질렀다.

"모티! 어디 아프오?"

그녀는 대답하지 않고 침대 옆까지 다가왔다. 곧 무릎을 꿇고 앉은 그녀의 애원하는 얼굴이 촛불에 보였다.

"무슨 일이오, 모티?"

그녀의 눈이 타오르고 있었다. 그녀는 작은 혀를 내밀어 입술을 적셨다.

"자가트!"

"네? 무언가 두렵소?"

"아니오… 네… 당신이요."

"내가요?"

"당신이 저를 거부할까봐 두려워요."

"그렇지만 내게 무엇을 원하오?"

"자가트, 전 아직 젊어요."

그는 창백한 얼굴에 박힌 그녀의 짙은 두 눈을 보았다.

"모티…."

그는 갑자기 그녀가 곁에 있음을 깨달았고, 더는 말을 이을 수 없었다. 결혼생활 내내 모티가 그의 침대로 온 적은 없었다. 그녀를 찾아간 것은 항상 그였고 그녀는 한 번도 찾아오지 않았다. 그는 이를 정숙한 여인의 행동으로 여기며 받아들였다. 지금 여기 그녀가 그를 찾아왔다. 그는 그녀가 자신의 아내가 아닌 것처럼 당황스럽고 부끄러웠다. 그녀는 더 이상 신부로서, 여자로서, 아내로서, 아이들의 어머니로서 그를 받아들인 모티가 아니었다.

"모티…."

그가 다시 말했다.

"제가 다시 아들을 가질 수 있도록 해주세요, 자가트!"

"모티, 난…."

"그러면 제가 당신께 아들을 안겨주고 만족할 수 있어요! 여자는 그 일을 마치지 않고는 살 수도 죽을 수도 없어요. 자이는 그의 동생으로 다시 태어나야 해요. 당신의 가족들은 후계자가 없다고요. 당신의 후계자를 보지도 못하고 왜 살아야 하나요?"

예전에 그녀가 그를 찾아왔다면 욕정이 바로 솟구쳤을 것이다. 그녀를 침대로 이끌고 가 격정적으로 관계를 맺었을 것이다. 그녀가 자가트 자신을 찾아와 사랑하고, 그가 그녀의 몸을 급하게 탐미하는 것이 강렬하고 달콤하며 새롭게 느껴졌을 것이다. 오랫동안 그녀는 그의 육체적 욕망을 채워주었지만 그 이상은 주지 못했고 그녀도 그 이상을 갖고 있지 않았다. 실제로 그는 어떤 여자에게서도 그것을 얻지 못했는데 이방인에게서 사랑을 느낀다면 얼마나 달콤할까?

그는 침대 옆에 무릎을 꿇고 앉은 그녀를 일으켜 세울 수가 없었다. 그의 영혼과 육체가 기이하게도 그녀의 애원을 거부하고 있었다.

"모티, 나는…."

"저를 받아줘요, 자가트!"

"난 할 수 없어요…."

자가트는 속삭이듯 말했으나 그녀가 들어버렸다. 그는 침대 옆으로 똑바로 일어선 그녀가 검은 눈동자로 자신을 내려다보고 있는 것을 보았다. 촛불이 희미하게 타고 있었다. 어둠 속에서 그녀의 머리카락은 얼굴을 가리며 흘러내렸고 허리까지 닿았다. 그는 결혼식 날 밤 이후로 한 번도 그녀의 이런 모습은 본 적이 없었다.

"그렇지 않을 거예요!"

그것은 차라리 절규였다.

"난 그럴 수 없소."

"그렇다면 당신은 다른 여자를 만났군요. 아, 그래요…."

그녀는 침대 위로 손을 뻗어 몸을 지탱하며 그에게 기댔다.

"그것이 당신이 한 일이에요. 남자들이 슬플 때 항상 하는 일이죠. 남자들은 서둘러 여자에게 가서는 위안을 얻지요. 그들은 오랫동안 우울할 수가 없어요. 특히, 자가트 당신은요! 당신은 항상 당신의 목적을 위해 나를 이용했어요. 지금, 이렇게 부탁하는 게… 이게 쉬울 것 같아요? 저도 부끄러워요. 당신에게 애원하는 이 순간에도 제 자신이 싫어요. 그렇지만 이건 자이를 위한 거예요. 우리에게 아들이 없기 때문에 그러는 거라고요."

자가트가 그녀의 왼손을 잡아 침대에 앉혔다.

"내 옆에 앉아요, 모티. 내 말 잘 들어요! 나는 다른 여자를 만나지 않았어요. 전쟁터에서 곧바로 왔어요. 나는 오직 델리에서만 이틀 동안 머물다가 집으로 왔어요. 다른 여자를 만날 생각을 어떻게 하겠어요, 모티? 나는 더 이상 젊은 청년이 아니고 나는, 나는 아무런 욕구가… 단지…."

그녀가 그와 맞잡은 손 위로 고개를 숙이자 그는 제 팔에 머리카락의 온기가 퍼지는 것을 느꼈다.

"아들을 다시 가질 수 없을까요?"

그녀의 목소리가 겨우 들렸다.

그는 다른 손으로 그녀의 얼굴에서 머리카락을 쓸어냈다.

"모티, 이렇게 말고… 절대로 이렇게는…."

그녀는 말없이 앉아 오랫동안 움직이지 않다가 흰 그림자를 남기며 올 때처럼 조용히 나갔다.

촛불을 끄고 난 그는 온화하고 어두운 밤에 홀로 누워서 생각에 잠겼다. 왜 모티를 받아들이지 않았을까? 죽음이 그를 바꿔놓았을까? 최근의 충격과 슬픔 때문에 자신의 중요한 부분이 아들과 함께 사라진 것일까? 제 아랫도리가 지금은 잠잠해 있는데, 그 가라앉은 하체 때문에 그는 인생이 자신과 상관없다고 느낀 적이 있었다. 밤낮으로 그는 삶이란 준비되고 전율하는 것이라 느끼며, 욕망 속에서 제 존재로부터 이탈하여 젊고 아름다운 여자라면 누구 할 것 없이 급속히 반응했다. 생전 그의 아버지와 할아버지는 끊임없이 여자들에게 즐거운 유희를 요구했지만 그는 결코 제 욕구를 채울 수 없다는 사실을 잘 알고 있었다. 그 자신은 여자들을 방으로 데려오지 않았다. 단지 남성적이면서도 까다로웠기 때문이다. 아니, 그는 이 이상 까다로울 수 없었다. 실혼 후 그가 여자를 데려오지 못하도록 한 사람은 모티였다. 그녀는 활기가 없는 대신 부드러웠고 인내하면서 복종했다. 절대로 대꾸하는 법 없이 항상 고분고분했다. 때문에 그녀로선 그의 영원한 의문에 영영 대답을 줄 수 없는 것이다. 그녀는 대답하지 못하는 것일까 아니면 그가 마음에 들지 않는 것일까? 물론 제 남성적인 매력을 자신하는 자가트 입장에서는 후자, 그러니까 모티가 자신을 마음에 들어하지 않는 쪽은 받아들일 수 없었다. 그럼에도 그는 이 질문에 선뜻 답할 수 없다. 그는 그녀를 향해 시종 부드럽게 구애하면서도 때로는 강제로 하기도 했다. 남성으로서의 자부심! 그녀가 단지 아이를 갖기 위해 자신을 찾아와서 그는 화가 난 것일까?

자신에 대해 곰곰 생각하다가 어느 새 그의 생각은 '모티'에게로 이르렀다. 그녀는 높은 카스트계급 출신이고 고귀한 출생답게 정숙한 여자였다. 그래서 그가 관계를 원할 때마다 주저하면서 자신을 보여주었다. 그녀의 주저하는 모습이 그에게는 유혹적이고 사랑스러웠다. 그는 이를 그녀의 카스트계급이 갖는 고귀함의 증거라고 생각했다. 그런데 한 시간 전의 일을 생각하니 어쩐지 그녀가 전보다 타락한 느낌이 들었다. 그녀는 평소와 다르게 자신이 먼저 그를 찾아오지 않았는가.

"그렇지 않아, 타락한 거 아니야."

그가 스스로에게 말했다.

"적어도 그녀는 자신의 쾌락을 위해 온 게 아니잖아."

불현듯 그는 모티를 거부했던 제 행위가 이해되었다. 그녀는 욕구에 따라 남편을 찾은 것이 아니었다. 그녀가 정말로 제 마음속에 성적 욕망을 품고 있었다 해도 그것은 자가트의 것이 아니었다.

"아, 자가트, 나를 사랑해줘요!"라고 외치면서 그에게 온 것이 아니었다.

'그렇다면 고결하게 태어난 여자는 제 욕구를 채우기 위해 애원하면서 자신을 낮출 수는 없는 것인가?'

자가트는 위대한 《마하바라타》를 쓴 브야사의 고대설화를 기억했는데, 한 남자가 세 명의 질녀 중에서 아내를 고를 때 노예에게서 자란 여자를 고르지 않기 위해 그녀들을 시험한다는 내용이다. 이 시험에서 세 명의 공주는 각각 그의 앞에서 벌거벗고 걸어야 한다. 먼저 제일 나이가 많은 공주는 너무 부끄러워서 눈을 감았고, 두 번째 공주도 역시 부끄러워 황토로 몸을 가렸지만 세 번째 공주는 부끄럼 없이 걸으며 그의 앞에서 나체를 뽐냈다. 이를 보고 그는 세 번째 공주가 천한 출신임을 알고, 그녀를 제외한 다른 두 명 중에 아내를 간택했다는 내용이다.

　자가트는 모티가 슬픔과 절망으로 인해 변했다는 것을 알면서도 제 의지와는 상관없이 천박함에 대한 고대의 편견을 스스로 가지고 있음을 깨달았다. 이런 심적인 혼란 속에서 그는 모티에게 궁금증이 일었다. 그것은 이제까지 잊을 수 없는 비밀스러운 부정함이 그녀에게 있는지에 관한 것이었다. 그는 잠시 동안 마음속에 숨겨두었던 영국인 신부에 관한 오랜 의문을 새삼 떠올렸다. 전에는 이런 의문을 가지는 것조차 스스로 허락지 않았다. 이제는 완전히 그것을 드러냈다. 혹시 그녀는 젊은 신부에게서 영혼이 요구하는 것 이상의 그 무엇인가를 받아들이는 것은 아닐까? 신부도 여전히 남자다.

　그런데 이상하게도 자가트는 이 순간 아무런 질투도 느끼지 않았다. 이게 당연한 일인가? 자이의 죽음이 있기 전 이 질문을 했다면 그는 분명 질투를 느꼈을 것이다. 그러나 지금 이 순간 그의 마음은 둥지 안의 새처럼 평온하다. 오히려 모티보다 스스로에게 더 궁금증을 느꼈다. 아들의 죽음이 떨어져 있는 두 사람을 흔들어놓았고, 그가 오늘밤 잠을 이불 수 없다는 것을 빼고는 그것이 어느 정도인지 알 수 없었다. 이후 그는 일주일 동안 평상시와 같이 쉴 수 없었고, 밤에도 깊이 잠들지 못했다. 낮에는 아들 생각으로 슬픔에 빠져 스스로를 지치게 했고 밤에도 쉬지 못했다. 그 일주일 동안 낮이 지나면 어김없이 밤이 찾아왔다.

일찍 도착한 방문객

8일째 되던 날 아침, 자가트는 일찍 일어나 호수궁전으로 갔다. 일이 얼마나 진척되었는지 보기 위해서였다.
"손님이 와 있습니다."
오스굿이 말했다. 그는 작업을 감독하기 위해 아예 궁에서 살고 있었다. 자가트는 배에서 선착장의 대리석 계단으로 뛰어내렸다.
"무슨 손님이요? 어떻게 이런 복잡한 데 손님을 모셨나요?"
사방에서 인부들이 일을 하고, 새들은 처마와 촛대 위의 둥지에서 산만하게 흩어져 날아갔다. 망치 두드리는 소리와 인부들의 고함소리가 오후의 정적을 깼다.
"여자분입니다!"
오스굿이 말했다.
"여자라고요?"
자가트가 믿기 어려운 듯 반문했다.
"당신이 초대했다고 하던데요."
"내가?"
"그 여자가 그렇게 말했어요."
자가트는 미소 지었다.
"어떤 의미로…."
자가트는 그 여자가 누구인지 알고 있었다.
지난주 그와 모티 사이에는 대화가 거의 없었다. 이상하게도 자가트의 머릿속에 그 여자가 자주 떠올랐다. 모티는 전보다 더 움츠러든 모습이었다. 긴장된 침묵 속에 며칠이 지나갔다.

"비라에게 전보를 보내 당신 곁에 있어 달라고 해야 되지 않을까요?"

간밤의 저녁식사 자리에서 조용히 앉아 있을 때 자가트가 모티에게 물었다.

"왜 우리의 슬픔을 그 아이에게 전염시켜야 하나요?"

모티가 대꾸했다.

"그냥 학교 친구들과 있도록 내버려둬요."

자가트는 모티의 창백한 얼굴을 보면서 일주일 전 그날 밤에 그녀가 자신을 찾아온 것이 믿기지 않았다. 그는 지난 일주일 동안 그녀에게 가지 않았다. 결혼한 후 이렇게 오랫동안 절제해본 적은 없다. 그는 아직까지도 성적 욕망이 일지 않았다.

"손님은 어디 있죠?"

이제야 자가트가 오스굿에게 물었다.

"위층 테라스가 딸린 작은 방에요. 제가 사용하고 있다가 그녀가 오자 비워드렸습니다. 그렇지만 화장실이 딸린 유일한 방이에요. 호수에 몸을 담그라는 말은 못하겠더군요. 저야 악어들이 있어도 그렇게 하고 있지만요!"

"전에도 말했다시피 악어들은 저 상류에 있습니다. 게다가 그들이 당신을 먹을지 모르겠네요, 빨간 털투성이를!"

오스굿이 웃었다.

"언제 도착했죠?"

자가트가 물었다.

"어젯밤에요. 그녀는 당신의 바람대로 내릴 때 매우 차분했어요. 배가 달빛 속에 호수를 가르며 다가오는 게 보이길래 당신인 줄 알

앉습니다. 그러고 나서 한 여자가 내렸고, 사공이 짐을 들고 있었지요. 저는 물론 아래로 내려갔어요. 그 여자가 있더군요. 그녀의 이름은….”

"아, 그렇군요. 이제야 생각이 나네요."

거짓말이었다, 그는 결코 잊지 않았다!

"웨슬리 양, 그리고 미국인이죠. 아소카에서 만났어요."

"제게 귀띔이라도 해주시지."

오스굿이 말했다.

"내 말을 진지하게 생각할 줄 몰랐어요."

"제가 방과 욕실을 깨끗이 사용해서 다행이죠! 얼마나 머물다 갈까요?"

"내가 어떻게 알겠어요? 아직 만나지도 않았는데."

두 사람은 인부들이 일으키는 먼지 속에서 이야기하고 있었다.

"그녀는 일어나 있어요."

오스굿이 말했다.

"그녀의 방으로 아침식사를 보냈습니다. 그게 또 하나의 일이네요. 여기는 오직 한 사람을 위한 준비만 되어 있는데. 델리에서 개인 요리사도 데려왔어요. 어떻게 해야 하죠?"

"그녀에게도 대접하라고 하세요."

자가트가 말했다.

"그 여자도 우리나라가 아니라 당신 나라 사람이잖아요."

"그래요, 그렇지만 여흥을 즐길 시간이 없어요."

오스굿이 반박했다.

"봄베이에 내달로 예정된 다른 일이 있어서 여기서 모든 게 잘 진행되어야 합니다. 그 사이 미국으로 날아가 인도에서는 구할 수 없는 것들을 가져와야 하고요."

"가셔도 됩니다, 내가 여기 있을 테니까."

자가트가 말했다. 그는 발걸음을 재촉하고 싶은 욕구를 억눌렀다. 심지어 그녀가 오지 말았으면 하고 바랐다. 슬픔에 잠겨 있던 날은 가고, 이제 그는 호텔 일과 남은 토지를 관리하는 일에 매진하고 싶었다. 땅의 면적이 크게 줄었지만 그래도 여전히 많이 남아 있었다. 그의 왕족 일가는 오래전부터 돈 대신 땅으로 받기를 원해서 많은 토지를 소유하고 있었다. 그 땅 위에 마을이 독립적으로 생겨났고, 수세기 동안의 인내와 고생 속에서도 땅에 의지하고 있다. 자가트는 오늘 아침 일찍 부락회 원로들을 만나기 위해 말을 타고 큰 마을로 갔다. 그곳에 자가트의 사무실이 있었다. 그는 원로들에게 아들이 어떻게 죽었는지 간단히 설명했다. 이상하게도 그는 차가운 아침 공기를 뚫고 달려온 사람이 자신이 아닌 것 같았다. 그 대신 모든 것을 자이의 눈으로 보았다. 자이는 떠오르는 태양에 크리스털처럼 빛나는 산을 다시는 보지 못할 것이고, 높은 사막의 맑은 공기를 살아 있는 가슴으로 들이키지 못할 것이다. 자이의 눈으로 그는 낙타의 운반행렬이 시골길의 먼지 속을 걸어가고, 반쯤 벗은 성난 꼬마들이 아침의 찬 공기에 떨면서 작고 검은 염소 떼를 몰고 가는 것을 보았다. 그리고 자이의 눈으로 하얀 면 숄을 걸친 마을 사람들이 적막하게 길가에 앉아서 따뜻한 태양이 떠오르기만을 기다리고 있는 모습을 보았다. 제비들이 진흙으로 된 둥지에서 날아올라 마을의 벽을 덮고 있었고, 소들은 먹이를 찾아 이리저리 돌아다니고 있었다. 이 모든 것이 자이가 남긴 유산으로, 봄베이와 캘커타 그리고 마드라스 같은 대도시나 동부에 있는 타타 같은 공업도시처럼 깊이가 있었다. 또한 수천 년의 시난 억시의 밝아오는 미래처럼 뿌리가 깊었다. 이 모든 것이 자이의 유산이지만 이제는 더 이상 그의 것이라 말할 수 없었다.

자가트가 천장이 낮은 건물로 들어서자 마을의 장로들이 일어섰다. 그들은 조용히 두 손을 모으며 고개를 숙이고 그를 맞았다. 자가트가 쇠똥을 바른 땅바닥 위의 방석에 앉자 그들도 앉았다. 마음과 목소리를 차분히 가라앉힌 자가트는 아들이 어떻게, 그리고 왜 죽었는지 이야기했다. 그는 이야기를 전하는 동안 터번에 수염을 기른 노인, 야윈 뺨과 힘줄이 불거진 목에 수염을 깎은 노인 등 세월이 지나간 얼굴들을 하나하나 보았다. 그것은 수세기 동안 반복된 광경이었지만 자가트는 이 원로들 앞에서 이야기를 하면서도 자신이 사라지면 다시는 이런 광경이 반복되지 않으리란 것을 알고 있었다. 자이가 살아 있더라도 이 원로들과 함께 앉아 있는 모습을 상상하기는 힘들었다.

자가트의 이야기는 매우 간결했다. 울지 않기 위해서였다.

"그렇게 제 아들은 죽었습니다."

그는 이렇게 말하며 입을 굳게 다물었다가 계속했다.

"살아 있는 우리들이 뜻을 새기지 않는다면 죽음은 무의미합니다. 특히 삶을 일찍 마감한 젊은이들에게는 더욱 그렇습니다. 이 전쟁에서 많은 사람이 죽었고 그들처럼 더 많은 사람이 죽을 것입니다. 누가 몇 살까지 살지 예측하겠습니까? 그러니까 우리 모두가 만일 그들이 살아 있다면 했을 일들을 이룩합시다."

덧붙여 자가트는 학교, 특히 기술학교의 신축, 가축과 곡물의 개량, 병원과 의료시설의 설립 등 그 지역에서 계획한 개혁 내용들에 관해 이야기했다.

한 노인이 질문을 던졌다.

"검은 호수를 건너오는 사람들을 위해 호수궁전을 호텔로 만들고 있다는 게 사실입니까?"

자가트가 그 이유를 설명했다. 그는 자신의 수입이 삭감되어 영토가 없는 왕자로 남아 있으므로 자신과 가족을 부양할 방법을 찾아야만 했다고 말했다. 원로들은 이 말에 한숨을 쉬며 자가트를 동정하는 기색이었지만 눈빛에는 탐욕이 서려 있는 것 같았다.

메마른 사막이나 산들처럼 오랜 세월을 거친 그 성은 전부 낡은 데다가 외부에 잘 알려져 있었다. 이제는 반짝이는 새로운 금속들과 깨끗한 궁전의 하얀 대리석 벽으로 그 모습이 나아졌다. 전화기가 하인의 고함소리를 대신하고 전깃불이 오래전 유럽에서 들여온 낡은 크리스털 샹들리에의 촛불을 대신했다. 그리고 그 순간 날씬하게 쭉 뻗은 몸매의 부룩 웨슬리가 대리석 복도를 지나 자가트를 향해 걸어오고 있었는데 그 광경만큼 색다르고 새로운 것은 없었다.

자가트는 그녀에게 다가갔다.

"이렇게 빨리 올 줄은 몰랐는데 와줘서 감사합니다."

그녀는 손을 내밀지는 않았지만 자가트의 눈길을 정면으로 받았다.

"어쩔 수 없었어요."

"무슨 문제라도 있나요?"

그가 물었다.

"아니오."

그녀가 대답했다.

"그런데 어쩔 수 없었다니요?"

"호감을 느껴서 따라왔어요."

그녀가 말했다. 이 짧은 단어를 내뱉는 동안 그녀의 눈동자는 결코 흔들리지 않았다. 그는 이토록 솔직한 눈빛은 보지 못했다. 그녀에게 교태나 겉치레는 없었다.

"무슨 말인지 모르겠군요."

그가 말했다.

"저도 설명할 수 없어요."

그녀가 대답했다.

"그러니까 여기서 얼마 동안만 지내게 해주세요. 방해가 되지는 않을게요. 기다리면서 꽤 행복할 것 같아요."

"무얼 기다려요?"

그가 물었다.

"그건 찾아봐야 할 것 같네요."

그녀가 대답했다.

이제 그녀는 팔을 뻗었다.

"제게 부담 갖지 마세요. 혼자 잘 지낼 수 있어요. 제가 지낼 방법을 찾을 거예요. 전 두렵지 않아요. 이제까지 두려웠던 적은 한 번도 없었어요. 전 항상 혼자였거든요."

"그렇지만 나를 당황스럽게 하는군요!"

그가 힘주어 말했다.

"혼란스러워하지 마세요. 어디서 만나든, 혹시 만난다면 저를 있는 그대로 받아주세요. 머물게 해주실 거죠? 적어도 얼마 동안만이라도, 내가 왜 왔는지 알아낼 때까지…."

그는 주저했다.

"그렇지만 여긴 편안한 것과는 거리가 멀어요. 아시겠지만 이제 막 시작이라고요."

"정말 아름다워요, 호수 한가운데서 살 수 있다니. 이건 새로운 경험이에요. 저는 산에 둘러싸인 곳에서도 살아보고 뉴욕 한가운데서도 살아봤지요. 다시 둘러싸였네요. 그렇지만 이곳이 좋아요. 물은 조용하지요."

그녀가 조용히 말을 쏟아냈다. 어느 새 그녀는 손을 내밀고 있었고 자가트는 그 손을 잡고 있는 자신을 발견했다. 그는 따뜻하고 부드러운 감촉에 어찌 해야 할지 몰랐지만….

그녀는 부드럽게 손을 뺐다.

"당신을 위해 일하는 오스굿 씨가 마음에 들어요. 물론 그분을 놀라게 한 건 알아요. 여기서 미국 남자를 만나다니! 그것도 좋아요. 이상하게 고향에 온 기분이에요. 그리고 당신과 있어도 낯설지가 않아요. 이것도 이상한 일이죠!"

"그렇지만 당신은 매우 외로울 거예요."

그녀가 말을 멈추자 그가 말했다.

"아니오, 아니에요, 정말로 한 번도 외로운 적이 없었어요. 말한 것처럼, 전 부모님도 잘 몰라요. 할머니 손에서 자랐어요. 시골의 크고 오래된 집에서 살기도 하고 뉴욕의 또 다른 집에서도 살고요. 그곳도 크고 오래된 집이었어요. 그리고 다른 이유도 있지만요…."

이제 그녀는 돌아서서 어깨 너머로 고개를 돌리며 말했다.

"웨슬리라는 이름이 당신에게 어떤 의미가 있나요? 잘 알려졌지만…."

그는 고개를 저었다.

"나는 미국인을 몰라요."

그녀가 말을 막았다.

"이 천국 같은 곳에서 사는 게 어때요? 저 궁전은…."

그녀는 호수 너머에 있는 궁전을 향해 손을 저었다.

"성으로 가서 아내를 만나야 할 것 같아요."

그가 말했다. 그녀는 잠깐 동안 지는 석양에 장밋빛으로 물든 대리석 궁전을 바라보며 움직이지 않았다.

"그녀가 절 좋아할 거라고 생각하세요?"

"그녀는 좋아할 겁니다. 지금은 아들 때문에 큰 슬픔에 잠겨 있지만요. 그렇지만 한두 주만 지나면 새로운 사람을 만나는 일이 그녀에게도 아마 좋을 겁니다. 딸도 있어요. 그 아이도 알게 되면 집에 곧바로 오려고 할 겁니다, 동생에 대해서 말입니다."

그녀는 바로 대답하지 않았다. 그러고 나서 천천히, 깊이 생각에 잠겨 말했다.

"이상하네요. 아무도 모르게 이곳에 혼자 왔는데 갑자기 친구들이 생겼네요, 그것도 많이."

제 2 부

사랑할 능력을 잃으면 심장은 죽는다

"갑자기 친구들이 생겼네요, 그것도 많이."

그녀는 이렇게 말하는 자신의 목소리를 들었고, 본능적으로 뒤로 물러섰다. 그녀는 아직 친구를 사귈 준비가 되어 있지 않은 것이다. 실제로 친구를 사귀려고 인도에 온 것은 아니다. 그녀는 충동적으로 길을 나서 일생 동안 그랬던 것처럼 떠돌았지만 목적 없이 무기력하게 돌아다닌 것은 아니었다. 아름다움을 찾기 위한 여정에서 그녀는 바다의 파도에 떠다니는 빈 조개껍질 같은 꿈에 사로잡혀 있었다. 그녀는 공허함을 알았고 그것을 채우려는 욕망도 알고 있었다. 물론 욕망은 '포용'을 뜻했다. 그녀가 포용하려는 것은 현실이나 아직도 그 현실은 모호하며, 말로 정의할 수 없었다. 그녀는 현실이 항상 아름답지는 않다는 것을 배웠다. 때로는 가혹하고 거칠며, 때로는 궁핍하고 어둡고, 때로는 힘과 두려움 자체였다. 때로는 오직 명쾌하고 복잡하지 않은 음익이었다. 그녀는 자신을 평가하고 판단했다. 현실이 어떻든지 그것은 진실 되고 숨기는 게 없으며 꾸밈이 없었다. 그것은 심오하면서도 천천히 자라나는 인생이었다. 그녀는 마침내 현실은 아주 오래된 나라, 가장 오래된 나라에서 찾을 수 있다고 믿게 되었고, 그래서 고대 아시아의 모국인 인도로 왔다. 그녀는 고향이 없으니 적어도 얼마 동안은 이곳에서 지낼 것이라고 스스로에게 다짐했고, 어쩌면 이곳에서 지금껏 잃고 있던 그녀 자신을 찾을 수도 있었다. 누구의 도움도 없이 혼자서 그녀는 이 말을 발견했다.

'오늘의 반감과 호감, 첫눈에 반해 사랑에 빠지는 것과 같은 감정, 아무 이유 없는 적대심, 이런 것들은 묻힌 과거와의 관계에서 비롯된 것이다. 반면에 내일 일어날 일들은 예상할 수 있고 오늘의 행동에서 비롯된다. 심지어 아주 작은 것까지도….'

그녀는 작년 여름 어느 날 마서즈 빈 야드의 에드가타운에 있는 할머니 집에서 이 글을 읽었다. 그때 갑자기 그녀의 마음과 영혼에 광명이 비추었다. 그 전까지 그녀를 이끄는 것은 아무것도 없었다. 그녀는 단지 할머니의 오래된 일상사를 받아들이면서 인생의 하루하루를 보내고 있었다. 사립학교를 졸업한 후 사회에 나가 아름다움으로 주목받으며 첫발을 내디뎠지만 그녀는 냉정하다는 비난을 받았고, 지난 여름 어느 날 에드가타운의 바닷가를 걷기 전까지 한 번도 제대로 된 삶을 살지 못했다. 그녀는 그렇게 자주 산책하면서 깨어나지 않은 고요함과 적지도 많지도 않은 나이 그리고 공허한 기다림 따위들이 진정 자신의 삶일지 고민했다.

태양이 만灣 너머로 저물 무렵 그녀는 할머니 집으로 향했다. 저녁은 항상 여섯 시에 먹었는데 할머니가 일찍 잠자리에 드시기 때문이다-할머니 집에서는 그녀가 저녁식사 시간에 늦는 일이 없었을 것이다.

그녀는 펼쳐진 백사장을 지나 테라스가 있는 정원을 가로질러 집으로 돌아갔다. 저녁 공기는 부드러웠고 응접실로 통하는 유리문이 열려 있었다. 할머니는 평상시처럼 긴 디너가운과 검은 긴팔 옷을 입고서 불타고 있는 벽난로 옆 의자에 앉아 계셨는데, 그녀의 목과 손목이 하얗게 드러났다. 하녀 사라가 셰리주를 따라드리는 중이었다.

"안녕, 부룩, 아가야."

할머니가 말했다. 그녀가 읽고 있던 책이 바닥으로 미끄러졌다. 부룩이 주우려고 멈추었다.

"앨저넌 블랙우드*." 부룩이 저자의 이름을 읽었다.

"모르는 사람이네요."

"아, 모를 게다."

할머니가 말했다.

부룩의 시선은 책이 바닥으로 떨어지면서 펼쳐진 페이지에 머물렀다. 그리고 예기치 않게 자신에게 갈 길을 일러준 그 말을 읽었다. 그녀는 지금 인도의 에메랄드빛 호수 한가운데 위치한 이 낯설고 아름다운 대리석 궁전, 그 실내 밖 대리석 안뜰에 서서 다시금 부드럽게 되새기고 있다.

'오늘의 반감과 호감, 첫눈에 반해….'

그녀는 이제 저세상 사람이 된 한 영국인의 이 말을 기억하고 자신만의 것으로 만들었다. 에드가타운에서의 그날 저녁부터 그녀는 반감을 피하고 호감을 따라갔다. 그리하여 딱히 목적도 알지 못한 채 인도에 오게 되었고, 여기까지 이른 것이다.

그녀가 '많은 친구'라고 말할 때 자가트는 미소 지었다.

"그중에 제일 중요한 친구가 됐으면 좋겠어요."

그가 우아하게 말하는데 누군가 끼어들었다. 미국인 버트 오스굿이 복도 끝 계단에서 그를 불렀다.

---

* 영국 공포소설의 대가. 1869년에 나서 1951년 눈을 감았다. 《존 사일런스》, 《기묘하고 초자연적인 이야기》 등의 작품을 남겼다.

"여기예요, 전하! 재료의 운반에 관해 궁금한 게 있는데요."
"전하라고요?"
그녀가 의아한 눈으로 자가트를 보며 되물었다.
"이제는 그냥 자가트예요."
그가 대답했다.
"전하는 예전의 호칭이죠. 옛날 얘기입니다. 잠깐 실례할까요, 웨슬리 양?"
"부룩이에요."
그녀가 충동적으로 말했다.

그는 그녀의 이름을 부르는 대신 그녀를 남겨두고 나왔다. 한 시간 반 정도 흐른 지금 그녀는 다시 그를 만날 일이 없을 것 같았다. 그러나 그에게 호감이 남아 있었다. 그녀는 델리의 아소카에서 그를 한 번에 알아보았다. 그녀는 그와 만나기 이틀 전 제트기로 뉴델리에 내렸고, 가야 할 길을 기다리며 막연히 호텔에 머물고 있었다. 그녀는 물론 할머니에게 반감과 호감에 대해 설명하지 않았다. 할머니와 손녀 사이에는 그렇게 말이 잘 통하지 않았다. 그날 저녁 두 여인은 에드가타운에서 평상시처럼 식당으로 향했다. 오로지 둘뿐이었다. 한 달에 두 번 할머니는 손님을 몇 명 초대했는데 오랜 친구, 해마다 에드가타운에 오는 남자와 여자들이었다. 여름마다 부룩이 학교에서 돌아오면 할머니는 몇 번이나 자상하게 물었다.

"얘야, 주말이나 저녁식사 때 초대하고 싶은 친구들이 있니?"
"고맙지만 없어요, 할머니."
그녀는 항상 말했다.

그녀에게 친구가 있긴 했지만 주말에 초대할 정도로 친하지는 않았다. 바다가 넓게 펼쳐진, 이렇게 아주 조용한 집에 그들이 오면 뭐라고 하겠는가?

그러나 그 특별한 저녁에 할머니는 평소와는 다른 관심을 기울이셨다고 부룩은 지금 기억한다.

"부룩, 네가 외로운 것 같구나."

할머니가 말했다.

부룩은 그 순간을 정확히 기억하고 있다. 할머니가 이렇게 말씀하시는 동안 사라는 구운 양고기를 준비하고 있었다.

"아, 아니에요, 할머니."

그녀가 대답했다.

"한 번도 외로운 적 없었어요."

할머니는 이상하게도 다시 힘주어 말했다.

"그렇지만 네가 걱정이구나. 시간이 흘러 내가 죽고 나면 누가 네 곁에 있겠니? 내가 이기적이었던 것 같구나. 너 자신의 삶을 살라고 하지 못하고 내 방식대로 이끌어온 것 같다."

"할머니, 전 행복해요."

그녀가 대답했다.

"그건 네가 불행을 모르기 때문이다."

할머니가 결심한 듯 말했다.

"거기엔 차이가 있단다. 행복할 때 그것을 알 수 있지."

"어쩌면 행복하다는 것은 그저 불행하지 않다는 것일까요?"

그녀가 물어보듯 말하자 할머니는 눈썹을 치켜세웠다.

"넌 매우 똑똑하거나 너무 어린 거야."

이 말에 부룩은 그저 웃기만 했다. 그날 저녁식사 후 쌀쌀해진 날씨에 불을 새로 피우고 응접실에 있으면서 할머니가 속내를 털어놓으셨다. 모래사장에 부딪는 파도소리만이 들려올 뿐 집 안은 조용했다.

"부룩, 얘야, 죽음이 가까워오는 것 같은 예감이 든다."

할머니는 마치 숙고했던 여정을 이야기하듯이 즐겁게 말을 시작했다. 불 옆으로 방석을 깔고 앉은 부룩이 할머니를 올려다보며 깜짝 놀랐다.

"정말 이상한 일이네요, 할머니."

"내 나이에는 아니란다."

할머니는 평상시처럼 차분히 대답했다.

"말해주세요, 할머니!"

할머니는 작은 커피 잔을 내려놓았다. 한두 세대 전에 바다를 누비던 조상들이 중국에서 컵들을 들여왔다. 집에는 아시아에서 온 그런 선물들이 많았다. 진열장에는 옥으로 만든 코담배 병들과 다양한 차양들 그리고 등불에 빛나는 색색의 물건들이 놓여 있었다. 할머니는 비가 내리는 날 오후, 어린 부룩이 특별히 유리문을 열고 부드럽고 차가운 옥 제품을 만지는 걸 허락하셨다.

"그건 갑작스럽게 온 것은 아니다."

할머니가 말씀하셨다. 그녀는 불타고 있는 통나무를 바라보았다.
"안에서 점점 자라나고 있었어. 곧 죽을 것 같은 느낌이 드는구나. 나는 이 집을 다시는 떠나지 않을 거야. 너도 알겠지만 나는 어느 여름날 이곳에서 태어났고 이곳에서 생을 마감하고 싶단다. 내 유일한 걱정은 손녀인 너야. 나는 네가 할미와 약속을 해줬으면 좋겠구나. 네 혼자 몸이 되면 곧바로 여행을 떠날 거라고, 너만 남겨진 이곳에서 말이다. 그렇지만 네가 모르는 나라로 갔으면 좋겠다. 그저 네 마음이 이끄는 곳으로 가거라. 나의 긴 인생에서 배운 게 있다면 그건 반감을 버리고 호감을 좇아가면서 항상 감사하는 것이란다."

그녀는 잠시 동안 머뭇거리더니 곧 말을 이었다.

"이 몸이 생의 마지막에 거의 이르러 다음 세상을 기약하게 되었으니 이제 내가 사랑해왔던, 그리고 앞으로도 사랑할 사람에 대해 말하고 싶구나."

그날 저녁으로부터 시간이 한참 흐른 지금, 부룩은 이곳 인도에서, 깜짝 놀라고 당황했던 일을 생생하게 기억한다. 할머니가 사랑했었다고? 부룩은 부끄러워졌다.

"아, 할머니, 정말이요."

그녀가 중얼거렸다.

할머니는 부드럽게 웃었다.

"불가능할 것 같니? 애야, 너는 모르겠지만 마음은 절대 늙지 않는단다. 마음속의 영원한 불꽃은 좀처럼 흔들리지 않는다는 것을 알고 내 육신이 늙어가는 것을 지켜보았다. 그래, 20년 전 네 할아버지가 돌아가신 뒤에 나는 몇 번 사랑에 빠졌었다. 정확히 세 번이지, 세 번은 정말 사랑했었고 나머지는 너무 많아서 기억이 안 나는데 좋아하기 직전까지 갔지. 놀랄 필요 없다, 애야. 난 늘 의도적으로 다른 사람을 사랑할 준비가 되어 있었지만 그렇다고 네 할아버지를 저버린 적은 한 번도 없었단다. 오히려, 계속 남자를 사랑하라고 한 건 할아버지였다. 우리는 오랫동안 이야기했고 처음에 나는 울 수밖에 없었어. 그러자 할아버지는 내게 화를 내셨지. 나를 야단치시면서…."

할머니는 잠시 말을 멈추더니 부드럽게 웃었다.

"아, 내 사랑! 그는 나를 잘 알고 있었어! 우리가 결혼할 때 나는 너무 어렸고 그는 나이가 꽤 많아서 거의 아버지뻘이었다."

"'울지 말아요.' 그가 내게 말했지. '나는 이젠 힘도 별로 없고 내가 없으면 당신이 당황할 거란 걸 알아요. 그리고 당신은 너무 어리기 때문에 사랑을 피할 수도 없어요. 내 말을 들어요! 당신이 가능하면 자주 다른 사람과 사랑에 빠졌으면 좋겠어요. 내가 어디에 있건 허락할 거예요. 당신이 소위 말하는 지조를 지키기만 바라지는 않아요. 당신의 마음이 원하는 대로 하는 것이 내게 충실한 거예요. 당신은 똑똑하고 분별력이 있는 여자니까 잘못되거나 부질없는 짓을 할 거라고 생각하지 않아요. 그리고 무엇보다 당신이 죄책감을 느끼지 않았으면 좋겠어요. 사랑은 죄가 될 수 없어요. 그것은 축복일 뿐이에요. 상상할 수 없지만, 비록 당신이 사랑받지 못하더라도, 사랑하는 것은 살아 있다는 증거예요. 다른 사람을 사랑하지 못하면 살아 있는 게 아니니까요.'"

"할아버지는 그렇게 말씀하셨다, 부룩… 그것은 정말 지혜로운 말이었어! 그는 내게 자유를 주었어. 물론 나는 절대로 다른 사람을 사랑하지 않을 거라고 말했고 그는 그저 웃었지."

"'그렇게 한다면, 내가 행복해할 거란 걸 기억해요.' 그가 말했단다."

할머니는 불꽃을 응시하며 입가에 미소를 머금은 채 잠잠해지셨다.

"할아버지는 금방 돌아가셨나요?"

부룩이 물었다.

"그날 밤에 돌아가셨다."

할머니가 나지막이 말했다.

"그리고 애야, 설명할 수는 없지만 그가 마지막으로 한 말은 나를 편안하게 해준단다. 나는 그 말을 정확히 기억하고 있지만 누구에게도 말하지 않았지. 나는 다른 사람을 사랑할 필요가 없었고 사랑하고 싶지도 않았다. 몇 년 동안 누구도 사랑하지 않을 거라고 생각했어. 하지만 그의 말이 조금은 나를 자유롭게 했단다. 그의 자리를 대신할 다른 사람을 찾는 게 불가능했기 때문에 이성을 만나는 자유는 아니었고, 사람들과 어울리고 우정을 쌓는 나 자신을 위한 자유였어. 그리고 거의 3년 후에 누군가를 사랑하게 됐지. 그는 나보다 나이가 많았는데 현명한 싱글이었단다. 그 사람을 내가 위로해줄 수 있어서 나는 되레 나 자신을 편안하게 해주었지. 우리는 아버지와 딸처럼 서로를 조용히 사랑했어. 그가 죽고 나서, 나는 같은 또래의 남자를 사랑했는데 이름을 말하면 너도 알 만한 음악가였지. 지금은 연인 사이가 아니지만 우리는 아직도 서로를 사랑해. 이 두 남자는 내가 정말 사랑한 사람이었어. 세 번째는… 글쎄!"

할머니는 부드럽게 웃었다.

"그건 장난스러운 사랑이었지! 그는 내가 믿을 수 없는 사람이었고, 내가 의지하지 못할 만큼 인생을 너무 즐기고 있었고, 난 그걸 알고 있었어. 하지만 그때는 내가 의지할 필요가 없었지. 나는 웃거나 잘해주다가 안달 나게 하는 걸 좋아했어. 또 그에게 보살핌을 받고 아름답다는 말을 듣는 게 좋았어. 아, 나에겐 그게 너무 좋았지."

할머니는 다시 웃고 있었다.

"물론 그에게 내게만 충실할 것을 바라지도 기대하지도, 심지어 서운하지도 않았어. 우리는 즐기는 친구였어. 그때까지는…."

그녀는 갑자기 우울해졌다. 여전히 웃고는 있었지만 그녀의 눈은 슬퍼 보였다.

"언제까지요, 할머니?"

부룩이 나지막이 물었다.

"이곳으로 오던 길에, 그가 탄 비행기가 어느 날 밤 폭풍 속에서 추락했어."

할머니가 말했다.

"할머니."

부룩이 작은 목소리로 불렀다.

"그래, 얘야."

"왜 이런 것들을 전부 얘기해주시는 기죠, 할머니?"

"왜냐하면 네가 호감을 따라가야 한다는 걸 알았으면 해서지."

할머니가 대답했다.

"부룩, 나의 아기야, 중요한 것은 누구를 사랑하든지 사랑할 수 있다는 것, 사랑 그 자체란다. 사랑할 능력을 잃어버리면 심장은 죽는 거야."

"내가 가장 사랑했던 남자가 해준 말을 네가 알았으면 해서다. 중요한 것은 누구를 사랑하든 사랑할 수 있다는 것, 사랑 그 자체야. 네가 더 이상 누군가를 사랑할 수 없을 때는 더 이상 살아 있는 게 아니기 때문이지. 사랑할 능력을 잃어버리면 심장은 죽는 거야."

할머니의 말은 거기서 멈추었고 두 사람은 불길을 보면서 잠시 동안 조용히 앉아 있었다.

이야기 하고 있는 동안 갑자기 하늘에서 천둥이 치면서 커다란 빗방울이 닫힌 창문에 부드럽게 떨어지는 소리가 들렸다.

"아직도 남자를 사랑하세요, 할머니?"

부룩이 마침내 물어보았다.

할머니는 자신의 눈앞에서 변하는 것 같았다. 그녀가 사랑에 관해 말할 때, 얼굴은 온화해지고 눈은 빛나며 시간을 거슬러 다시 젊어진 것 같았다. 그녀는 불꽃을 계속 지켜보면서 미소 짓고 있었다.

"그건 언제나 가능하단다."

그녀가 말했다.

"그렇게 나는 사랑 속에 갇혀 있지. 사랑하는 능력이 다하기 전에 육신이 사그라져서 다행이야."

그러고 나서 그들은 오랫동안 침묵 속에 있었다. 부룩은 앉아서 어린 시절과 처녀 시절, 이 집에 손님으로 온 남자들이 때때로 며칠씩 머물다 떠난 일들을 회상했다. 또한 자신이 학교에 가 있는 동안 할머니가 얼마나 자주 외국이나 멀리 다른 주로 여행을 떠났다가 명절에 다시 집으로 돌아왔는지 생각했다. 부룩은 이제 할머니가 무엇을 말하려 했는지 알 수 있었다. 할머니는 그들이 누구건 자신의 호감을 따랐고 그럼으로써 슬픔과 외로움 내신 삶의 즐거움을 발견한 것이다.

"이제 늦었구나." 할머니가 불쑥 말했다.

"그리고 내가 말하고 싶은 건 다 얘기했다."

할머니는 이 말을 끝으로 자리에서 일어나 허리를 굽히고 손녀의 머리에 입을 맞췄다. 그리고 부룩의 뺨을 손으로 쓰다듬더니 응접실을 나갔다. 그날 밤 할머니는 돌아가셨다. 장례식 다음 날 부룩은 인도를 향해 떠났다. 왜 인도였을까? 왜냐하면 그곳은 멀리 떨어진 세상의 끝에 있었고 전혀 알려져 있지 않았기 때문이다.

그리고 그녀는 이곳에 묶여 있다고 생각했다.

거울 속 그리스 소녀에게서 자신을 보다

버트 오스굿이 그녀만 쓸 수 있도록 비워준 방의 문 밖 복도는 넓은 대리석 테라스로 연결되어 있었다. 난간에는 대리석 의자가 있었고 빨간 벨벳으로 쿠션을 받쳐놓았다. 이른 아침인데도 열기가 달아올랐다. 황금빛 모래언덕 위의 하늘은 맑고 진한 푸른색이었다. 그녀는 평소처럼 호수 너머 도시의 수문에 있는 대리석 계단에서 여인들이 빨래하는 소리에 잠을 깼다. 동이 트자 빨래방망이로 젖은 옷을 두드리는 소리가 하루의 선율을 만들어냈다. 그녀는 이를 불평했지만 허사였고 오스굿은 지난밤에 말했다.

"수세기 동안 그렇게 해왔어요. 지금 못하게 할 수는 없어요."

"그러지 않을 거예요."

오스굿은 그녀가 호감을 갖고 있는 사람 중에 하나는 아니어도 그렇다고 싫어하는 사람도 아니었다. 그는 이곳에서 꾸밈없고 편안한 존재로 양쪽 경계 어딘가에 맴돌고 있었다. 그는 나름의 방식으로 고대의 미를 유지하는 감각이 있었다. 그가 이 거대한 대리석 건축물의 아름다움을 해치지 않으면서 현대적인 안락함과 조화시키기 위해 아마푸르를 떠나 세계로 나갔을 때 그녀는 약간 희망을 빼앗긴 것 같았다. 그는 그녀의 현재와 과거를 연결하는 다리였고, 그녀는 아직 그 연결점을 끊을 준비가 되어 있지 않았다. 다른 말로 하면, 그녀 혼자서는 인도가 정말 제집처럼 편하게 느껴질지 확신할 수 없었다. 그가 돌아왔을 때 그래서 반가웠다.

오스굿이 멀리서 다가오는 게 보였다. 그녀는 작은 대리석 탁자에 앉아서 아침을 먹고 있었다. 언제일지 모르지만 곧, 터번을 쓴 직원이 은쟁반에 필요한 것들을 담아올 것이다. 오스굿이 가까이 왔다.

"그 친구 또 늦나요?"

오스굿이 물었다.

"상관없어요."

그녀가 상기시키듯 말했다.

"일정이 있는 것도 아닌데요."

"그렇지만 그에게는 있어요."

오스굿이 대답했다.

"신속함은 이곳에서 내가 가르치려는 것입니다. 미국인 손님을 모셔놓고 시간을 잊어버리면 안 되죠. 사람들은 참지 않을 겁니다. 그러니 그를 망쳐놓지 마세요, 제발! 당신은 그가 겪어보는 첫 미국인이고 나를 도와주는 건 매우 중요한 일입니다, 인도가 아니라요!"

"진정하세요."

그녀가 말했다.

"그가 오네요."

복도 끝에서 희미하게 사람의 형체가 나타났다. 흰옷에 빨간색의 넓은 허리띠를 맨 청년이 터번 위에 쟁반을 이고 있었다. 그는 서두르지 않고 조심스럽게 걸어와서는 능숙하게 쟁반을 내려놓았다.

"안녕하십니까, 아가씨."

그가 활기차게 영어로 말했다.

"늦어서 정말 죄송합니다!"

오스굿은 시계를 보았다.

"5분. 어제보다 10분 빨라졌군. 내일은 정확하게 오도록 해요."

"네, 나리."

그의 검은 얼굴에 미소가 크게 번졌다. 오스굿이 엄격하게 지켜보고 있는 동안 그는 커피를 따른 후 설탕과 우유를 넣고 나서 작은 갈색 달걀 두 개를 컵에 깨뜨렸다.

"고마워요, 와디."

부룩이 말했다.

"그거면 훌륭해요."

"감사합니다, 아가씨."

그는 인사를 하고 자리에서 물러났다.

"아침식사 하셨어요?"

부룩이 물었다.

"한 시간 전에요."

오스굿이 대답했다.

그는 대리석 난간에 기대어 호수를 바라다보았다.

"이상한 나라, 이상한 사람들이에요."

"내가 이상한 사람이죠."

부룩이 말했다.

"여기서는 이상하게 안 느껴져요. 전에 와본 것 같아요."

"무슨 말이죠?"

"말 그대로죠. 어제 마을을 돌아다녔어요."

"혼자서 가지 마세요."

"그럼 어떻게 가죠?"

"저를 기다리시죠."

"아, 이제 그만…."

"진심입니다."

"혼자 있는 게 좋은 것 같아요."

"차라리 혼자 있는 게 낫다고요?"

"어쩌면요."

두 사람은 말이 없었다. 그러더니 오스굿이 다시 말했다.

"그래서, 무얼 봤어요?"

그녀는 접시 위의 오렌지를 까서 한 조각씩 천천히 먹으며 이야기했다.

"헝클어진 긴 머리의 작은 소녀가 벌거벗고 있는 걸 봤어요. 그 아이는 물이 든 황동 항아리를 머리에 이고 있었어요. 길을 건너려고 기다리고 있었죠. 한 네 살쯤 돼 보이던데요."

"아마 열 살일지도 몰라요."

오스굿이 말했다.

"아마도." 그녀가 동의했다.

"그리고 푸른 면 사리를 입은 젊은 엄마가 길가에 앉아 아이에게 젖을 먹이고 있더군요. 아름다운 가슴이었어요. 행인들이 많았는데 아무도 쳐다보지 않더라고요."

"그런 광경은 언제 어디서나 볼 수 있어요."

오스굿이 말했다.

"고대의 아시아, 영원한 어머니죠. 가슴이요? 호수 건너에 있는 대리석 계단에 가면 허리까지 벗고 목욕하면서 사리를 빠는 여자들을 볼 수 있어요. 좋은 생각이죠, 그들은 목욕하면서 동시에 세탁도 하지요. 젖은 사리를 몸에 두르고 집으로 돌아가죠."

그녀가 웃었다.

"정말요? 이번엔 그쪽으로 한번 가봐야겠네요."

그녀는 기억을 더듬었다.

"그리고 해진 옷에 긴 턱수염을 덥수룩이 기른 더러운 남자가 작은 원숭이를 끈에 묶어 카트와 자동차 사이를 비집고 길을 건너는 걸 봤어요. 아, 얼룩무늬 사슴이 어떤 집 대문 밖 기둥에 매여 있는 것도 봤고요. 그 사슴은 아이들처럼 마르지 않고 통통했어요."

"애완동물이죠."

오스굿이 말했다.

"동물을 사랑한다면 이 사람들은 뭐든지 할 겁니다."

"마을에 있는 건 그게 다였어요."

그녀가 말했다.

"마을 바깥에 있는 사막의 길 위에서는 두루미가 마른 강바닥의 여울에 모여 있는 것을 봤어요. 내가 꽤 가까이 갔는데도 두려워하지 않더군요."

"여기서는 동물들이 사람을 무서워하지 않아요."

오스굿이 말했다.

"내가 얼마나 저 망할 새들을 로비에서 쫓아내려고 애썼는지 보세요! 저놈들은 수세기 동안 샹들리에에 둥지를 틀고 살았지요. 유럽을 돌아다니던 왕들이 오래전에 들여온 화려한 유리제품에…."

그녀는 생각에 잠겨 오스굿의 말은 듣고 있지 않았다.

"저 태고의 모래산들이 닳고 닳아서 대리석을 드러냈어요! 그리고 반얀나무들은 땅을 찾기 위해 사방으로 뿌리를 내렸어요! 나는 쉬기 위해 산기슭의 한 마을에서 반얀나무 아래 있는 나무의자에 앉았는데 노란 목의 까마귀들이 덩굴 위에 앉아서 나를 보고 있었어요. 그리고 작고 가여운 원숭이가 따라왔죠. 고속도로를 만드는 대공사가 진행 중이었는데 작은 당나귀들이 짐을 싣고 가더군요. 트럭은 없었어요. 또 어떤 소가 갈색 종이봉지를 먹고 있는 걸 봤어요. 이곳의 소들은 종이봉지를 좋아한다고 들었어요. 그리고 식당 주인이 말하길, 코브라들도 호의적이어서 내가 해치지 않는 한 공격하지 않는다고 했고요. 심지어 아이들과 놀기도 한다던걸요."

"그럴 생각은 하지도 마세요."

오스굿이 경고했다.

그녀는 말을 이어갔다.

"그 식당 주인은 또 원숭이들은 수영을 못한다고 말했어요. 그래서 그들은 멀리 뛰는 걸 배워야 한다더군요. 그늘진 덩굴에 자라는 빈랑나무 열매를 여자들이 건드리면 덩굴이 시들고 열매가 상하기 때문에 남자들이 거두어야 한다고 말하더군요. 그리고 뱀들이 덩굴을 좋아하니 조심해야 한다네요. 어쩔 때는 그 독이 나뭇잎을 죽이기도 하구요. 또, 많은 종류의 빈랑나무가 있다고 말했어요. 잎이 작은 것은 바라나시에서, 잎이 큰 것은 모호바와 푸나에서 왔고 긴 것은 남쪽에서 왔대요. 봄베이에서 빈랑 잎은 한 장에 4아나(파키스탄·인도의 옛 화폐 단위)래요. 그리고 정말 아름다운 나무를 사막에서 봤는데 굉장히 많은, 밝은 오렌지색 꽃들로 뒤덮여 있었어요."

"팔라스의 나무예요."

오스굿이 말했다.

"어떻게 그리 많이 알죠?"

그녀가 물었다.

"당신이 이미 알고 있는 것의 반은 모르는걸요."

그가 말했다.

"그럼, 이 상관없는 지식들로 무얼 할 건가요?"

"언젠가 어떻게든 연관시켜야죠."

그녀가 대답했다.

그녀는 너무 작아 비둘기알 같은 계란을 다 먹고 나서 베이컨을 살짝 맛보더니 계속 먹었다. 맛이 강하고 고기는 질겼다. 그러고 나서 오랫동안 물어보고 싶었던 질문을 했다.

"왕은 언제 돌아오나요?"

오스굿이 고개를 돌려 그녀를 힐끗 보았다.

"멀리 간 적이 없어요."

"그럼⋯."

"호수 건너 자신의 성에 있지요."

그녀는 식욕이 사라져서 냅킨을 내려놓았다.

"그는 이렇게 한 번에 몇 주씩 호텔에 오지 않나요?"

"아들 때문에 슬픔에 빠져 있는 것 같아요. 게다가 왕비가 아프다더군요."

"그녀를 본 적이 있나요?"

"아니오."

"그러면 아름다운지도 모르겠군요?"

"예, 어쨌든 내겐 중요하지 않으니까요. 난 할 일이 있어요. 아무래도 상관없어요. 아가씨, 허락하신다면 제가 구경시켜 드릴게요. 치토르 같은 곳으로."

"거기가 어디죠?"

"고대의 요새인데 아름다운 곳이죠. 언젠가는 아마도⋯."

그가 바라보자 그녀는 고개를 돌렸다.

"그럼, 이만."

그가 말했다.

"상관에게 오늘 오실 건지 여쭤보지요."

"뭐라고 말하게요?"

"당신이 묻더라고요."

이 말에 그녀는 대답하지 않았고 그는 웃으며 사라졌다.

부룩은 날마다 대리석 차양 아래 앉아서 자신도 모르는 무언가를 기다렸다. 그리고 아무 욕심 없이 편안히 기다리는 것을 빼고는 그 이유를 몰랐다. 호수 너머에는 흰색의 왕궁이 조용히 서 있었다. 그녀가 먼 나라에 무작정 들어와서 발가벗은 모래산을 오르고 동굴, 고대 요새, 궁전과 영국인들이 남겨놓은 사냥터의 오두막, 여인숙들을 찾아다니는 것을 상상할 수 있는가? 그녀는 언제나 외로움을 두려워하지 않았다. 그러나 더 이상 호수 너머로 떠돌아다닐 생각은 없다, 적어도 아직은 말이다. 마치 한 생을 마감하고 다음 생이 시작되기를 기다리는 것처럼 그녀는 이상한 정지 상태에 있다. 전 생애에서의 일이 점점 멀어지고 기억은 희미해지며 감정의 깊이가 없어졌다. 그녀는 지금 호수에 둘러싸인 대리석벽 안에 갇혀 있지만 자신이 새 인생의 출발점에 서 있는 것 같았다. 그녀는 혼자면서도 꼭 그렇지만은 않았다. 주위로 인부들이 북적거렸지만 그들은 보통 조용히 그녀를 내버려두었다. 그녀가 지나가면 그들은 검은 얼굴에 미소를 지어 보일 뿐 좀처럼 말을 걸지는 않았다.

그녀는 서서히 혼자서 새로운 깨달음과 확신을 얻어갔고, 이러한 감정이 아늑한 평온함과 함께 그녀 내부에 자리 잡았다. 셀 수 없는 방들은 그녀에게 친숙한 주거공간이 되고, 대리석 궁전이 집처럼 느껴지기 시작했다. 그녀는 누구와도 이야기하지는 않았지만 전에는 어디서도 이런 감정을 느끼지 못했다. 은행에서 보내온 편지에 할머니의 재산이 그녀의 이름으로 들어왔다고 적혀 있었다. 그녀는 답장을 보내지 않았다. 돈은 거기 있었고, 그녀가 필요한 데 쓰고 남은 돈은 그대로 놔두었다. 한때는 친구로 여겼던 사람들이 그림자 속으로 멀어져갔다. 말 그대로 지금은 아무도 모른다.

버트 오스굿은 사업차 서양으로 출장을 갔고, 그녀는 그를 그리워하지 않았다. 게으른 것 같아 보여도 마음속으로는 바쁘게 하루를 보냈다. 그녀는 끊임없이 다른 책을 찾아 읽었다. 제게는 낯설지 않은 동양의 특이한 책들과 서양의 방대한 책들을 읽어나갔다. 살아 움직이는 물 위에 세워진 이곳 건물 안에서 그녀는 인류역사의 반쪽인 동양과 서양이 책속에서 서로 만나고 있음을 발견했다. 누가 이것들을 여기 모아놨을까? 알 수 없다. 그녀는 우르두와 타밀어, 구자라티와 힌두어 등 대여섯 개의 언어로 되어 있는 원본들과 함께 영어로 번역된 인도의 책을 읽으면서, 인도에는 비극이 없다는 것을 깨달았다. 그녀가 사춘기 때부터 읽어온 서양의 현대서적들은 그리스적인 비극으로 가득 차 있다. 그렇지만 이곳 인도에서는 끝이 없기 때문에 비극적인 결말도 없다.

인도에서는 삶이 끝나지 않으므로 결말이 없다. 삶은 다른 세상에서 계속된다. 그리고 과학의 교훈은 파괴가 아니라 변화이므로 그녀는 이를 현대의 진실이라 생각하면서 스스로 놀랐다. 이렇게 오래된 나라, 고대의 문화 안에 오늘날과 같은 새로운 진실이 있다는 것은 그녀에게 큰 위안이 되었다. 그러고 나서 런던에서 주문한 책을 읽다가 가장 현대적인 사람인 인도 수상의 연설내용을 발견했는데, 그는 새로운 인도의 방황하는 성인의 말을 인용하여 '과거의 정신이 현재의 육체를 만든다'고 했다. 그것은 비노바 바베*의 말이었다.

"정치와 종교는 사라진다."

성인이 말했다.

"과학과 정신의 시대가 도래했다."

---

* Vinoba Bhave, 1895~1982 '맨손의 지도자'라 불리는 인도의 성자. 간디의 제자이면서 간디와 함께 위대한 성자로 추앙받는 사회개혁가다. 1940년 간디와 함께 비폭력운동을 이끌었고 대표적 사회운동인 '토지헌납운동'을 주도하였다.

그리고 이 말에 영국인 과학자인 저자는 이렇게 덧붙였다.

"사실이다. 물론 이것이 핵심이다. 진실을 빼면 과학은 무엇을 의미하는가? 그리고 진실을 추구하는 인간의 모든 활동이 가장 고귀하고 사심이 없으며 영적이다."

맞는 말이라고 그녀는 생각했다. 나, 세계, 인생 그리고 과거와 현재에 있어서 진실은 현실이다. 현실이 내가 바라는 것이다. 추구하는 데 안주해서는 안 된다.

"앉아라."

헉슬리는 100년 전에 이렇게 썼었다.

"사실 앞에 어린아이처럼 앉아서 기존에 알고 있던 것들을 포기할 준비를 하고, 심오한 자연이 어디로 이끌던지 겸손하게 따라가라, 그렇지 않으면 아무것도 배우지 못할 것이다."

그녀는 아이처럼 인도에 왔고, 보고 받아들일 준비가 되어 있지 않은 것을 빼면 단순하고 무지한 아이가 되어 지금 이곳에 있다. 왜 인도인가? 가장 현대적인 국가에서 태어난 그녀가 현실을 찾기 위해 인류 역사상 가장 오래된 사람들에게 왔다는 것 말고는 이 질문에 답은 없었다. 대체 그녀는 어떤 진실을 모르고 있는 걸까. 어쨌든 그녀는 아이로서 이곳에 왔다. 이제는 아이가 되어 자신이 살고 있는 궁전을 탐험하려고 한다. 아이로서 대리석 복도를 돌아다니며 많은 방에 들어가보고, 안뜰과 정원에서 길을 잃어버리거나 호수 밑에 파놓은 동굴로 내려가기도 했다.

궁전의 기초가 세워진 그 지하실 안에서 그녀는 어느 날 과거의 보물을 찾았다. 거대한 나무상자는 이미 열려 있었다. 그 안에 1세기 전 유럽에서 들여온 크리스털과 왕정 시대의 파리에서 온 보석, 이탈리아의 미켈란젤로 그림, 메디치가의 색실로 짠 주단, 엘리자베스 시대 영국의 금은술잔 등이 들어 있었다.

"조심해요, 아가씨."

이런 보물이 있는 지하실로 들어가는 부룩을 보고 나이 든 하인이 간청했다.

"물에 둘러싸여 있어서 코브라 따윈 없다고 하지만 정말 없다고 누가 장담하겠어요? 이곳이 땅의 일부였을 때 그들의 조상이 이 동굴에 알을 낳았을지도 몰라요."

"얼마나 오래전이죠?"

그녀가 물었다.

"샤자한 시대보다 훨씬 전이죠."

그가 말했다.

"샤자한은 우리 옆에 있는 섬에 갇혀 있었는데 오래전 일이에요."

뜻을 알아듣는 뛰어난 능력을 지닌 그녀는 매일 라자스탄 말을 들으며 거의 무의식적으로 그 언어를 배우고 있었다. 그러나 코브라는 없었다. 물속의 지하실은 벽과 천장 그리고 바닥에 두껍게 칠해진 물질 덕분에 습기가 통과할 수 없었고, 이상할 정도로 건조했다. 그녀가 듣기로 지금은 그 물질의 제조법이 잊혀서 아무도 똑같이 만들 수가 없었다.

그녀는 버트 오스굿이 돌아오면 자기가 발견한 것을 말해주리라 생각했다. 버트는 다른 세계에서 온 이 선물들을 사용해야 한다. 이 프랑스 공단천은 커튼으로 만들어 써야 하고 이 중국 문직(무늬를 도드라지게 짠 옷감)은 의자와 소파의 쿠션으로 대야 한다.

그녀는 지난번 버트가 나무상자를 열자 웃음을 터뜨렸다. 그 안에서 전부 유리로 만들어진 가구가 나왔기 때문이다. 커다란 침대와 수납장, 탁자 그리고 심홍색 벨벳으로 씌운 의자가 있었다. 이것은 체코슬로바키아에서 100년 전에 만든 것으로, 벨벳은 요즘 것처럼 상태가 좋았고 유리는 순수한 크리스털이었다. 아, 정말 어처구니없는 일이지만 너무 아름다우니 반드시 사용해야 한다.

그녀는 버트가 올 때까지 기다릴 수가 없었다. 그녀는 하인들에게 상자를 열어서 위층의 정사각형 방에 가져다 놓으라고 했는데, 그곳은 숨겨진 안뜰-새들과 작은 동물들의 차지가 되어 분수대가 말라버린-로 통해 있었다. 그녀는 안뜰을 치우고, 새들과 작은 동물들은 다른 곳으로 유인하고, 분수에 물이 다시 흐르도록 지시했다. 방의 벽을 청소하자 거울이 드러났다. 심지어 천장도 유리였다. 오래전에 죽은 왕 중 어느 누가 자아도취하기 위해 이런 도구를 만들었을까? 그녀는 사랑스러운 소녀들이 이 유리방에서 발가벗고, 이 벽 안에서 수백 번 반복했을 일을 상상해보았다. 그러자 살아 있는 소녀가 보이는 듯했다. 얼굴을 반쯤 돌리고 있는 소녀의 검은 머릿결은 왼쪽 어깨 위에서 외투자락처럼 찰랑거렸다. 그녀는 불현듯 그 소녀가 자신임을 깨달았다. 다른 모든 거울에도 그녀 자신이 있었다. 언젠가 인도에 태어났던 적이 있는 것일까?

그녀는 갑자기 무서움을 느끼고는 쫓기듯 유리방을 뛰쳐나왔다. 그리고 그 순간, 대리석 계단 꼭대기에 있는 자가트를 보았다.

사람을 통하지 않고는 어디에도 열쇠는 없다

부룩은 자가트가 얼마나 잘생겼는지 잊고 있었다. 그는 밝은 황갈색 비단 양복을 입고 높은 곳에 서 있었다.

"누가 쫓아오나요?"

자가트가 계단 아래쪽을 내려다보며 물었다.

"아무도 없어요."

그녀가 얼굴을 돌리고 말했다.

"그렇지만 쫓기는 것 같았어요."

"아."

그가 이해했다는 듯이 말했다.

"궁전 안에는 귀신들이 가득해요. 손님들이 들기 시작하면 귀신들을 쫓아낼 겁니다. 이제 귀신 대신 미국인들이 활발하게 돌아다니며 수영장과 골프장에 대해 물어오는 것을 볼 수 있을 겁니다."

"상상할 수가 없어요."

그녀가 말했다.

"올라오실래요, 아니면 내가 내려갈까요?"

그가 물었다.

"올라갈게요."

그녀는 그의 시선을 의식하며 입가에 미소 띤 얼굴로 고개를 들고 대리석 계단을 천천히 올라갔다.

"멀리 갔다고 들었습니다."

그가 말했다.

그녀는 한 계단 더 올라섰다.

"그래서 오신 건가요, 제가 여기 없을 줄 알고요?"

"아니오. 당신이 갔다는 말을 들었을 때 매우 안타까웠습니다."

"그렇지만 당신이 왔네요."

"오스굿 그 친구가 현관홀의 크기를 알려달라고 하더군요. 그는 카펫을 깔아야 한다고 생각하죠."

그녀가 세 계단 위로 와서 멈추었다.

"오스굿은 틀렸어요. 카펫은 없어야 해요. 바닥이 너무 아름답잖아요. 만일 그가 계속 자기 생각을 주장한다면 아래층의 커다란 상자에서 발견한 페르시아 양탄자를 깔라고 당신께 간청하겠어요."

"그래서 당신이 직접 관여했군요!"

자가트의 눈과 목소리에 화색이 돌았다.

"저도 관심을 가지고 있어요."

그녀가 동의했다.

그녀는 이제 한 계단 위에 있었고, 자가트가 손을 내밀었다. 그의 손은 부드러우면서 강인했으며 손바닥은 따뜻하고 단단했다.

"당신의 손은 차면서 부드럽군요."

그가 손을 잡은 채로 말했다.

"테니스와 스키 그리고 승마를 즐기는데도 말이죠?"

"그걸 전부 한단 말입니까?"

"그렇게 자랐거든요."

그녀가 말하면서 손을 뺐다.

두 사람은 나란히 대리석 홀을 걸었다. 여자치고는 키가 큰 그녀인데도 그가 머리 하나는 더 있었다. 그녀는 그의 키가 얼마나 컸는지 잊어버렸다. 요즘 몇 주 동안 그는 어디 있었던 걸까? 그녀는 물어보지 않으려고 입을 꽉 다물었다. 그는 기억하는 것보다 젊어 보였다. 그의 올리브색 피부는 부드러웠고 검은 눈은 빛났다. 멋진 눈이다. 하지만 그녀는 이곳 인도 거지 아이들에게서도 그와 같은 눈을 보았다. 검은색의 피부지만 그는 서구인이었다. 그녀는 어디에선가 '인도인은 백인'이라고 읽은 적이 있다.

"어디 가는 거죠?"

자가트가 물었다.

"아무 데도 안 가요."

부룩이 대답했다.

"그냥 여기 있어요."

"그럼 지붕에 올라가서 해 지는 것을 봅시다."

"날이 저물지 않았나요?"

그녀가 놀라서 물었다.

"시간이 얼마나 됐는지 모르겠네요. 내 시계가 며칠 전에 멈추었는데 태엽을 감아놓지 않았어요. 그리고 성 안에는 시계가 없어요, 그렇죠? 한 개도 못 봤어요. 호수 건너편 대리석 계단에서 여자들이 빨래방망이로 옷을 두드리는 소리에 하루를 시작하죠. 달과 별 그리고 누군가를 부르는 소리로 하루를 마감하구요."

"그것은 저녁에 사원에서 기도하는 사람들을 부르는 소리입니다."

"그렇지만 당신은 이슬람교도가 아니잖아요?"

"난 종교가 없어요. 아내는 신앙심이 깊은 힌두교도입니다. 그녀는 개종할 생각은 없지만 젊은 천주교 신부에게 교리를 배우고 있어요."

"저도 종교가 없어요."

그녀가 말했다.

두 사람은 나란히 걸었다. 그녀는 아소카에서 느꼈던 그의 편안함을 그대로 느끼고 있었다. 두 번째 계단에서 그가 그녀의 팔꿈치를 가볍게 잡았다. 그녀는 자신의 맨살에 그의 손길이 닿는 걸 느꼈다.

"인도의 다른 지역도 이곳과 비슷한가요?"

그녀가 물었다.

"인도의 지역들은 서로 비슷하지 않아요."

그가 말했다.

"그렇지만 모든 게 여기 있지요. 가난과 풍요, 사막과 산, 숲과 강, 하얀 피부의 사람과 검은 피부의 사람. 이곳에는 모든 게 있어요. 나뉘거나 섞이고 뭉치거나 떨어져서 말이죠. 난 라지푸트 사람이에요."

"라지푸트… 무슨 뜻이죠?"

"그대로 옮기면 왕의 아들이란 뜻입니다. 그렇지만 나 혼자는 아니고요. 우리 라지푸트 사람들은 모두 왕의 아들입니다."

"한 종족인가요?"

"네, 어떤 의미에서는요. 우리는 카스트제도에서는 크샤트리아* 고 전사의 후예이지만 브라만 족과 뚜렷한 경계는 없습니다. 인도인은 기원이 섞여서 인종이 아닙니다. 따라서 우리는 브라만 족에게 지배를 자주 받다가 그들이 크샤트리아가 되었죠. 우리는 아마 아주 오래전 토드의 스키타이**에서 내려온 귀족이었을 겁니다. 우리 인도인은 과거에 위대한 민족이었다는 무거운 짐을 지고 있습니다. 나는 가끔 그것이 지금의 우리에게 열등감을 주고 있다고 생각합니다. 그런데 아름다운 미인과 너무 심각한 이야기를 하고 있군요…."

두 사람은 지붕 위로 올라갔다. 이러한 상황에서 그녀는 뭐라 대꾸할 수 없었다. 그녀는 지붕이 없는 발코니의 대리석 난간으로 걸어가 산을 바라보았다. 보랏빛 산은 계곡으로 갈수록 그 창백한 보랏빛이 더욱 짙어졌다. 산꼭대기는 일몰 중인 태양이 지평선에 걸리면서 황금빛으로 물들었고 그 빛은 호수의 잔잔한 수면에 반사되었다. 호숫가의 왕궁도 장밋빛으로 물들었다.

"저는 진지한 것에만 관심이 있어요."

그녀가 침묵을 깨며 말했다. 그리고는 고개를 돌려 의아해하는 자가트의 눈을 보았다. 다시 시선을 돌린 그녀가 말을 이었다.

"저는 우리 세대에 싫증이 나서 인도에 온 것 같아요. 약삭빠르고 영악하며 임기응변에 능한 것에 넌더리가 나고 음악의 박자와 리듬

---

* Kshatriya 인도의 신분제도인 카스트의 제2계급. 무사 또는 영토의 지배자를 뜻하며 최상급 신분인 브라만과 함께 인도의 지배층을 이룬다.

** Scythai 기원전 8세기부터 기원전 3세기경까지 남부 러시아의 초원지대에서 활약한 최초의 기마유목 민족. 원래 이란인에 속했으며 사르마트인 등 주변세력의 공격으로 쇠퇴하기까지 강력한 제국을 형성, 5세기 이상 유지하였다.

과 바보 같은 춤에 싫증이 났어요. 무엇보다 아무것도 신경 쓰지 않는 현실에 넌더리가 났죠. 인생, 죽음, 과거, 현재, 심지어 미래까지도 말이에요."

"당신 나라 사람들을 말하는 건가요?"

그가 물었다.

"제가 알고 있는 사람들이 그들뿐이라 말하는 거예요."

그녀가 대답했다.

"그들에게 넌더리가 나요. 분명 그들과 다른 사람들이 있을 거라고 스스로에게 말해왔죠. 그 사람들로 세상이 꽉 차 있다는 건 있을 수 없는 일이에요, 물론 나 또한 그들 안에 섞여서 자라왔지만요."

"당신의 부모님은요?"

"말씀드렸듯 제가 기억하지 못할 정도로 일찍 돌아가셨어요. 할머니와 함께 살았어요. 돌아가시던 날 할머니는 내게 사랑하는 남자를 따라가라고 하셨어요."

"그렇지만 그 남자가 누군지 모른다면서요?"

"할머니는 저에게 그런 사람이 필요하다고 생각하실 때 어떻게든 알려주실 거예요."

"그렇지만 돌아가셨잖아요."

그녀는 먼 곳을 바라보며 말했다.

"우리가 살아 있는 동안 할머니도 어딘가에 살아 계실 거예요."

"환생하셨다고요?"

"저도 몰라요. 어쩌면 여기 인도에서 환생 같은 것에 관해 알아낼 수 있을 것 같은데요."

그녀는 돌아서 자가트를 다시 보았다.

"특별히 할머니를 다시 보고 싶다는 것은 아니에요. 할머니는 마음이 따뜻한 분이셨지만 언제나 멀리 계셨고, 자신만의 방식으로 저를 사랑하신 것 같아요. 그녀의 진정한 감정이 분리되었던 것 같아요."

"당신이 사랑하는 사람이 필요하거나, 만약 그렇게 된다면 어떻게 찾을 생각이에요?"

"나는 그 사람을 우연히 만날 거예요, 당신을 만난 것처럼."

그녀는 다시 하늘을 바라다보았다.

"저런 일몰은 본 적이 없어요. 특이하지 않아요? 대리석으로 된 산꼭대기에 장밋빛과 황금빛이 쏟아지는 걸 보세요! 대리석인 걸 몰랐다면 눈이라고 생각했을 거예요."

"이보다 더한 광경은 오직 다르질링 근처에만 있어요. 거기 가보셨나요?"

"아뇨, 가봐야 하나요?"

"언젠가는요."

"말해주시겠어요?"

"당신이 두 눈으로 직접 생생하게 보는 게 나아요."

"혼자서요?"

"누군가 같이 가면 좋겠네요."

그의 눈 속에 따뜻함과 이해심이 서려 있었다. 그녀는 돌아섰다. 남자의 저런 눈빛! 그녀는 전에 그 눈빛을 본 적이 있고, 조심하라는 말을 들었다. '요즘은 불가능한 꿈이야, 사랑에 빠지는 꿈!' 남들은 그녀의 외모를 보고 아름답다고 말했다. 그리고 가족 재산의 유일한 상속녀이기 때문에 많은 구애를 받았다. 하지만 그럴 때마다 부룩은 아무런 감정을 느끼지 못했다. 적어도 한두 번쯤은 싫지 않았지만 좋아하는 정도가 약했다. 사양하는 것이 그녀의 버릇이 되었다.

"저는 혼자일 때 정말 행복해요."

그녀가 말했다. 고의로 다시 물러서고 있는 것이다.

"물론 당신을 말하는 게 아니에요. 그리고 지금도 아니고요. 생각해보면 진실로 당신 때문에 이곳에 왔어요. 그렇지만 정확히 당신은 아니에요. 그리고 아마도 당신은 아닐 거예요. 제게 문을 열어줄 누군가를 찾고 있어요."

"문이라고요?"

"인도로 통하는 문이요. 전 열쇠가 없어요."

"사람을 통하지 않고는 어떤 나라에도 열쇠는 없어요."

그가 말했다. "그리고 특히 인도에서는 사실이에요."

두 사람은 이상할 정도로 낮은 목소리로 말했고 천천히 띄엄띄엄, 각각 답을 구하며 질질 끌었다.

"당신의 나라를 이해하는 것은 힘들어요. 당신의 국민도 그럴까요?"

그녀가 물었다.

"그럴 수도 아닐 수도 있어요. 우리는 다양한 많은 인종으로 이루어져 있고, 각각 다르지요. 다른 만큼 서로 다르게 생겼어요. 우리는 많은 신을 믿지만 각자는 오직 하나의 신만을 믿죠. 그리고 모든 사람이 자신을 인도에서 가장 아름답다고 믿으며 자신의 민족이 최고라고 확신하지요. 각 민족들은 자신의 조상을 고수하고 아무도 섞이지 않아요. 페르시아 족을 봐요, 그들은 수세기 전에 페르시아에서 왔고 이제는 인도에 정착해서 우리의 일부가 되었지만 아직도 분리되어 있어요. 그들이 중심인 봄베이에서조차 그들은 떨어져 있습니다. 우리는 중국인처럼 서로를 흡수하지 않아요. 우리는 혈통을 나누어서 순수하게 유지합니다."

그는 저녁놀을 바라보았다. 그녀는 그의 옆모습을 보면서 검고 강인한 산의 옆모습 그 자체라고 생각했다.

"그러면 당신은요?"

그녀가 물었다.

"이 혈통의 분리를 믿으시나요?"

"예." 그가 대답한 후 고개를 돌려 너무나 강렬한 눈빛으로 쳐다보자 부룩은 그 의미가 무엇이건 거부하며 피하고 싶을 정도였다.

"그럼 당신도 자신의 종족이 가장 아름답다고 생각하나요?"

자가트가 웃었다.

"물론이지요!"

결정적인 순간이 사라졌다. 그는 하늘을 등지고서 대리석 난간에 앉았다.

"한번은 캘커타에서 기자회견을 한 적이 있어요. 나이 든 왕인 아버지와 함께 있었는데 그는 절대로 열심히 노력하지 않았기 때문에 내가 가끔 그 대신 말하고는 했어요. 말하기 그렇지만 아버지는 게을렀어요. 기자회견은 길었고, 특히 기자들이 변덕스러운 벵골인들의 성격을 특정 논쟁거리로 다루자 나조차도 지쳐갔어요. 그런데 벵골사람들은 솔직히 말하면, 외적으로 가장 잘생긴 종족에 들지는 않아요. 어쨌든 변화를 주기 위해 내가 말했죠. '자, 여러분이 어려운 주제에 관해 많은 질문을 했으니 이제 내가 물어보죠. 왜 벵골인들은 자신들을 인도에서 최고라고 생각할까요?'"

그는 잠시 멈추고 기억을 더듬다가 웃었다.

"왜죠?"

그녀가 물었다.

그가 말을 이어갔다.

"그런데 내가 질문을 던지자 아주 작고 까맣고 거미같이 왜소한 남자가 자리에서 벌떡 일어났어요. '왜냐하면.' 그가 높고 작은 목소리로 말했죠. '우리가 가장 아름답기 때문이에요!' 그것은 내게 교훈이었어요! 심지어 그는…."

그녀도 함께 웃었다.

"그것 참 귀엽네요. 그가 좋아요."

"그러면 우리도 좋아할 거예요."

그가 말했다.

해가 지고 노을도 사라지자 밤공기가 갑자기 차가워졌다. 그녀가 몸을 떨자 그는 걱정이 되었다.

"감기에 걸리면 안 돼요. 낮의 열기가 가시면 밤에 사막의 날씨는 변덕스러워요."

"저는 절대로 아프지 않아요."

그녀가 항변했다. 저녁하늘 아래 어두워진 경치를 두고 떠나기 싫었다. 하지만 그녀는 자가트를 뒤따라 걸었고 그가 자신의 손을 잡아 그의 팔에 놓는 것을 허락했다.

"계단이 어두워요."

그가 말했다.

"대리석은 매우 미끄럽지요. 수세기 동안 지나다녀 광이 날 정도예요."

조용한 황혼 속에서 두 사람은 방으로 걸어갔다. 그리고 그녀의 방문 앞에서 멈추었다. 그들은 저마다 그 순간 가장 어울릴 만한 말을 찾고 있었다. 그가 검고 빛나는 눈으로 그녀를 바라보았다.

"문득 당신이 찾고 있던 열쇠가 나라는 생각이 드는군요."

"그럴 수도 있어요."

그녀가 맞장구쳤다.

그는 주저하다가 계속 말을 이었다.

"그렇다면 당신이 아내를 만나봤으면 합니다. 아들의 죽음 때문에 손님을 들이지 않았어요. 당신에 대해 그녀에게 많이 얘기했답니다. 내일 저녁에 우리와 함께 저녁식사를 하겠어요?"

"고마워요."

"해가 질 때쯤 배를 보내겠습니다."

마치 런던 거리에 있는 것처럼 그가 영국식으로 손을 내밀어 두 사람은 힘차고 활기차게 악수했다.

다음 날 부룩은 저녁식사를 기다리면서 하루 종일 돌아다니기로 했다. 아침에 배를 불러 호수를 건넜다. 계단이 제방까지 이어졌고 왼쪽으로는 궁전의 문이 아치 모양으로 나타났다. 오른쪽으로는 아마푸르로 가는 길이 있었다. 그녀는 오른쪽으로 돌아 꽃들이 강렬한 빛깔로 피어 있는 공원을 지나갔다. 도중에 그녀는 '특이한 꽃들의 혼합'이라 생각하며 그 자리에 멈추었다. 영국 금송화와 데이지, 장미와 참제비고깔이 그녀에겐 생소한 꽃들 속에서 오렌지색과 보라색 그리고 빨간색으로 꿋꿋하게 자라 있었다. 길을 지나던 몇몇 행인이 그녀를 따뜻한 시선으로 쳐다보았다. 그녀는 이방인이었고, 처음으로 그렇게 느꼈다. 그리고 그녀는 외국인으로 간주되었다. 하얀 셔츠와 도티를 입고 흰 터번을 머리에 감은 고대의 신사가 그녀에게 다가왔다. 그는 타고난 갈색 얼굴로 주름진 미소를 지어 보였다.

"영국인인가요?"

부드러운 목소리에 억양은 순수했다.

"미국인이에요."

그녀가 미소를 지으며 대답했다.

"미국인이군요."

그가 잠깐 생각에 잠겼다. "전에 한 번도 당신을 뵌 적이 없어요."

"이곳에 오래 있지 않았어요."

"길이 길이도 될까요?"

"그러세요."

두 사람은 나란히 길을 따라 걸었다. 노 신사는 맨발에 샌들을 신고 있었다.

"우리 마을에 대해 무엇을 얘기해줄까요?"

그가 물었다.

"하시고 싶은 얘기면 아무 거나요."

그녀는 전부터 알고 지낸 것처럼 마음이 편해져서 금방 이 상황에 익숙해졌다. 그녀는 제 옆의 노인을 한 번도 본 적이 없지만 더 이상 그를 이방인 사이에서 낯설게 느끼지 않았다. 그는 네모난 공원을 둘러싸고 있는 집들을 향해 손을 저었다.

"지난밤에 이곳에 도적이 들었다는 얘기를 들었나요?"

"아무도 말해주지 않던데요."

그녀가 말했다.

"아, 그래요. 우리 중에는 좋은 사람도 있지만 나쁜 사람도 있지요. 하지만 그들은 지킬 건 지키는 도둑입니다. 관례를 따르지요. 어떻게 아냐고요? 도둑들이 훔치려고 한 것이 내 동생의 물건입니다. 내 동생은 매우 현명한 사람이지요."

"그들이 도둑질할 것을 알고 있었나요?"

"아, 그래요. 그건 우리의 관습으로 묵인하는 겁니다, 아시겠어요? 도둑들은 내 동생이 미리 준비할 수 있도록 말을 전하죠. 동생과 그 가족들은 자정까지 기다립니다. 그리고 음악소리가 들리죠."

"음악이요?"

"아, 그래요. 우리의 도둑들은 항상 음악소리와 함께 다가옵니다. 음악과 함께 그들이 왔고 동생은 그들을 만나기 위해 문으로 나갔죠. 그들을 집 안으로 초대하고 내기를 하죠."

"내기요?"

그녀는 정말 어리둥절했다.

"아, 네. 그러나 내 동생은 말한 대로 영리합니다. 그는 내기에서 이겼고 물건을 지킬 수 있었죠. 도둑들은 정중하게 물러났습니다."

그는 손가락으로 길 끝에 있는 집을 가리켰다.

"저게 내 동생 집입니다. 오늘 아침에는 아주 조용하네요."

그녀는 돌과 하얀 회반죽으로 된 집을 보았다. 집 앞에는 밝은 색으로 칠해진, 전통적인 신의 형상이 세워져 있었다. 그것은 실제 크기의 코끼리 조각 위에 타고 있었다.

"아름다워요." 그녀가 유심히 보았다.

"우리도 그렇게 생각합니다."

노인이 말했다.

이제 멈춰 서서 집을 감상하는 그들 주위로 아이들이 몰려들었다. 더러운 분홍색 사리를 입은, 매우 작은 소녀가 크고 검은 눈으로 그녀에게 미소 지었다.

"안녕하세요."

소녀가 또박또박 영어로 말했다.

"이름이 뭐예요?"

"부룩이란다."

그녀가 대답했다.

"부룩." 그 아이가 반복했다.

"내 손녀입니다."

그 노인이 흐뭇하게 말했다.

"영어를 가르쳤죠. 이 아이를 좋아하세요?"

그녀는 다시 어리둥절해졌다.

"물론 좋아요. 아이가 예쁘네요."

노인은 기분이 좋아 보였다.

"그럼 이 아이를 데려가셔도 됩니다. 많이 있어요."

그는 소녀를 끌어당기더니 그 아이의 사리 옷자락으로 더러운 얼굴을 닦아냈다.

"가거라, 아가야. 이분이 너를 데려가고 싶으시단다."

"아, 아니에요."

부룩이 소리쳤다.

"무슨 말인지 모르겠네요! 그런 뜻이 아닌데… 그러고 싶지 않아요… 아, 제발요!"

"데려가세요."

노인이 마르고 섬세한 손으로 고상한 몸짓을 취하며 말했다.

"이 아이는 당신 것입니다."

"죄송해요… 죄송합니다."

그녀는 말을 더듬거렸다.

"그럴 수는 없어요."

노인은 앙상한 어깨를 으쓱했다.

"이건 선물입니다."

그는 간단히 말하더니 아이를 부드럽게 밀어냈다.

"죄송해요."

그녀는 다시 말했다. 그러고 나서 주의를 돌리기 위해 물었다.

"당신은 어떻게 그리 영어를 잘하지요?"

그는 여전히 친절하게 대답했다.

"영국에 4년 동안 있었습니다. 케임브리지에서 학위를 받았지요. 영국 문학으로요."

"그럼 가르치는 일을 하시나요?"

"아니오, 지금은 쉬고 있어요. 보시다시피 많이 늙었잖아요."

그녀는 그의 부드럽고 활기찬 얼굴을 바라보았다.

"그렇지만 앞으로 더 오래 사셔야지요, 그렇죠?"

"이미 오래 살았어요."

그가 대답했다.

"그리고 이 생에서만이 아니라 다른 생에서도 말입니다. 내 삶에는 끝이 없어요. 내가 전에 무엇이었든, 내가 지금 무엇이든, 다른 생으로 이어질 겁니다."

그는 문 앞에서 큰소리로 우는 한 아이 앞에 멈추었다. 어머니는 발가벗은 아이의 통통하고 꼼지락거리는 몸에 비누칠을 해서 씻기고 있었다.

"이 아이가 보이세요? 이 아이는 씻기를 싫어해요. 거부하는 거죠. 당신은 자연스러운 거라고 생각할 거예요. 그러나 여기에 의미가 있어요. 모든 것이 의미가 있지요. 누가 알겠어요? 어쩌면 이 아이는 전생에 익사했는지도 몰라요. 자연스럽게 물을 싫어하는 거죠."

그녀가 뭐라 물어보기도 전에 가까이서 다른 일이 벌어졌다. 이제 겨우 아이로 보이는 어린 소녀가 화려한 사리로 치장하고서 소가 끄는 수레에 앉아 있었다. 그 뒤로 젊은 여자들과 소녀들이 모두 노래하면서 걸어갔다.

"결혼식입니다."

노인이 설명했다. "저기 신랑이 오네요."

부룩은 아주 젊은 남자를 보았다. 그는 소년티를 막 벗은 것 같았고, 머리에는 육중한 터번을 두르고 말 위에 앉아 있었다. 그가 축하의 뜻으로 입은 양복은 밝은 파란색 문직 공단으로 만들어져 있었다. 그는 안장에 앉아 있는, 제 앞의 작은 소년을 잡고 있었다.

"행운을 위해서지요."

노인이 부룩에게 말했다.

"그렇게 하면 곧 아들을 가질 수 있습니다."

이어 말을 탄 두 소년이 뒤따랐고 그 뒤로 소녀와 젊은 여자들이 노래하며 또 따라왔다.

"아, 그래요."

노인이 터번 쓴 머리를 흔들며 말했다.

"여자들은 행복하죠. 그들은 또 다른 젊은 남자를 유혹한 겁니다. 얼마나 기뻐하는지! 이건 자연스러운 겁니다."

그녀들은 정말로 기뻐했고, 발목까지 펄럭이는 긴 치마 위에 밝은 오렌지색과 분홍색 사리를 두르고 있었다. 어깨와 팔 윗부분은 꽉 끼는 보디스(끈으로 가슴·허리를 조여매는 여성용 웃옷)로 가려져 있고, 드러난 아름다운 가슴은 둥글고 탄력 있어 보였다. 은과 유리로 된 팔찌가 팔꿈치까지 덮고 있었다.

"더 이상 금은 없어요."

노인이 그 장신구들을 보고 있는 부룩을 주시하며 말했다.

"우리의 위대한 수상께서 여성들에게 중국의 침략에 맞서 싸우기 위한 노력으로 금을 기부할 것을 부탁했습니다. 우리는 애국심이 넘치죠!"

그가 벽을 가리켰다. 그곳엔 네루의 그림이 걸려 있었다. 그림 속의 네루는 팔을 활짝 벌리고서 사람들을 맞고 있었다. 그 벽 아래로 열두 살쯤 되어 보이는 소년이 멍하니 앉아 있었는데 그 마른 몸이 본래 날씬해서인지 영양부족 때문인지 알 수 없었다. 그 소년은 땅에 웅크리고 앉아서 느긋하게 풀 한 움큼을 야윈 말에게 먹이고 있었다.

"아, 그래."

노인이 말했다.

"아이는 말이 다른 생에서 자신의 친구였다는 사실을 알고 있어요, 어쩌면 자신의 아버지였는지도 모르죠."

노인이 말하는 동안 한 남자가 집에서 파란 풀 더미를 들고 나와 길거리에 던졌다. 소들이 먹을 수 있도록 말이다.

"그럼 당신들은 왜 소들이 길거리에 돌아다니게 놔두죠?"

그녀가 물었다.

노인은 말을 멈추고 소가 천천히 풀을 씹고 있는 것을 보았다. 그 짐승에게 말을 건네는 노인의 눈은 부드러워 보였다.

"사랑하는 어미 소야, 맛있게 먹어라!"

그는 부룩을 향해 돌아섰다.

"당신의 질문에 답하기 전에, 내가 신식 사람이라는 것을 먼저 말하고 싶네요. 나는 소를 숭배하지 않아요. 게다가 나의 조상은 이슬람교도입니다. 이슬람교도들은 고기를 좋아하지요. 그렇지만 우리는 힌두교 형제들의 감정도 존중합니다. 당신들의 위대한 기독교인 중 한 사람이 수세기 전에 '고기를 먹는 것이 내 형제들을 성나게 한다면 세상이 존재할 동안 고기를 먹지 않겠다'고 말했었죠. 그런 말들이 나에게 영향을 주었어요. 어느 날 런던에서 캔터베리의 한 주교가 이것에 관해 설교하던 일이 생각나네요. 한 번도 잊은 적이 없어요. 그 주교가 좋은 점을 이야기한 후로는 고기를 먹지 않아요."

노인이 말하는 중에 두 사람은 갈림길로 들어섰다. 거기서 부룩은 그와 헤어졌다. 그는 두 손을 모으고 가볍게 고개를 숙인 뒤 왼쪽으로 갔고 그녀는 계속해서 호수로 향했다. 기다리고 있던 배에 오르니 태양이 벌써 높이 떠 있었다. 그녀는 빨간 줄과 하얀 줄이 있는 차양으로 햇빛을 가릴 수 있어서 좋았다. 양쪽으로 노를 젓자 물결이 일어 수면이 아른아른 빛났다. 엔진에서 연기가 나는 것을 확인한 사공은 팔을 포개고 그 위에 머리를 올린 채 잠이 들었다가 뱃머리가 대리석 부두에 닿았을 때 정확히 깨어났다. 부룩은 호숫가에 내렸고 계단을 올라 로비로 들어갔다. 이미 그곳은 현대적인 호텔의 입구처럼 보였다. 접수대 뒤에서 직원이 기다리고 있었다.

"지금 점심을 드시겠습니까, 아가씨?"

그가 물었다.

그녀는 단번에 버트 오스굿이 그를 교육했음을 알아챘다.

"네, 고마워요."

"식당에서 하시겠습니까 아니면 위층 방에서 하시겠습니까, 아가씨?"

"위층에서요, 고마워요."

30분 뒤 샤워를 마친 그녀는 상쾌한 기분으로 얇은 양갈비, 야채 샐러드 그리고 멜론 조각을 점심으로 먹었다. 뉴욕에서 먹은 것과 비슷했다. 아니 꼭 그렇지만은 않았다. 양갈비는 작았고 뼈는 까맸다. 야채는 상추가 아니라 다른 잎채소였고 멜론은 설명할 수 없다. 인도의 다른 모든 것처럼 점심메뉴 또한 친숙했지만 완전히 달랐다. 그녀는 이 유사하면서도 다른 점을 곰곰이 생각해보았고, 커피 같지 않은 커피를 마시면서 생각에 잠긴 채로 열린 문을 바라보았다. 태양이 그늘진 방 바깥의 대리석 광장 위로 눈부시게 작열하고 있었다. 그 중앙의 첨탑도 반짝거렸다. 이 첨탑은 분명 이슬람양식이지만 지붕 가장자리를 장식한 대리석 레이스는 섬세한 힌두양식이고 탑 끝의 황금촉도 마찬가지였다. 깊은 생각에 빠져 있던 그녀는 졸음을 느꼈다. 이런 오후의 피곤함에 익숙해진 그녀였다. 멀리 있는 집들 위로 해가 내리쬐고 사막은 아른아른 빛났다. 호수는 유리거울 같았다. 그녀는 쟁반을 방 밖에 내놓고 문을 닫은 뒤 옷을 벗고 침대에 누웠다. 침대 역시 대리석이어서 푹신한 고무 매트리스를 깔았음에도 왠지 부드럽게 느껴지지 않았다. 그러나 안쪽의 딱딱함과 바깥의 부드러움이 좋았다. 그녀는 잠이 들었다가 해 질 무렵 일어났다.

네 사람의 만찬, 미묘한 불협화음

자가트는 성의 부두에서 부룩을 기다리고 있었다. 그녀는 하얀 옷을 입은 자가트가 조각처럼 서 있는 모습을 보았다. 잘생겼다고 생각했지만 그 이상의 무엇이 있었다. 자가트는 왕의 아들로서 왕자의 풍모를 지니면서도 다른 영국 신사처럼 현대적이기도 했다. 배가 부두에 닿자 그가 앞으로 걸어 나왔다. 그리고 손을 내밀어 그녀가 내리는 것을 도와주었다.

"계단이 젖어서 미끄러워요, 내 팔을 잡아요."

그가 말했다.

계단을 오르면서 그녀는 흰 야회복의 기다란 치맛자락을 들어올렸다. 궁전에서 식사를 하는 게 이번이 처음은 아니었다. 아테네에서 그녀는 할머니의 친구인 폴 왕과 프레데리카 왕비를 만난 적이 있다. 또 할머니와 함께 스톡홀름을 두 번 방문해서, 지금은 돌아가신 나이 든 스웨덴 왕과 식사를 하기도 했다. 한 번은 그 스웨덴 왕과 테니스를 치기도 했는데 당시 그는 80세가 넘은 나이임에도 여전히 민첩하고 활기찼다.

"x씨라고 부르게."

당시 왕이 말했다.

"지금만은 '폐하'라는 호칭을 잊어주게."

그런데 이 인도 왕자도 서양의 왕과 똑같을까? 자가트는 부룩을 기다란 복도로 안내했다. 그러자 또 다른 계단이 나타났다.

"서쪽 테라스에서 칵테일을 마실 겁니다."

자가트가 말했다.

"아내가 우리를 기다리고 있는데 프란시스 폴이라는 영국인 신부와 함께 있어요. 우리 부부 말고 일행이 있으면 더 좋을 것 같다는 생각이 들었습니다. 딸아이가 집에 있으면 좋았을 텐데. 당신과 비슷한 또래인데 아마 조금 어릴지도 모르겠네요. 이름은 비라입니다. 아들이 죽고 난 후로는 한 번도 그 앨 보지 못했네요. 정말로, 우리는 누군가를 처음 만나는 겁니다."

"저를 초대해주시다니 무척 좋습니다."

부룩이 중얼거렸다.

그녀는 자신이 부끄러워하는 것을 발견하고 놀랐다. 자가트와 단둘이 있을 때는 그가 직선적이고 편안해서 부끄러움을 타지 않았다. 테라스로 다가가자 부드러운 흰 사리를 입은 숙녀와 검은 신부 옷을 입은 키 큰 남자가 보였다.

"모티."

자가트가 말했다.

"이쪽은 부룩 웨슬리 양이에요. 부룩 양, 이쪽은 내 아내인 왕비입니다."

부룩이 손을 내밀어 가늘고 차가운 손을 잡았다. 그 손은 너무 부드러워서 뼈가 없는 것 같았다. 그녀는 재빨리 손을 놓았다.

"웨슬리 양."

모티가 낮은 목소리로 속삭였다.

"환영합니다. 남편이 당신에 대해 많이 얘기했어요."

"그리고 이쪽은 프란시스 폴 신부입니다."

자가트가 말했다.

부룩이 신부를 올려다보았다. 창백하게 하얀 얼굴에 검은 눈 아래로 짙은 턱수염이 다듬어져 있었다. 그것은 예수의 얼굴이었다. '신부는 예수와 비슷하게 보이려고 턱수염과 조금 많이 긴 듯한 검은 머리로 강조한 것일까?' 그렇지만 목소리는 영국인처럼 딱딱 끊어졌다.

"웨슬리 양, 안녕하십니까! 우리 마을에 오신 것을 환영합니다! 손님은 많이 없습니다, 특히 미국인은 드물지요. 버트 오스굿 씨에 대해선 익히 들었지만 아직 그분을 뵙지는 못했습니다."

네 사람 모두 자리에 앉았다. 부룩은 한 명씩 둘러보았다. 흰 옷을 입은 하인이 기다리고 있었다.

"자 그럼, 무엇을 드시겠어요?"

자가트가 물었다.

"전 괜찮아요, 고마워요, 자가트."

왕비가 말했다.

"아, 그러지 말아요." 그가 독촉했다.

"마티니 어때요? 란지트가 만드는 법을 잘 배웠어요."

그의 목소리가 조바심에 날카로워졌고, 그녀는 고개를 숙이고 조용해졌다.

"왕비에게 마티니를 드려라."

자가트가 명령했다.

"그리고… 우리 모두 같은 것으로 하는 게 어때요? 그럽시다, 그러면…"

"전 장미와인을 마시겠습니다, 전하."

프란시스 폴 신부가 검은 눈에 미소를 띠고 말했다.

"그럼, 신부님 건 빼고 마티니 세 잔을 준비해라, 란지트."

하인이 고개 숙여 인사하고 나갔다. 그리고는 거의 곧장 유리잔 세 개를 가지고 돌아와서 작은 대리석 탁자 위에 내려놓았다. 남편의 말에도 왕비는 음료를 마시지 않았다. 그녀는 검은 눈동자로 하소연하듯이 부룩을 보며 대화하려고 노력했다.

"우리 마을이 마음에 드시나요, 웨슬리 양?"

"너무나 아름다운 곳을 즐기고 있습니다."

부룩이 대답하면서 잔을 들어 마티니를 한 모금 마셨다. 맛이 훌륭했다. 매우 쌉쌀하고 알 수 없는 향취가 느껴졌다. 부룩은 갑자기 부끄러움을 버리고 당당해지기로 했다.

"이게 무슨 맛이죠?"

그녀가 자가트에게 물었다.

"꽃 같은데 뭔지 모르겠어요."

"감귤류citrus인데 오래전 할아버지께서 그리스에서 들여오셨습니다."

자가트가 대답했다.

"작고 쓴 열매가 열리죠. 눌러서 짜면 이 쓴 열매에서 특별한 농축액이 나오고, 열매가 아니라 꽃 같은 맛이 납니다. 우리는 매년 이 농축액을 만들어서 병에 담습니다. 내가 알기로는 그렇습니다. 나보다는 모티가 더 잘 알지요, 그렇지요, 부인?"

"란지트가 만드는 걸로 알고 있어요."

모티가 무관심하게 대꾸했다.

"그것은 유명합니다, 웨슬리 양."

프란시스 폴 신부가 말했다.

"할아버지는 감귤류만 들여온 게 아닙니다."

자가트가 웃으며 말을 이었다.

"할아버지께선 아름다운 그리스 소녀도 데려왔습니다. 사실 시트러스 나무를 가져온 건 그 소녀로 알고 있습니다. 그녀는 이 열매로 만든 향을 간직하고 있었죠. 전해오는 이야기로는 할아버지께서 소녀의 아름다운 모습을 보기도 전에 이 향을 맡았고, 그 자리에서 그녀는 작고 쓴 오렌지 모양의 과일을 보여주었다고 합니다. 그것을 피부에 바른 것 같았죠."

왕비가 거들었다.

"그렇지만 우리 인도 여자들은 오랫동안 오렌지를 사용해왔어요,

웨슬리 양. 우리 여자들은 오렌지 껍질을 찧어서 그 과육을 신선한 크림에 섞은 후 피부에 바르죠. 서양의 유명한 화장품업자 몇몇이 이 제조법을 배워갔다는 이야기도 들었어요. 물론 제조법을 수정해서 내용물의 신선도가 더 오래가게 하고, 하인들이 매일 수고하지 않아도 되도록 만들었지요."

모티의 목소리는 부드러웠다. 그런데도 어쩐지 힘이 없었다. 그녀는 단어를 정확히 구사하며 천천히 말했다.

프란시스 폴 신부는 웃었다.

"이 문제는 제 영역 밖이네요, 전하. 그리고 분명히 제 관심 밖이고요! 웨슬리 양, 화제를 바꾸어서 어떻게 아마푸르에 오게 되었죠? 관광객은 아직 아무도 오지 않았지만 호수궁전 호텔이 완공되면 우리의 거처가 관광안내소가 돼야겠군요. 굳이 말하자면 그걸 기대하고 있지는 않습니다. 그러나 언덕 위의 집에서는 안전하겠지요. 웨슬리 양, 저는 빌 족을 선교하고 있습니다, 아주 좋은 사람들이죠."

"저는 그들을 몰라요."

부룩이 말했다.

"사실 신부님, 인도에 대해 아무것도 모릅니다. 그리고 전 관광객도 아니고요. 뭔가 경험하고 싶어서 이곳에 왔고, 있는 그대로 모든 경험을 받아들이고 있어요…."

"그런데 왜 아마푸르죠? 이곳은 작은 지역입니다. 사실 '푸르'라는 단어도 마을을 의미합니다. 이곳은 도시도 아니죠."

부룩은 도움을 구하듯 자가트를 쳐다보았다. 그가 즉각 대답했다.

"웨슬리 양을 뉴델리의 아소카에서 만났습니다. 나는 매우 우울하고 슬픈 상태였지요. 자이 생각에 정신석으로 불안정한 상태였고 더 악화되었죠. 그게, 난 처음으로 혼자 있었는데… 내 말은, 아는 사람들과 떨어져서 말이죠. 그런데 웨슬리 양이 바에서 피아노를 치고 있었어요… 훌륭한 피아니스트였죠."

자가트는 모티를 향해 말했다.

"그래서 생각난 건데 모티, 피아노 한 대를 호수궁전 호텔로 옮겨서 웨슬리 양이 연주할 수 있도록 해야겠소."

"물론이죠."

모티가 나지막이 말했다.

자가트가 말을 이었다.

"그래서 우리는 서로 소개를 했고, 내가 호수궁전 호텔에 대해 이야기하자 그녀가… 뭐라고 해야 하나… 아마푸르에 호기심이 생겨서 이곳에 온 것이죠. 여기 오고 싶다고 말했을 때 나는 심각하게 받아들이지 않았고, 호텔이 완성될 때까지 기다릴 거라 생각했기 때문에 그녀가 이곳에 오자 매우 놀랐습니다. 그런데 오스굿이 자신의 방과 화장실을 내주었죠, 그곳은 여기서 유일하게 작동하는 화장실이에요."

"아주 잘 된답니다."

부룩이 말했다.

"그리고 저는 매우 행복하고 편안합니다. 호수 궁전과 아마푸르에서 매일 새로운 것을 발견하지요."

프란시스 폴 신부가 힘주어 말했다.

"아직 왜 이곳에 왔는지 정확히 말하지 않았어요, 웨슬리 양."

"저도 모르겠어요."

부룩이 말했다. 그녀는 정직한 눈빛으로 신부를 바라보았다.

"잘 모르겠는데 그걸 알 때까지 여기 머무를 겁니다."

하얀 옷에 넓은 빨간 띠를 두른 하인이 문간에 나타났다.

"저녁이 준비되었습니다, 전하!"

자가트가 곧 일어났다.

"잘됐군, 로드리게즈! 모티, 저 사람이 우리를 전하로 부르지 못하게 해야겠소."

모티도 일어났다.

"그렇지만 뭐라고 부르겠어요, 자가트? 그 호칭에 익숙한걸요…."

"그렇게 하도록 하세요."

프란시스 폴 신부가 조언했다.

"오래된 좋은 관습은 지키도록 하시죠."

모티가 손을 내밀었다.

"웨슬리 양, 이쪽으로… 오늘 저녁에는 우리가 신사분들보다 먼저 가지요. 서양식으로 말이에요."

그리고는 부룩을 자가트의 주의에서 이끌고 나와, 그녀의 손을 가볍게 잡고 식당으로 갔다.

그 후에 부룩은 자가트가 '모티'라 부르는 왕비가 이야기한 것을 빼고는 그날 저녁에 있었던 일은 아무것도 기억하지 못했다. 네 사람은 커다란 홀에 있는 대형 식탁에서 식사를 했는데, 의자 뒤마다 하인들이 서 있었다. 그들은 프란시스 폴 신부가 조용히 감사기도를 마칠 때까지 기다렸다. 모티는 고개를 숙였지만 자가트는 그대로 앉아 있었다. 신부가 성호를 그은 후 기도를 마쳤다. 그리고는 검은 머리를 들어 세 사람을 향해 미소 지었다.

곧바로 하인들이 음식을 내왔다. 모티가 고기를 전부 거절하자 자가트가 부룩에게 설명했다.

"아내는 힌두교도입니다. 어떤 음식이 나오더라도 고기는 먹지 않을 겁니다. 그리고 어느 정도는 기독교인이기도 하지요. 프란시스 폴 신부가 하나의 신앙으로 완전히 개종시키려고 노력했음에도, 아

'평화를 찾는 걸 방해하는 게 무엇인가요?'
'욕망입니다.'
'단지 평화만을 원하는데요.'
'그것도 욕망이니 버리세요.'
'그러면 무엇이 마음에 평화를 가져옵니까?'
'사랑입니다.'

내는 모든 종교에서 신앙심이 깊을 수 있다고 믿고 있어요."

"저는 마하트마 간디님도 공경합니다."

모티가 조용히 말했다.

"왕비님은 좋은 기독교인입니다."

신부가 격려하듯이 말하고는 부룩에게 물었다.

"신앙이 있으신가요, 웨슬리 양?"

"모르겠습니다."

그녀가 대답했다.

"신앙심이 있다는 게 뭔가요?"

자가트가 끼어들었다.

"맛있는 고기요리를 종교 이야기로 망치지 맙시다! 구운 양고기를 들어보세요, 웨슬리 양. 인도산 염소가 아니라 영국 사우스다운southdown종 양입니다. 산기슭 위에 농장 비슷한 것을 가지고 있지요."

부룩은 모티에게 미안한 웃음을 지어보이며 고기를 먹었다. 자가트도 계속 이야기하면서 많은 양을 먹었다.

"영국의 좋은 소와 양을 기르고 있습니다. 이 소와 양들에게는 여기 기후가 덥겠지만 적어도 먹을 만한 고기는 나오지요. 그리고 호수의 물고기들은 식사로 내오지 못하게 하세요! 흙냄새가 나거든요. 악어들 입맛에나 맞을 겁니다. 우리 암탉이 낳는 계란은…."

"그럼요, 그럼요."

프란시스 폴 신부가 말했다.

"저는 이 지역 물고기와 계란을 먹습니다! 꽤 먹을 만합니다."

"도와주시오!"

사가트가 다시 말했다.

"우리는 그것들이 필요해요. 하지만 속고 있는 건 아닙니다. 우리 음식은 인도식으로 조리되어 칠리소스와 후추로 맛을 감추지 않으면 형편없습니다. 거짓된 애국심은 내게 없어요! 나는 우리의 장점 뿐 아니라 약점도 잘 알고 있지요. 나는 영국 음식을 좋아합니다."

밀가루를 식물성 기름에 튀겨낸 얇은 케이크 같은 바삭한 인도 빵을 제외하고 요리는 영국식이었다.

"이것들은 맛있네요."

부룩이 말했다.

"포포돔입니다."

자가트가 말했다.

"그래요, 맛있어요, 그렇지만 음식이라고 하기에는 부족하지요. 어쩌면 간식거리 정도?"

이런 산만하고 어색한 짧은 대화가 식사 내내 이어졌고 왕비 모티에 의해 갑자기 끝났다. 그녀는 야채를 조용히 먹고 있었다. 이제 그녀는 나이프와 포크를 접시 위에 단정히 올려놓고 궁금해하는 검은 눈으로 부룩을 바라보았다.

"우리는 테라스에서 커피와 장미와인을 마시겠어요, 자가트."

그녀가 말했다.

자가트는 놀란 얼굴로 그녀를 바라보며 말했다.

"그래요…"

그는 일행을 테라스까지 안내한 후 자기 마음대로 자리에 앉을 것을 권했다.

"웨슬리 양, 여기에 앉으세요. 이제 호수궁전에 전기가 들어와서 특히 호수 너머의 풍경이 매우 좋습니다. 간접조명과 그리고…"

"아름답네요."

부룩이 티크나무로 만들어진 푹신한 의자에 앉으며 낮은 소리로 말했다.

"모티, 당신은 항상 앉는 자리… 멀구슬나무 아래 앉아요. 당신은 달빛을 싫어하잖아요."

모티도 푹신한 의자에 앉았다.

"뼛속 깊숙이 느껴져요. 햇빛보다 더 음울하고 위험하지요."

"그리고 다음엔, 신부님."

자가트가 가리켰다.

그는 마지막으로 작은 탁자 옆에 앉으면서 담배에 불을 붙였다. 침묵이 흘렀다. 부룩은 속으로 생각했다. '무엇을 말해야 하나, 이야기해야 한다면 누가 먼저 말해야 하지?' 그녀는 느긋하게 앉아서 기다리며 앞에 펼쳐진 풍경을 바라보았다. 저녁 날씨는 맑았고 사막의 공기는 깨끗했다. 달빛은 부드러웠지만 산 위에서는 차갑게 보였다. 멀구슬나무가 커다란 테라스에 그늘을 드리웠다. 그 어두운 안쪽에 모티가 앉아 있었다. 프란시스 폴 신부는 그녀의 작은 목소리가 들릴 정도로 가까이 있었다. 그의 얼굴은 창백하고 수염과 머리카락은 어두워서 달빛에 어슴푸레 빛나고 있었다. 부룩은 경치를 보려고 고개를 돌렸다. 아래 있는 산들과 순수한 대리석 도시 그리고 부드럽게 빛나는 호수를 한눈에 둘러볼 수 있었다. 그녀는 웅장한 광경에 압도되어 말을 할 수 없었다. 대리석 궁전의 탑과 많은 창들이 테라스 양쪽으로 넓게 펼쳐져 있었다.

자가트만 안절부절못했다. 그는 앉았다가 다시 일어섰다. 테라스를 왔다 갔다 하다 난간에 앉아서 다리를 밖으로 내밀고 흔들었다. 마침내 모티가 신경 쓰인다는 듯이 항의했다.

"자가트, 가만히 좀 있을 수 없어요? 당신이 환상적인 밤을 망치고 있잖아요. 그리고 여기서 떨어지면 당신은 돌로 된 안뜰에 산산조각이 날 거예요!"

"음악이 있다면 좋겠어요."

프란시스 폴 신부가 적막을 깨고 말했다.

부룩이 고개를 돌렸다.

"그래요, 음악이 필요한 밤이에요. 뭐가 빠진 것 같았는데, 음악이었군요!"

"사로드(인도 북부 현악기의 하나)를 가져오세요, 전하."

프란시스 폴 신부가 말했다.

"연주하시는 걸 오랫동안 듣지 못했네요."

"이유가 있었소."

자가트가 말했다.

"그만두신다면 정말 안타까운 일입니다, 전하."

프란시스 폴 신부가 의견을 말했다.

"악기를 다루는 일이란 어려워서 요즘은 잘 다루는 사람이 드물지요!"

"시간이 없습니다."

자가트가 무심하게 말했다.

"말도 안 돼요."

모티가 말했다. "시간은 많으시잖아요. 당신에게 '무엇을 해라, 하지 말아라' 하는 사람이 있나요? 당신 자신이 주인이에요."

"그리고 저도 사로드 연주를 듣지 못했는걸요."

부룩이 말했다.

"그게 뭐죠?"

"커다란 반조와 비슷한 악기입니다."

프란시스 폴 신부가 설명했다.

"전하께서는 연주를 매우 잘하십니다. 어릴 때 위대한 사로드 연주자인 유스타드 알라우딘 칸에게 배우신 걸로 알고 있습니다. 제가 틀린 거라면 정정해주세요, 전하."

"나를 포기하신 분이죠."

자가트가 되받았다.

"내가 연습을 충분히 하지 않는다고 말씀하셨어요. 그분 자신은 매일 몇 시간 동안 연습하고도 자신이 대가, 또는 우리말로 '유스타드'라고 생각하지 않으셨지요. 48세 때까지 말입니다. 한때는 나도 유스타드가 될 수 있으리라 생각한 적이 있었지만 사로드 연주보다 더 좋아하는 것들이 있었어요."

"호랑이를 죽이는 거죠."

모티가 그늘 속에서 말했다.

자가트가 웃었다.

"축구입니다!"

"사로드 연주를 들었으면 좋겠어요."

부룩이 단호하게 말했다.

자가트는 주저하다가 손뼉을 쳤다. 터번을 쓴 하인이 나타났다.

"사로드를 가져오게."

자가트가 명령했다.

하인은 고개를 끄덕이고 사라지더니 잠시 후 형태가 일정치 않은 큰 물건을 가지고 돌아왔다. 그리고는 조심스럽게 풀더니 노란 공단과 검은 벨벳 포장을 옆으로 내려놓고 거대한 악기를 자가트에게 건넸다. 자리에서 일어난 부룩이 자가트 옆으로 가서 부드럽고 광이 나는 몸체에 손을 올렸다.

"공단 같아요."

그녀가 나지막이 말했다.

"내가 아홉 살 때 아버지로부터 이 사로드를 받았어요."

자가트가 그녀에게 말했다.

"이것은 할아버지의 땅에서 자란 오래된 티크나무로 만들었는데 아주 두꺼워서 통째로 깎아 만들었습니다. 보다시피, 줄이 25개 있고 광을 낸 코코넛 껍질로 채를 만들었어요. 두 번이나 채를 잃어버렸는데 아버지께서 새것을 안 사주시는 바람에 찾아야 했습니다. 집안 전체가 찾느라 난리가 났지요. 나는 이 채로 10개의 줄만 연주하고 나머지 15개는 같은 소리를 울리면서 냅니다. 그렇지만 이것만 연주하기는 싫군요. 북이나 탬부라처럼 박으로 된 악기와 연주하도록 되어 있어요. 그렇게 연주하곤 하는데 그렇지만, 글쎄, 혼자 최선을 다해야 할 것 같네요, 모티가…."

"좋아요."

모티가 조용히 말했다.

"탬부라를 가져오라고 하세요."

자가트가 다시 손뼉을 치자 이번에도 하인이 나타났다. 부룩은 그 하인이 요정처럼 등장한다고 생각했지만 이를 말하지는 않았다. 하인이 탬부라를 가져와 모티에게 건넸다. 그녀는 두 손으로 받아서 연주했는데 자가트는 흘러나오는 그 음을 듣고 자신의 악기 줄을 조정했다.

"이것이 우리 궁중음악입니다."

연주를 하기 전 자가트가 말했다.

"과거에는 아무나 이 음악을 듣지 못했지요. 듣는 게 허락되지 않았으니까요. 오늘날에는, 글쎄요, 유스타드 알 아크바 칸이 미국에서 공연까지 하는걸요. 그의 아버지가 내 스승이었습니다. 지금 그들 중 한 사람 앞에서 연주한다면 정말 부끄러울 것 같습니다. 그의 아버지는 내가 아홉 살이 될 때까지 서양음악을 못 듣게 했지요. 그러고 나서 내 아버지가 강력히 주장하셔서 몇 장의 클래식 음반을 가질 수 있었습니다. 나는 바흐를 제일 좋아합니다. 바흐의 음악은 우리 고유의 인도 라가(인도 음악의 전통적인 선율)를 생각나게 합니다."

"저는 탈라(인도 음악의 타악기가 내는 강약의 리듬형태)를 더 좋아해요."

모티가 말했다.

"그건 그저 리듬일 뿐이오."

자가트가 무시하듯 말하고는 이어 설명했다.

"그렇지만 인도음악은 소란스럽지 않아요. 우리는 일곱 개의 기본 가락만 있지요. 다른 가락은 모두 조합하거나 변환하거나 악기 소리끼리 화음을 만들어내는 것입니다. 그게 전부예요. 서양음악이 들어오기 전까지 새로운 것은 없을 겁니다. 다른 모든 것처럼 우리 인도인들은 고유의 전통을 벗어나지 못할 겁니다. 과거는 아직도 우리를 가두고 있는 감옥입니다."

"제발 시작하세요, 자가트."

모티가 참지 못하겠다는 듯이 말했다.

"왜 당신은 항상 무엇을 할 때마다 그 전에 말씀이 그리 많으신 거예요?"

이윽고 자가트가 힘차게 끌듯이 연주를 시작하자 갑자기 음악소리가 저녁하늘에 올려 퍼졌다. 부룩은 연주에 몰입한 자가트의 얼굴을 바라보다가 세상에 존재하지 않을 거라 여겼던 따뜻하고 낭만적이며 열정적인 한 남자를 보았다. 그리고 낯설지만 마음 깊이 끌렸다. 그녀는 어떤 예감이 들어 반쯤 공포에 떨었다. 그녀의 판단으로는, 이 모든 것이 분명 사랑에 빠진 감정이었고 이성을 넘어섰다는 것을 알고 있었기 때문에 마음과 감정의 상태가 두려워졌다.

바로 그때 모티가 말을 꺼냈다.

"당신도 우리 아들이 죽었다는 이야기를 들었을 거예요."

그녀의 목소리는 맑고 조용했다.

부룩은 깜짝 놀랐다. 그녀는 모티의 눈을 바라보며 말했다.

"알고 있습니다. 얼마나 가슴 아픈 일인지 들었습니다…."

모티의 얼굴은 멀구슬나무 그늘 아래서 매우 창백해 보였고, 그 얼굴에 박힌 눈은 매우 크고 검었다.

"전혀 슬프지 않아요." 모티가 말을 이었다.

"왜냐하면 아들은 죽지 않았기 때문이에요. 그가 살아 있다는 확실한 증거가 있어요."

자가트는 악기를 내려놓았다.

"자, 모티…."

그녀는 반지로 반짝거리는 가늘고 하얀 손을 들었다.

"제발, 자가트! 말해야 해요. 웨슬리 양을 만나려고 기다려왔어요. 어떤 사람들에게는 말할 수 있지만 다른 사람들에게는 그럴 수 없어요. 웨슬리 양에게는 이야기할 수 있어요. 그녀도 동정하고 있어요. 웨슬리 양, 난 그 아이가 죽지 않은 걸 알아요. 나는 이것을 프란시스 폴 신부님께 설명했어요. 당신도 이해하죠, 그렇지 않아요, 신부님?"

"당신을 이해합니다."

프란시스 폴 신부가 부드럽게 말했다.

"그래요."

모티가 나지막이 열정적으로 말했다.

"당신은 나를 이해하지 못해요. 웨슬리 양, 어머니와 아들 사이에는 설명할 수 없지만 가까운 무언가가 있어요. 내 아들이 죽었다면 나 자신이 느꼈을 거예요. 하지만 나는 전처럼 살고 있어요. 그가 살아 있기 때문에 아침에 일어나면 슬프지 않고 평온하지요. 그는 감옥에 있거나 망명했을지 모르지만 살아 있어요. 그가 어디에 있든 찾는 게 문제예요."

자가트가 너무 갑자기 일어서는 바람에 의자 옆 작은 탁자 위에 놓인 접시들이 땅에 떨어지면서 깨졌다. 하인들이 뛰어나왔지만 그는 이에 개의치 않았다.

"모티, 그렇게 하지 말라고 말했건만…."

그녀도 일어났다.

"자가트, 당신은 내 말을 안 들을 거예요. 그러니 다른 사람의 도움을 청해야 해요. 웨슬리 양, 도와주세요, 제발. 부탁입니다!"

그녀는 간청의 의미로 두 손을 모았다. 부룩은 자가트를 보더니 모티에게 말했다.

"뭐라고 해야 할지, 당신을 도울 방법을 안다면 그렇게 하겠어요."

"아무도 모티를 도와줄 수 없어요."

자가트가 퉁명스레 말했다.

"아내가 부탁하는 것은 불가능한 일입니다."

"무얼 부탁하셨죠?"

부룩이 물었다. 그녀는 자신의 마음속에서 이 여자에 대해 기묘한 감정이 솟아나는 것을 느꼈다.

"누군가 아들을 찾으러 가는 것이요. 그게 바라는 전부입니다. 누군가 아들을 찾으러 가는 것이요!"

자가트는 다시 한 번 참지 못하고 일어났다. 그는 앉아 있던 조각무늬 의자가 넘어질 정도로 세게 힘을 주고 두 발로 벌떡 일어섰다.

"이 자리를 떠납시다, 제발."

그가 외쳤다.

"웨슬리 양, 아내가 이런 말도 안 되는 부탁을 할 거란 걸 알고 있었다면 당신을 이곳에 초대하지 않았을 겁니다. 그녀는 아들이 죽었다는 사실을 알고 있어요. 그저 믿으려 하지 않을 뿐이에요."

"그렇지만 말이 안 되는지 어떻게 아세요?"

그녀가 물었다.

"우리 중 누가 삶과 죽음에 대해 알까요!"

프란시스 폴 신부가 중얼거렸다.

네 사람은 이제 모두 일어나서 서로를 쳐다보고 있었다. 자가트가 분위기를 풀어보려고 다시 말했다.

"나를 따라오세요, 웨슬리 양."

그가 명령했다.

"궁전을 좀 걸어요. 아버지가 통치하셨던 방을 보여주고 싶습니다. 잠깐만 실례해요, 모티. 그리고 실례를 구합니다, 신부님."

그는 부룩에게 팔을 내밀었고 그녀는 명을 따를 수밖에 없었다. 그러나 방을 나와서 커다란 홀을 지나 다른 홀에 들어갔을 때 그곳은 자가트가 말한 곳이 아니었고, 그의 아들 방도 아니었다. 대신 자가트는 중국이 북쪽과 동쪽 국경에서 아직도 인도를 압박하고 있다는 일반적인 이야기를 꺼냈다.

"중국의 침략은 새로운 일이 아니죠. 그것이 내 아내가 이해하지 못하는 점이에요. 그녀는 이것을 일시적인 문제로 보고 한 번의 공격이 끝나고 나면 순차적으로 평화가 찾아올 거라고 생각하죠. 그녀가 알지 못하는 것은 우리는 항상 아래로는 티베트를 거쳐 인도 국경까지 이런 압력을 받아왔다는 것입니다. 그것은 수세기 동안 우리를 분열시키려는 압력이었습니다. 감히 말하건대 만약 영국이 우리를 통치하지 않았다면 그 압력이 우리를 붕괴시켰을 겁니다. 우리가 몇 년 동안의 평화를 유지할 수 있었던 것은 단지 중국이 지난 세기 동안 쇠퇴기에 있었기 때문입니다. 즉 두 왕조 사이에 말입니다. 그러나 새로운 지배세력과 함께 되살아나 피할 수 없는 방식으로 우리는 다시 국경을 맞대고 있습니다. 기독교 시대가 오기 백 년, 아니 거의 이백 년 전에 유목민 무리가 중국의 서쪽에서 나와 인도의 국경지방에 자리를 잡았습니다. 그들의 후손이 인도를 지배했습니다. 어쨌든 그들은 이상하게 생겼는데 큰 키에 코가 크고 분홍 피부여서, 눈이 찢어진 몽고인처럼 생기지 않았습니다. 그들이 어디서 왔는지 아무도 모릅니다, 그들은 유에치 족(박트리아와 인도를 점령한 중앙아시아의 부족)이죠!"

그녀는 들으면서 그가 자신의 내면에 있는 공포에 대해 이야기하고 있다는 걸 알았고, 그 공포심을 깨부수기 위해 말했다.

"당신의 아들이 혹시 살아 있을 거라고 생각하나요?"

자가트는 박제된, 커다란 호랑이 머리 위에 손을 올려놓더니 잠시 멈추었다. "아들의 죽음을 확인하지 못한 건 사실입니다."

그가 대답했다.

예전부터 서로 알고 지낸 것 같은… 끌림

밤에 깨어난 부룩은 호수 너머에서 들려오는 근사한 음악을 들었다. 그녀는 침대에서 일어나 열린 창으로 다가갔다. 그리고 커튼을 젖혔다. 달이 사라져가고 긴 황금 빛줄기가 호수 위에 반짝였다. 그녀는 설명할 길 없는 슬픔을 느끼면서 사라지는 달을 바라보았다. 왜 달이 지는 것은 일몰보다 더 슬플까? 창백한 빛, 고르지 않은 둥근 모양, 달은 오래되고 죽은 것이고, 태양은 젊음의 불꽃으로 타오른다는 얘기들이 부룩을 일깨워주었다. 그녀 자신의 짧은 삶에서 젊음이 서서히 사라지고 있다는 것을. 다가올 그 무엇을 위해 그녀는 얼마나 기다려야 할까? 하지만 돌아갈 곳이 없는데 기다리는 것 외에는 무엇을 할 수 있을까? 어디에 있건 그녀는 외로웠다. 그럼에도 세상의 다른 곳보다 이곳에서는 덜 외로웠다. 호수는 성을 담고 있고 이 성은 그녀를 담고 있다. 수백만 명의 사람들이 그리 멀지 않은 곳에 살고 있지만 여전히 까마득하다. 그리고 호수 너머 저곳에, 하늘에 비친 하얀 탑들에 자가트가 살고 있다. 자가트! 그녀의 삶에서 그는 누구인가, 어떤 사람이 될 것인가? 그녀는 그를 생각하는 동안 모든 질문과 대답을 회피했다. 시간이 밝혀줄 것이다! 그러나 그 답을 반드시 알아야 한다. 살아오면서 자가트처럼 강하게 끌리는 남자는 만난 적이 없었다. 분명히 그녀는 사랑을 생각할 만큼 그렇게 어리석지는 않았고, 그녀가 자신에게 솔직하다면 적어도 그 호감이 어떤 의미이고, 어떤 의미여야만 하는지 알 때까지 그를 사랑하지 않고 옆에 있어야 한다는 것을 알고 있었다.

그녀는 달이 지평선으로 사라질 때까지 기다렸다. 달은 아직 검은 그림자 속에서 외로운 섬과 오래전 그 섬 위에 지어진 성의 가장자리를 금빛으로 물들였다. 그곳은 젊은 시절의 샤자한을 가두어두었던 감옥으로 쓰였으나 지금은 빈 궁전과 폐허가 된 정원만이 남아 있다. 마지막 불빛이 사라지고 어둠이 부드럽게 내려앉자 그녀는 침대로 돌아가서 잠들었다. 그리고 다음 날 아침, 여자들의 방망이질 소리가 아닌 방문을 부드럽게 긁는 소리에 눈을 떴다. 그녀는 곧 노크소리임을 알고 일어나 가운을 걸쳤다. 문을 여니 하인이 거기 서 있었다.

"아가씨."

그가 달래듯이 말했다.

"제가 깨웠습니다. 어쩔 수가 없었어요. 전하께서 하실 말씀이 있다고 호수를 건너 오셨습니다."

그녀는 아직 졸음이 가시지 않은 무거운 눈으로 하인을 보았다.

"그렇지만 난 아직 씻지도 않고 옷도 입지 않았는데, 그리고 아침도 먹지 않았고…."

"전하께서도 아직 아무것도 드시지 않으셨습니다. 아가씨만 괜찮다면 대리석 광장에서 아침식사를 같이 하고 싶다고 말씀하셨습니다."

"20분 안에 준비하겠다고 말씀드려요."

그는 알았다는 듯이 고개를 끄덕이고는 긴 대리석 베란다로 사라졌다. 그녀는 하인들이 가끔씩 열정에 넘친 나머지 기척도 없이 들어오기 때문에 문을 닫은 후 잠갔다. 언젠가 그녀가 이 점에 대해 정중히 항의했을 때 그들은 마음이 상했다.

"하지만 아가씨,"

그들이 말했다.

"우리는 당신을 도우려고 간 거예요, 우리는 당신을 사랑합니다!"

그들이 사랑한다는데 무어라 불평할 수 있겠는가? 부룩은 작은 황동 막대기를 문에 걸어놓고 재빨리 옷을 입은 다음 그들이 알아채기 전에 얼른 막대기를 치우는 길밖에 방법이 없었다. 그래서 부룩은 지금 그렇게 서둘러 빨리 씻고 나서 입던 옷으로 갈아입었다. 다리는 맨살이지만 샌들을 신었다. 몇 분 만에 긴 생머리를 빗은 뒤 방문을 다시 열었다. 자가트는 벌써 첨탑 아래, 그녀가 식사하는 장소인 대리석 탁자 앞에 앉아 있었다. 그는 그녀를 보자 일어섰다.

"용서를 구해야겠네요, 내가 너무 일찍 왔어요, 그렇지만 잠이 오지 않더라고요. 당신이 떠난 후에 프란시스 폴 신부와 아내가 함께 나를 공격하더군요. 알다시피 그녀가 영국인 신부를 설득했는지 그녀의 집요함에 넘어갔는지 알 수 없지만 아들이 살아 있다고 믿고 있어요. 아마 그 자신도 모를 겁니다."

"여기 앉으세요."

부룩이 말하고 나서 자신도 앉았다.

아침식사가 담긴 쟁반을 들고 하인이 나타나자 두 사람은 조용해졌다. 하인이 물러서려는데 자가트가 말했다.

"잠깐만! 이거 영국식 잼인가?"

"저, 전하."

하인이 우물거렸다.

"잼만 보고 어느 나라 것인지 어떻게 알겠습니까? 전 그저 천한 이슬람 사람일 뿐입니다."

자가트는 은받침대 위에 놓인 유리 사발에 잼을 조금 덜어서 맛을 보았다.

"영국 것이군."

그가 말했다.

"클로세 블랙웰 것이야. 가도 좋다."

하인은 땀에 젖은 눈썹을 훔치고는 인사를 하더니 총총걸음으로 나갔다. 부룩이 웃었다.

"그를 겁준 게 분명해요, 전하?"

"물론 그래야죠."

자가트가 반박했다.

"만일 내가 무섭게 하지 않으면 그는 더 이상 내 말을 듣지 않을 겁니다. 그리고 전하는 아니지만 여기서 나는 아직 주인입니다. 제발, 웨슬리 양… 호칭은 생략해주세요! 그냥 친구로 지냅시다. 나는 신경 쓰이는 문제가 있어요. 마음을 털어놓고 말할 수 있는 친구가 없어요. 자가트라고 부르겠어요?"

"부룩이라고 부르신다면요."

"그건 어려울 겁니다. 우리 인도 남자들은 그렇게 쉽게… 뭐라고 말해야 하나? 글쎄, 신경 쓰지 말아요! 당신이 원하는 대로 하죠. 내가 말할 동안 식사 좀 해요. 나는 입맛이 없네요. 아내는 마음이 안 좋아서 밤새 울었어요. 사실, 이 시간까지… 몇 시였죠? 나도 몰라요, 그런데 달이 없어지고 있었어요."

"아, 달이 지는 것을 보셨어요? 저도 봤어요."

"누가 깨우지 않았는데 저절로 일어났어요?"

"일어났죠. 그리고 창가로 가서 커튼을 젖히고 달이 지는 걸 봤어요. 그 태고의 달이! 보고 있으니 이상하게 슬퍼지더군요. 맑고 아름다운 날이었지만 아직도 슬퍼요. 태양 아래 마을이 얼마나 아름답게 빛나던지!"

"아, 그것 봐요, 마음이 통했나 봐요! 우리는 서로 통하는 거죠, 그렇지 않아요? 우리는 어쩌면 다른 생에서 서로 알고 있었을지도 몰라요."

"그런 것을 믿으세요?"

그녀가 갑자기 궁금해져서 물었다.

그는 어깨를 들어 올리며 말했다.

"내가 무엇을 믿는지 어떻게 알겠어요? 나는 현대적인 인도의 남자라고요."

"현대적인 인도가 존재하나요?"

그녀가 물었다.

자가트는 짧게 웃더니 말했다.

"그렇게 물어보는 게 이상하지 않네요, 가장 오래된 인도만 보았으니까. 우리는 변하지 않았다고 생각하겠지요. 왕들이 여름을 보냈던 고성을 현대적 호텔로 개조한 이 상징적인 건물만 빼고 말이에요. 아이였을 적에 나는 할아버지, 아버지와 함께 이곳에 왔어요. 두 분은 첩들을 데리고 왔고 할머니와 어머니는 저쪽에 있는 궁전에 머물렀죠. 그러나 다른 여자들이 이곳에 오는 것은 허락되었어요. 그리스 소녀는, 말해야 할지 모르겠는데, 당신이 그녀의 방에서 지내고 있고 이곳은 그녀의 마당이니까요. 조상들은 그녀가 밖에 앉아서 바람을 즐기며 해를 피할 수 있도록 정자를 지었어요."

"말해줘서 고마워요."

부룩이 말했다.

"누군가 나와 같이 있다고 종종 느끼는데, 이제야 누군지 알겠네요."

"그런 가능성을 믿어요?"

"이곳에 올 때까지는 그런 적이 없어요. 그런데 지금 이상하고 새로운 느낌이 들어요. 새롭다고 말했지만 내게만 새로운 거예요. 그건 아주 오래된 느낌인데 알고 있다기보다 의식적인 것이고, 그런 상태가 되었죠… 아니면 벗어났거나."

"그러면 당신도 알겠군요."

자가트가 말했다.

"내가 짊어진 과거의 무게를 말입니다. 그것은 조상으로부터 내려오는 중압감이죠. 아주 오랜 역사를 지닌 우리나라와 살아 있거나 죽은 수백만 명의 사람들, 현재처럼 넘치는 인구에서 비롯된 겁니다. 역사가 깊은 나라에서 느낄 수 있지요. 중국에 방문했을 때가 기억납니다…."

부룩이 고개를 들었다.

"전 언제나 그곳에 가고 싶었는데 이제 그럴 수가 없어요, 미국인이기 때문에요."

"예, 나는 그곳에 몇 번 가봤습니다. 영국이 중국의 쯔 시 황후에게 교서를 전달하기 위해 나의 할아버지를 보냈어요. 할아버지는 가족 중 제일 처음 중국을 방문했지요. 나는 사다르 파텔(1875~1951 인도의 정치가. 당시 부총리)과 수상(네루를 말함)이 중국 공산당과 우호적인 관계를 유지하려고 할 시기에 두 번 가보았습니다. 물론 그건 중국이 티베트를 점령하기 전이었습니다. 수상은 중국의 침공을 가장 받아들이기 힘들어했고, 중국이 그런 짓을 저질렀다는 걸 믿을 수가 없었습니다. 그가 중국의 만행을 두고 달라이 라마의 망명을 받아들임으로써 그 부당성을 대대적으로 알린 것 같습니다."

자가트는 앉은 상태로 그 일을 잊으려고 인상을 쓰다가 대리석 탁자 위를 손바닥으로 쳤다.

"어쨌든! 지나간 일입니다. 현재의 일이 얼마나 빨리 지나가버린 일이 되는지! 아들에 관해 다시 이야기하자면 어찌해야 할지 모르겠어요. 확신하건대 그를 찾는 일은 허사일 겁니다. 그런데 아내를 어떻게 달래느냐가… 아니, 위로가 맞는 말이군요. 그녀를 위로하고 어떻게든 기쁘게 해주고 싶은데… 물론 아들이 죽었더라도 말이에요. 나는 알고 있어요."

"돌아가셔야 할 것 같네요."

부룩이 말했다.

"할 수 있는 한 어떤 방법으로든 그녀를 위로해주는 게 당신의 의무라고 생각해요."

두 사람은 서로를 바라보았다. 뚫어질 듯 바라보는 그의 검은 눈동자 앞에서 그녀는 흔들리지 않았다.

"왜 내가 당신을 오랫동안 알았던 것처럼 느끼는지 설명할 수가 없네요."

그가 마침내 말했다.

"저도 그래요."

그녀가 말했다.

"똑같이 느끼니까요."

그는 자리에서 일어나 테라스의 난간으로 걸어갔다. 그리고 호수 너머 조상대대로 내려오는 궁전을 바라보았다. 자신의 부족 깃발이 가장 높은 탑에서 건조한 사막의 바람에 물결치듯 휘날리고 있었다.

"저 깃발을 달지 못하도록 했었죠."

그가 말했다. "그런데 백성들이 저곳에 달기를 바랐습니다. 나는 더 이상 왕실 깃발에 권리가 없다고 그들에게 말했지요."

"어쨌든 그들은 당신을 믿을 필요가 있어요."

그녀가 말했다.

"당신은 매우 직관적이군요."

둘 사이에 오랫동안 침묵이 흘렀다. 서로 말은 안 했지만 그들의 머릿속에 많은 생각이 들어찼다. 마침내 자가트가 부룩을 향해 갑자기 말했다.

"그러니까 난 성과 없는 조사를 하러 가야 합니다!"

"그렇게 생각하지 않아요?"

"그래요… 딴 게 아니라 해결될 때까지 마음이 편치 않을 것 같아서요. 모티가 불평하거나 부담을 주지는 않겠지만 서서히 그리워하다 죽을 겁니다. 그녀가 자정에 우리 두 남자만 남겨두고 자리를 뜨자 프란시스 폴 신부가 어젯밤 내게 그렇게 말했어요. 그는 나의 고해신부는 아닙니다. 아시겠지요. 난 누구에게도 고백하지 않아요. 그렇지만 그는 모티를 이해하고 있었어요… 물론, 그가 남자가 아닌 신부라서 다행이지만요."

부룩은 이 변덕스러운 말에 대꾸하지 않았다. 그 대신 질문을 던졌다.

"만약 내가 당신과 같이 가고 싶다고 말한다면 어떻게 할 거죠?"

자가트는 의자에 털썩 주저앉아 탁자에 팔꿈치를 기대고 부룩을 바라보았다.

"진심은 아니겠지요!"

"가능한 일 아닌가요? 아니, 먼저, 그렇게 하도록 해주시겠어요?"

표정이 풍부한 자가트의 까만 얼굴에 놀란 기색이 역력했다.

"나는… 뭐라고 해야 하나? 그렇게 하든 안 하든 상상할 수 없는 일이에요. 당신이 인도 여자라면 그 일은 불가능하지요. 그런데 당신 자신이 인도 여자였다면 애초 나와 같이 갈 생각도 하지 않았을 겁니다. 그녀, 내 아내가 뭐라고 할지 모르겠어요. 그렇지만 그녀도 당신에게 이상하리만큼 온정을 느끼고 있어요."

"제가 함께 갔으면 좋겠어요? 그것이 저에겐 인도를 알 수 있는 좋은 방법이 될 거예요, 물론 당신 아들에 관해 새로운 것을 찾아내는 것은 제외하고요."

자가트는 주저했다.

"혼자 가는 게 두렵긴 하지요. 물론 하인들과 짐꾼들 그리고 많은 사람이 동행하겠지만…."

그는 곰곰이 생각했다.

"왕비에게 먼저 물어봐도 될까요?"

부룩이 강력히 말했다.

그는 안도한 것처럼 보였다.

"그래요, 그게 최선의 방법입니다."

그가 말했다.

"당신은 미국인이니까 모티가 놀라지 않을 거예요. 충격을 받지 않을 겁니다. 나는 당신이 여성 간의 우애심에서 기꺼이 모티가 바라는 일을 해준다는 사실에 감사할 뿐입니다. 그러나 미리 경고하는데 힘든 여정이 될 겁니다. 그리고 어디로 가게 될지 나도 모릅니다."

"이끄는 대로 가는 거죠."

그녀가 대답했다.

우연치 민감한 자리에 놓일 때

"정말 좋은 분이시네요."

모티가 말했다.

"왜 당신이 그렇게까지 하려고 하는지 모르겠어요."

"저 자신도 모릅니다."

부룩이 말했다.

"그냥 마음이 끌리는 대로 가고 있는 중인데 당신에게 연민을 느끼고 있어요. 뭐라고 불러야 하나요, 부인? 허락하신다면, 마마라고 부르고 싶군요."

부룩은 이 친절한 여자에게서 미묘한 거리감을 느꼈고, 무언가 자신이 모티와 친해지는 것을 가로막고 있어서 진심으로 말했다. 그리하여 모티의 손이 자신의 손 위에 포개졌을 때 부룩은 매우 놀랐다. 그 촉감이 정말 부드러웠다.

"모티라고 불러요. 내 진짜 이름이에요. 진주라는 뜻이죠. 항상 마음에 들었어요."

그녀는 모티의 손길을 피하지 않았다. 잠시 뒤 손을 거둔 모티가 다시 한 번 말했다.

"그렇게 하세요."

"그렇게 할게요."

부룩이 대답했다.

"그렇지만 처음에는 좀 어려우니 용서해주세요. 저는 조금 낯을 가리는 편이라서요. 주위사람들이 그렇다고 하네요. 어쩌면 항상 외동딸로 자라면서 약간 엄한 할머니 밑에서 컸기 때문인가 봐요. 이상하겠지만, 그래서 제가 지금 인도에 있는 거라고 생각해요. 우리나라에서도 집처럼 편안하지는 않았어요, 어디서나 그랬죠. 저는 세상을 공부하고 있어요."

부룩은 모티의 얼굴에 슬픔의 그늘이 드리우는 것을 보고 말을 멈추었다. 그리고 다시 이었다.

"동시에 저는 원치 않아요… 어떤 일이 있어도 당신을 아프게 하지 않았으면 좋겠어요. 우리 사이에 어색함 같은 것도 없었으면 좋겠고요. 그렇게 느끼지 않지만요, 모티… 그것은 꽤… 아마도 내가 할 수 있는…."

모티가 가로막았다.

"아, 아니에요, 그것이 자연스럽다면! 나는 어쩌면… 우리 사이에 연민이 있어서… 그거 알아요? 나는 외국 사람에게 말하는 게 동포에게 말하는 것보다 쉬워요. 우리 인도인들은 그런 커다란 경험을 공유하고 있어요. 모두 똑같은 방법으로 같은 생각과 사상을 배웠어요, 물론 종교와 카스트계급에 따라서요. 아무도 자신의 의견을 말할 기회를 갖고 있지 않아요, 그렇게 하면 그 사람은 너무 튀어 보이고 큰 논쟁을 일으켜서 좋을 게 없기 때문이죠. 누군가 내놓은 의견에 우리가 즉시 이의를 제기하고 논쟁하는 것을 봤는지 모르겠지만, 우리는 항상 의사를 표현합니다. 내 말은… 그렇지만 우리가 하는 어떤 말도 그리 새로운 것이 아니고, 조상으로부터 내려오는 똑같은 흙탕물 속에서 뒹굴고 있을 뿐이에요. 그러나 당신은 우리와 함께 흙탕물 속에 있어 보지 않았고, 그래서 이방인과 대화하는 것은 어떤 면에서 자신을 정화하는 거지요. 아까 말한 것처럼 당신이 낯설게 느껴지지는 않지만요. 꿈속에서 보았는지, 이상하지요?"

모티의 영혼에서 모든 장막이 걷힌 듯 이 모든 얘기가 그녀의 입에서 쏟아져 나왔다.

부룩은 상대의 말이 끝나기를 기다렸다가 입을 열었다.

"저도 당신이 이방인처럼 느껴지지 않아요. 이 아름다운 곳에서 어떤 것도 낯설지가 않아요. 당신들 모두를 전에 본 것 같아요. 당신과 자가트…"

이때 모티가 끼어들었다.

"자가트라는 말은 쉽게 하는군요. 왜 나는 편하게 느끼지 못하죠?"

"당신은 많이 달라요, 당신과 그는…."

"그저 남자와 여자의 차이 이상인가요?"

"아, 그래요, 그것 때문이 아니에요."

부룩은 뭔가를 찾으려는 듯 바라보는 모티의 검은 눈동자를 느꼈다.

"꿈을 믿나요?"

"잠잘 때 꾸는 꿈 말인가요?"

"그래요."

"저는 잘 때 절대로 꿈을 꾸지 않는 것 같아요."

모티가 가냘픈 두 손을 모으고 말했다.

"나는 매일 밤마다 꿈을 꿔요. 언제나 중요한 꿈은 아니지만…."

그녀는 말을 멈추었다.

"무엇이 중요한 꿈이죠?"

부룩이 물었다.

"잊을 수 없는 꿈이죠. 예를 들어 아들의 시신이 화장되어 물에 뿌려졌다고 들었지만 아들이 아직 죽지 않았다는 걸 믿게 하는 꿈 같은 거 말이에요. 왜 그가 살아 있다고 믿는지 말해야 하나요? 아, 당신이 이해할 수 있게 말해야 되겠네요."

모티는 다시 말을 멈추었다. 그녀는 집중하려는 듯이 인상을 썼다. 두 여인은 모티의 개인 거실에 앉아 있었는데 커다란 실내가 조용했다. 창문이 열려 있었지만 정오가 다 된 시간인지라 사람들은 달아오른 열기를 피하기 위해 집 안에 있었다. 방들마다 문이 열려 있고, 가끔씩 드나드는 새들의 날갯짓소리만이 정적을 깨뜨렸다. 황금빛과 흰색이 섞인 방 안에 가구는 흰 공단에 씌워져 있고 하얀 벽은 금빛 장식이 되어 있었다. 실내장식은 서구식으로, 의자와 소파는 프랑스 제품이고 그림은 이탈리아와 영국 것이었다. 오직 향기만이 인도 것이었는데 감귤류 향과 백단향이 무척 달콤했다. 모티는 양손을 하얀 사리 위에 얹은 채 움직이지 않고 자신의 꿈 이야기를 시작했다.

"나는 하찮은 꿈과 다른 꿈들을 구별할 수 있어요. 하찮은 꿈은 단지 작은 일상의 문제에 관한 것이죠. 중요한 꿈, 다른 꿈들은 새로운 것이에요. 내가 보지 못한 장소에서 모르는 사람들 속에 있는 거죠. 확신하건대 아들이 죽었다고 한 그날 밤에는 그런 꿈을 꾸었어요. 꿈속에서 내 방 침대에 누워 있었는데 현실같이 느껴졌어요. 나는 똑바로 누워서 두 손을 포개어 가슴에 얹고 있었죠. 힘이 빠지고 아픈 건 아닌데 약해진 느낌이었어요. 자고 있는 것은 아니었고 곧 죽을 운명이라는 것을 알고 있었죠. 누군가, 의사로 보이는 사람이 곧 내가 죽을 거라고 말해주었어요. 그곳에 누워 죽음을 생각하고 있는 나에게 그가 가까이 다가와선 피할 수 없다고 말했지요. 갑자기, 어두운 방 안에 빛이 쏟아지듯이 의지가 솟아났죠.

'나는 죽지 않겠어.' 스스로에게 말했어요. '내가 살려고 하는데 누가 죽을 것이라고 말하겠는가?' 마음을 다잡은 나는 침대에서 일어나 잠옷 바람으로 방을 뛰쳐나왔어요. 아니, 그렇게 많이 달리지 않았는데 난 어느 새 밖에 있었죠. 난생 처음 보는 장소에 있었어요. 인도는 아니었죠. 그곳은 구릉이었고 나는 언덕을 내달려 계곡으로 내려왔어요. 도중에 폐허가 된 사원이 있었죠. 이곳은 사원이 있는 인도였어요. 벽 대신 기둥이 있고 타일바닥은 부서져 있었죠. 누군가 바닥에 누워 있는 게 보였어요. 중국 청년이었죠. 총에 맞았더군요. 죽은 사람은 아들 자이가 아니라 그 중국 청년이었어요. 나는 머물지 않고 계속 달렸죠. 계곡 아래 아이들이 놀고 있었어요. 잔물결이 이는 시내에 햇빛이 반짝거렸죠. 나는 갑자기 행복해졌어요. 나는 다시 젊어지고 강해지고 또, 죽음을 벗어났죠. 그러고 나서 깨어났어요. 이 꿈은 바로 어제 저녁의 일처럼 아직도 생생해요."

이야기를 끝낸 모티는 궁금한 눈으로 부룩을 쳐다보며 앉아 있었다.

"좋은 꿈이네요."

부룩이 말했다.

"그렇지만 저는 꿈을 해석할 줄 몰라요."

"이 꿈은 단지 아들이 죽지 않았다는 것을 얘기하고 있어요. 젊은 중국인이 죽었죠. 하지만 자이는 어딘가 살아 있을 거예요. 만일 그가 꿈속에서 죽었다면 나도 죽었을 거예요. 그렇지만 우리는 살아 있잖아요."

"그가 살아 있다면 우리가 찾을 거예요."

부룩이 약속했다.

그녀는 일어나서 두 손을 내밀었다. 모티가 양손을 잡고 자신의 뺨에 갖다 댔다.

"당신은 내 딸이에요."

그녀가 말했다.

"그리고 자가트는 당신의 아버지구요."

"당신이 어머니의 허황된 말을 믿지 않았으면 좋겠어요."

비라가 말했다. 긴 의자에 누워 있던 부룩이 몸을 일으켰다. 그녀는 마을을 산책한 뒤 쉬려고 대리석 광장에 있었다. 그 전에 그녀는 왕비를 만나고 나서 호텔로 돌아와 있었다. 인부를 빼고는 아무도 없었다. 버트 오스굿과 자가트도 없었다. 그녀는 초조하고 당황했다. '왕비는 보이는 대로 순진하고 순수할까? 너무 아이 같고 일생 동안 은둔해 있어서 남편이 젊은 외국 여자와 긴 여정을 떠난다는데도 의심 없이 받아들이는 것인가?' 그녀는 왕비의 마지막 말을 생각해보았다.

"당신은 나의 딸이에요."

간결한 이 말의 의미는 확실히 '딸은 믿을 수 있다'는 것이다. 딸은 남매인 자이에게 헌신하며 자가트를 아버지처럼 대할 수 있다고 믿는다. 그러면 더 이상 상관하고 싶지 않다고 부룩은 스스로에게 말했다.

그녀는 조금 전 안절부절못하며 황량한 사막에서 보석처럼 빛나는 아마의 마을, 아마푸르의 거리를 헤매고 다녔다. 그녀는 곧 집들로 빼곡한 마을의 끝에 이르렀다. 그곳에는 늪지대 주변으로 이어지는 흙길이 있었는데 비가 내리기 전까지 메말라 있었다. 그녀가 다가가자 은회색 빛의 왜가리 네 마리가 일어났다. 그들의 꼬리와 목은 하얗고 머리는 주홍색이며 길게 펼쳐진 날개는 햇빛에 은색으로 빛났다. 소들도 물을 찾아 습지를 돌아다녔는데 인도 어디서나 볼 수 있는 소들은 낙심한 듯 '음매' 하고 울었다.

부룩은 계속 걷다가 낙타 세 마리가 지나가는 것을 보았다. 그 낙타의 기수는 가시가 많은, 높은 선인장 나무 그늘에서 쉴 양으로 멈추었고, 그녀도 멈춰 섰다. 그녀가 관찰하기로, 낙타의 발에는 스프링처럼 늘었다 줄어드는 느슨한 근육조직 같은 천연흡수장치가 있어서 낙타의 체중을 받쳐주었다. 기수는 사막의 태양에 살이 검게 그을렸고, 염소가죽으로 된 물통을 어깨에 메고 다녔다. 그녀가 가까이 다가가자 그는 이가 다 빠진 잇몸을 드러내고 싱긋 웃으며 물을 권했다. 그녀가 고개를 저으며 미소로 고마움을 전했다. 그는 염소가죽의 목 부분으로 물을 마셨다. 꿀꺽꿀꺽 길게 들이켠 물이 그의 목구멍을 지나 몸 안 깊숙이 소리를 내며 떨어졌다. 그녀는 저도 모르게 웃음이 터졌고 기수도 자기 때문에 웃는 줄 모르고 따라 웃있다. 그녀는 인도인들을 사랑스럽고 마음이 따뜻하며 작은 일에도 기뻐하는 사람들이라고 생각했다. 그들과 함께 있는 게 집처럼 편안히 느껴지기 시작했다. 노란색 바탕에 밝은 꽃무늬가 그려진 소형

이륜마차가 지나가자 그녀가 불러 세웠다. 덜컹거리며 달리는 마차를 타고 그녀는 마을로 돌아갔다. 그곳에서 다시 호숫가로 갔고, 자신을 호텔로 태우고 가기 위해 대기 중인 배를 보았다. 그녀는 사람들과 함께 다닐 때 늘 그렇듯 마음이 편해지고 안심되었다.

목욕 후 하얀 새 옷으로 갈아입은 그녀는 테라스에 놓인 긴 의자에 누웠다. 반쯤 잠이 들었다가 자신의 이름을 부르는 소리에 눈을 떴다. 녹색 사리를 입은 아름다운 인도 소녀가 보였다.

"저는 비라예요."

그 소녀가 말했다.

"그리고 왕비이신 제 어머니께서 당신 이야기를 해주셨어요."

부룩이 일어나려고 하자 비라가 손을 내밀어 그녀의 어깨를 눌렀다.

"아니에요! 일어나지 마세요. 제가 여기 앉을게요."

비라는 자리에 앉더니 불쑥 제 어머니에 대해 그리고 아들이 살아 있을 거라 생각하는 어머니의 믿음에 대해 얘기했다.

"말이 안 되나요?"

부룩이 물었다.

"그래요."

비라가 말했다. 그녀의 머릿결은 오후 햇살에 밤갈색으로 빛나며 어깨까지 말려 있었다. 피부는 티 없이 옅은 크림빛이고 눈동자는 금빛이 도는 갈색이었다.

"모든 인도인은 검은 눈을 가지고 있는 줄 알았어요."

부룩이 뜬금없이 말했다.

비라가 웃었다.

"제가 햇빛에 앉아 있어서 눈이 빛나는 거죠. 그늘에서는 검은색이에요. 카슈미르인이 조상이라서 그래요. 북쪽에는 살결이 흰 사람들도 많아요. 피부가 아주 까만 사람들은 남쪽에 있는데 드라비다인이 조상이죠. 자이를 봤어야 했는데. 아마 영국 사람인 줄 알았을 거예요. 귀만 빼고요."

"귀요?"

"네, 귓가에 1인치쯤 되는 부드러운 긴 털이 나 있었어요. 그것은 남자다움의 상징으로 여겨지죠. 그렇지만 자이는 여자를 몰랐던 것 같아요. 그는 정말 순수했어요."

"그가 죽었다고 믿어요?"

"아버지가 그렇게 믿으시니까요."

"언제나 아버지 말에 동의하나요?"

비라가 긴 속눈썹을 내리깔며 비스듬히 부룩을 보았다.

"그런 것 같아요."

"남동생에 대해 좀 더 이야기 해봐요."

"무슨 얘기를 해야 하나? 그는 매우 잘생겼어요. 무수리에서 멀지 않은, 내가 지금 다니는 기숙학교와 같은 곳에 있을 때 여자애들은 그에게 푹 빠졌죠. 그 애들은 아직도 동생 이야기를 해요. 동생이 학업에만 열중했다고 말하더군요. 그렇지만 내가 알기로 동생은 명랑하고 춤을 잘 추고, 매우 현대적이며 영국식이었죠."

"그는 무엇이 되려고 했나요?"

"자신도 몰랐던 것 같아요. 아니면 알고 있었지만 신경 쓰지 않았거나. 때때로 동생은 일찍 죽을 거라고 예감했던 것 같아요. 그는 인생의 즐거움을 만끽했어요… 마치 하루하루가 마지막인 것처럼. 그렇지만 다른 사람과는 달랐죠. 만일 우리 부모님에게 동생에 대해 물어본다면 각각 상반되는 얘기를 하실 거예요. 자이에 대한 친구들의 생각도 같지 않아요. 우리 중 아무도 그를 잘 알지 못했어요. 그리고 가는 게 당연하다는 듯이 그는 아무렇지 않게 어느 날 갑자기 전쟁터로 떠났어요. 사실 자이는 중국인들을 좋아했기 때문에 싸우러 가는 걸 싫어했어요. 중국말도 공부하고 역사도 알고 있었죠. 중국인들이 티베트를 그렇게 잔인하게 침탈했을 때 자이는 매우 슬퍼했고, 오랫동안 그 사실을 믿지 못했어요… 델리에 있는 달라이 라마에게 가서 자신이 직접 모든 사실을 들을 때까지는요. 그러고 나서 동생은 무수리와 다르질링에 있는 난민수용소를 방문하여 더 많은 것을 들었죠. 남자와 여자들이 아이들을 업고서 눈을 헤치며 히말라야의 험난한 길을 뚫고 왔다는 이야기를 할 때 동생이 눈물을 흘렸던 게 기억나요."

부룩은 비라가 외국에서 한 번도 살아본 적 없는 인도인답게, 경쾌한 리듬으로 말하는 것을 듣고 있었다. 비라는 영어에 능통했지만 인도식이어서 자음은 약간 무디게 발음하고, 문장이 끝날 때 억양을 낮추는 법이 없었다.

"그가 울었어요?"

부룩이 놀란 얼굴로 되물었다.

비라는 두 손으로 머리를 뒤로 넘겼다.

"그래요, 울었어요! 놀라운가요? 우리 인도 남자들은 영국 남자들처럼 냉정하지 않아요! 슬프면 눈물을 흘리지요… 여자의 눈물이 아니고 남자가 느끼는 슬픔이기 때문에 남자의 눈물은 달라요. 당신들처럼 자신의 감정을 숨기지 않아요… 아니, 당신을 말한 게 아니에요, 당신은 영국인이 아니잖아요. 그렇지만 미국인은 한 명도 몰라요… 뉴델리와 봄베이에 있는 관광객들을 제외하고는요. 당신은 그 사람들이나 영국인하고는 다르다는 것을 알 수 있어요. 하지만 당신이 누구인지는 정말 모르겠어요!"

"난 대부분의 미국 여자들하고는 달라요."

부룩이 침착하게 말했다.

"어떻게 다르죠?"

비라가 물었다.

"몰라요."

부룩이 말했다.

"그럼 당신 나라 사람들과 다른 것을 어떻게 알죠?"

"왜냐하면 그들과 함께 있으면 편치 않기 때문이에요. 마치 다른 가족처럼 느껴져요."

"우리와 함께 있으면 행복한가요?"

"당신을 잘 모르지만…."

"네?"

"당신의 아버지를 오래전부터 알고 있었던 것 같은데 이 감정은 뉴델리의 한 호텔에서 그를 처음 봤을 때부터 있었어요."

부룩은 의심스러운 눈초리로 비라가 자신을 뚫어지게 바라보는 것을 느꼈다.

"만일 당신이 인도 여자였다면 그것은 단 한 가지를 의미해요."

비라가 말했다.

"난 인도인이 아니에요."

부룩이 대답했다.

"그리고 그게 어떤 의미인지도 몰라요. 그저 나는 내 마음이 끌리는 대로 가고 있다는 것만 알 뿐이죠. 그리고 그 마음에 이끌려 당신의 어머니가 이미 죽은 아들을 찾으려 하는 상황에까지 왔구요. 좋을 대로 생각해요."

비라가 자리에서 일어났다.

"당신은 매우 솔직하네요. 저도 솔직해질게요. 아버지가 제게 당장 집으로 오라는 편지를 보내셨어요. 당신이 아버지를 따라가려고 하는 모습에 그는 당황하셨어요. 동생이 아직 살아 있다는 어머니의 말에도 혼란스러워하시죠."

"당신이 와서 기뻐요."

부룩이 말했다.

"당신에게도 호감이 가네요. 어쩌면 난 그저 함께할 수 있는 가족을 찾고 있나 봐요. 모르겠어요…."

"그게 무슨 말이죠?"

비라가 물었다.

"아무것도 아니에요, 어쩌면… 함께 있으면 행복할 수 있는 사람들을 찾고 있는지도…."

부룩은 비라가 곧바로 대꾸해오자 놀랐다. 이제 날씬하고 키 큰 이 소녀는 부룩에게 기대어 뺨에 키스했다.

"환영해요, 언니."

그녀가 분명하게 말했다.

"내 아버지가 당신의 아버지예요."

이 말과 함께 비라는 머리를 높이 들고 멀어져갔다. 그녀의 녹색 사리 자락이 저녁바람에 살랑거렸다. 혼자 남겨진 부룩은 미묘하게 비꼬는 듯한 비라의 마지막 말을 곱씹어보았다.

"당신은 지금 아주 민감한 자리에 있어요, 웨슬리 양."

프란시스 폴 신부가 말했다.

며칠 후 근심에 빠져 있는 부룩에게 신부가 찾아왔다. 부룩은 자가트와 모티를 만나지 않고 있었다. 비라도 버트 오스굿도 만나지 않았다. 그녀는 시장에 나와 있었다. 무심한 아침의 태양이 좁은 길거리 위로 강렬한 열기를 내뿜고 있었다. 그녀의 피부는 갈색으로 그을리고, 몸은 전보다 더 야위었다. 그녀는 오늘 아침, 날이 좁은 칼에 복잡한 형태의 황동손잡이를 두드려 만들고 있는 늙은 대장장이 옆에 서 있었고, 신부가 이 모습을 발견하고 다가온 것이다. 두들김이 끝나면 대장장이는 그것을 대나무 안에 넣을 것이다. 대장장이는 회전하는 숫돌에 물을 붓기 위해 동작을 멈추었고, 거기에 날이 잘 선 칼을 갖다 댔다.

그녀는 높은 음색의 영국인 목소리에 놀랐다.

"아, 당신이군요, 신부님!"

"여기서 무얼 하세요?"

그가 물었다.

"거리의 사람들에게서 너무나 많은 것을 배우고 있어요."

"아, 그래요, 좋은 사람들이죠! 언젠가 빌 족을 만나봐야 합니다."

두 사람은 대장간을 뒤로하고 나란히 좁은 길을 걸어갔다. 발가벗은 꼬마아이들이 흩어져 따라왔다. 그녀는 그의 말에 아무 대꾸도 하지 않았고 얼마간의 침묵이 흐른 뒤 그가 다시 말했다.

"왕비의 딸인 비라가 당신이 자이를 찾는 일에 동행할 계획임을 말해줬어요. 그녀는 걱정하는 것 같았어요. 결국 자가트는 그녀의 아버지입니다. 그리고 이 나라에서 남자와 여자에게 적용되는 법도는 매우…."

그녀가 끼어들었다.

"나는 이 나라의 여자가 아니에요."

"아, 그렇지만 당신은 미국인이고 그게 더 중요해요. 누구나 자기가 미치는 영향을 생각해야 합니다. '고기를 먹는 것이 내 형제들을 화나게 한다.' 같은 거죠."

"제가 그런가요, 신부님?"

"나는 아니에요."

그가 말했다.

"나는 화낼 일이 없지만…."

"제발!"

그녀가 못 참겠다는 듯이 말했다.

"더 이상 말할 필요도 없어요. 어디론가 혼자 멀리 떠나버리겠어요. 동행하지 않을 거라고 전하께 말씀해주세요. 혼자 여행하는 데 익숙해요. 작년에 남아메리카에 있는 안데스 산을 등반했어요. 그리고 난 언제나 중국과 인도 사이의 국경지역 나라들을 탐험하고 싶었어요. 네팔로 갈 거예요… 아니 어쩌면 그냥 집으로 갈지도 모르죠."

그녀는 말을 멈추고 신부 쪽으로 몸을 돌려 손을 내밀었다.

"그들에게 모두 다 전해주세요."

그녀가 말했다.

"내가 감정을 해치려고 한 것은 아니었다고 전해줘요."

프란시스 폴 신부는 유연하게 그녀의 손을 놓으면서 마르고 큰 키에 단정하고 잘생긴 얼굴로 내려다보았다.

"당신은 특이한 여자예요." 그가 중얼거렸다.

"아주 특이한 여자예요."

"나도 그렇게 생각해요."

그녀가 말했다.

"확실히 그렇다고 생각해요. 전에도 그런 말을 들었거든요."

그녀는 흙길 한가운데 신부를 남겨두고 떠났고, 발가벗은 아이들이 그를 에워싸도 뒤돌아보지 않았다. 물론 그녀는 너무 성급했다. 하지만 신과 신부들에게는 오래전부터 참을성이 없었다. 할머니의 시신을 입관하기 직전 신교도 신부가 그 시신 위에서 기도를 드렸다.

"하늘에 계신 하나님 아버지, 이 여인의 죄를 용서해주소서. 그것들이 사랑의 죄이지 미움의 죄가 아니란 것을 기억해주소서."

부룩이 기도 중에 끼어들었다.

"사랑의 죄가 있을 수 있나요?"

그녀가 물었다.

신교도 신부는 날카롭게 대답했다.

"네 할머니는 특이한 여자였다. 유순하게 보이지만 삶의 한 부분은 오직 자신만을 위해 간직했어. 그녀는 자신의 마음을 신에게 전부 바치지 않았다."

"남자를 사랑했다는 말이군요."

부룩이 갑자기 말했다.

신부는 눈썹을 찡그리고 내려다보았다.

"그녀가 말했다니 유감이구나."

신부가 말했다.

"이제 너도 그녀의 죄를 기억할 거다."

"저는 있는 그대로 할머니를 기억할 거예요."

부룩이 말했다.

"할머니는 자신의 마음대로 따라갈 용기가 있었어요. 저도 그럴 거예요."

인도의 흙길을 걸으며 문득 떠올리니 또 다른 외로움에 눈물이 나왔다. 하지만 부룩은 울지 않았다. 그녀는 지금 자신이 있는 곳 말고는 세상의 다른 어떤 곳에도 가고 싶지 않았기 때문이다. 이것도 그녀의 마음을 따르는 것이다.

제 3 부

오만한 내면과 차가운 영혼에 빠지다

"둘이서 같이 그녀를 쫓아냈어."

자가트가 비통하게 말했다.

아내와 딸은 조용히 앉아 있었다. 그가 아내의 거실로 들이닥쳤을 때 모녀는 나지막한 목소리로 속삭이고 있었다. 두 사람은 인도 여자들 중에는 현대적인 편에 속하나 화가 난 자가트 앞에서 다시 과거로 돌아갔다. 고분고분해져서 그를 쳐다보지 못하는 것이다. 둘 다 모티 방에 있었다. 그녀는 항상 앉곤 하는 하얀 공단 소파에, 비라는 오래전 선조가 벨기에에서 사온 빨간 벨벳 팔걸이의자에 앉아 있었다. 각자 고개를 숙이고 자가트의 불호령이 떨어지기를 기다렸다.

"두 명 모두, 내가 짐작하는 목적으로 음모를 꾸몄지? 비라, 왜 집에 있는 거지? 방학기간인가? 그런 얘기는 들은 적이 없는데!"

비라는 안간힘을 쓰며 말했다.

"라지가 그러는데…."

"라지!"

그가 고함을 쳤다.

"라지가 벌써 내 사위인가? 아직 결혼식은 올리지도 않았는데! 만약 네가 결혼도 하기 전에 이러는 거라면 라지는 내 일에 참견하고 있는 것이고 비라, 너는 그와 함께 내게 계략을 꾸민 것이다…."

비라는 고개를 들었다.

"아버지, 계략을 꾸미지 않았어요. 아버지가 어머니를 돕기 위해 저를 부르셔서 온 거예요."

자가트는 진정되지 않았다.

"누구에 대해서? 이제 내게 그런 것 같구나! 내가 어떤 의심을 받는 거지? 네 어머니가 죽은 아들을 찾을 수 있게 도와달라고 젊은 미국 여자를 초대했다! 이게 내 잘못인가? 비라, 너는 네 어머니가 바보 같은 의심을 하도록 만들었어!"

"오, 자가트," 모티가 중얼거렸다.

"자이가 죽었다고 말하지 말아요!"

"그럼 뭐지, 모티? 당신은 제정신이 아니야. 그렇지만 모든 여자가 제정신이 아니지. 그래서 난 지금 내 아들을 찾고 있는 미국 여자를 찾으러 가야 한다!"

비라가 용기 내어 말했다.

"어쩌면 그녀는 인도를 떠나서 자기 나라로 돌아갔을지도 몰라요. 그녀는 매우 강한 여자예요, 아버지. 정말 강해요. 자신이 좋아하는 일을 하는 데 익숙해요. 그녀는 가족도 없어요."

자가트는 부룩이 인도를 떠났을 거라고는 생각하지 않았다. 그는 노여움이 사라지고 실망감이 온몸에 퍼지는 것을 느꼈다. 그렇지만 화를 내며 계속 말했다.

"그녀가 인도를 떠날 거라고 당신에게 말했소? 만일 그랬다면 그녀를 탓하지 않겠소! 둘이 괴롭혀서 그녀가 당황한 것이 분명하오. 지금쯤이면 그녀는 델리나 봄베이에 있을 것이오. 그곳에서 비행기를 타고 동쪽이나 서쪽으로 떠나겠지, 누가 알겠소! 그녀가 아무 말도 하지 않았소?"

그는 두 사람의 얼굴을 차례로 쳐다보았다. 그녀들의 얼굴에 특별한 기색이라도 나타나는지 보기 위해서다. 하지만 그는 의혹과 의심에 차 있으면서도 참고 있는 여자의 냉소적인 표정과 맞닥뜨렸다.

"왜 뚫어지게 보는 것이오?"

그가 소리를 질렀다.

두 여자는 다시 고개를 숙였다. 아무도 대답이 없었다. 그는 한참 동안 기다리다가 벌떡 일어나서 중얼거렸다.

"당신 둘이… 당신 둘에서…."

그는 문을 쾅 닫으면서 방을 나갔다. 그리고 긴 대리석 복도를 지나 자신의 방으로 갔다. 들어서면서 문을 닫고 잠가버렸다. 이 모든 것을 지켜본 하인들은 자가트가 문을 잠그지 않았다면 몇 분 뒤 방으로 커피나 과일을 내갔을 것이다. 이 순간 그는 아무도 들어오지 않기를 바랐다. 혼자 있어야 했다. 아내와 딸의 얼굴에 나타난 표정을 그는 완전히 이해했기 때문이다. 그들은 말로는 자가트를 비난하지 않았다. 하지만 냉정하게 볼 때 그는 두 사람에게 비난받고 있었다.

"무엇 때문에?"

아무도 없는 텅 빈 방 안에서 그가 소리쳤다.

그는 할아버지의 초상화를 바라보았다. 인도의 몇몇 왕자가 대영제국의 통치에서 벗어나려고 반란을 시도하는 동안 할아버지는 빅토리아 여왕에게 특별히 충성했고, 기사작위를 수여받았다. 왕자들은 영국으로부터의 독립이 단지 이름뿐이라고 불평했다. 그러나 할아버지는 왕자들이 혼자서 제각각 불민을 처리하는 것보다는 영국과 함께라면 더 잘 지낼 수 있을 거라는 입장을 고수했다. 그럼에도 할아버지는 규방을 설치했고, 그전보다 좀 더 젊고 예쁜 여자들이 차례차례 한 가족으로 들어왔다. 자가트는 당시 할머니가 이를 참고 인내한 일도 기억났다. 인도 여자들이 남자들에 대한 냉소적인 태도를 선대로부터 물려받은 건 이상한 일이 아니었다! 그 자신은 그런 대우를 받지 않아야 하겠지만 과거의 죗값은 피할 수 없었다. 이상하게 미국인들도 남을 대신하여 같은 죗값을 치르고 있었다. 미국인들은 아시아에 제국을 세우지 않았고, 식민지를 만들거나 불평등한 조약을 강요하지도 않았다. 그러나 이제는 그들이 단지 백인의 대다수란 이유로 다른 백인들이 저지른 모든 일에 대해 비난받고 심지어 미움을 사고 있다. 그것은 무고한 자들이 과거의 죄의식에 대해 속죄의 의미로 나누어 가져야 할 운명이다.

인간은 죽지만 죄책감은 어떻게든 속죄될 때까지 남는다고 자가트는 씁쓸히 생각했다. 그는 뉴델리에서 그 아름다운 미국 여인을 만난 이후 미국이란 나라에 대해 새로운 관심을 가져왔다. 사실 그는 책을 잘 읽는 편이 아니지만 궁전의 도서관으로 가 미국 역사에 관한 책 두 권을 읽었고, 거기서 새로운 정보를 얻었다. 예를 들어 영국이 인도를 차지하는 동시에 새로운 식민지였던 미국을 잃어버렸다는 사실 같은 것을.

"당신 미국인들은 우리에게 빚을 졌습니다."

그는 부룩에게 즐겁게 말했었다.

"많은 빚이네요."

그녀가 대답했다.

"그런데 무슨?"

"우리 인도가 영국의 속국이 되지 않았다면 당신들이 그렇게 쉽게 자유를 찾을 수 있었을지 의심스럽네요. 황무지뿐인 13개의 가난하고 작은 식민지와 우리의 풍부한 금과 보석 그리고 좋은 상품들을 비교해보면 말이오."

당시 그녀는 사랑스러운 미소를 지었다. 이제 그 기억은 아픔만을 가져온다. 그녀는 이렇게 계속 말했었다.

"당신들은 또한 에머슨(1803~1882 미국의 사상가이자 시인)과 소로(1817~1862 미국의 사상가이자 문학가)에게 다른 선물을 주었어요. 그들은 간디에게 그것들을 돌려주었고, 그로부터 다시 마틴 루터 킹(1929~1968 미국 목회자이자 흑인 해방운동가)이 전해 받았죠. 실제적인 정신의 교감이었죠!"

그렇지만 이 지난 일들이 그녀의 사랑스러운 매력을 더하는 것 말고 지금 와서 자신과 무슨 상관이란 말인가? 그녀는 자가트에게 처음으로 마음이 통했던 여자였다. 육체적 관계 없이 말이다. 그는 스스로 자주 말하듯 지적인 사업가는 아니지만 육체적인 관계 없이 여자와 자유롭게 대화하는 것도 어쨌든 즐거운 일이라고 말했을 것이다. 그러나 그는 논리적인 사고를 가지고 있었고 가정에서의 제 위치를 알고 있었다. 그는 절대로 젊은 미국 여자에게 사랑의 감정이 없다고 모티와 비라를 설득하지 못할 것이다. 그녀는 여행객이 아니라 관광객으로서-의미가 얼마나 다르건 간에-우연히 그의 호텔에 온 손님이었다. 그는 홀로 논쟁하며 방을 걸어 다녔다. 갑자기 분노가 솟구쳐 오른 그는 아무 생각 없이 좌절한 모습으로 창가로 갔다. 그리고 아주 친숙하지만 오늘따라 더욱 장엄한 경치를 바라보았다. 태양이 물 위를 비추고, 호수 한가운데 서 있는 대리석 궁전이 그 강렬한 빛에 반짝였다. 마치 궁전 안에서 빛을 내고 있는 것 같았다. 인부들이 베란다, 광장, 계단 여기저기서 움직이고 있었다. 그는 버트 오스굿의 작은 모터보트가 자신이 서 있는 창가 아래 부두에서 나와 산산한 호수에 물결을 일으키며 나아가는 것을 보았다. 버트는 혼자였고 언제나처럼 서두르고 있었다. 배가 지나간 자리에서 거친 물보라가 일었다. 그것은 넓게 퍼지면서 물결이 되어 계단에서 씻고 있는 여인들에게 부딪쳤다. 저 성이 얼마나 공허해 보이는지… 이상하다… 이상하다!

갑자기 그는 굉장히 새로운 사실을 깨달았다. 부룩이 없기 때문에 호수 궁전이 공허해 보인 것이다! 날마다 그는 바쁜 줄도 모르고 이 창가에 서서 그녀가 묵던 방과 그녀가 식사하거나 바람을 쐬려고 앉아 있던 광장을 바라보았었다. 매일 그는 남몰래 그녀의 얼굴과 몸매 그리고 심지어 손 모양까지 자세히 보기 위해 독일제 망원경을 꺼내들고 가까이서 보았었다. 그것이 사생활 침해라고는 생각하지 않았다. 만일 그녀가 사생활을 원했다면 문이 닫힌 방 안에 머물게 하도록 말했을 것이다. 그녀가 밖에 있을 때는 그의 소유물이 되었다. 그는 어렴풋이 자신이 매우 인도인 같다는 것을 깨달았지만 그는 인도인이었고 다른 무엇이 되고 싶지 않았다. 그것은 인도인과 왕자였다. 때때로 초조한 밤이면, 특히 달빛으로 인해 조마조마할 때면 그는 침대에서 일어나 망원경으로 성을 살펴보았다. 두 번은 운이 좋았다. 자가트는 하얀색의 긴 가운을 입고서 테라스를 걷고 있는 그녀를 두 번 보았다. 그녀는 걷다가 일단 걸음을 멈추면 마치 그를 발견하기라도 한 듯 호수 건너편을 바라보았다. 언제나처럼 맑은 달빛은 그녀의 얼굴을 비추지 않았어도 그는 자신을 향하고 있는 그녀의 눈길이 느껴지는 것 같았다. 그 짙은 보랏빛 눈동자는 검은 속눈썹 아래서 빛났고 금발머리는 어깨까지 늘어뜨려 있었다.

이제 그녀는 사라졌다. 그는 그녀를 잃었다. 그는 창문에서 돌아서 신음했다. 분명 그는 사랑에 빠진 게 아니다! 자신의 일생을 송두리째 뒤흔드는 건 너무 바보 같은 짓이다. 그러나 전에는 한 번도 이렇게 한 여자로 인해 반쯤 화가 나면서 낙담한 적은 없었다. 그는 자신의 여자가 있었고 심지어 심취하기도 했지만, 그 여자가 여기 없다는 이유로 이리 상실감에 빠지고 절망한 적은 없었다. 참을 수 없는 이 욕망은 단지 육체적인 것이 아니라 있는 그대로 그녀의 전부에 관한 것이었다. 그는 만일 이것이 사랑이라면 마음이 매우 불편한 것이라고, 반쯤 성이 난 채로 생각했다. 단순한 육체적 욕구는 쉽게 충족할 수 있고 잊어버릴 수 있지만 이 정체 모를 혼란스러움은 어떻게 해결할 수 있을까? 그것은 무서운 초대였다. 어떤 여자도 아름다운 동시에 지적일 수는 없다. 하지만 그녀는 그렇기 때문에 남자에게 혼란만을 줄 뿐이다. 게다가 미국인으로서 가장 이해받기 어려운 사람이었고, 지구상의 모든 사람 중에 자신의 동포와 가장 다른 사람이었다!

그는 최근 들어 미국인에게 반감을 가지게 되었다. 그들이 인도 국민의 추앙을 받는 수상을 비난했기 때문이다. 예를 들어 고아Goa 문제에 대해, 미국 신문들이 앞 다투어 네루의 억압을 비난했던 적이 있다. 늙은 집사인 로드리게즈가 말했던 것처럼 고아인들조차 인도에 반환되기를 간절히 원한 땅, 포르투갈에게 빼앗겨 수백 년간 점령당해온 그 자국 영토를 인도로 되찾아오기 위해 연로한 정치인이 11년 동안 모든 노력을 기울였는데 이 얼마나 위선적인 처사인가!*

"사실은, 전하."

로드리게즈가 말했다.

"더 이상 멍청한 포르투갈인들을 참을 수가 없어요. 아, 그래, 전 기다렸어요. 왜냐하면 네루가 포르투갈과의 중재를 통해 정중히 미국에게도 영국처럼 물러날 것을 요청했기 때문이죠. 그러나 미국은

---

* 1510년부터 포르투갈은 서해안의 고아 지역을 인도령 수도로 삼았고, 1947년 영국으로부터 독립한 인도 정부가 고아 지방을 자국에 합병할 것을 강력히 주장, 포르투갈 간 긴장상태가 지속되었다. 마침내 1961년 12월 네루의 지시 하에 인도 군대가 고아로 쳐들어감으로써 고아는 1962년 인도에 합병되었다.

물러나지 않았고, 전 내 집을 떠났습니다. 이제 저는 인도인입니다."

그런데 자가트가 정작 알아야 할 게 있다, 자신은 단지 그 미국 여자를 사랑하는 것뿐인데 왜 이 모든 것을 지금 떠올리고 있는 것인가? 그러나 그를 압도한 것은 몸과 마음을 힘들게 하는 그녀의 매력이었다. 그렇다, 그는 생전 처음 사랑에 빠졌고 그 생각이 가슴을 파고들어 고통스러웠다.

"이것도 참아내야 하는가?"

그가 중얼거렸다.

정말로 죽음과 사랑, 두 가지 중 그것은 사랑이었고 가장 견딜 수 없는 것이었다. 그는 그렇게 생각했다. 죽음은 끝이다. 되돌릴 수 없으므로 그것은 받아들여야 한다. 하지만 사랑은? 그것은 연인들이 살아 있는 동안 존재한다. 이제 그는 서서히 커지는 기쁨에 가슴이 벅차오르는 것을 느꼈다. 그녀는 살아 있다! 그녀가 어디에 있든 살아 있고 그도 살아 있다. 그는 문 쪽으로 달려갔다. 그렇지만 잠깐… 자가트는 그녀를 찾고 싶을 걸까? 그녀를 찾는다면 그에게 무슨 일이 생길까, 어떤 불화, 어떤 혼란, 어떤 파멸이 있을까? 그녀가 미국인이라는 사실 하나만으로 절망적일 수 있다. 어쩌면 그는 현대 남성이란 점에서 조금 창피하긴 하지만 상대가 인도 여자라면 그런대로 그녀를 가족에 포함시킬 수 있다. 아니면 현대 인도인으로서 그녀를 델리나 안전한 거리에 있는 봄베이에 두고 만날 수 있다. 그곳에 할아버지가 전에 사두었다가 잊고 있던 영화 스튜디오가 있다. 그러나 부룩은 멀리 떨어진 곳에 둘 수 없다. 다른 평범한 여자라면 그것은 쉽고도 자연스러울 것이다. 그러나 그녀라면, 부룩이라면, 그녀의 민감하고 활발한 성격이 그런 무례를 용납하지 않을 것이다. 무엇보다, 솔직히 말하면, 그녀가 어디에 있든 그곳이 자신의 삶의 중심이 될 것이다. 그는 그녀의 특별하고 독특한 점을 알아보았다.

귀족적인 몸가짐에 내면의 오만과 영혼의 차가움이 밖으로 드러났다. 그녀와의 관계가 무엇이 되든지 만만치 않을 것이다. 그 관계를 시작하고 싶은가? 그녀 자신의 길을 가도록 하는 게 나을 것이다, 결말 없이 그녀를 내버려두는 게 나을 것이다!

자가트는 계속되는 생각을 참을 수가 없었다. 그는 방에서 서둘러 나가 넓은 대리석 계단을 빠르게 내려간 뒤, 부두로 통하는 아래층 문을 열었고 빈 모터보트에 뛰어올랐다. 그리고 엔진에 시동을 걸었다. 보트가 굉음을 내며 호수를 가로질렀다. 자가트는 반쯤 가다가 버트 오스굿을 만났다.

"당신과 얘기 좀 해야겠소!"

그가 소리를 질렀다.

"전하."

오스굿이 말했다.

"그 여자가 어디로 갔는지는 모르겠습니다. 공항으로 가는 차를 빌린 것 같던데요."

"전화해보시오."

자가트가 명령했다.

"어떤 비행기를 타고 어디로 갔는지 알아보시오."

버트는 어리둥절했다.

"물론 그러지요, 왕자님. 그걸 원하신다면요. 하지만 어쩌면 개인적인 일일지도 모르지요."

"당장 하시오!"

자가트가 명령했다.

그는 버트를 따라 호텔 사무실로 변경한 방으로 들어갔다. 그리고 의자에 털썩 앉아서 버트가 전화기 저편에 대고 물어볼 질문에 귀를 기울였다. 교환원을 기다리는 지루한 시간 동안 버트를 초조하게 쳐다보았다. 모든 창문이 열려 있었다. 그는 앉은 자리에서 호수궁전의 놀라운 변화를 볼 수 있었다. 벽과 창들은 모두 완성되었다. 실내장식가들이 안에서 작업하고 있었다. 그는 미국인 남자와 여자 두 명이 창문에 댈 문직 공단 가리개를 재는 것을 보았고, 가구 상자는 아직 개봉되지 않았다. 그는 일이 어떻게 진행되고 있는지 현장에 와서 봤어야 했다. 매일 왔다면 부룩이 떠나는 것을 몰랐을 리 없다. 그러나 그는 자신을 두려워했고 지금에서야 그 사실을 알았다. 언젠가 그는 제 감정을 두고 비밀스럽게 논쟁한 적이 있다. 그는 지난 4년 동안 애매한 관계를 유지해오던 정부情婦를 만나기 위해 두 번 헬리콥터를 불렀다.

"누구를 사랑하시나요?"

그녀가 밤에 물었다.

"당신이 아니오?"

그가 대답했다.

"전 아니에요."

그녀가 대꾸했다.

"전 당신을 잘 알아요, 전하. 당신은 이방인을 사랑하고 있어요, 사랑하기를 두려워하는 사람… 아니면 당신을 사랑하지 않는 사람. 저를 속일 수 있을 거라 생각하지 말아요! 사랑은 제 일이고 남자들이 제 고객이니까요."

"그렇지만 그 여자의 이름은 모르오."

그가 말했다. 그는 그녀의 검은 머리타래를 들어 올렸다 다시 내려놓았다. 한번쯤 그 머리타래를 제 입술에 댔을 수도 있다.

"그녀의 이름을 모른다고요, 잘됐네요."

그녀가 끈질기게 말했다.

"그렇지만 두려워서 당신 스스로에게도 말하지 않을 거예요. 말해보세요, 백인인가요?"

그는 다시 웃고 나서 그녀의 질문에 대답하지 않은 채 열정적인 사랑을 나누었다. 이제 그는 누구를 사랑하는지 알았다, 그렇다, 물론 백인이었다.

"그녀는 봄베이로 가고 있어요."

버트가 말했다.

"그렇지만 곧장은 아니고… 전화상태가 좋지 않네요. 짐은 주후 호텔에서 확인되었고요."

자가트는 벌떡 일어났다.

"충분해."

그가 소리쳤다. "내가 돌아온다고 연락할 때까지 기다리시오!"

어머니와 딸, 이 두 명의 여자는 모티의 거실에 앉아 있었다. 자가트가 나간 뒤 한동안 둘은 아무 말도 없었다. 그때 비라가 침착하고 확고한 목소리로 침묵을 깼다.

"어머니, 전 학교로 다시 돌아가지 않을 거예요. 곁에 있게 해주세요. 너무 오랫동안 떨어져 있었어요. 학교에서 배우지 못하는 걸 배울 필요가 있어요. 라지의 가족은 모두 인도사람이에요. 그들은 봄베이에 살지만 현대적인 인도인은 아니에요. 라지는 내가 인도인다운 아내가 되기를 바라요. 저도 그렇게 생각하구요."

모티는 고개를 숙인 채 그대로 있었다.

"어떻게 도와줄까?"

그녀가 나지막이 말했다.

"모든 것이 이제 변했어요… 영국인들이 지배하고 있을 때보다 심지어 더 많이 변했어요."

비라는 모티 옆에 무릎을 꿇었다. 그녀는 따뜻하고 생기 있는 제 두 손으로 모티의 가냘프고 지친 손을 잡고 쓰다듬었다.

"자이의 소식을 알 때까지만 여기 있게 해주세요."

"하지만 난 알고 있다."

모티가 갑자기 정신을 차리고 말했다.

비라는 어머니의 얼굴을 오래도록 쳐다보며 대답하지 않았다.

"만일 자이가 죽었다면 그가 생겨난 여기 뱃속에서 느꼈을 거야."

모티는 비라의 손에서 자신의 손을 빼 몸에 갖다 댔다. 갑자기 문이 열리더니 자가트가 다시 그곳에 서 있었다. 그는 허겁지겁 서둘렀다.

"내가 자이를 찾기 위한 노력을 계속해야 한다면 가야 할 것이오."

그가 소리쳤다.

"란지트가 짐을 꾸리고 있어요. 그가 나를 따라올 것이오. 어디서부터 시작해야 할지 모르지만 제일 먼저 뉴델리로 가서 군 기록을 찾아볼 겁니다. 어쩌면 봄베이로 갈지도 모르오. 그곳 병원에 자이의 연대 소속이던 대위가 부상을 당해 누워 있어요. 그는 두 다리를 잃었소. 비라, 학교에서 돌아온 상황이고 여름방학도 가까워졌으니 네가 어머니와 함께 있는 게 좋겠다."

그는 인상 쓰던 것을 멈추고 입을 꽉 다물었다.

"명심해⋯ 오스굿과 실내장식을 잘 살펴보아라. 나는 마음이 산란해서⋯ 그들이 무얼 하고 있는지 모르겠다⋯ 지하실에서 죄다 끄집어내고 있어. 난 모든 것을 인도식으로 장식하되 편안함을 위해 미국식으로, 현대적으로 하길 바라지만⋯."

그가 강한 눈빛으로 쏘아보는 바람에 두 사람은 대답할 엄두도 내지 못했다.

"내 말 듣고 있니, 비라?"

그가 호통을 쳤다.

"네, 아버지."

비라가 대답했다.

"그리고 반드시 결혼식을 미뤄야겠군요."

모티가 부드럽게 말했다.

그가 돌아섰다.

"결혼식?"

"비라의 결혼식이요."

"아, 그래, 물론. 만일 비라가…."

"괜찮아요."

비라가 대답했다.

"라지도 이해할 거예요. 그는 졸업장을 받고 난 다음 달에 저를 보러 올 거예요. 결혼한 뒤 그는 영국으로 갈 거구요. 그가 돌아올 때까지 기다릴 수 없어요."

"기다려야 한다."

자가트가 으름장을 놓았다.

"지금 내가 이 어리석은 여정에 나서니까."

마음속 깊이 죄책감을 느낀 그는 이를 감추기 위해 무례하게 두 여자에게 화를 냈다. 감히 그의 결정에 반박해보라지! 무엇보다, 감히 부록에 대해 말해보라!

그러나 놀랍게도 대담하게 말한 쪽은 비라였다.

"그 미국 여자도 같이 갈 건가요, 아버지?"

그녀가 물었다.

그는 너무나 순진한 그녀의 얼굴을 바라보았다.

"왜 그리 멍청한 질문을 하느냐? 난 그녀가 어디 있는지도 모른다."

"왜요?"

모티가 중얼거렸다.

"누군가 그녀를 화나게 했소, 그게 이유요."

그가 대꾸했다.

"그녀는 화가 나서 멀리 떠나버렸어. 당신도 알잖소!"

그는 속을 너무 많이 드러냈고 비라가 기회를 포착했다.

"그럼 그녀가 멀리 떠난 게 문제가 되나요, 아버지?"

그는 반짝이는 검은 눈동자로 비라를 보았다.

"아니…. 그녀가 호텔의 첫 번째 고객이라는 것만 빼고는… 그녀는 고객들을 연결시켜줄 수 있는 사람이고, 부유하지. 사람들에게 이곳에 오라거나 오지 말라고 이야기 할 거다. 그녀에게 뭐라고 말했지?"

"별 말 하지 않았어요, 아버지… 그냥… 수다지요."

"사업을 망치는 건 여자들의 수다라고!"

그는 이 험악한 분위기에서 자리를 떴다. 그가 떠난 뒤 모녀는 한숨을 쉬고 다른 이야기를 했다. 한 시간 뒤 비라는 어머니가 쉴 수 있도록 홀로 남겨두고, 불안한 마음에 충동적으로 배를 불러 호수궁전으로 출발했다.

청춘들, 비라와 버트

버트 오스굿은 호수궁전의 유리침실에서, 한 세기 전 유럽에서 사들인 뒤 지하실의 상자에 넣어두었던 거대한 샹들리에를 꺼내고 있었다. 먼지와 더위로 짜증이 난 그는 미국인 실내 장식가들에게 투덜거렸다. 장식가들은 인도인 인부 6명과 함께 궁전을 현대식 호텔로 바꾸기 위해 뉴욕에서 날아왔다.

"물론 아무도 이 유리침실을 쓰지 않을 겁니다."

버트가 말했다.

"이것은 너무 음란하고 우스꽝스러워요. 늙은 왕과 그의 연인이 여기 커다랗고 이상한 유리침대에서 이 거울 벽과 천장에 크게 비춰지는 걸 상상해봐요… 오, 신이시여, 한 쌍이 위, 아래 그리고 네 개의 벽에 보인다고 생각해봐요…."

그는 열린 문 쪽에서 들려오는 고운 목소리에 말을 멈추었다.

"그녀는 아마도 매우 아름다웠을 거예요."

그가 올려다보았다. 옅은 분홍진주색 비단 사리를 걸친 비라가 문가에 서 있었다. 그녀의 사리 가장자리는 샌들의 색과 맞춘 은빛이었다. 그녀를 한눈에 알아본 버트의 얼굴이 붉어졌다.

"비라…비라 양!"

그가 더듬거렸다.

"최악의 순간에 오셨군요! 지금은 더러운데… 보시다시피… 아, 이쪽은 뉴욕에서 온 알파 배론과 그 남편이에요… 우리 실내 장식가들이죠."

비라가 고개를 끄덕이며 미소를 지었고, 차분하고 무관심하게 문틀에 기대어 섰다.

"이 유리가구들은 본 적이 없어요… 하지만 들은 적은 있죠. 할아버지가 그리스 첩을 위해서 샀는데 꺼내서 사용하기도 전에 첩이 목을 매 죽었지요. 이제야 지하실에서 나오다니!"

"우리는 사용하지 않을 겁니다."

버트가 말했다. 그는 손수건으로 얼굴을 닦고 있는데, 보다 더러워졌다.

"전시용도 외에는 사용하지 않을 겁니다. 성의 이 부분은 마치 박

물관 같아요. 즐길 만한 가치가 있는 물건은 내가 모두 이곳으로 옮겨놓았어요."

"아름다운 물건들이죠."

알파가 숨이 차서 말했다. 그녀는 젊고 똑똑했으며 물들인 금발을 높이 올렸고, 치마의 길이는 무릎 훨씬 위에서 끝났다. 그녀는 습관처럼 남편을 잊어버리고 있다가 갑자기 생각나서 그를 대화에 끌어들였다. 얼굴이 둥근 그 젊은이는 딱 맞는 바지에 격자무늬 셔츠를 입고 있었다.

"그렇게 생각하지 않아요, 로니?"

그녀가 남편을 기억해내고는 말했다.

"아, 무척 아름다워요."

그가 동그란 눈으로 비라를 보면서 말했다.

"이 객실을 좋아하게 될 거예요."

알파는 언제나처럼 숨을 헐떡거리며 말했다.

"두꺼운 문직 공단으로 마감했어요. 지하실에 묶음들이 있더군요… 프랑스 제품이에요!"

"할아버지가 파리에 자주 가셨죠."

언제나처럼 이방인들에게는 무심히 비라가 말했다. 그녀는 버트를 향해 돌아섰다.

"첫 번째 고객은 어떻게 되었나요?"

"웨슬리 양이요? 그녀는 접수대 직원에게 몇 주 동안 멀리 가 있을 거라고 말한 것 같더군요."

"그녀가 돌아올까요?"

"어쩌면 돌아올 수도 있고 아닐지도 모른다고 말했어요."

"어디로 간다고 말하던가요?"

"봄베이라고 말한 것 같은데."

"왜 가는지 말 했나요?"

"아니오. 물어보지 않았어요. 그렇지만 갑작스러운 일이라. 그녀는 짐을 다 쌀 때까지 한 마디도 하지 않았어요. 전하께서 이곳에 계신가요, 비라 양?"

"한 시간 전에는 우리와 함께 계셨어요."

비라가 대답했다.

그녀는 짙은 속눈썹 아래로 버트의 먼지 묻은 얼굴을 바라보면서, 그가 아버지에 관한 질문은 마음속으로만 하고 더 이상 입 밖으로 내지 않기를 바랐다. 그녀가 그의 눈동자에서 본 것은 단순하고 명백한 동경이었다. 그리고 그녀는 사리의 은색 가장자리를 들어 올려 머리에 뒤집어썼는데 이 동작은 그녀의 아름다움을 감추기는커녕 장식을 단 격이었다. 버트는 비라가 짐작한 것과는 달리 자가트에 대해선 생각하고 있지 않았고, 그녀를 쳐다보지 않는 척했다.

"비… 비라 양."

그가 말을 더듬었다.

"우… 우리가 공사를 마친… 끝낸 방들을 한번 좀 보겠어요?"

"정말 보고 싶어요."

비라가 말했다.

"아버지가 당신들의 일에 대해 말씀하시는 걸 들었어요."

"그러면… 알파, 당신과 로니는 하던 일 계속하세요… 곧 돌아올게요. 잠시만 기다려주신다면, 비라 양, 다른 동에 가서… 얼굴만 닦을 수 있다면… 이런 모습을 보이게 되서 당황스럽네요…."

버트는 이야기하는 동안 제 손을 그녀의 팔꿈치에 대고 안내했는데 다른 동의 입구에서 그녀를 복도에 남겨두고는 문 안으로 들어가 버렸다. 물 흐르는 소리가 들리더니 잠시 후 그가 나타났다. 깨끗해진 얼굴은 불그스레하고, 붉은 머리카락은 곤추 서 있었다. 언제나처럼 활기찬 미소가 그의 얼굴에 번졌다.

"됐어요… 훨씬 낫군요… 셔츠도 갈아입어야 하지만 당신을 기다리게 하고 싶지는 않네요. 전 오랫동안 바라왔어요… 아세요… 지금 내가 하고 있는 모든 일에 대해서 당신은 어떤 의견을 갖고 있는지 듣고 싶었어요. 장식은 인도풍으로 하고 시설은 미국식으로 하고 싶어요… 마무리는 현대적으로, 모든 것이 편안하고 편리하지만 멋이 있어야죠… 인도의 멋. 생각대로 그것을 이룩했는지 모르지만… 알파는 가끔씩 조금 극단적이에요… 너무 과하지 않게 하는 것이 매우 중요합니다… 그런데 이 굉장한 것들을 지하실에서 발견하게 되어 정말 행운입니다… 아직도 거의 대부분이 박스에 포장된 채로 고스란히 있죠. 아주 멋질 겁니다, 성 전체가…."

그는 계속 떠들어댔다. 그녀는 그 생기 있는 젊음이 매력적으로 보였고, 자신을 사모하는 마음에 감동했다. 라지는 한 번도 그녀를 아껴주지 않았다. 물론 라지는 마음속으로 그녀를 생각했을 수도 있다. 비라는 그러나 미국 남자들은 곁에 있는 이 사람 같다고 들었다. 그들은 어머니부터 시작해서 여자를 열렬히 아끼고 사랑한다. 버트는 입을 벌린 채 그녀를 바라보고 있었다.

"방학이라 집에 온 건가요, 비라 양?"

"아니오."

그녀가 갑자기 결심한 듯 말했다.

"학교를 다 마쳤어요. 다시 돌아가지 않아도 돼요."

그는 머뭇거리다 말했다.

"동생 일은 들었는데 유감입니다. 저는 두 번밖에 못 봤는데…."

"네, 그것 때문에 집에 머물고 있기도 해요. 어머니께서 제정신이 아니세요… 그 소식을 들은 후로는…."

"아버지도 그러세요, 제가 보기에는. 이곳에 예전같이 관심을 쏟지 않으세요."

그녀는 잠깐 동안 대답을 피했다. 그러고 나서 말하기로 결정했다.

"어머니께서는 동생이 죽지 않았다고 확신하세요. 아버지가 그를 찾으러 가야 한다고 억지를 쓰세요."

두 사람은 좁은 복도 중간에 멈추었다.

"아, 저 그게…"

그가 비라의 예쁜 얼굴을 내려다보며 말을 더듬었다.

"그게 가능할지…."

"모르겠어요."

그녀가 그의 정직한 푸른 눈을 바라보며 말했다.

"우리 인도인들은 특이해요. 가끔씩 무언가를 느끼지요! 그렇지만 아버지는 가실 거예요… 벌써 가셨을지도 모르겠네요."

"어디로 가시는지… 짐작 가는 데라도…."

"몰라요." 그녀가 말했다.

"기다려봐죠."

두 사람은 좁은 통로에서 서로를 바라보며 아주 가까이 서 있었다. 그녀는 그가 자신을 향해 어떤 동작을 취하길 바라면서, 아니 기다리면서 다소곳이 있었다. 그는 어쨌든 그녀 같은 인도 여자들을 잘 알지 못했다. 그리고 남자는 공주를 단지 평범한 여자인 양 자신의 품에 안지 않는다.

"우리 이제… 저쪽에 계단이 있네요… 이쪽으로…."

그들 앞으로 내려가는 계단이 있어서 버트가 앞서 내려가 멈추었고, 도와주기 위해 그녀의 작은 손을 잡자 머리가 아찔해지는 것을 느꼈다.

......

버트는 비라를 태우고 떠나는 배가 잔잔한 호수 위를 가로지르는 것을 지켜보았다. 그제야 빈 방으로 가야 할 필요를 느낀 버트는 그 방에서 다른 사람들의 눈을 피해 자신의 내면에 있는 것을 찾아보려 했다. 지금까지 그는 인도를 단지 자신의 영업력을 발휘할 수 있는 새로운 사업장으로만 생각했다. 그는 순진하고 단순한 성격에 천성적으로 적응을 잘해서 세계 어디서든 단지 미국인으로서 편안하게 느꼈다. 그는 아마푸르의 거리에서도 고향인 오하이오의 작은 마을을 거니는 것처럼 자연스럽게 오갔다. 그는 자기 나라 사람을 대하듯이 인도사람을 대했고, 그들은 어리둥절해하거나 즐거워하고 기뻐했다. 그가 웃음을 주었으므로 인도인들은 상대가 무슨 말을 하는지도 모르면서 그를 엄청나게 좋아했고, 모든 것을 용서했다. 열정적인 그들은 버트도 자기와 같은 사람이라고 생각했고, 호수 너머 거대한 대리석 수문 계단에 발을 내딛는 순간부터 아이들은 그를 쫓아다녔다.

그는 이 모든 것을 이해했다. 고향 사람들과 이곳 사람들의 커다란 차이점을 인정하면서, 애매하지만 이들을 좋아하는 마음이 점점 더 커졌고 은혜에 보답할 수 있었다. 그러나 인도 여성을 이성으로 느끼게 될 거라고는 꿈에도 생각지 못했다. 그는 뉴델리에 있을 때, 자연스런 감정이긴 하나 어른답지 못한 호기심에서 사창가에 들른 적이 있다. 그는 차례대로 철장에 갇힌 여자들이 지나가는 남자들의 시선을 받으며 선택을 기다리는 광경에 충격을 받았다. 어떤 여자들은 아이까지 데리고 있었다. 모든 철장의 뒤에는 커튼이 쳐진 공간이 있었는데, 남자 고객이 여자를 고르면 그곳에서 기운을 회복했다. 매춘에 어떤 환상을 가지고 있는 버트였지만 이런 종류의 탐닉은 혐오스러워했다. 그는 한 철장에 있던 꼬마 소년에게 돈을 몇 푼 주면서 웃음으로 유혹하는 그 여인을 격려한 뒤, 굉장히 분노하며 그곳을 벗어났다. 걸어가면서 퉁명스럽게 고개를 저었다.

그러나 이 소녀, 비라, 그녀는 진정한 공주님이었다. 그는 그녀의 검은 눈동자, 양쪽이 깊게 패인 사랑스러운 입, 부드럽고 수수께끼 같은 목소리를 떠올리고 있는 자신을 발견했다. 그녀에겐 순수하면서도 남자를 유혹하는 무언가가 있다고 생각했다. 그는 생각에 잠긴 채 가만히 있다가 개처럼 몸을 떨었다.

"정신 차려, 버트."

그가 나직이 말했다.

"넌 오직 사업차 이곳에 온 거야."

그러고 나서 설계대로 돌아갔다.

비라는 궁전의 자기 방으로 돌아와서 사리를 넣어둔 상자를 열고 하나씩 세기 시작했다. 언제나 비라가 어디 있는지 마음을 쓰는 늙은 하녀가 그녀를 찾으러 왔다.

"아가씨."

하녀가 외쳤다.

"왜 사리를 세고 계시나요? 몇 개인지 말씀드릴게요. 101개입니다."

"전부 보고 싶어."

비라가 말했다.

"이 중 몇 개는 자네 딸에게 주어야겠어. 결혼하게 되면 적어도 100개는 더 가질 거야."

"딸들이 얼마나 좋아할까요."

하녀가 소리쳤고 합장하며 감사를 표했다.

비라는 말없이 웃기만 했다. 타지와 결혼하든 안 하든, 그녀들은 새로운 사리를 입고 기뻐할 것이다. 비라는 그 미국인이 푸른 눈으로 감탄하며 자신을 바라보던 모습이 마음에 들었다. 그녀가 한 번도 보지 못한 찬미의 눈빛이었다. 라지는 검고 생기 있는 눈으로 분명히 평가하고, 어쩌면 짐작이겠지만, 절대로 자신을 공경하지는 않았다. 인도에는 적어도 숭배하며 사랑할 수 있는 여신이 없다. 칼라*를 경외심에서 숭배할 수는 있지만 복수심이 느껴지는 그 잔인한 얼굴은 사랑받을 수 없었다.

"이 두 벌은 가져가지 마요, 금색과 은색 말이야."

비라가 하녀에게 말했다.

"그리고 순백색의 사리도 가져가지 마."

그날 밤 비라는 어머니에게 갔다. 멀리서 한 아이가 부채를 부치고 단둘만 테라스에 앉아 있을 때, 그녀는 밤의 열기에 숨이 막힌 듯이 말을 꺼냈다.

"제 결혼을 정말 미루고 싶어요, 어머니!"

"왜 그러느냐?"

모티가 물었다.

"마음속의 슬픔이 사라질 때까지 기다리고 싶어요. 기쁜 마음으로 결혼식장에 들어서고 싶어요. 그게 라지에게도 좋을 것 같고요."

모티는 잠시 생각해보았다.

"어쨌든, 네 아버지가 돌아오실 때까지 아무것도 할 수 없구나."

모티가 마침내 말했다.

"언제 떠나시나요?"

---

* 힌두교의 시바 신인 칼라의 비妃. '접근할 수 없는'의 뜻을 지닌 두르가 또는 파르바티라고도 하며, 본래는 독립된 신격이었으나 시바의 배우자로 차츰 특성을 잃게 되었다. 남편의 성격인 암흑과 음침한 면을 대표하면서 무서운 형상의 광포하고 잔인한 신으로 변하여 민간신앙의 대상이 되었다. 칼라가 인격화한 신이 칼리란 말도 있다. 여덟 개의 팔을 가진 그녀는 힌두교의 여신 중 가장 숭배받는 것으로 알려져 있으며, 특히 힌두교의 샤크티파Shaktism에서 숭배한다.

"내일 동이 트기 전에 떠나신다."

"언제 돌아오시나요?"

"누가 알겠니?"

침묵이 흘렀고 점점 더 분위기가 무거워져서 비라는 더 이상 참을 수가 없었다. 그녀는 의자에서 일어났다.

"자러 가요, 어머니. 오늘밤은 달빛조차 뜨겁네요."

"잘 자거라, 얘야."

모티가 대답했다. 그녀는 차갑고 가냘픈 손을 내밀었고 비라는 허리를 굽혀 그 손을 뺨에 댔다.

"안녕히 주무세요, 어머니."

재회, 지금 여기 함께 있다는 것

자가트는 몇 시간 동안 돌아다닌 끝에 부룩을 주후Juhu의 인파 속에서 찾아냈다. 호텔의 모든 사람이 그녀를 알고 있었지만 아무도 그녀가 어디 있는지 자가트에게 말하지 못하는 것 같았다. 접수대 직원이 그녀가 방에 없다고 전해줬다. 그랬다, 숙박을 하면서도 전화는 받지 않았다. 직원이 7층으로 열쇠를 가지고 올라갔다. 객실을 확인하고 돌아온 직원은 손님이 짐을 풀지 않았고, 옷장에는 옷들이 걸려 있지만 그녀는 없다고 전했다. 웨이터는 두 시간 전 그녀가 테라스에서 아침을 먹었다고 말해주었다. 코코넛 야자나무 주변에서 해변 감시원은 부룩을 찾는다는 이야기를 듣고 그녀가 파도 속에서 수영하고 있다고 외쳤다. 그리고 조류가 30분 내에 바뀌기 때문에 그녀가 수영을 잘한다 해도 바다로 쓸려 나갈 수 있다고 걱정했다.

"수영복을 가져오시오!"

자가트가 소리쳤다.

"내가 그녀에게 가겠소."

그 소년은 해안에서 멀리 떨어진 작은 점을 가리켰고, 자가트는 거친 바다 속으로 뛰어들었다. 그리고 뒤에서 부룩을 잡고 육지로 헤엄쳐 나오게 했다.

"어떻게 그리 어리석어요?"

짠 바닷물에 숨이 막힌 자가트가 헐떡거리며 말했다.

"이 해안이 얼마나 위험한지 알아요?"

그녀는 모래사장 위에 몸을 던지며 물었다.

"내가 여기 있는 걸 어떻게 아셨죠?"

"물론, 호텔에 물어봤어요. 그런데 왜 봄베이에 온 거예요?"

그녀는 똑바로 누웠다.

"혼자서 벗어나고 싶었어요, 그리고 여기서는 아무도 몰라요."

그녀는 솔직한 눈으로 올려다보았고 그는 그녀의 보랏빛 눈동자와 바닷물에 젖은 짙은 속눈썹을 유심히 보았다.

"내가 당신이 싫어할 만할 일을 했나요?"

그가 추궁했다.

그녀는 고개를 저었다. 그는 계속했다.

"당신이 여기 온 게 나와 무슨 상관이 있는 거죠?"

그녀는 잠시 생각했다.

"대답은 '그렇다' 예요. 그러나 중요한 것은… 얼마나?"

"얼마나 뭐요?"

"얼마나 당신과 관계가 있냐는 거예요."

"무엇이 얼마나 나와 관계가 있다는 거죠?"

"내가 벗어나고자 했던 것."

"탈출이요?"

"그래요. 전 달의 아이예요. 게자리로 태어났죠."

"그런 말도 안 되는 걸 믿다니!"

"그렇지 않아요. 그러나 달의 아이들은 본능적으로 움츠러들죠."

"언제요?"

"스스로의 질문에 답할 수 없을 때요."

"나에게서 벗어나고 싶었단 건가요?"

"네."

"그래서 바다에 몸을 던졌군요!"

그녀가 웃었다.

"그건 아니에요… 조류가 바뀌는 바로 그 순간을 느껴보려고 했어요."

"너무 늦은 것 같네요. 이곳은 인도의 바다라고요. 어떻게 그 주기를 알 수 있나요?"

"그래서 흥분되는 거예요."

"그 흥분이 사람을 통해서도 느껴지나요?"

"보통은 안 그렇죠."

"내게는 특별히 그런가요?"

런던과 파리에도 백인 여성들은 있었다. 하지만 그의 관심을 끄는 것은 그녀의 하얀 피부가 아니었다. 그녀의 아름다움도 아니었다. 그는 강인하고 날씬하면서도 품위 있는 그녀의 몸매, 부드러운 살결, 완벽한 골격을 보았다. 무엇보다 그 다양한 매력 뒤에 자리한 그녀란 존재의 힘을 느꼈다. 그는 여성 내부의 인격체에 관심을 가지고 끌려본 적이 없었다. 그러나 지금 그는 놀랍게도, 그녀를 여성의 자리에서 떼어놓고 생각하고 있다.

"그래요."

그녀가 마침내 말했다.

"당신에게는 특별하죠."

그는 위에 서 있다가 비라 옆에 누웠다. 무슨 말을 해야 하나? 그는 뜨거운 모래 위에 누워, 바다에서 헤엄쳐 나오느라 아직도 진정되지 않은 심장소리를 들으며 지금 이 순간 빠져나올 수 없는 그녀의 성격과 맞닥뜨렸다. 보이는 것처럼 차분하고 초월하여 무심하기도 하지만, 어떤 것도 그녀의 성격이 아님을 그는 알고 있었다. 그리고 그녀는 낮고 강한 목소리로 자신과 그에게 말하고 있었다.

"당신은 낯선 사람이에요. 당신을 알고 싶지는 않지만 어디에 있든 함께 있기를 원해요. 심지어 난 당신의 나라나 언어를 모르기 때문에 당신이 어떤 남자인지 알지 못하지만 평생 동안 당신을 찾고 있었다는 건 알아요. 나에 대한 당신의 감정을 모르니 신경 써야겠지만 나는 그렇게 하지 않아요. 내 세상의 반은 당신 것이 아니고 당신도 마찬가지예요. 그리고 내가 이해할 수 없는 방식으로 서로를 알 때까지 우리는 한 사람이 될 수 없어요. 당신은 나이가 많아요… 그래요, 왜냐하면 인도인들의 오랜 역사가 당신 안에 있기 때문이죠. 그리고 나는 젊어요. 우리나라가 젊고, 젊음이 우리가 가진 전부이기 때문이죠. 그렇지만 각자 모르는 것이 무엇이든 간에 서로 알 수 있을 때까지 충분히 살 수는 없어요…. 그리고 내가 어떤 이유로 무슨 말을 하고 있는지는 모르지만 당신이 어디에 있건 그곳에 내가 있을 거라는 것만은 알아요."

어둠 속에서 마치 목소리만 들은 것처럼 다른 것들은 완전히 그의 의식에서 제외되었다. 지중해처럼 파란 바닷물 위로 태양이 빛나고 있으나 그는 보지 못했다. 자신의 마술을 큰소리로 소개하며 지나가던 마술사가 걸음을 멈추고 두 사람을 쳐다보아도 자가트는 이를 알아채지 못했다. 그는 말을 꺼내다 말고 깜짝 놀랐다. 자신의 말에 깃든 그 진부함 때문이었다.

"내게는 아내와 아이들이 있어요."

그녀는 쏘아붙였다. "당신의 아내나 아이가 되겠다는 게 아니에요. 당신에게 무엇이 되든… 만일 어떤 것이라면… 그건 완전히 별개의 사람이에요. 난 자신만의 공간을 만들어요."

"어떤 공간이요?"

"저도 모르는데 어떻게 말하겠어요?"

"사랑을 말하는 건가요?"

"당신이 의미하는 사랑은 아니에요!"

"남자와 여자 사이에는 오직 하나의 사랑만 있어요."

"당신에게 느끼는 감정이 사랑인지 모르겠어요. 그저 연민이라고 느껴져요, 전에 느꼈던 것보다 훨씬 강한 연민이요. 그리고 난 내 마음을 따라가요. 당신이 어디 있든 그곳에 제가 있어요, 몸은 아니라도 영혼이 있어요."

그는 일어나서 그녀를 내려다보았다. 이제 그녀는 발을 모래에 파묻고 제 사랑스러운 얼굴을 자가트 쪽으로 향하고서 일어나 앉았는데 그 얼굴이 아이처럼 순수하고 꾸밈없었다. 그는 그녀를 일으켜주기 위해 손을 내밀었다.

"나와 함께 가야 해요."

그가 힘주어 말했다.

두 사람은 해변을 나란히 걸어서 테라스로 향하는 계단을 올라갔다. 거기서 그들은 멈추었고, 그녀는 그의 안내를 기다렸다.

"아침 일찍 떠나요."

그가 말했다.

"오늘 오후 아들의 시위관이 부상으로 입원해 있는 병원에 가봐야 해요. 저녁식사 때 만날까요… 7시 정도가 어때요?"

"좋아요."

그녀가 말했다.

두 사람은 인사를 나누고 진지하게 헤어졌다. 방으로 간 그녀는 씻은 후 옷을 입고는 이상할 정도로 차분히 가방에 짐을 쌌다. 자가트는 그녀를 찾으러 왔다. 그것은 그녀가 예상했으면서도 두려워했던 일이다. 만약에 그가 온다면 그것은 '깨달았다'는 의미라고 스스로에게 말했었다. '내가 그를 알듯 그도 나를 안다. 만일 그가 오지 않는다면 내가 착각한 것이니 나의 길을 갈 것이다… 어디로? 어디든지, 어쩌면 다른 나라로 나 자신을 찾아서, 내가 속한 곳을 찾기 위해 떠날 것이다.'

푸른 바다에 나가 있을 때 갑자기 나타난 자가트를 보고 그녀는 놀라지 않았다. 그녀는 순간 그가 올 거라고 생각하고 있었음을 깨달았다. 사실은 그가 오리란 것을 확신하고 있었다. 이 남자에 대한 감정이 너무 강해서 그녀 자신만 그렇지는 않을 거라고 생각했다. 그 강한 힘 때문에 둘 다 서로를 잡고 있는 거라고 확신했다.

"그러나 그건 사랑이 아니야."

그녀는 큰소리로 말했다.

"마치 아주 오래전부터 알고 있었던 것처럼 더 깊고 강한 무엇이야."

그녀는 혼자 있고 싶어서 전화로 점심식사를 자신의 거실로 가져오라고 일렀다. 그리고 냉방중이라 닫아놓은 창가에 앉아 조용히 맛있게 먹었다. 그녀는 그에게 정직했고 언제나 그럴 것이다. 내숭을 떨거나 사랑의 줄다리기를 하는 것은 그들 사이에 있을 수 없다. 그녀는 그에게 아무것도 숨기지 않고 거짓으로 꾸미지도 않을 것이다.

병원은 부상 당한 병사들로 붐볐다. 자가트가 젊은 대위를 찾는데는 족히 30분이 걸렸다. 대위는 거의 자이만큼이나 매우 젊었다. 그는 침대에 누워서 천장을 바라보고 있었다. 엉덩이 아래쪽이 평평한 것이 두 다리가 잘렸음을 알 수 있었다. 그의 얼굴은 고통으로 뼈만 앙상하고 창백했다.

자가트가 손을 내밀었다.

"자이의 아버지입니다."

대위의 야윈 얼굴이 밝아졌다.

"당신이 봄베이에 있다는 말을 들었습니다, 전하. 그렇지만 직접 저를 만나러 오실 줄은 꿈에도 몰랐습니다. 제가 찾아뵙지 못해서 죄송합니다."

그는 다리 쪽을 가리켰다.

"결국, 모두 잘라내야 했습니다. 괴저가 생겼거든요."

"유감이네요."

자가트가 한숨을 쉬며 말했다.

젊은 대위는 동정을 거부했다.

"아, 다리 없이도 잘 지내는 법을 배울 겁니다. 전 지네가 아니거든요. 그렇지만 자이에 대해서 이야기해 보지요. 우리는 친구였습니다, 그와 나… 제가 네 살 위지만 저도 자이와 조금은 비슷한 왕족 출신입니다. 그가 예감하고 있었던 거 아시나요? 그 전날 밤 우리는 영국에 대해 이야기 했습니다. 저도 가본 적이 있습니다. 그렇지만 자이는 아쉬운 듯이 그곳에 가보지 못할 거라고 말했습니다. 제가 이유를 묻자 그저 상상이 가지 않는다고 말했습니다. 무슨 뜻인지 물어봤죠. 그는 검은 커튼이 제 마음속에 쳐져 있는 것 같다고 했습니다. 또한 이것은 자신이 얼마나 다른 나라에 가보고 싶어하든 절대로 인도를 떠날 수 없음을 의미하는 거라고 말했습니다. 그 말은 정말 생소했는데, 자이는 그것이 죽음을 의미한다고 믿었습니다. 그러고 나서 우리는 환생에 대해 이야기 했고 둘 중 한 명이 죽어서 다시 태어난다면 어떻게든지 연락하자고 약속했습니다. 그에게서 아

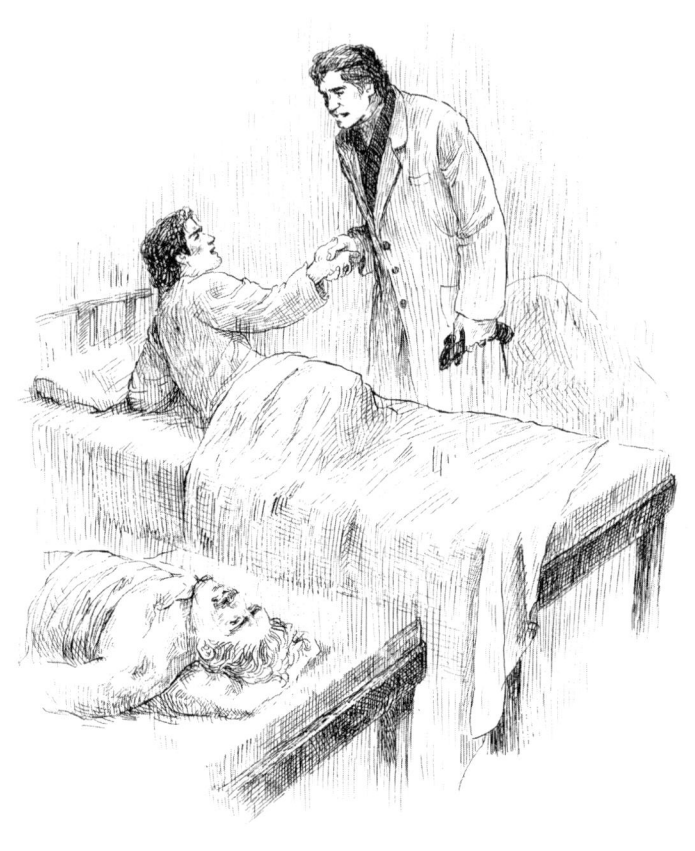

중국군과의 전쟁에서 인도의 수많은 젊은 병사들이
목숨을 잃었다. 자가트의 외아들도 그중 한 명이었다.

아들의 지휘관을 만나러 간 자가트.
"두려움을 몰라서가 아니라 당신을 위해서 그런
겁니다, 대위."

직 아무런 소식도 듣지 못했지만 누가 알겠습니까? 제 생각엔, 어쨌든 그가 정말 예감하고 있었던 것 같습니다. 중국군들은 대단히 잘 무장하고 있었습니다. 언제나처럼….”

"아들은 너무 일찍 죽었어요."

자가트가 말했다. 그는 슬픔에 목이 메었다.

"이렇게요." 젊은 대위는 손가락을 튕겨 보이며 말했다.

"자이는 내가 쓰러진 뒤에 언덕 위에서 군인들을 이끌고 있었습니다. 중국군이 가까운 거리에서 그에게 수류탄을 던졌습니다. 순식간에 그는 죽고 말았습니다."

"받아들여야겠지… 죽음이 그의 운명이라면."

자가트가 말했다.

"자이는 용감했습니다."

젊은 대위가 말했다.

"제 자리를 맡길 만큼 믿음직했습니다."

"그래요, 용감했지요." 자가트가 동의했다.

"두려움을 모른 게 아니라 당신을 위한 겁니다. 그 녀석을 데리고 호랑이 사냥을 가곤 했는데 무서워했지요… 그래요, 눈에 보이더군요. 그렇지만 한 번도 두려움 때문에 포기한 적은 없었어요."

"그것이 용기입니다."

젊은 대위가 희미하게 말했다.

"이젠 본인의 몸만 생각하세요."

자가트가 말했다. "오직 자기 몸만 생각하세요…."

자가트는 몇 분 뒤에 떠났다. 젊은 군인의 얼굴에 곧 피로감이 비쳤다. 달리 더 무슨 말을 하겠는가?

· · · · · · ·

"하지만 어떻게 이걸 받아들이겠어요?"

부룩이 말했다.

두 사람은 호텔을 나와 차로 주후 비치 맨 끝자락의 좁은 길을 지나고 있었다. 반대쪽 끝에 위치한 호텔은 화려한 객실, 야자나무가 드리워진 테라스 그리고 바다가 보이는 전망을 가지고 있었다. 이곳에는 비참한 판잣집들이 가시덤불 속에 숨어 있었다. 태양은 가혹하게도 누더기를 걸친 아이와 지친 여자들 위에서 빛나고 있었다. 그 광경은 가난으로 인해 처참했지만 그렇게 슬프지만은 않았다. 몸은 야위었어도 아름다운 사람들 때문이라고 생각했다. 헝클어진 머리 아래로 그들의 눈이 커다랗게 빛나는 동시에 이상한 생기로 반짝였다. 거기서 성적 매력이 강하게 발산되었다. 한번은 부룩이 리오 데 자네이로(브라질의 큰 항구도시)에 머문 적이 있는데 저녁 무도회에서 유명한 과학자를 만났다. 둘은 서로에게 곧바로 끌렸지만 강한 호감을 느끼지 못해 즉흥적이고 오래가지 못했다. 춤을 추는 동안 두 사람은 이야기를 나누었다. 과학자가 부룩에게 하루 동안 무얼 했는지 물으며 대화를 시작했다.

"마을에 갔었어요."

그녀가 대꾸했다.

"아주 끔찍하죠, 그렇지 않던가요?"

브라질 남자가 뻔뻔스럽게 물었다.

그녀는 수동적인 질문의 성격을 이해했다. 그의 국민들을 옹호해 달라는 것이었다!

"아주 끔찍해요."

그녀는 차분하게 동조했다.

"하지만 그들의 눈은!"

"그들의 눈이 어떤가요?"

그가 물었다.

"아주 생기 있어요."

그녀가 말했다.

"아주 강렬해요…"

"성적인 강렬함이죠."

그가 단언했다.

"굶주린 사람들은 모두 강한 성적 매력이 있어요. 그건 확실히 삶을 지속케 하는 자연의 이치입니다. 몸이 굶주리면 곧 죽을 거란 걸 압니다. 그러니까 다시 빨리 그리고 자주 출산을 해야 합니다. 이것으로 당신과 잘 먹고 잘 사는 당신의 동포들이 항상 불평하는, 가난한 나라의 인구과잉을 설명할 수 있습니다."

"어떻게 생각해요?"

이제는 자가트가 부룩에게 물어보았다. 오직 자가트로만 보이기 시작하는 이 왕자, 이 잘생긴 인도 남자의 표정이 조금 전과 같이 신중해졌다. 그녀는 브라질 과학자와 있었던 일을 설명했다.

"그가 옳다고 생각해요?"

그녀가 물었다. 자가트가 어깨를 으쓱했다.

"어쩌면요! 그리고 어쨌든, 우리는 생명을 존중해요. 생명을 탄생시키므로 사랑의 행위는 성스러운 겁니다. 그래서 우리나라의 가장 성스러운 사원에서도 신과 여신이 사랑을 나누는 광경을 볼 수 있습니다. 또 남근 모양의 상징물도 볼 수 있는데 창조의 기관을 나타내기 때문에 성스러운 것입니다. 우리에게 사랑을 나누는 것은 죄가 아니라 아름답고 즐거운 일입니다."

그녀는 자가트의 말에 저도 모르게 흥분되는 것을 느끼고는 그를 쳐다보았다. 그의 옆모습이 도도하고 수려했다. 남자란 얼마나 낯설고 이해하기 힘든 존재인가! 감정이 복받친 그녀는 자신의 손을 뻗어 무릎에 놓인 그의 강인하고 검은 손을 잡으려다 참았다. 그녀는 감정이 상해 갑자기 화제를 바꾸었다.

"저 아름다운 소년을 봐요…. 안타깝네요. 그렇지 않아요, 헐벗고 굶주린 모습이? 교육의 기회도 없고요."

"그것이 무엇이든지, 그건 그의 운명이에요."

자가트가 강하게 말했다.

그녀는 문득 그에게 화가 났다. 어떻게 이리 매력적인 남자면서도 그녀의 말에 동의하지는 않는 것인지?

"다른 사람의 저런 운명을 받아들이는 것이 당신에겐 쉽겠지요!"

"그래야 하니까 받아들이는 거예요."

자가트가 말했다.

"그러나 그들을 잊지 않아요. 그들 역시 각자의 방식으로 살아가는 내 나라 사람들이에요."

"저들은 누구죠?"

"어부들… 그리고 주류 밀매업자들이에요."

"주류 밀매업자라고요?"

"다른 이유지만, 미국인들이 한때 금주령*이라 불렀던 규제가 이곳에도 있는지 몰랐나요? 술은 우리 종교에서 금지되어 있어요."

그녀는 아직도 자가트에게 화가 나 있었다.

"하지만 부유한 인도인들이 저 호텔에서 서양 사람들에게 할당된 술을 나누어 마시기 위해 그들과 친분을 나누는 걸 봤어요. 심지어

---

* 1920년에 실시되어 1933년에 폐지된 미국 내 금주법을 말한다. 제1차 세계대전 참전에 따른 전시의 식량절약, 작업능률 향상, 맥주 생산자인 독일인에 대한 반감 등 여러 사정이 겹치면서 전국적인 금주화 바람이 불었고, 1920년 1월 법이 발효되었다. 그러나 갱들 주도의 밀수·밀송·밀매·무허가 술집 등의 위법이 판을 쳤으며 사실상 1929년 공황이 몰고 온, 이른바 '월가(Wall 街)의 대폭락'으로 유명무실해졌다.

내게도 접근하던데요! 처음에는 내가 매력적이어서 그런 줄 알았죠."

그녀는 말을 멈추고 웃었다.

"곧 이유를 잘 알게 됐지만요. 그건 내가 얼마만큼의 술을 할당받았기 때문이었어요."

자가트는 당당했다.

"두 가지 다 이유죠, 의심할 필요도 없어요!"

그녀는 원래 기분으로 돌아갔다.

"하지만 이런 판잣집들을 받아들인다면… 그럴 필요가 있나요?"

"그들은 여기서 수천 년을 살아왔어요. 바람과 폭풍에 부서지고 세월의 흐름에 썩어갔지만 그들은 다시 짓고 또 지었어요."

"왜죠?"

"간단히 피할 수 있는 곳을 마련하기 위해서요. 여기서는 충분한 이유예요. 캘커타를 직접 볼 때까지 기다려봐요. 사람들은 일생 동안 지붕 하나 없이 태어나서 살다가 죽지요."

"그런데 왜 받아들이는 거죠?"

자가트는 어깨를 들썩였다.

"우리는 삶을 있는 그대로 받아들이는 데 도가 텄어요."

"당신은 발뺌하고 있어요. 당신의 아내는 아들의 죽음을 받아들이지 않잖아요. 그러니까 모순되는 말을 하고 있어요…"

두 사람은 오늘 아침에 초조해 있었다. 그는 그녀가 그 이유를 아는지 궁금했고, 모를 것이라고 단정했다. 하지만 그는 매우 잘 알고 있었다. 어제 저녁 그는 앞으로 서로를 한층 더 잘 알 수 있으리란 희망을 버리고 나서 그녀와 일찍 헤어졌다. 그는 그녀가 신중한 방법으로 자주 침묵함으로써 자신을 방어한다는 것을 느끼자 그 자신도 움츠러들었다.

"우리는 내일 매우 일찍 떠나야 해요."

그가 말했었다.

"당신을 늦게까지 붙잡아두고 싶지 않아요. 내일은 긴 하루가 될 겁니다. 얘기할 시간은 많아요."

그녀가 식탁에서 너무 빨리 일어나는 바람에 그는 자신의 말을 듣고 그녀가 자리를 떠나려는 줄 알았다. 만약 그가 저녁식사를 빨리 끝내지 않았다면 그녀는 무슨 생각을 했을까? 그럼에도 두 사람은 방문 앞에서 헤어지면서 서로 손을 잡고 오랜 시간 머물렀다. 그녀의 눈을 내려다보면서 그는 자신을 완전히 통제할 수 없었다.

"우리 사이의 이 감정은 무엇일까요?"

그가 물었다.

"당신을 오래전부터 알았던 것 같아요."

"우정이에요."

그녀가 말했다.

"그리고 우정에는 언제나 전에 만난 것 같은 느낌이 있죠… 환생 같은 거 말이에요."

"벌써 환생을 믿나요?"

"어쩌면 항상 믿어왔을지도 몰라요."

그녀가 순진한 눈을 들어 그의 얼굴을 바라보았다. 순간 그는 그녀의 손을 놓거나 둘 사이에 문이 닫히지 않길 바랐다. 그리고 어머니가 자신을 가르치면서 펼쳐들곤 했던 《바가바드기타》*의 한 구절을 떠올렸다. 그는 맑고 낭랑한 목소리로 그 구절을 암송했다.

---

* 힌두교의 3대 경전 중 하나. '거룩한 신의 노래'라는 뜻으로 고대 인도의 대서사시인 《마하바라타》 가운데 제6권에 든 철학·종교 시.

"'선한 일을 하는 사람은 악한 장소에 절대로 가지 마라. 그는 수많은 시간 동안 살아왔던 고결한 장소로 가서 부유한 가정에 다시 태어난다… 다시 태어나면 예전에 가지고 있던 기억을 되살리고 더욱 진지하게 완벽을 위해 노력한다.'"

시를 듣고 있던 그녀는 넋을 잃었고, 그는 그녀의 얼굴에서 처음으로 자신을 흠모하는 눈빛을 보았다. 그것은 새로운 느낌이었다. 그의 가슴이 들떴다.

"잘 자요."

그가 부드럽게 말했다.

"푹 자요. 내일 다시 만나요… 내일, 그리고 내일, 그리고 내일."

자가트는 어제 부룩에게서 부드러움을 느끼고는 놀랐다. 새로운 사랑일까? 아니면 그는 전에 사랑을 전혀 몰랐던 걸까? 그러나 오늘 아침 그는 다시 변한 걸 느꼈다. 그녀는 그에게서 소원해지고 약간 짜증이 나 있었다. 그녀의 기분에 따라 분위기가 바뀌는 것을 알았지만 그는 언제나 간단히 이해했다. 어젯밤에는 성적으로 흥분돼서 안절부절못하고 잠도 제대로 이룰 수 없었다. 이른 아침에 그녀의 방문을 두드릴까 하는 장난스런 생각을 했고, 아니면 전화로라도 그녀를 깨울까 했다. 성적인 갈증이 생길 때마다 모티에게 곧장 가던 버릇이 있어서 그는 약간의 반항심을 느꼈다. 하지만 어쩌면 이 미국 여자도 가슴을 졸이고 있는 건지도 모른다. 남자와 여자 사이에는 오직 우정만이 존재한다고 믿는 척하면서 말이다. 그는 화가 났고, 자신의 다양한 문제에까지 생각이 미쳤다. 호수궁전의 공사가 아직 끝나지 않았다, 비라는 라지의 귓가에 털이 나 있다는 이유로 제멋대로 결혼하기를 꺼리며, 모티는 프란시스 폴 신부와 독특한 신앙적 관계를 맺고 있다. 거기다 자신의 영토 안에 거주하는 주민들에 대한 부담감도 있다. 물론 그 지역은 더 이상 그의 책임 아래 놓여 있는 건 아니지만 대대로 내려오는 주민과의 신뢰관계로 인해 자가트는 그들을 신경 써야 하고, 그들이 굶주리지는 않는지 돌보아야 하는 것이다. 그리고 무엇보다도 모티, 그녀는 자이가 아직 죽지 않았다고 생각하고 있다. 그에게도 아들의 죽음은 참기 어려울 정도다. 그는 그 슬픔을 묻어버리려 노력했지만 아들의 죽음을 모티가 받아들이지 않으면서 슬픔이 되살아났다.

그는 주민들이 자신을 덜 상냥히 대하는 모습을 그녀가 보지 않거나 혹은 적어도 보지 않기를 바라는 마음 때문에 날이 서 있었다. 가끔씩은 주민들이 자신에게 냉담하더라도 이런 모습이 이방인들에게 보여서는 안 된다고 생각했다. 특히 그 자신이 사랑에 빠지지 않기를 바라는 이 아름다운 여자에게는 말이다. 이것은 그가 남몰래 부끄러워하던 감정이었는데, 서양 여자에 대한 이 새로운 감정에 신경이 곤두서는 바람에 분노와 슬픔 사이를 오가는 다른 걱정들도 덩달아 깊어졌다.

자가트와 부룩은 주후를 떠나 차를 타고 공항으로 향했다. 낡아빠진 비행기가 그들을 북쪽 무수리까지 데려다줄 것이다. 중국군과의 전장에서 사라진, 다르질링과 카림퐁 지역의 난민들에게 갈 필요는 없었다. 그러나 무수리 근처의 티베트 난민수용소 어디쯤에서 라마승으로부터 소식을 들을 수도 있었다.

부룩은 마치 그의 마음을 읽기라도 한 듯이 말했다.

"우리가 어디로 가야 할지 계획은 있나요?"

"티베트 난민들을 위한 수용소가 북쪽에 있어요."

그가 말했다.

"그리고 그들 중에 라마승이 있는데 국경의 최근 소식을 알고 있을 거예요."

"전에 다르질링을 방문한 적이 있나요?"

"아들 때문에 가본 적은 없어요, 하지만 딸 때문에 간 적은 있지요. 그 애의 학교가 거기서 가깝거든요. 영국이 오래전 대영제국 시절에 영국인 자녀를 위해 세운 유명한 학교예요. 하지만 지금은 인도인들도 다니죠. 비라는 그곳에 몇 년 동안 있었는데 학업을 다 마칠지 모르겠어요. 그 애는 곧 결혼할 거지만 이제는 시간이 없어서 엄마 곁을 떠나려 하지 않아요."

"결혼하기에 너무 어리지 않나요?"

"우리는 일찍 결혼한답니다. 특히 여자들은요."

"그녀가 사랑에 빠졌나요?"

"물어보지 않았어요."

순간 부룩이 멈추었다. 그들이 공항 내부를 지나 대기 중인 비행기 입구로 들어서는 중에 동력의 진동으로 비행기의 날개가 떨렸기 때문이다. 뒤에서 그들의 가방을 들고 따르던 수척한 짐꾼이 비틀거렸다. 야위고 검은 그의 몸에서는 땀이 반짝거렸다.

"물어보지 않았다."

그녀는 놀라서 다시 말했다.

"이건 중매결혼입니다."

그가 짧게 말했다.

"나처럼요."

"그럼 당신은 결혼할 때 아내를 사랑하지 않았다는 뜻인가요?"

"물론 아니지요."

그가 맞받았다.

"그랬다면 나는 매우 상스러운 남자가 되었을 겁니다. 내 아내는 우리 가족처럼 고귀한, 매우 신분이 높은 집안에서 왔어요. 우리는 결혼한 후로 서로를 알아가며 배워갔죠. 행복했던 것 같아요. 그녀는 내게 좋은 아내였고 나 역시 좋은 남편이 되기 위해 내 역할을 다했어요."

두 사람은 자신들을 둘러싸고 있는 군중에 떠밀려 발걸음을 재촉했다. 그녀는 인도의 군중과 세계 곳곳의 군중이 어떻게 다른지 배우고 있었다. 이곳의 사람들은 단지 움직이거나 살아서 서로 교류하는 것에 기뻐하며 밝게 지냈다. 각자 자신이 의도한 방향으로 가고 있는 것 같지만 모두 다른 사람을 배려하고 있었다. 다시 말하면 누구나 그 자신 안에 분리와 연결의 상반성을 가지고 있는데, 그것은 별개이면서 독립된 것이지만 아직까지는 전체적으로 얽혀 있다. 그녀는 새롭게 깨달은 이 생각을 자가트에게 말하려 했으나 그가 갑자기 손으로 그녀의 팔꿈치를 잡는 바람에 하지 못했다.

"서둘러요."

그가 말했다.

"자리를 예약해뒀지만 얼마나 오랫동안일지는 확신할 수 없어요. 우리가 타야만 확실히 할 수 있을 겁니다."

그들은 비행기에 탑승하여 자리에 앉았다. 기내는 이미 꽉 차 있었고, 부모와 함께 탄 아이들과 친척들로 발 디딜 틈이 없었다.

"안전한가요?"

그녀가 미심쩍은 듯 물었다.

"물론 그렇지 않죠."

그가 웃으며 대답했다.

"인도의 어떤 것도 안전하지 않아요. 우리의 생명이 우리 손에 달려 있죠."

그가 그녀에게 안전벨트를 매주었다. 한쪽 걸쇠가 없어서 누군가, 아마도 승무원이 커다란 안전핀을 달아놓은 것 같았다.

"자,"

그가 자신의 좌석에 기대며 말했다.

"이제 아무 일도 없을 거예요. 우리는 이곳에 함께 있어요."

그녀는 마지막 말에 특별한 의미가 있는지 알고 싶어서 그를 힐긋 쳐다보았고, 그런 건 아니라고 속으로 생각했다. 그의 잘생긴 얼굴은 온화해지고 차분해졌다. 항상 긴장하고 민첩하게 움직이던 눈썹이 그 순간만큼은 편안해졌다. 그는 그녀가 힐긋거리는 걸 보더니 다시 웃었다.

"네, 난 정상이에요, 고맙군요! 난 단지 두 가지 사실을 말한 거라고요. 우리는 여기에 있고, 함께 있다는 거요. 그게 지금 이 순간 내가 아는 사실입니다. 앞으로의 일은 시간에 맡겨둡시다."

둘은 특별한 즐거움에 젖어 들었고 그녀는 따뜻함을 느꼈다. 근심까지 사라졌다.

"환생에 대해서 말인데요."

그녀가 뜬금없이 말을 꺼냈다. 사실 환생을 생각하고 있었던 건 아닌데 그냥 저절로 입에서 튀어나왔다. 그녀 자신도 놀라서 말을 멈추었다.

"환생이 왜요?"

그가 물었다.

"그냥 나는 오늘 그것을 완전히 믿게 되었어요. 인도인들이 내게 미친 영향 때문이죠. 이곳에서는 어떤 것도 믿을 수 있어요!"

"어쩌면 내가 영향을 준 것 같네요!"

만약 그가 부룩이 교태를 부릴 것이라고 기대했거나 그것을 바랐다면 그는 실망했을 것이다. 그녀는 솔직히 생각해보고 나더니 그를 보았다.

"아마도 오직 당신 때문일 거예요."

그녀가 동의했다.

그는 '오직'이란 작은 말에 동작을 멈추었다. 그녀의 무릎 위에 편안히 놓인 작은 손이 나란히 앉은 이후로 줄곧 눈에 들어왔다. 그는 행여 그녀의 손을 잡고 어루만질까 봐 자신의 손을 꽉 깍지 끼고 있었다. 이제 더는 참지 못하고 그녀의 손을 잡으려는 순간, 녹색 사리를 입은 승무원이 그를 막았다. 그 여자는 미소 띤 얼굴로 그 앞에서 쟁반을 들고 있었다.

"전하."

그녀가 지나치게 강조하며 말했다.

"아름다운 동행분과 함께 모시게 되어 영광입니다. 단것 좀 드릴까요? 멀미에는 매우 좋습니다!"

그는 부룩에게 말했다.

"단것 좀 먹을래요?"

부룩은 고개를 저었고, 그는 꿀 빛깔의 작은 조각 두 개를 먹었다. 그동안에 승무원은 부룩을 열심히 보느라 떠날 줄을 몰랐다.

"이제, 됐네."

자가트가 날카롭게 말했다.

"아, 죄송합니다."

승무원이 미소 지으며 중얼거리고는 자리를 떠났다.

둘은 의미 있는 시선을 교환했다.

"승무원이 당신을 알아보네요."

부룩이 말했다.

"이제 당신도 알걸요."

그가 대답했다.

"상관있어요?"

부룩이 생각에 잠겼다.

"그녀가 날 안다는 게 무슨 뜻인지 모르겠네요."

"무슨 뜻이든… 신경 쓰이나요?"

두 사람의 눈이 마주쳤다.

"아뇨. 내가 당신에게 호감을 가지고 있다고 말하지 않았던가요?"

이제 엔진이 회전하며 비행기가 천천히 움직이더니 점점 속도가 빨라졌다. 엔진이 소리를 내면서 오랫동안 활주로 끝에 멈추어 있었다.

"내가 무서워하는 순간이 지금이에요."

자가트의 오른쪽 귀로 입을 가까이 대며 부룩이 말했다.

그는 돌아서서 부드러운 머리카락을 그녀의 작고 예쁜 왼쪽 귓가에서 치우고, 잠깐 동안 보더니 가까이 다가갔다.

"내가 좋아하는 순간이요."

그가 말했다.

"아슬아슬한 순간."

그는 망설였고, 그녀는 그에게서 떨어지는 중에 따뜻한 입술이 귀에 닿는 것을 느꼈다. 다음 순간 그들은 땅에서 하늘 위로 솟아올랐다.

장마철 전의 흙먼지에 더욱 커 보이는 달이 떠올랐다. 그 커다란 달과 함께 뉴델리에 밤이 찾아왔다. 자가트와 부룩은 아소카에서 저녁을 먹었다. 자신들에게 쏟아지는 타인들의 시선이 느껴졌으나 둘 다 무시하기로 했다. 자리에서 일어난 사람들은 일부러 두 사람의 탁자 앞을 지나가면서 자가트에게 말을 걸었다.

"안녕하세요, 전하."

"건강하신 모습을 보니 반갑습니다, 전하."

"여기 오래 머물렀나, 자가트, 이 친구야?"

자가트는 침착하게 대응했다. 미소 띤 얼굴로 이 모든 인사에 오른손을 흔들어 답했다.

"저 사람들은 당신을 소개받고 싶어하네요."

그가 부룩에게 말했다.

"하지만 난 그럴 생각이 전혀 없어요."

반면 여자들은 멀찌감치 떨어져서 지나갔고, 탁자 너머에서 시선을 보냈다.

"이곳에서 사적인 비밀은 없을 겁니다."

자가트가 마침내 말했다.

"또한 내가 직원들 모르게 당신의 방으로 가거나 당신이 내 방으로 올 수 없고요. 어디 보자…"

그는 잠시 골똘히 생각하다가 손가락을 튕겼다.

"알았다… 우리는 전에 했던 대로… 달빛 아래 타지마할을 다시 방문할 겁니다. 아그라로 가는 길은 즐거워요. 기억나요? 차를 부르겠어요."

그녀는 주저했다. 과연 밤의 달빛과 타지마할을 보기 위해 그리할 것인가? 이번에는 역시 위험할 것이다. 그녀는 이미 지금껏 어느 남자에게서도 느껴보지 못한 설렘, 호감보다 훨씬 더한 감정을 느끼고 있었다. 그러나 이러한 감정에 흔들려서는 안 되는 충분한 이유가 있다. 전에는 호감의 차원이었으나 지금은 마음이 끌리기 때문이다. 두 사람은 지성과 어떤 지적인 자만심에도 불구하고 감성의 힘이 너무 강하다. 그래서 감정이 지나치면, 즉 잘못되면 둘 다 파멸할 수 있다. 그러나 그녀는 이 시점에서 옳은 것과 그른 것을 정의할 수 없었다.

"왜 머뭇거리나요?"

그가 다그쳤다.

"조금 아마… 피곤한 것 같아서요."

"말도 안 돼요."

그가 말했다.

"당신이 나보다 피곤할 리 없어요. 당신은 장미 같아요. 그리고 지금 잠자리에 든다면 나는 동이 틀 때까지 한숨도 못 잘 겁니다. 난 당신과 타지마할 궁전을 다시 보고 싶어요. 이번에는 다른 느낌일 거예요."

그녀는 그의 남성적인 지배력을 즐기고 있는 자신을 발견하고 조금 놀랐다. 그리고 양보했다. 그녀는 일생 동안 고독했고 독립적이었으며, 지금까지 남자에게 의지하는 여자들을 비웃어왔다.

"두를 것을 가져와요."

그가 말했다.

"대리석 의자에 앉아서 연못에 비치는 타지마할을 보고 싶어요. 15분 뒤에 여기서 만나요, 그리고 잊지 말고 그 하이힐은 샌들로 바꿔 신어요!"

"예, 전하."

그녀가 갑자기 웃으며 말했다.

15분 후 두 사람은 다시 만났다. 그녀는 맨발에 인도 샌들을 신고 팔에는 공단을 댄, 털이 가벼운 하얀 산족제비 어깨걸이를 하고 있었다. 갈색 피부의 운전기사가 문을 잡고 차에서 기다리고 있었다. 자가트와 부룩은 도시를 벗어나 고속도로를 따라서 아그라로 향했다. 소가 끄는 마차와 다리가 긴 검은 염소 떼 그리고 경적을 울리는 자동차 사이를 지나가는 낙타 행렬이 왕래가 거의 없는 길 위에 끊임없이 먼지를 일으키고 있었다. 찬란한 달빛이 메마르고 건조한 주변의 땅을 비추고, 고속도로 양쪽의 바싹 마른 나무에는 그녀가 기억하는 독수리들이 잠든 채 검은 가방처럼 매달려 있었다. 그 풍경은 매우 고요했다. 하루가 끝나갈 무렵이었다. 두 사람은 나란히 앉아서 아무 말도 않고 있었다. 그러다 이제야 자가트가 부룩에게 다가가 오른손으로 그녀의 왼손을 잡고 부드럽게 쥐었다. 그녀는 깜짝 놀라서 얼마간 그 손을 **빼**내려고 하지도 않았다.

"우리를 시험해봅시다."

그가 말했다.

"우리가 자신에게 '그래 여기까지, 그리고 더 이상은 안 돼'라고 말할 정도로 강한지 봅시다."

그녀는 대답하지 않았다. 두 사람은 손을 잡은 채로 서로를 바라보는 대신 지평선 위 높은 곳으로 막 솟아오르는 달을 바라보았다. '제 깊은 마음을 이 남자에게 들키지 않도록 해주세요!' 만약 그녀가 손을 **빼**낸다면 이는 자신을 통제할 정도로 강하지 못하다는 것을 드러내는 것이다. 다행히 그녀는 자신을 간신히 통제할 수 있을 만큼은 강했다. 그녀는 이상하다고 생각했다. 남자들이 무도회와 저녁식사, 극장 그리고 축구경기에 자신을 데려갔을 때 얼마나 쉽고 부주의하게 그들의 손을 잡았었는지. 그러나 그것은 아무것도 아니었다, 그것은 그들의 바람이나 예상을 그녀가 최소한에서 충족시킨 것일 뿐 아무 의미도 없었다. 이제 남녀관계에 놓인 부룩과 자가트에게 손을 잡는다는 것은 위험**했**다. 그리고 그 행위가 인도인인 그에게는 어떤 의미일 것인가? 기억하건대 그녀는 예전에 워싱턴에서 중국 대사의 딸을 만난 적이 있다. 그 사랑스러운 동양 소녀는 미국 남자의 손을 잡는 것을 거절했었다.

"왜냐하면 손과 손이 만나면 마음이 깨어나기 때문이죠."

소녀가 부룩에게 설명했었다.

그 순간 자가트는 처음 잡았을 때와 같이 부드럽게 그녀의 손을 원래 자리로 되돌려놓았다. 그는 아무 설명도 하지 않았다. 그리고 얼마 뒤 말을 꺼내면서 그것이 타지마할 때문이라고 했다.

"우리 인도인들에게 타지마할은 단지 무덤이 아니라 사랑의 사원, 그 자체입니다. 각자 자신의 사원으로 여기지요. 그렇지만 나는 이것이 샤자한에게는 뉘우침의 선물이 아닐까 생각해봅니다. 그의 아내가 자신의 14번째 아이를 낳다가 숨을 거두었잖아요, 기억하지요? 어쩌면 살아 있는 동안 샤자한은 충분히 그녀를 아껴주지 않은 것 같아요. 그게 우리에게 주는 교훈이죠, 아마도… 말하기까지 너무 많이 기다리지 말라는 것."

그는 상대방의 대답을 기다렸다. 하지만 시간이 오래 지나자 그녀는 부담을 느꼈다.

"뭐라고 말해야 하나요?"

그녀가 물었다.

"뭐라고 말하고 싶은가요?"

그가 물었다.

"모르겠어요."

그녀가 말했다.

"정말 솔직히 모르겠어요."

"우리가 너무 일찍 왔네요."

그가 외쳤다.

"더 잘 알 수 있었는데."

역시 그녀는 아무 대답이 없었다.

두 사람은 거의 자정 무렵에 무덤의 대문을 지나갔다. 부룩은 이곳에 처음 왔던 일을 생생히 기억했다. 아직도 무덤의 전체적인 아름다움은 드러나지 않았다. 우뚝 선 그 무덤은 달빛에 뒤덮여 부드러워 보였다. 그리고 너무 꽉 차고 반짝거려서 하얗게 빛나는 그 대리석 건물이 마치 땅 위에 떠 있는 것 같았다. 아니, 달빛 이상의 무엇이었다. 그것은 삭사가 깨닫고 아름다움에 새로운 의미를 부여한 것이었다. 두 사람은 말없이 그 광경을 바라보며 서 있다가 잔잔한 물가를 천천히 걸었다. 무덤 쪽으로 가는 것이었다. 이윽고 무덤에

달빛에 빛나는 타지마할, 위대한 사랑이 일군
그 거대한 무덤 앞…
"무슨 생각을 하나요? 아니오… 당신의 생각까지
침범할 권리는 없지요."
"인생에서 내게 어떤 일이 닥치고 어떤 실망을
하든지 지금 이 순간만은 꼭 기억해야 한다고요."

서 조금 떨어진 곳에 멈추어 대리석 벤치에 앉았다. 무덤과 마주한 벤치였다. 이제 두 사람은 본능적으로 손을 꽉 잡았다. 긴장한 자가트는 이 친밀감을 유지하다가 더는 참지 못하고 그만둘 수밖에 없었다. 그는 일어나더니 부룩의 손을 자신의 팔 안쪽에 넣었다.

"어서요."

그가 말했다.

"가까이 가요. 달빛이 무척 아름다워서 조각을 자세히 볼 수 있어요. 모두 꽃을 조각한 거죠. 꽃잎은 완벽하고 꽃 중앙은 색깔 있는 보석으로 되어 있어요… 왕이 꽂아놓은 값진 보석은 아니지만 사실이에요. 아니, 무례한 영국 병사들이 오래전에 보석 대부분을 파냈어요, 기억나요? 그렇지만 영국인 총독은 그것들을 값이 덜 나가는 보석으로 대체했지요."

"전에 말했어요."

그녀가 말했다.

두 사람은 무덤 쪽으로 곧장 향해 내부로 들어갔다. 그녀는 대리석이 달의 금빛을 받아 따뜻할 거라 상상했다. 그러나 그것은 차갑고 부드러웠다. 자가트와 부룩은 빛과 그림자 속으로 천천히 걸어갔고, 마침내 석유램프가 불타고 있는 납골당에 도착했다. 그곳에 왕과 그의 사랑하는 사람들이 나란히 누워 있었다. 왕은 제 아내와 함께 누워 있어야 할 것 같았다. 어쩌면 그의 생이 슬프게 끝날 때, 자신을 위해 계획한 거대한 무덤에 혼자 묻히는 대신 기꺼이 그 자리를 나눌 것이다.

자가트는 아주 최근에 있었던 죽음에 엄숙해졌고 부룩은 그의 침묵에 동참했다. 두 사람은 다시 계단을 올라가서 나란히 걸었다 더 이상 손을 잡지 않은 채 앞서 타고 온 차로 돌아갔다.

차 문 앞에서 그녀는 멈추고 뒤돌아보았다. 그녀의 시선이 너무 오래 머물자 자가트가 그녀에게 물었다.

"무슨 생각을 하나요?"

여기서 그는 말을 멈추더니 당황했다.

"아니, 아니오… 당신의 생각까지 침범할 권리가 없지요."

그러나 그녀는 단순한 사실을 말했다.

"인생에서 내게 어떤 일이 닥치고 어떤 실망을 하든지 지금 이 순간을 기억해야 한다고 생각했어요."

잠깐 머뭇거리며 그가 대답했다.

"나는 이곳 아그라에서 두 아들을 잃은 악바르를 생각하고 있었어요. 그는 위인이라고 불릴 만하지요… 동의해요. 그에 관해 이야기해줄까요? 그는 엘리자베스 여왕 1세와 동시대의 사람이었어요."

"당신이 아니면 누가 얘기해주겠어요?"

그녀가 대답했다.

"좋아요… 차에 탑시다. 편안한가요? 자 그럼, 악바르! 그는 175센티미터 정도밖에 안 되는 중간키에 잔인함을 싫어했어요. 하지만 잔인해질 필요가 있을 땐 그렇게 했지요. 그는 아주 강하고 매우 용감했습니다… 맨손으로 호랑이를 죽이고, 아무도 감히 가까이 가려고 들지 않는 미친 코끼리를 탔어요. 그의 피부는 검었지만 눈동자는 '햇빛에 빛나는 바다 같았다'라고 전해집니다. 그는 성격이 불같고 우렁찬 목소리를 가진 진정한 왕이었어요. 한번은 근무 중에 잠이 든 점등병을 발견하고는 그 병사를 전쟁터에서 내쫓으라고 명령했습니다. 그러나 필요할 때는 감정을 통제할 줄 알았고, 매력적인 태도를 지니고 있었어요. 그는 높은 사람 앞에서는 위대해지고 미천한 사람 앞에서는 자신을 낮출 줄 알았어요. 언제나 첫 번째가 되고 싶어했는데 재치가 번뜩이고 너무 영리해서 참기가 쉽지 않았지요. 또한 기계를 좋아해서 목재와 금속을 다루는 것을 즐겼고 대포와 화승총을 만들었습니다. 위대한 경영자였습니다… 어떻게 그가 모든 세부사항을 통제했는지 공부한 기억이 나네요… 내겐 큰 교훈이었죠! 그는 하루에 오직 세 시간만 잤지만 읽거나 쓰는 걸 배우지 않았습니다. 그는 들어서 배웠지요… 또 신비롭고 훌륭한 대부분의 사람처럼 일생 동안 상념에 잠겨 있었어요. 그는 수장으로서 홀로 나라의 종교를 정립하려 했지요. 그리고 두 아들이 죽고 난 후, 시크리의 바위 안에서 살던 한 이슬람 성자에게서 아들 세 명을 얻을 거라는 예언을 들었어요. 그래서 그는 파테푸르 시크리, 즉 승리의 도시를 지었죠. 그곳은 여기서 멀지 않아요."

"그곳에 데려다줘요."

그녀가 말했다.

그는 어리둥절했다.

"지금이요? 이 밤중에 말이오?"

"밤이 끝나지 않았으면 좋겠어요."

그녀가 말했다.

몇 시간 뒤 두 사람은 파테푸르 시크리의 붉은 사암 벽 위로 동이 트는 것을 보았다. 그리고 그녀는 위대한 건축물의 위엄에 눌린 채 바라보았다.

"왜 이렇게 황량한 거죠?"

그녀가 물었다.

"왜냐하면 이곳은 사람들이 살기에 물이 너무 적기 때문이오."

그가 대답했다.

"이곳은 1570년에서 1585년까지 단지 15년 동안 수도였어요. 그러나 아바르의 가슴은 이미 찢어졌어요. 사랑하는 두 아들이 이곳에서 태어나 무절제한 생활로 젊은 나이에 죽었고, 그는 살릴 수가 없었죠. 아들에게 너무나 많은 것을… 죽음과 좌절!"

그녀는 그를 간절히 위로해주고 싶었지만 그럴 수 없었다…아직은 그럴 수 없었다.

현자에게서 환생 이야기를 듣다

"당신의 아들이 살았든 죽었든 그것은 문제가 아닙니다, 전하."

라마승이 자가트에게 말했다. 라마승은 놀라울 정도로 젊었다. 라마승은 모두 연륜을 가지고 있을 거라고 부룩은 생각했는데 이 승려는 24세 정도로 매우 젊었다. 자가트가 물어보자 그 라마승이 대답했다.

"무례함을 용서하세요."

자가트가 말했다.

"그렇지만 24세면 현자가 되기엔 너무 이른 나이 아닌가요? 당신은 내 아들보다 그렇게 나이도 많지 않은데요. 그런데 무수리에 있는 당신의 스승께서 추천하셨습니다."

자가트와 부룩은 이전에 산악지대의 마을에 들러서 자이에 관해 말해줄 수 있는지 임시 라마사원의 승려들에게 물어보았다.

"우리 중에는 없습니다, 전하."

그곳의 라마승려장이 대답했다.

"우리는 환생하지 않았습니다. 북쪽으로 50마일 더 가시는 게 좋겠습니다. 환생한 젊은 라마승을 만나실 수 있습니다. 그는 길가의 사원에서 시중을 드는 승려와 함께 살고 있습니다."

일러준 대로 그를 찾았고, 안으로 들어오라는 청을 받아들여 지금 그를 앞에 두고서 방석 위에 앉아 있는 것이다.

"티베트의 유명한 라마승이 나로 환생한 것입니다."

라마승이 대답했다.

"게다가, 다시 태어난 이후로 죽음과 삶에 대해 공부해왔습니다."

라마승이 확신에 찬 얼굴로 차분히 말했다. 그 목소리가 멀리서 울리는 것 같이 들렸다.

그들은 히말라야 산기슭의 마을 주변으로 새로 지은 작은 사원에 적을 두고 있었다. 티베트를 점령하고 있는 중국군을 피해 라마승은 자신의 동료와 동포들을 데리고 저 산맥을 넘어 걸어왔다. 피난처를 찾기 위해서였다. 남자와 여자 그리고 작은 아이들은 눈이 쌓인 데다 곳곳이 얼어 자칫하면 깊이 빠지고 마는, 높고 위험한 길을 넘어왔다. 그들의 지도자이며 인도자인 달라이 라마 자신도 함께 있었다. 그의 추종자들 중에 이 젊은 라마승이 있었다.

" '다시 태어난다는 것' 이 뭔가요?"

부룩이 물었다.

라마승은 슬픈 눈으로 그녀를 보았다. 그의 눈은 인도인의 눈처럼 크고 맑지 않았다. 속눈썹이 말려 있지도 않았다. 몽고인의 눈처럼 길게 찢어져 있었다. 신비한 눈이었다. 홍채는 꿰뚫어볼 수 없을 만큼 검고 희고 핏기 하나 없으며, 속눈썹은 굵고 쭉 뻗어 있었다. 인도인의 눈은 자주 흐리거나 열정적이고 그 흰자는 충혈되곤 하는데 몽고인의 눈은 차분했다.

"그것은 다른 사람의 몸으로 새롭게 태어나는 것입니다. 환생이라는 거지요."

라마승의 시선은 이제 그녀의 무릎에 놓인 손 쪽으로 향해 있었다. 시중을 드는 승려가 그들에게 뜨거운 버터차를 대접했고, 그녀는 맛을 보았다.

"꽤 맛있네요."

그녀가 놀라서 자가트에게 속삭였다.

라마는 마시지 않았다. 그는 마르고 창백한 두 손으로 은그릇을 쥐고 추위를 녹이고 있었다. 침묵 속에 시간이 흘렀다. 모두들 그가 말하기를 기다리고 있었다. 갑자기 그의 시선이 자가트를 향하더니 높고 특색이 없는 목소리가 허공에 울려 퍼졌다.

"당신의 아들이 새로 태어난 사람을 찾기에는 너무 이릅니다. 아들은 먼저 죽음의 3단계를 거쳐야 합니다."

"그 3단계가 무엇인가요?"

자가트가 물었다. 그는 이 기묘한 태도에 마음이 불편했다. 라마승은 양탄자가 깔린, 낮은 나무연단 위에 부처님처럼 다리를 꼬고 앉아 있었다. 초라하고 궁색한 방 안에 손으로 짠 양탄자가 석류석과 사파이어 그리고 옥으로 빛나고 있었다. 법복은 거친 오렌지색 양모였는데 짙고 풍부한 색감과 대조적으로 라마승의 밀랍처럼 흰 피부와 삭발한 머리는 창백한 금빛이었다. 앙상한 그 얼굴에서 눈만 번뜩이고 있었다. 라마승은 제 앞의 낮은 탁자에 찻잔을 놓고는 부처님처럼 자신의 손을 내려놓았다. 그러고 나서 말했다.

"죽음의 첫 번째 단계는 죽는 것입니다. 당신의 아들처럼 사자死者가 젊을 경우, 너무 이르고 맹렬하게 죽은 경우 그리고 처음엔 그가 죽었는지 모를 경우, 그는 여전히 살아 있는 사람들의 목소리를 듣고 보고, 자신도 아직 살아 있다고 생각합니다. 사람들에게 큰소리로 소리를 치고 그 소리를 들어주길 원하죠. 그러나 사람들은 이미 죽은 그의 목소리를 들을 수 없습니다. 사람들은 처음엔 시신 위에 머뭅니다. 그가 자신이라고 느끼지 못하는 그 시신 위에 말입니다. '이게 나야!' 하고 사람들을 향해 그가 얼마나 크게 외치던 간에 아무 대답이 없으면, 이제 그는 시신을 자세히 봅니다. 그리고 시신이 자신의 것이고, 더 이상 자신은 이 세상 사람이 아니란 것을 깨닫게 됩니다. 비로소 자신이 죽었다는 것을 알게 된 거죠. 이것이 죽음의 첫 번째 단계입니다… 죽었다는 사실을 깨닫는 것."

라마승이 말을 잠시 멈추었다. 그는 찻잔을 들어 마신 뒤 다시 내려놓았다. 자가트는 아무 말도 하지 않았고 부룩도 마찬가지였다. 두 사람은 매료되고 반쯤은 두려워하는 기색으로 라마승의 얼굴을 보았다. 자가트는 흰 눈 위에서 제 찢긴 시신 위를 맴돌고 있는 자이를 생각했다. 그리고 부룩은… 부룩은 무슨 생각을 하고 있을까? 그는 힐긋 그녀를 쳐다보았다. 그녀는 마치 꿈속에 있는 양 입을 벌린 채 강렬한 시선으로 라마승을 쳐다보고 있었다.

"부룩!"

자가트는 그녀의 이름을 부르는지도 모르고 날카롭게 외쳤다.

그녀는 멍하니 그를 향해 말했다.

"계속 말씀하시라고 해요…."

라마승은 자가트가 재촉하기 전에 이야기를 계속했다.

"두 번째 단계는 커다란 슬픔과 우울함입니다. 당신의 아들은 자신이 죽은 것을 깨닫고 외로움에 빠진 걸 느낍니다. 이제 누구와 이야기를 나눌 수 있겠습니까? 땅 위에 누워 있는 시신으로부터 도망칠 수 있을 뿐입니다."

라마승은 눈을 감고 얼마간 움직이지 않았다. 그러고 나서 깊은 한숨을 쉬었다.

"아들의 시신이 보입니다."

라마승이 속삭였다.

"아, 그래요, 잘생긴 젊은이군요… 그렇지만 슬프게도 다쳤습니다. 그래요… 그의 머리가… 반쯤 날아갔어요. 얼굴만은 다치지 않고 깨끗합니다… 수려하지만 생명을 잃었어요… 죽음의 가면처럼. 너무 젊어요, 너무 젊어! 그래서 그는 자신의 몸에서 떠나… 이미 눈 속에서 반쯤 얼어붙은 채 누워 있는 자신을 차마 볼 수가 없었지요.

이제 그에게는 소용없는 일입니다."

자가트는 신음소리를 냈다.

"내가 말하지 않았는데 그가 죽었는지 어떻게 알지요?"

"알아요, 압니다."

라마 승려가 속삭였다.

"그러면 말해보세요."

자가트가 다그쳤다.

"어디로 갔나요?"

라마승이 눈을 떴다. 그의 얼굴은 온화해 보였다. 그는 허공을 바라보았다.

"어디로든지요! 아들은 어디로 가야 할지 모르지만 오직 찢겨진 자신의 몸에서 멀리 가려고만 해요. 그는 구름처럼 떠다니며 방황하죠. 이것이 죽음의 두 번째 단계, 두려움과 슬픔의 시간입니다. 외로움이 너무 커져서 견딜 수 없지만 당분간 참아야만 합니다… 당분간."

자가트는 앞으로 몸을 기울였다. 무릎 위에 놓인, 그의 깍지 낀 손마디가 하얗게 변했다.

"당분간."

라마승이 말을 이었다.

"그렇지만 모든 것은 끝이 있지요. 두 번째 단계의 끝이 가까워지면 그는 위로의 말을 듣지요. 이 말은 자신 안에서 듣거나 모르는 다른 사람에게서 들을 겁니다. 그 목소리가 그를 편안하게 해줍니다. '두려워하지 마라.' 그 목소리가 들립니다, '자, 우리가 언제나 너와 함께 있을 거니까. 편안히 쉬어라, 네 슬픔은 이제 끝났다.' 이제 중대한 선택의 순간이 다가옵니다. 이것이 죽음의 세 번째 단계지요."

라마승은 다시 말을 멈추고는 마음속 깊숙이 무언가를 찾고 있었다.

"선택이요?"

자가트가 어리둥절해서 물었다.

"그 목소리가 그를 인도합니다."

라마승이 계속 말했다.

"그 목소리는 그가 환생할 것인지 아닌지를 선택할 수 있다고 말합니다. 만일 그가 다시 태어나지 않기로 한다면 천주에게 향하는 영원한 길로 가야 합니다. 다시 태어나기로 선택했다면 그는 인간의 세계를 찾아야 합니다. 아기를 갖기 위해 성스러운 의식을 치르고 있는 두 명의 연인을 찾아야 합니다. 남자의 것이 여자의 것과 만나는 바로 그 순간, 힘으로 수정체에 들어가 다음 생을 위한 장소로 배아를 차지해야 합니다. 죽음에서 환생까지 49일의 시간이 걸립니다."

"무엇으로 태어날 것인지 결정할 수 있나요?"

부룩이 숨을 죽이고 물어보았다.

라마승은 삭발한 머리를 가로저었다.

"그는 단지 환생할 것인지 아니면 천주에게 갈 것인지 여부만을 결정할 수 있습니다. 그가 실체를 바꾸는 데 있어서 시간의 지체는 없습니다. 그는 어디서 찾든지 자신의 기회를 잡아야 합니다. 남자든 여자든, 그의 선택에 따라 다시 태어날 겁니다. 그는 자신이 선택한 삶의 모든 기쁨과 괴로움을 받아들여야 합니다."

"만일 그가 갓난아이로 태어난다면 우리가 어떻게 알아볼 수 있을까요?"

자가트가 물었다.

"당신이 찾아야 합니다."

라마승이 단호하게 말했다.

"그의 고향 주변을 먼저 찾아보십시오. 그는 자신이 죽은 장소에서 멀리 갔습니다. 제 시신을 다시 보고 싶어하지 않아요. 어렸을 적 그가 제일 잘 아는 장소로 돌아올 겁니다."

순간 라마승은 새롭고 비범한 감정으로 자가트를 바라보았다.

"당신의 피는 잘 통하지 않고 심장은 슬픔으로 거의 멈추었네요. 죽은 아들에게 청해서 편안하게 해드리지요. 그렇게 해도 될까요?"

"그렇게 해주십시오…."

자가트가 대답했다.

라마승이 자이에게 말을 전했다.

"오 귀하게 태어난 자여, 내 말을 들으시오! 이제 당신은 순수한 현실의 밝은 빛 속에 있습니다. 이것이 진정한 우주입니다. 어떤 형태도 상징도 색깔도 없고 모든 선한 것의 참된 모습으로 그것은 비어 있습니다. 당신의 지혜는 지금은 비어 있지만 아무것도 없는 상태가 아닙니다. 그것은 오히려 순수한 지혜이고 빛을 주며 기쁨에 넘칩니다. 모든 선의 참된 의식입니다… 당신의 의식은 맑고 깨끗하며 위대한 빛의 덩어리에서 떨어질 수 없습니다. 당신의 의식은 탄생과 죽음이 없는, 그 자체가 변할 수 없는 빛입니다. 이것은 마지막 진실입니다… 신 자신이 단지 빛이며 당신 영혼의 빛입니다."

자가트는 편안하지가 않았다. 그는 큰소리로 외쳤다.

"오 성령이시여, 당신이 우리에게서 신을 앗아가셨나이다!"

"아, 인간이여."

라마승이 대답했다.

"당신의 영혼이 신의 빛이고 신이 당신의 영혼이라는 걸 모르겠어요? 아, 인간이여! 삶의 지혜는 어디 있습니까? 당신 자신이 어떤 일을 억지로 일어나게 하는 것보다 어떤 일이 당신에게 일어난다고 믿는 게 훨씬 쉽습니다! 인간의 동물적인 면이 진실을 보지 못하도록 하지요… 그 자신이 삶의 조건을 창조하는 사람이라는 것을."

이 말과 함께 라마승은 눈을 감고 계속 말을 이어갔는데, 마치 멀리서 들려오는 것처럼 이제 그의 목소리가 희미해졌다.

"당신의 아들이 낯선 나라에서 방황할 것 같지는 않습니다. 영혼은 자신의 육신이 제일 행복하게 살았던 장소에 머뭅니다. 그리고 그는 젊기 때문에 환생하지 않기로 결정했을 것 같진 않습니다. 노환과 병으로 죽고, 삶을 거부하거나 외로움에 익숙한 노인과 병자들이 신에게 가지요. 그러나 당신의 아들은 남자로서의 즐거움을 알지 못했고 아이도 없었으며 이룬 것이 없습니다. 그러니까 그는 돌아올 것이고, 다시 태어나기를 갈망하므로 방황하지 않을 겁니다. 그는 오두막이나 성 안에서 맨 처음 발견하는 수정체에 들어갈 겁니다."

"어떻게 그를 찾을 수 있죠?"

자가트가 다시 물었다. 열의가 있으면서도 어리둥절하고, 반신반의하는 모습이었다.

"당신은 부적을 가지고 있습니다."

라마승이 대답했다.

"당신은 그의 어린 시절 비밀을 알고 있지요. 그가 집에 있을 때 어떤 음식을 좋아했나요? 어떤 언어를 사용했지요? 기억나는 작은 사고가 있었나요? 다른 색보다 유독 좋아한 색은요? 그가 놀기 좋아하던 장소를 기억하나요? 그가 함께 호랑이 사냥을 했나요, 전하? 그리고 그가 제일 처음 호랑이를 죽인 것은 언제인가요? 이것들이 부적입니다."

라마승은 이내 침묵에 빠졌다. 얼마 동안 입을 열지 않을 것 같아서 두 사람은 일어나 합장을 하고 인사한 뒤 자리를 떠났다. 자가트가 앞장서고 부룩이 뒤따르면서 산 속의 차가운 공기를 갈랐다. 그들은 험하고 좁은 길을 걸었고, 라마승이 한 말의 비밀을 각자 반추해보았다. 그들은 라마승의 의견을 믿을 수 없었다. 하지만 이 산의 고독함, 고지의 적막함, 가파른 절벽 기슭에 있는 계곡의 깊은 그림

자가 미지의 사실이 가능할지도 모른다는 믿음을 주었다. 자가트가 말을 꺼냈다. 이제는 완전히 다른 이야기였다.

"나는 이 말을 따르고 싶어요… 뭐라고 해야 하나? 강신술?… 자이가 다닌 학교의 교장을 만나봐야겠어요. 그분은 내가 존경하는 영국인이고, 자이가 그 학교에 다닐 때 많은 도움을 주셨지요. 통찰력이 날카로운 분입니다! 그분이 나보다 자이에 대해 더 많이 알 거 같아요. 나는 자이를 아들로서만 보아왔지요. 크렌스톤 씨는 라마승과 그 모든 비밀을 판단해줄 겁니다. 그것에 영향을 받았다는 게 너무나 넌더리가 납니다. 그것은 너무 인도적인 것입니다."

"그렇지만 왜요?"

부룩이 대답했다.

"당신 말대로라면, 나도 영향을 받았어요. 사실 나는 자이가 다시 돌아올 거라고 믿기 시작했어요… 만약…"

그녀가 의아한 눈빛으로 말을 멈추었다.

"뭐가요?"

그가 물었다.

"자이가 신께 곧장 가지 않았다면요."

자가트는 심기가 불편한 듯 웃었다.

"아, 제발요… 나는 라마승이 자이의 소식을 들었는지 알아보려고 간 거예요… 이 승려들은 항상 모든 소문을 듣고 있으니까요. 많은 걸 기대하진 않았지만… 하찮은 것들이에요."

"그렇게 말하지 말아요!"

그녀가 날카롭게 말했다.

"왜 안 되죠?"

"왜냐하면 우리는 알 수 없잖아요! 우리가 모르는 많은 일들이 있다고요…"

그는 그녀의 눈에 맺힌 눈물을 보고 놀랐다.

"어서요."

그가 말했다.

"그 영국인을 만나봅시다. 매우 편안한 영국사람이에요! 아주 현실적이고, 우리 인도인과는 많이 다르죠! 우리가 그를 미워하지 않고 좋아하는 게 당연하답니다. 왜냐고요? 우리는 그가 필요하니까요!"

"네."

크렌스톤 씨가 말했다.

"자이가 전선으로 떠나기 전 저를 만나러 왔어요. 그가 통신병으로 지원한 게 아니어서 깜짝 놀랐죠, 자신감 있는 태도였습니다. 그가 당신의 아들이란 걸 아무도 잊지 못할 겁니다, 전하."

그들은 교장실에 앉아 있었는데, 산자락에 자리한 학교는 독수리의 둥지처럼 절벽에 매달려 있었다. 부룩은 자신이 앉은 곳에서 가까운 창문으로, 멀리 굽이쳐 나 있는 길을 보았다. 비포장의 좁은 나선형 길이다. 제2차 세계대전 뒤 미군이 남기고 간 고물 지프차가 유일한 생계수단인, 한 무모하고 마른 친구가 그녀와 자가트를 태우고 그 길을 올라왔다. 부룩은 이 자동차로 깊은 낭떠러지의 가장자리를 따라 올라오는 동안 겁에 질려 있었다. 그녀는 아래를 내려다보면서 자가트의 손을 꽉 잡았다.

"이것 봐요." 깜짝 놀란 자가트가 말했다.

"당신 손바닥이 젖었어요!"

그는 그녀의 손을 뒤집어 축축해진 것을 보았다.

"어쩔 수가 없어요."

그녀가 중얼거렸다.

"너무 무서워요. 항상 고소공포증이 있었어요. 무슨 뜻이 있어요… 그렇지 않나요? 뭔지는 모르겠어요. 그렇지만 떨어지지 않을 거라고 말하는 것은 전혀 도움이 안 돼요… 내 몸이 저절로 그렇게 되요. 아무리 스스로를 통제하려고 애써도 무서워요."

"아, 그럼."

자가트가 그녀를 달래며 중얼거렸다. 그녀의 손을 자신의 가슴에 갖다 댔다.

"자, 이제 당신은 안전해요. 영국인이 이 길을 만들었다고요… 지금도 영국 학부모들이 왕래하고 있고, 아이들은 버스를 타기 위해 산 아래까지 반쯤 걸어서 내려가요."

쾌활한 운전사도 아무 도움이 되지 못했다.

"전하."

그가 재잘거렸다.

"무서워하도록 두세요! 지난주에만 지프차가 이 길을 지나갔죠. 저는 그저 다른 차와 마주치지 않기만 빌어요."

그들은 다행히 어떤 차도 마주치지 않았고, 학교에 때맞춰 도착해서 영국 차茶에 크럼펫(핫 케이크의 일종)과 물냉이 샌드위치를 먹을 수 있었다. 그녀는 음식을 먹으면서 이야기를 듣는 중에도 다시 절벽 아래로 내려갈 일이 마음에 걸렸다.

"자이가 선생님께 와서 무슨 얘기를 하던가요?"

자가트가 교장에게 물었다.

크렌스톤 씨는 마치 고향인 서섹스를 한 번도 떠나지 않은 퉁명스러운 영국인처럼 차를 저으며 생각에 잠겼다.

"기억납니다, 나는 그가 징병되길 기다리는 대신 자원했다는 사실에 매우 놀랐다고 말했습니다. 이 말에 그는 자신은 당신의 아들이기 때문에 절대로 징병될 일은 없을 테고, 자신을 바치고 싶어서 자원했다고 대답했습니다. 그의 깊은 곳에 내가 한 번도 의심해보지 않은 신비한 무엇이 있습니다. 당신은 그를 당당한 청년이자 호랑이 사냥꾼으로 키우셨습니다, 전하. 그리고 그가 어떤 면에서는 아주 영국인 같았다고 생각합니다."

"우리 라지푸트 족은 조상대대로 호랑이 사냥꾼입니다, 선생님."

자가트가 되받았다.

"그렇습니다."

크렌스톤 씨도 동의했다. 그는 차를 반쯤 마시고 잔을 내려놓았다.

"자이는 자신이 호랑이를 죽인 것을 자랑스러워했습니다. 그러고 나서 어머니에 대해 이야기했지요. 전에는 한 번도 어머니 이야기를 하지 않았던 것 같습니다. 물론 왕비마마를 몇 번 뵙기는 했지요. 아주 아름다우시고 친절한 숙녀분이셨어요. 그러나 자이가 그분의 아들임을 안 것은 그 마지막 방문 때였습니다. 기억하기로는 그녀가 제게 한 번, 자이의 다른 면을 말씀해주셨어요. 자이가 아직 스스로를 찾지 못해서 예전의 그와 많이 다른 사람이 되지 않을까 생각했습니다. 그녀가 만다라*를 언급한 게 기억납니다. 그것은 우주이며 많은 형식으로 꽃피우지만 언제나 하나라고 그녀는 말했습니다. 그녀가 영적이라는 것을 알 수 있었는데… 환생을 믿으셨지요, 아시겠지만… 실제로, 제게도 꽤 영향을 주었습니다. 그녀가 제 자신을 위해 환생에 있을지도 모르는 진실이 무엇인지 찾도록 했습니다."

"그러면 당신도 확신했나요?"

부룩이 진지하게 물었다.

크렌스톤 씨는 주저하며 말했다.

---

* mandala 부처와 보살을 원형으로 배치한 불화로, 궁극적으로는 우주의 진리를 표현한 것. 밀교에 '깨달음의 경지를 도형화한 그림'이 있는데 여기서 발전한 것으로 알려짐.

"내가 이제껏 무엇에 대해 확신했다고 말할 수는 없네요… 웨슬리 양. 생각할 수 있다면 누구나 살아 있는 동안 의심을 품지요. 모든 사람이 저가 모르는 것이 아는 것보다 훨씬… 가늠할 수 없을 정도로 많다는 것을 알지 못합니다. 그러나 긍정적인 사람이지만 회의론자로서 말하면, 그 주제는 수세기 동안 너무나 많은 생각을 담고 있어서 한 사람이 전체를 종결지을 수는 없습니다. 이러한 이유에서 《바가바드기타》와 《우파니샤드》(고대 인도의 철학서)를 공부하기 시작했고… 맹세코,"

교장은 조금 당황스러운 웃음을 지으며 말을 멈추었다.

"고백하건대 너무나 큰 충격을 받고… 실제로, 그 저자들의 지혜에 압도되어서… 단 한 사람의 일생 동안 대부분의 시간이 유아기와 청소년기에 꼭 낭비될 필요는 없다고 생각했지요… 잠은 말할 것도 없고 먹거나 씻는 것처럼 일상적인 신체활동들도 말이죠… 이 책의 저자들은 그런 지혜를 축적할 수 있었을 겁니다, 그들이 누구건 간에요."

"자이를 마지막으로 만나기 전 이런 결론에 도달하셨나요?"

자가트가 물었다. 주의 깊게 듣고 난 그가 의자에서 앞으로 몸을 기울이고 팔짱을 끼었다.

"글쎄요, 그래요, 사실 그랬습니다."

크렌스톤 씨는 대답했다.

"자이가 조금 이상한 말을 한 걸 기억합니다. 그는 작전 중에 죽을 것 같은 느낌이 분명히 든다고 말했습니다. 그가 너무나 차분하게 말해서 놀랐지요! '학생, 살아남기 위해 매우 조심하길 바란다. 넌 아버지의 유일한 아들이야' 라고 나는 말했습니다."

"아들의 대답은요?"

자가트가 물었다.

"그가 말했죠, '물론 죽으려고 하지는 않을 겁니다. 그렇지만 만약 내가 죽으면'… 아니, 아닙니다, 그는 '내가 그러면… 그저 나의 길을 갈 겁니다, 그것이 무엇이든 간에.'"

건물 밖에서는 기도하는 소년의 목소리가 맑은 산 속의 공기를 가르며 울려 퍼졌다. 수업이 끝나자 아이들이 정원으로 뛰어나왔다. 절벽 쪽에 담이 둘러쳐진 정원이었다. 그 아이들을 보다가 부룩은 8, 9세쯤 되는 작은 소년이 담으로 뛰어올라 달려가는 것을 목격했다. 그녀가 소리쳤다.

"오, 안 돼… 저 꼬마 좀 봐요! 떨어질 것 같아요!"

크렌스톤 씨는 일어나더니 창을 열고 소리 질렀다.

"베글리… 담에서 내려와라… 빨리!"

교장은 소년이 아래로 내려올 때까지 기다렸다가 창문을 닫고 다시 자리에 앉았다. 인도 하인이 찻잔을 채우고 파운드 케이크 조각을 건네주었다.

부룩은 놀라서 아직도 가슴이 뛰었다.

"아이가 한 번도 떨어진 적이 없나요?"

"없어요."

교장이 대답했다.

"몇 년 전 주말마다 부모를 방문했던 작은 소년을 빼고는요. 그들의 집은 학교보다 더 높은 곳에 위치해 있었는데, 그 아이는 학교 규칙을 어기고 정원의 담 위를 걷고 있었지요. 불쌍한 아이. 그게 내가 자이에 대해 기억하는 사실입니다… 그는 한 번도 담 위를 걸어 다니지 않았어요."

"두려워해서 그런 게 아닙니다."

자가트가 말했다.

"그렇습니다, 그렇게 할 이유를 발견하지 못했죠."

크렌스톤 씨는 케이크를 조금 베어 먹고 기억을 더듬더니 말을 이었다.

"나는 자이가 《우파니샤드》를 읽었다는 것을 알고 꽤 놀랐고, 영어 번역본을 읽었다는 것에 조금 기분이 좋았습니다. 현대 인도인의 전형입니다! 그들은 자신의 뿌리를 찾지만 자신의 언어를 쓰지 않지요. 그들은 자신들이 배운 낯설고 새로운 영어를 사용해야 합니다."

"녀석의 엄마에게 의심이 가네요."

자가트가 말했다.

"그녀는 자이가 어리고, 막 듣기 시작할 때 큰소리로 성전을 읽어주었지요. 그리고 한동안 자이는 나와 친해지더니 제 엄마에게서 돌아섰지요. 그러나 어쩌면 다시 자이는 그녀에게 돌아간 것 같군요."

크렌스톤 씨는 찻잔을 옆으로 치우더니 면수건으로 입을 닦았다. 부룩은 교장이 이를 '냅킨'이라 부를 거라고 생각했다. 그러나 교장은 반쯤 명상에 잠겨 벌써 이야기를 풀어놓고 있었다.

"찰스 존스톤이 번역한 《카타 우파니샤드》에 이런 부분이 있습니다."

그는 눈을 감더니 약간 나온 배 위에 마르고 창백한 손을 깍지 끼었다.

" '현자는 절대로 태어나거나 죽지 않는다, 또한 어디에서 오는 것도 아니며, 무엇이 되지도 않는다. 태어나지 않았고 영원하며 태고의 이 오래된 것은 몸이 사라지더라도 소멸되지 않는다. (…) 작은 것보다 작고, 큰 것보다 크며, 이 자아는 사람의 가슴속에 숨겨져 있다… 몸 안에 있지만 형체가 없으며 불안정 가운데 안정적인 이 위대한 신, 자아를 이해할 때 현명한 사람은 후회할 수 없다.' "

영국인은 영어 단어들을 아주 명확하게 발음하면서 인도의 정신을 이야기하고 있었다. 그 부드러운 목소리가 음악 선율처럼 조용한 방 안에 퍼졌다. 아이들의 목소리는 이제 멀어졌다. 그들은 다른 곳으로 가서 뛰어놀았고, 이따금 소리치거나 웃는 소리가 들려올 뿐이었다. 크렌스톤 씨는 손님들을 바라보았다.

"그게 제가 말할 수 있는 전부인 것 같습니다, 전하… 이것이 위안이 된다면, 자이는 보기보다 어른스러웠습니다. 그리고 원기 왕성할 때 죽음을 생각했습니다. 실제로 그는 살아 있는 동안 죽음을 마주보고 있었고, 그에게 삶과 죽음은 하나였습니다."

교장은 일어나서 손을 내밀었다. 그의 손은 가늘고 살이 없었지만 영국식으로 상대의 손을 힘 있게 잡고 아래위로 흔들었다.

"안녕히 가세요, 얼른 보내드려야겠네요. 산 속에서는 해가 빨리 지고 어둠이 곧장 찾아옵니다. 어스름한 땅거미 속에서 그 험한 길을 내려가시면 안 됩니다."

교장은 두 사람을 베란다로 안내했다. 거기서 잠시 멈추고 서쪽하늘을 바라보았다. 황금빛 태양이 맞은편의 삐죽삐죽 솟은 산봉우리 위로 중간쯤 저물고 있었다. 황혼의 어둠은 이미 계곡 사이에 반 정도 그늘을 드리웠다. 자가트가 부룩을 재촉하며 돌계단 아래 차도로 내려가려는데 크렌스톤 씨가 그의 팔에 손을 올렸다.

"전하, 다른 아들이 있으신가요?"

자가트가 놀라서 멈추었다.

"딸밖에 없소."

"물론, 비라겠군요."

크렌스톤 씨가 말했다.

"이제야 자이가 그 아이에 대해서도 말한 게 기억나네요. 약혼을 했지요, 그런가요?"

"그래요… 아주 훌륭한 젊은이와."

"자이는 단지 사랑하는 짝이 아니라고 말했어요. 당신이 그녀의 의사와 반대로 억지로 결혼시키지 않았으면 좋겠다고 말했어요. 뭐라고 말했는지 정확히 기억해볼게요."

크렌스톤 씨는 창백한 손으로 눈썹을 만졌다.

"자이는 인생이 너무 짧다고 말했어요… 아니, 무척 값지다고 그렇게 말했어요. 정말 값지기 때문에 사랑 없이 지낼 수는 없다고 했습니다."

"자이가 그렇게 말했나요?"

"그가 분명히 그렇게 말했습니다… 여기, 당신이 서 있는 바로 이 계단에서. 우리는 작별인사를 하고 그는 뛰어갔습니다… 자이가 항상 계단을 뛰어 오르내리는 것을 아시죠… 우리는 그의 누나에 대해 얘기한 적이 없었는데 그가 난데없이 멈추더니 그녀가 우드스탁에 있는 학교로 돌아갈지 모르겠다고 말했고, 나는 그녀가 매우 똑똑하다고 들었는데 유감이라고 말했습니다. 그리고 대신 그녀는 사랑도 없는 결혼을 할 예정인데 그건 잘못된 것이라고 말했습니다."

"자이가 누이 얘기를 하다니 뜻밖이네요."

자가트가 뻣뻣하게 대꾸했다.

"물론 딸의 결혼은 집안간의 약속입니다. 하지만 그 애의 의견을 들어보았습니다. 우리는 적어도 그 정도는 현대화된 가족입니다."

"아, 글쎄요."

크렌스톤 씨가 두 사람에게 손을 저으며 조용하게 말했다.

"나는 단지 자이가 한 말을 전했을 뿐입니다."

자가트는 다시 한 번 교장에게 감사인사를 건네며 헤어졌다. 지프차 안에서 그는 주저하지 않았고, 부룩이 손을 내밀 때까지 기다리지도 않았다. 그녀의 손에 팔을 뻗어 자신의 두 손으로 잡았다. 길에서 차가 급하게 회전하자 그들은 절벽 위에서 거의 얼어붙었다. 그는 그녀의 머리를 자신의 어깨에 기대게 했다.

"눈을 감아요."

그가 명령했다.

"내가 우리 둘을 대신해서 볼게요."

순수한 사람에게는 부도덕도 순수하나요?

호수궁전의 테라스에서 비라와 버트 오스굿이 대리석 난간에 기대어 이야기하고 있었다. 자정이었다. 호수 건너편의 어머니는 옷을 갈아입는 동안 딸이 서쪽 건물의 자기 방 침대에 누워 있을 거라고 생각했고, 곧 잠이 들었다. 그러나 비라는 어머니의 방문이 닫히고, 나이 든 하녀가 그 문 앞에 마련된 자리에 누우면서 한숨을 내쉴 때까지 기다렸다. 이윽고 비라는 하얀 숄을 걸치고서 실내 계단을 뛰어 내려가 비밀통로를 지나갔다. 이 비밀통로는 수세대에 걸쳐 남자 조상들이 젊은 시절 부모님 몰래 도시의 밤을 즐기기 위해 빠져나가던 곳이다. 비라는 여자란 점만 다를 뿐 그들처럼 보트 창고의 문을 열고 정박 중인 배에 탄 뒤 사공과 함께 출발했다.

시끄러운 모터보트가 아닌 옛날 배에 올라탔고, 사공에게는 벌써 뇌물을 주어 입조심을 시켰다. 소리도 없이 사공은 잔잔한 수면 위로 노를 저어 호수궁전으로 갔다. 그곳에 버트가 기다리고 있었다… 그는 내심 기다리면서도 죄책감에 빠져 스스로에게 말했다.

'그녀가 언제 올지 모르지만 초대하지 않았어야 했다. 결국 그녀는 고용주의 딸이다. 만약 그녀가 오기로 했다면 막을 수는 없지만 오라고 청하지는 않을 것이다.'

그럼에도 몇 주 뒤 매일 밤 만난 건 아니지만, 그녀가 빠져나올 수 있는 밤이면 이런 만남이 약속처럼 되어버렸다. 그녀는 호수궁전으로 오기 전 하얀 비단 스카프를 창밖으로 흔들었다. 그래, 솔직해지자. 매일 밤 어둠이 내리기 전 그는 하얀 스카프가 펄럭이기를 기다렸다.

"나는 자이랑 조금도 닮지 않았어요."

비라는 지금 분명히 말하고 있다.

"자이는 같이 있는 사람들에게 맞추지만 나는 다른 사람들이 나에게 맞춰주기를 바라요!"

버트가 웃었다.

"버릇이 없군요!"

그녀는 갑자기 심각한 기색으로 눈을 떴다.

"그렇게 생각해요?"

"네, 그렇지만 난 좋아요."

버트가 말했다.

"당신이 미국인처럼 보이니까요."

"그거 칭찬인가요?"

"내게는 그렇지요. 미국 여자들은 버릇이 없어요. 그들은 자신의 방식을 주장하지요. 하지만 나는 그들이 독립적이라 좋아요. 순종적인 방식에는 익숙하지 않아서요. 만일 여자가 모든 일에 '예'라고 한다면, 남자는 할 얘기가 없을 거예요."

그는 자신의 결혼상대가 아닌 여자와 남녀에 대해 이야기하는 것이 위험할 수 있음을 잘 알고 있었다. 또한 자신보다 더 못한 부류는 상대하지 않는 여자와 이야기할 때도 말이다. 이것은 어디서나 사실이었다.

"오늘날 인도의 여자들도 순종하지만은 않아요… 모두가 그렇지는 않아요."

비라가 말했다. 그녀는 도발적으로 그와 가까이 있었고, 두 사람

남자는 죄의식 반 설렘 반으로 여자를 기다렸고,
하얀 스카프를 날리며 여자는 비밀스럽게 호수를 건넜다.

의 어깨가 부딪쳤다. 금과 루비로 장식된 귀걸이가 그녀의 작고 예쁜 귀에 매달려 있고, 부드럽고 하얀 볼, 옆모습, 윗입술보다 약간 도톰한 아랫입술 그리고 이 모든 것을 감싸고 있는, 말린 검은 머리카락이 버트의 눈에 들어왔다. 그녀가 말했다.

"우리는 심지어 남자와 춤추는 것도 좋아하지요…."

그가 끼어들었다.

"그럼, 여기 테라스에서 같이 춤추는 거 어때요? 저 덮개를 씌운 난간에 음악단을 둘 겁니다. 이곳을 고객용 야외 무도장으로 사용할 계획이에요. 대리석 망루라고 부를까 합니다. 이곳에 벌써 전기를 끌어들였습니다. 잠깐만요, 내 축음기를 가져오지요."

잠시 뒤 두 사람은 룸바 음악에 맞추어 춤을 추었다. 매우 예리한 감각을 지닌 그는 오래된 시설, 왕들의 의자와 이국적이고 현대적인 음악 사이의 아주 독특한 차이를 완전히 따라잡을 수 있었다. 그러나 그 차이는 자신의 품에 안겨 있는 공주와의 격차보다 크지 않았다. 그의 연애감각은 항상 깨어 있었고, 열정적으로 타올랐다. 부드러운 여인의 몸과 멀리 떨어진 대리석 도시의 아름다움이 달빛 아래 하얗게 빛나면서 하나를 이루었다. 그는 돌연 어지러움을 느꼈다. 춤을 추다가 불쑥 멈춘 그는 손으로 그녀의 턱을 받치고는 얼굴을 들어 올렸다. 그리고 그녀의 입술에 입을 맞추고 오랫동안 키스를 나누었다.

호수 너머에서 자고 있던 모티는 아무런 이유 없이 깨어났다. 그것은 신이 그녀에게 경고한 것이었다. 그녀는 오래된 신을 버리지 않은 채로 프란시스 폴 신부가 믿는 세 가지 신인 성부, 성자, 성신을 또 받아들였다. 그러니 그녀가 모르는 신이 어디 있을까. 그녀는 마치 누군가의 손에 이끌리듯 침대에서 일어나 창가로 갔고, 호수 건너편을 바라보았다. 밝은 달빛 아래, 호수 궁전의 테라스에 있는 두 개의 하얀 형상이 보였다. 그들은 서로의 팔에 안겨 춤을 추고 있었다! 남자와 여자가 분명했다. 그 여자가 누구겠는가….

꺼림칙한 기분이 든 모티는 문밖에서 자고 있는 하녀를 넘어 얼른 비라의 방으로 가보았다. 침대는 정돈되어 있고, 방에는 아무도 없었다. 그렇다면 그 여자는 비라였다! 모티는 서둘러 자신의 방으로 돌아와서는 맨발로 나이 든 하녀의 옆구리를 툭툭 쳤다.

"일어나거라."

그녀가 명령했다.

"옷을 입어야겠다… 나를 선박 창고로 데려다다오. 물어보지 말거라! 내가 말한 대로 해."

그녀는 아무도 깨우지 않고 이 모든 일을 했다. 달이 너무 밝아서 자신의 방에 등을 켜지도 않았다. 때문에 꼭 끌어안고 있던 버트와 비라는 모티가 테라스에 도착했는데도 갑자기 나타난 흰 사람의 형체를 눈치 채지 못했다.

"비라!"

전에는 한 번도 큰소리치지 않던 어머니이기에 그 목소리에 비라는 화들짝 놀랐다. 버트에게서 조금 떨어진 비라는 어머니를 보고는 자신의 얼굴을 반항적으로 그의 어깨에 묻었다.

"자 이제, 공주님."

버트가 부드럽게 말했다. 그는 비라를 대리석 의자로 데려가 앉도록 했다.

"내게 맡겨주세요."

그가 속삭였다.

그는 똑바로 서서 왕비를 맞았다.

"왕비마마."

그는 떳떳한 목소리로 말했다.

"일어난 모든 일은 제 잘못입니다. 춤추자고 제안한 건 접니다. 이곳은 무도장이 될 것입니다, 그래서 한번 시험 삼아 춤을 춰보자고 생각했습니다."

모티는 그에게 신경도 쓰지 않았다.

"비라, 궁전으로 당장 돌아오너라."

"이것은 제 잘못이라는 걸 아셔야 합니다, 왕비마마."

버트가 힘주어 말했다.

모티는 그를 쳐다보지도 않았다.

"비라, 나는 자주 말했다… 남자와 여자 사이에 무슨 일이 일어나든지 그것은 여자의 잘못이다. 항상 그렇게 가르쳤어."

비라는 고개를 숙인 채 말이 없었다.

"제발, 마마."

버트가 말했다.

"이렇게 물러날 수는 없습니다."

모티는 계속 비라를 다그쳤다.

"이 사람의 초대를 받고 왔느냐?"

비라가 갑자기 반항적으로 고개를 들었다.

"아니오, 제가 오고 싶어서 왔어요."

"처음이 아니구나!"

"그래요."

"지난번에 그렇게 말했는데도, 내가 말했었지! 곧장 나와 함께 가자!"

"싫어요! 전 어린아이가 아니에요."

"그럼 나도 여기 있겠다."

모티가 외쳤다. 그녀는 하얀 숄을 단단히 몸에 감고 대리석 의자에 앉았다. 버트는 하얀 옷의 여자 둘을 번갈아 보았다. 이제 그는 비라에게로 갔다. 그리고 옆에 서서, 시무룩해 있는 그녀의 아름다운 얼굴을 내려다보았다.

"저기, 당신 어머니잖아요."

비라는 눈을 반항적으로 치켜뜨고 대답하지 않았다.

"집으로 돌아가야 해요, 당신."

버트가 강력하게 말했다.

"다른 방법이 있을 거예요."

"무슨 다른 방법이요?"

비라가 캐물었다.

"우리가 원하는 것은 무엇이든지."

"우리가 무얼 원하는데요?"

"솔직히 나도 모르겠어요. 찾아내야지요. 그렇지만 당장은 집으로 돌아가요. 아마 당신 아버님이 오시면…"

"아버지는 항상 어머니가 하자는 대로 하세요… 나에 대해서 말이에요."

"그때가 되면 알 수 있겠죠…"

비라는 마지못해 일어났지만 양보했고, 모티도 함께 일어났다. 버트가 품위 있게 그들을 따랐고, 보트에 타는 것을 도와주었다.

"안녕히 주무세요."

그가 말했지만 아무도 대꾸하지 않았다. 그는 서서 두 여인이 돌아가는 것을 바라보았다. 호수를 반쯤 건넜을 때 비라가 손을 흔드는 게 보였고 그도 따라 흔들었다. 그것이 자신이 할 수 있는 전부라고 무기력하게 생각했다. 어쩌면 그것이 그가 앞으로 할 수 있는 전부일지도 몰랐다.

두 사람은 아무 일도 없었다는 듯 자는 척할 수 없었다. 그것은 아무 소용 없는 일이었다. 어머니와 딸은 서로를 쳐다보았다. 지친 모티는 자신의 방에서 몸을 길게 뻗은 채로 긴 안락의자에 앉아 있었고, 비라는 바닥의 방석 위에 다리를 꼬고 앉았다.

"물론 라지에게 말해야겠다."

모티가 말했다.

"말해야 할 게 있나요?"

비라가 캐물었다.

"어머니는 지금 제가 당신의 세대가 아니란 걸 잊고 계세요. 봄베이에서는…"

모티가 말을 막았다.

"여기는 봄베이가 아니다! 게다가 너에게는 왕족의 피가 흐른다…."

"아, 썩어빠진 왕족!"

비라가 소리쳤다.

"그 모든 건 끝났어요."

"네 아버지가 라지의 가족과 약속을 했는데도 말이냐?"

"아버지!"

비라가 경멸하듯 내뱉었다. 그녀는 아버지의 가장 큰 약점을 이용하여 잔인하게 말을 이어갔다.

"아버지는 지금 이 순간 미국 여자와 함께 어디에서 무얼 하고 계신가요? 아, 그래요, 어머니께서 모든 걸 덮어버리셨지요… 정말 인도인다우세요… 자이가 아직 죽지 않았다고 하시면서. 그것은 사랑놀이 대신 신성한 여정이 되어야 한다고요! 그렇지만 그 여정은 전혀 신성하지 않을 거예요. 저만큼 어머니도 잘 아시잖아요… 그녀는 아버지와 사랑에 빠졌어요, 아버지도 마찬가지고요. 그리고 어머니는 그 사실을 받아들이지 못하실 거예요. 아무것도 받아들이지 못하실 겁니다, 자신도 그 영국인 신부와 사랑에 빠졌다는 사실조차도 말이죠… 그는 참으로 성스러우시네요…"

"사실은 그래요!"

비라가 매우 무례하게 말했다.

딸을 쳐다보는 모티의 눈에 눈물이 고였다.

"믿을 수가 없어!" 모티가 나지막이 말했다.

"사람은 무엇이 좋고 옳은 일이라서 그것을 하지는 않아. 하지만 오직 순수한 사람들에게만 모든 것이 순수할 뿐이야…."

비라가 충동적으로 끼어들었다.

"부도덕한 것조차도 그래요! 이제 어머니 말에 공감해요! 우리는 결국 같은 마음이네요!"

이렇게 말하며 비라는 일어나 어머니 앞에 섰다.

모티는 두려움이 가득한, 젖은 눈으로 딸을 올려다보았다.

"내게는 너무 벅찬 일들이구나."

그녀가 희미하게 말했다.

"사람을 보내 아버지를 모셔와야겠어."

비라가 뒤돌아 서서 말했다.

"라지에게는 제가 직접 말할게요."

"뭐라고 할 거니?"

모티가 물었다.

비라가 문턱에서 멈추고 말했다.

"모르겠어요."

그녀는 불확실하게 말하고는 나가면서 문을 닫았다.

장밋빛 공단 옷, 가지런한 슬리퍼

자가트는 무수리의 한 호텔, 자기 방에서 저녁식사를 위해 옷을 입고 있었다. 학교에서 돌아오는 길은 생각보다 훨씬 힘들었다. 어둠이 내린 데다 검게 갈라진 틈이 그들 밑에서 입을 벌리고 있었다. 공포에 질린 부룩은 노골적이고 무기력하게 그에게 매달렸다. 그는 다른 어떤 사람에게도 느껴보지 못한 다정함이 제 안에서 솟아나는 것을 느꼈다…. 그렇지만, 그렇다, 단 한 번, 죽음을 앞에 두고 어찌할 줄 모르는 다친 호랑이에게서도 이러한 감정을 느낀 적이 있다. 당시 그는 당당했지만 무기력한 야수의 죽음 앞에서 너무나 미숙하게 대처하는 자신을 탓했다. 지금에 와서 이 아름다운 서양 여성에게도 그리 서툴게 대할 것인가? 물론 두 사람은 사랑에 빠졌다. 하지만 그가 왕국을 다스리고 있었다면 사랑 때문에 그 왕국을 포기하지는 않았을 것이다. 그 순간 불현듯 모티가 떠올랐다, 무엇도 두려워하지 않고 그에게 의지한 적도 없는 그녀를. 이상하게 두 여인이 다르다고 그는 생각했다. 부룩은 아주 현대적이고 미국인답지만 그럼에도 매달릴 줄이야!

"눈을 감아요, 당신."

그가 차 안에서 속삭였다.

"보지 말아요! 금방 끝날 거예요."

부룩은 순순히 머리를 그의 어깨에 기대고 눈을 감았다. 그는 꽉 쥐고 있는 그녀의 두 손을 잡았고 다시 땀이 나는 것을 느꼈다.

"아, 내 몸이 왜 이러지."

그녀가 중얼거렸다.

"무서워하기 싫어요, 그런데도 몸은 두려워하고 있어요."

모든 게 끝이 났다. 높지만 더 이상 산악지대가 아닌 평지에 다시 도착하자 눈을 감은 채로 자가트의 어깨에 기대어 있던 부룩이 중얼거림을 멈추었다. 그러고 나서 고개를 들더니 손바닥을 손수건에 닦았다.

"거의 그것을 믿을 뻔했어요."

그녀가 말했다. 어둠 속에서 그녀의 목소리가 들렸고, 얼굴은 보이지 않았다.

"무엇을 믿어요?"

그가 물었다.

"정신과 영혼과 육체의 분리에 관해서 라마가 한 말이요. 내 속의 '나'가 높은 곳에 있을 때 꽤 멀리 떨어져 있었어요. 내 속의 '나'는 무섭지 않았어요. 나를 비웃고 있었지요… 내 안의 나를. 그렇지만 둘은 떨어져 있어요. 그걸 느낄 수 있어요. 각각의 삶이 있지요. 그 라마승이 한 말에 엄청난 진리가 담겨 있네요. 이제 무언가 이해되기 시작했어요."

"무엇이요?"

그가 다시 물었고 이번엔 미소를 지었다.

"모르겠어요… 모르겠어요."

불안에 떠는 듯한 그녀의 목소리가 어둠을 타고 전해왔다.

차 안에서의 기억을 더듬고 있던 바로 그때, 문에서 노크소리가 들려왔다. 들어오라고 자가트가 말하기도 전에 평소처럼 문이 열렸다. 그는 포르투갈 집사인 로드리게즈를 알아보았다.

"여기는 무슨 일인가?"

그가 놀라서 물었다. 집사는 대답 대신 봉투를 내밀었다.

"왕비마마께서 이것을 보내셨습니다."

"그런데 왜 자네인가?"

"저는 고아인입니다, 전하. 입이 무겁습니다. 저는 다른 사람들에게 가벼이 말하지 않습니다. 힌두인들, 이슬람인들은 항상 이야기합니다. 저는 아니랍니다!"

자랑스럽게 제 가슴을 두드리는 집사 앞에서 자가트는 봉투를 열고 있었다. 그 안에는 모티가 고른 얇은 실크 종이가 들어 있었다. 그녀는 누가 읽을세라 영어로 적었는데, 몇 줄의 짧은 글이 암호 같았다.

"당신은 즉시 돌아오실 필요가 있어요. 나는 보고 싶지 않은 것을 보았습니다. 미국인과 비라가 당신을 지금 필요로 하고, 나는 충분히 강건하지 않아요. 아들을 찾는 일은 나중에 다시 할 수 있어요, 그렇지만 무엇을… 어떻게 할지 모르겠어요…"

그것은 전형적인 모티의 글이었다. 영어로, 정확하지만 불완전하고, 글자에 불안한 자신을 담고 있으며, 마지막 줄은 끝맺지 않았다. 심지어 그녀는 대화 중에도 너무 자주 말을 완전히 끝맺지 않았다! 자가트는 편지를 접어 다시 로드리게즈에게 주었다.

"짐을 싸고 차를 부르도록 해라. 내일 아침 일찍 떠날 것이다."

집사를 물리려다가 그 순간 자가트는 로드리게즈가 고아인이긴 하지만 다른 하인들과 같이 지낸다는 사실을 기억했다.

"잠깐만."

자가트가 말했다.

"알고 있는 것을 모두 말해보아라."

바로 이 순간을 로드리게즈는 오랫동안 기다려왔다. 그는 호수 궁전을 운영하면서 그곳의 과거 흔적들을 파괴해가는 빨간 머리의 미국인을 싫어했다. 자가트는 선대의 아버지나 할아버지와 다르긴 해도 어쨌든 왕이다. 시대가 바뀌었지만 사실이다. 그리고 로드리게즈 자신도 이젠 늙어서 석탄난로 앞에 쭈그려 앉을 때마다 무릎이 심하게 아파왔지만, 이 사실이 변하지는 않을 것이다. 그는 어느 날 밤 자다가 숨을 거둘 때까지 이 왕실을 모실 것이다. 그는 그렇게 세상을 떠나길 바라고, 그렇게 죽을 것이다. 그러나 미국인이 저지르고 있는 악행을 왕에게 말하기 전에는 죽지 않을 것이다.

그는 자가트에게 가까이 다가가 의자 옆에 무릎을 꿇었다.

"전하."

그가 입술을 적시며 나지막이 말했다.

"마음속에 응어리가 있습니다. 매일 밤마다 제가 보는 것은…"

그가 고개를 저으며 한숨을 쉬었다.

"그래, 그래."

자가트가 조바심을 내며 말했다.

"자네가 무엇을 보았는가?"

"전하, 따님이 사공의 아들을 매수해서 미국인이 있는 호수 궁전으로 갔습니다… 말씀드리기도 부끄럽습니다."

그는 팔로 얼굴을 가렸다.

"계속 말해보거라."

자가트가 날카롭게 일렀다. 로드리게즈가 고개를 들더니 어깨에 걸치고 있던 수건으로 얼굴을 닦았다.

"전하, 두 사람은 테라스에 나란히 앉아 있었습니다. 난간에 기대어 달을 보며 서 있었습니다."

"어떻게 이 사실을 알았는가?"

"두 가지 방법으로 알았습니다, 전하. 제가 독일제 소형 망원경을 할아버지의 책상에서 맹세코, 빌리기만 했습니다. 그것으로 보았습니다."

"그래, 달려가서 왕비에게 이 사실을 고하고 성 안에 혼란을 일으켰나! 모두 결백할 것이라고 생각하네, 물론 내 딸이 그렇게 하지 않아야 했지만… 하지만 딸아이가 고집이 세서 그 미국인은 아무 상관이 없을 거야. 잠깐만… 두 가지 방법이라고 하지 않았나?"

"사공의 아들에게 들었습니다, 전하."

로드리게즈가 진지하게 말을 이었다.

"녀석을 위협했습니다. 실토하지 않으면 전하께 고한다고 했지요."

"그러면 내가 자네에게 돈도 좀 주었겠지."

자가트가 말했다.

"아니오… 아닙니다. 적어도 그럴 필요가 없었습니다. 제가 이곳에서 말씀드리고 있잖습니까? 그리고 왕비마마께도 말하지 않았습니다. 직접 목격하셨습니다. 저를 보내신 겁니다… 정말입니다!"

"정확히 내가 어디 있는지 모티는 어떻게 알았지? 편지를 보낸 적도 없는데."

로드리게즈가 자리에서 일어났다.

"전하, 전부 고백하겠습니다. 전하를 모시는 하인에게 어디를 가든지 알려달라고 명령했습니다. 제가 예상하고…."

자가트는 냉소적으로 크게 웃었다.

"그래서 자네가 나를 추적했군!"

"당신의 안전을 위해서 그랬습니다, 전하!"

로드리게즈는 말을 멈추고 잠시 생각에 잠겼다. 왕비와 영국 신부 사이의 의심스러운 관계를 말해야 하나? 아니다, 그는 충분히 말했다. 더 많은 걸 목격할 때까지 나머지 정보는 남겨두자. 실제로 그는 더 이상의 것은 보고 싶지 않았다. 왕실의 여자들에게 자유를 허락하게 되면 모든 것이 끝나는 것이다. 여자들의 명예가 실추되면 호텔이나 궁전은 몰락할 것이다. 사실이다. 그는 왕과 미국 여자에 대한 모든 정보도 가지고 있다. 예전 왕들이 군림할 때는 여자들이 있었고, 궁전은 여자들로 가득 찼다. 그러나 한 여자보다 많은 여자들이 안전했고, 이 한 여자는 미국인이다! 그가 자주 들어왔듯 그리스 소녀 이후로는 왕실에 그런 위험은 없었다. 이 미국 여자가 그리스 소녀처럼 목을 맬 수도 있을까? 아니다, 그렇지는 않을 것이다.

"내일을 위해 모든 준비를 하겠습니다, 전하."

집사가 약속했다.

"믿어주십시오…. 전부 다 하겠습니다."

"좋다."

자가트가 퉁명스럽게 말했다. 그는 왕실 하인들의 빗나간 열의에 익숙해 있었다. 누군가는 어긋난 충성심을 조절해야 했다.

"이제 저녁을 먹으러 가겠다."

자가트가 말했다. 그는 부룩에게 이 가족 이야기를 해야 할지 처음에는 결정하지 못했다.

음식은 인도식이었다. 그는 결정을 내리지 못한 채로 요리 이야기를 하면서 시간을 흘려보냈다. 부룩은 왕성한 호기심을 보이며 음식을 먹었다. 그는 너무나 솔직히 음식을 즐기는 이 아가씨가 삶과 죽음을 진지하게 논하고, 성숙한 내면으로 자신과 그의 열정을 억제했던 사람이라는 데 놀랐다.

"왜 이렇게 음식에 양념이 많이 들어가나요?"

그녀가 물었다.

"재료가 좋지 않아서지요."

그가 유감이라는 듯이 말했다.

"우리 인도에는 육우산업이 없어요… 실제로 그래요… 그리고 가금류는 작고 검으며 양은… 양고기라고 할게요, 발육이 좋지 않아요. 당신도 알다시피 실제로 다리가 긴 염소 같지요."

"이보다 더 맛있는 빵은 먹어본 적이 없어요."

"아, 그래요, 그건 인정해요, 누꺼운 빵 밀고 이 얇은 빵들은 맛이 좋지요. 그렇지만 손님들이 바야흐로 호수 궁전 호텔에 들기 시작하면 음식이 문제될 것 같아요. 직접 운영하는 농장을 더 많이 늘리고 영국과 미국 그리고 호주에서 가축을 더 들여와야겠어요. 그리고 미국 농부들이 가축을 어떻게 기르는지를 백성들에게 가르쳐줘야 하고요…. 그 일엔 내 힘이 조금 필요할 겁니다."

"인도 요리는 계속 유지했으면 해요."

"양쪽에서 두 가지를 다 원할 겁니다. 그건 좋은 일 같아요. 사람들이 서로의 음식을 좋아할 때, 그것이 국제적인 이해의 시작이니까요. 카레에 있는 신선한 코코넛 좀 먹어봐요."

식사를 끝내고 나자 식당은 거의 텅 비어 있었다. 진한 검은색의 커피가 담긴 작은 잔들만 놓인 채 대화는 멈추었다. 모든 것을 잊고서 자가트는 그 순간 로드리게즈의 말을 생각하고 있었는데, 눈을 맞추기 위해 저도 모르게 탁자 너머로 시선을 던지는 자신을 느꼈다.

"말해봐요."

그녀가 부드럽게 말했다.

"무엇을 말해요?"

"무슨 걱정이에요?"

"왜 내가 걱정하는 거라고 생각하죠?"

"난 알아요! 당신은 걱정하면서 내게 말해야 하나 자신에게 되묻고 있어요."

그는 망설이다 억지로 웃으며 말하기 시작했다.

"비라 때문이에요. 오늘 교장이 딸에 대해서 이야기한 거나 그 아이의 결혼에 대한 자이의 생각을 말해준 게 이상해요! 그게 나를 심란하게 합니다. 오늘 성에서 하인들의 수장인 고아 출신 집사가 왔어요. 그는 아내의 편지를 가져왔는데, 비라와 오스굿이 비밀스럽게 만나고 있다더군요. 지금 즉시 돌아가봐야겠어요."

"같이 갈게요."

그녀가 말했다.

"이건 가족문제일 뿐입니다."

그는 딱 잘라 말하려다 그만두었다.

"당신이 내 곁에 없다면 견딜 수 없을 것 같아요."

탁자 위로 두 사람은 손을 잡고 오랫동안 그렇게 있었다. 편안함이 온몸에 퍼졌다. 그의 몸에 온기가 느껴졌다. 그러나 잠시 후 하인이 커피를 가지고 들어오는 바람에 갑자기 손을 놓았다.

밤에 작별인사를 하고도 어쩔 수 없이 헤어진 일이 아직도 그의 뇌리에 남아 있는 것일까? 두 사람은 조금 더 앉아 있다가 일어나서 싸늘한 응접실을 바라보았다. 딱딱한 영국식 의자는 매력이 없었고 작은 영국식 난로는 석탄 없이 비어 있었다. 그녀는 몸을 떨었고 그는 결심을 굳혔다.

"당신은 방으로 곧장 올라가요. 내일 새벽에 떠나야 하는데 시간이 많이 늦었네요. 인도 종업원들은 저녁식사를 제때 준비하는 법이 없군요. 피곤하죠… 그래 보여요."

그녀는 마음이 내키는 듯 미소를 지으며 문 앞에서 작별인사를 했다. 그는 문틈을 통해 그녀의 소지품을 살짝 보였다. 은 화장솔이 화장대 위에 놓여 있고, 장밋빛 공단 옷이 의자에 걸려 있으며 슬리퍼가 바닥에 가지런히 있었다. 심장이 빨리 뛰는 것을 느끼고는 깜짝 놀란 그가 몸을 곤추세웠다. 그리고 고개를 숙이고 나서 그녀의 손을 들어 입을 맞추었다.

"잘 자요, 내 사랑."

그가 말했다.

"편히 자요."

그러나 방에 돌아왔을 때 그의 마음은 진혀 편치 않았다. 그는 옷을 벗고 뜨거운 물이 담긴 욕조에 들어가 목욕을 했다, 이를 가능케 해준 영국인들에게 감사하며. 그리고 비단 잠옷을 입은 뒤 딸과 모티 그리고 다른 모든 문제는 접어두고 침대로 가서 잠을 청하기로 했다. 아아, 잠을 자는 것은 불가능했다. 달빛이 가는 황금조각처럼 커튼 사이로 스며 들어왔다. 그는 일어나 커튼을 정리하면서, 창문이 실제로는 문이고 이 문이 호텔 옆의 정원을 가로지르는 길고 좁은 베란다로 통한다는 것을 알았다. 그는 소가 끄는 마차의 소음이 들리지 않도록 길에서 떨어진 곳에 묵고 싶다고 요구해왔는데 이것은 베란다가 다른 방, 즉 부룩의 방으로 연결되는 통로임을 의미했다. 그는 곧이어 떠오르는 생각에 겁이 나서 완강히 떨쳐버리고 자신의 침대로 돌아갔다. 두 시간 동안 간절한 욕망이 고문하듯이 그를 괴롭혔고, 마침내 항복하고 말았다. 그는 검은 비단 잠옷을 두르고 샌들을 신은 채로 그녀의 방으로 통하는 긴 베란다를 조용히 걸어갔다. 달이 거의 사라지고 있었다. 번쩍이는 거대한 황금처럼 지평선 부근에 걸려 있는 달, 그 달빛에 베란다 끝 매트 위에서 몸을 웅크리고 자는 하인의 모습이 보였다. 그렇지만 이 검은 옷 때문에 멀리서는 자가트가 보이지 않을 것이다.

부룩의 방문이 열려 있음을 발견한 그는 가슴이 철렁했다. 그녀는 마치 자신의 집에 누운 것처럼 너무나 부주의하게, 믿으면서, 마음 편히 자고 있었다! 희미한 달빛에 베개 위로 펼쳐진 머리카락과 한 손을 뺨에 댄 채 누워 있는 그녀의 모습이 드러났다. 그는 그 옆으로 무릎을 꿇고는 그녀를 향해 부드럽게 팔을 뻗었다. 그녀는 몸을 뒤척이며 한숨을 쉬었고 그는 고개를 숙여 입을 맞추었다. 움직이지 않았지만 그녀가 꿈에서 깨어나 정신을 차리는 것이 느껴졌다. 곧 그녀는 그가 자신에게 입 맞추고 있음을 깨닫고 갑자기 일어나 머리를 쓸어 넘겼다.

그는 일어서서 그녀를 내려다보았고, 그녀는 놀란 얼굴로 올려다 보았다. 그가 보기에는 그녀가 생각 이상으로 당황하고, 이 상황을 믿지 못하는 것 같았다. 그는 옆에 앉아 그녀를 끌어당겼다.

"그냥 갈까요?"

그가 속삭였다.

그녀가 가는 한숨을 내쉬었다.

"아… 당신 꿈을 꾸고 있었어요."

"가지 말까요?"

그녀는 잠시 머뭇거렸다.

"모든 결정을 나에게 맡기는 게 공평한가요?"

"허락해주기를 바라요. 나는 강요하지 않아요."

긴장감과 적막감이 둘 사이에 흘렀다. 그의 시선은 그녀의 얼굴에서 사랑스러운 입술로 향했고 그 자리에 머물다가, 잠옷의 어깨끈이 흘러내리면서 드러난 가슴에서 멈추었다.

"한 가지 질문은…"

갑자기 입이 마르는 바람에 그는 말을 잇지 못했다. 그녀를 향한 욕망이 핏속에서 뜨겁게 끓고 있었다.

그녀는 고개를 들었다.

"한 가지 질문은…"

"당신이 나를 사랑하는지, 사랑하지 않는다면 당신을 안지 않겠소. 그러지 않는 것이…."

사랑 없이 여인들을 안았던 잔인한 기억들이 그의 욕망을 스쳐갔다. 이번에, 그녀와 함께라면 다시는 그렇게 할 수 없었다. 그는 한 번도 가지지 못했고, 아무것도 갖지 못했음이 틀림없었다. 그 욕망은 다른 때와 달랐다. 이번에는 단지 육체적인 만족만으로는 성에 차지 않을 것 같았다.

"나는 완전한 결합을 원해요… 당신과…."

그는 쉰 목소리로 말하며 조용히 답을 기다렸다. 그녀는 무슨 생각을 하고 있을까, 그가 기다릴 동안 무슨 기억을 떠올리고 있을까? 그는 알 수 없었다.

그녀는 단지 사랑만을 생각하고 있었다. 그렇다, 그녀는 이 남자, 이 이방인을 사랑하고 있었다. 두 사람의 세상은 같지 않았고, 살아온 역사도 달랐다. 그들은 각자의 삶에서 완전히 떨어져 있었다. 그런데 어떻게 지금 이 낯선 방에서, 이 낯선 장소에서, 눈이 영원히 녹지 않는, 세계에서 가장 높고 무시무시한 산기슭의 외딴 마을에서, 어떻게 모르는 사람들 속에서 그녀는 두려워하지 않을까, 어떻게 주저하지 않을까? 그녀는 오직 그와의 결합만을 생각하고 있었다. 다른 모든 것은 비교가 되지 않았다. 서로 다르고 낯설다는 것은 하나의 사실 안에서 묻혔다. 남자와 여자로 그와 그녀가 만났고, 서로를 발견했고, 이제 무엇보다 하나가 되기를 열망하고 있다. 그녀가 생각하기를, 연인들은 항상 다른 세상에서 만났다고 꿈꾼다. 하지만 그녀는 그런 꿈조차 꾸지 않는다는 사실을 알았다. 환생이 아니라면 어떻게 서로에게 연민을 느끼고 상대를 본능적으로 이해할 수 있을까. 환생이 아니고서야 어떻게 서로의 성격을 정확히 이해하는 것을 설명할 수 있을까? 그녀는 이성적으로 설명할 수 없었고, 이것이 중요하지도 않으며, 설명이나 믿음이 필요하지 않았기 때문에 이치에 맞게 생각해보아도 자신이 그 생각을 믿는다고 말할 수는 없었다. 명백한 사실은, 여기 낯설고 먼 곳에서 이른 아침에 그들 두 사람이 스러져가는 달빛 아래 만났다는 것이다. 아무것도 설명할 수 없으며, 깊은 감정에서 우러나오는 대로 행동할 수밖에 없는데 행동으로 옮기는 것 말고 다른 무엇을 할 수 있겠는가? 그녀는 모든 이유와 우유부단함을 깨끗이 털어버리고 그를 향해 돌아서서 그의 뺨을 어루만졌다. 그리고 그의 얼굴을 두 손으로 감싸며 처음으로 먼저 입을 맞추고 아무 말도 하지 않았다.

아무 말도 필요 없었다. 그는 일어나 문을 잠그고 커튼을 닫았다. 어둠 속에서 그는 그녀 옆으로 누웠다. 그리고 그녀의 머리가 어깨에 닿도록 부드럽게 끌어당겼다. 그는 서두를 필요를 느끼지 않았다. 대신 욕망이 차오를 때까지 기다렸다. 그것은 자신뿐 아니라 그녀도 느낀, 가장 순수한 것이었다. 둘이 하나 되는 것을 그의 가슴이 원했기 때문에 결합은 그들에게 하나로 다가와야 했다. 서서히, 서서히, 두 사람이 가까워지면서 그녀는 수줍어했으며, 그는 부드럽게 움직이다가 즉흥적이고, 짜릿하며, 강렬한 무언가가 서로에게 생겨나는 것을 느꼈다.

그러나 결정은 그의 것이었다.

"지금이에요!"

그가 앙다문 이 사이로 조용히 말했다.

"지금."

그녀가 속삭였다.

모든 행위가 끝나자 그는 자신이 발견한 사실에 놀라며 뒤로 누웠다.

"그렇지만 내게 말하지 않았잖아요."

그가 헐떡이며 말했다. 그의 품에 그녀가 안겨 있었다. 그는 제 가슴 위에 기댄 그녀의 따뜻한 뺨과 그를 부드럽게 덮고 있는 그녀의 머리카락을 느꼈다.

"무엇을 말해요?"

그녀가 물었다.

"당신이… 처녀라는 거!"

그녀는 고개를 들었다.

"왜 내가 말했어야 하죠?"

"나도 몰라요, 그랬다면 나는 아마…"

"그렇다면 당신이 몰랐기 때문에 다행이에요. 나는 정말… 정말… 뿌듯해요."

"무엇이 말이오?"

"당신이 처음이라는 사실이요!"

다음 날, 두 사람은 곁에 로드리게즈와 운전기사가 있었기 때문에 애써 입을 다물고 침묵했다. 고아인 집사의 예리한 눈앞에서 심지어 손도 스치지 못했다. 두 사람은 서로 무관심한 척했다. 하지만 그녀는 어젯밤에 자리 잡은 내면의 평온함을 되새겨볼 수 있으므로 어떤 면에서는 이렇게 떨어져 있는 편이 좋았다. 그녀는 후회했을까? 단지 세상을 내려다볼 수 있는 산의 정상에 이르러 후회하는 것에 지나지 않는다! 오늘날의 세상은 다르지만 그 차이는 그녀 자신에게 있다. 어제의 그녀는 여자로서 자신을 이끌어줄 판단력이 없었다. 오늘 그녀는 어떻게, 무엇이 아니라 어디에서 인생을 보내야 할지 알았다. 그녀는 언제나 그의 곁에 있어야 하고, 그와 함께는 아닐지라도, 가까이 있어야 한다. 장소는 정해졌다. 분명히 신에 의해서가 아니라 그녀 내면의 깨우침으로부터 다른 판단도 생길 것이다.

나중에, 저녁 식탁에 앉아서도 두 사람은 여전히 말할 필요를 느끼지 못했다. 그들은 떨어져 있으면서도 함께 평온했고, 이따금씩 짧은 대화와 농담을 하는 것으로 충분했다. 그러나 식사가 끝나갈 무렵 반쯤 비어 있는 공항의 식당에서 그녀는 갑자기 기쁨이 솟구치는 것을 느꼈다.

"지금까지 한 번도 행복을 느껴보지 못했어요."

그녀가 말했다.

"내 자신이 불행하다고는 생각하지 않았지만요. 하지만 내 생각엔 누구나 불행을 모르는 것 같아요, 그 반대를 경험하기 전까지는 말이에요."

"나도 그래요."

그가 말했고 그 순간을 만끽하며 계속 이었다.

"일어난 일 외에는 생각하지 않을 거예요… 적어도, 이 여정이 끝날 때까지는요. 그러고 나서 생… 생각해봐야 할 것 같아요."

"그래요."

그녀는 반은 흘려들으며 아무 생각 없이 이에 동의했다.

"꿈꾸고 있나요?"

그가 물었다. 그녀는 생각나는 대로 대답했다.

"어젯밤에… 당신 왜 그렇게… 놀랐죠?"

그는 즉시 그녀의 말뜻을 알아차렸다.

"당신이… 그랬다는 게… 금방 떠오르지 않았어요…"

"왜요? 내가 다르게 행동했나요?"

그는 당황해서 웃었다.

"아니오, 나는 모든 미국 여성들이, 알잖아요…."

"아니라고요?"

"아니라고 생각했어요."

그가 수긍했다.

"우리는 당신들의 영화나 잡지 등을 보고 그렇게 믿게 되었어요. 당신이…"

"그렇다는 게…"

"그저… 믿기 어려웠어요."

그녀는 가만히 생각했다.

"그것이 왜 그렇게 중요하죠… 남자에게는? 모든 남자는 이기주의자들인가요?"

"남자들에 대해서는 몰라요."

그는 결심한 듯 말했다.

"난 나 자신만 알아요. 그래요, 내가… 당신에게 첫 번째라는 게 중요해요. 나는 당신이 알아줬으면 해요… 반드시 알아야 하고 잊지 말아야 해요… 나는 이제 달라졌고, 다른 사람이라는 것을요. 나는 오직 한 번만 느꼈어요… 완벽히 하나가 되는 것을…. 그리고 그것은… 당신과 함께할 때예요. 우리의 미래가 어떻게 되든… 난 절대로 다시는 불완전한 결합에 만족하지 못할 거예요."

그녀는 조용히 이 말을 듣고는 그 의미를 생각해보았다.

도둑맞은 샌드위치

밤늦게 그들이 아마푸르로 돌아왔을 때 장마의 시작을 알리는 첫 징조가 나타났다. 자가트는 호수궁전 호텔 방으로 들어가는 부룩을 바라보고 나서, 무슨 생각에서인지 버트 오스굿과 장식가들이 바쁘게 일하고 있는 모습을 유심히 보았다. 짐꾼과 접수대 직원이 자리하고 있는 호텔 로비는 오래된 샹들리에를 빼고 마무리되어 있었다. 그런데 자가트가 그곳에 살고 있는 새들이 새끼를 키울 때까지 건드리지 말라고 명령했지만 그 새들도 평온하게 둥지를 고쳐 지을 수 없었던 것 같다. 복도를 따라 카펫이 깔렸다. 바닥이 대리석이기 때문에 벽 사이를 메우지 않았고, 광을 낸 바닥보다 훨씬 안전한 통로가 되었다.

접수대의 직원이 돌아온 자가트를 보고 매우 놀라며 외쳤다.

"전하, 오스굿 씨를 깨울까요?"

"아니다."

자가트가 짧게 말했다.

"하지만 내일 아침 10시에 올 거라고 말해두어라."

"알겠습니다, 전하."

"웨슬리 양이 전에 쓰던 방에 묵었는가, 그렇지 않은가?"

자가트가 물었다.

"물론 그렇습니다, 전하."

자가트는 짐꾼들과 함께 부룩의 방으로 가, 그들을 물리고 문을 닫은 후 커튼도 쳤다. 그러고 나서 자신이 떠나야 한다는 사실을 깨닫고는 가슴이 아렸다. 그는 그녀의 손을 잡고 얼굴을 내려다보며 서 있었다.

"모르겠어요… 앞으로 어떤 일이 있을지 모르겠어요. 오직 한 가지 사실만은 알아요… 내가 당신을 사랑한다는 것."

어떤 사람들은 일상적으로 하는 말을 그는 수줍게 토해냈다. 그는 지금껏 그 말을 진심으로 한 적이 없었다. 그는 모티에게 한 번도 사랑한다고 말하지 않았고, 그들 부부 사이에는 이 말이 필요하지도 않았던 것 같다. 만일 물어보았다면, 사랑하고 있음을 당연하게 여기고 있다고 답했을 것이다. 그러니 굳이 말할 필요가 없는 것이다. 이제 비로소 자가트는 깨달았다. 사랑을 느낀다면 반드시 그것을 말해야 하고, 말할 것이라는 것을.

"사랑해요."

부룩이 말했다.

"가끔씩, 우리의 삶이 어찌되더라도 이 말은 꼭 해야 돼요."

그가 말했다.

"알아요."

그녀가 대답했다.

그는 이 말을 남기고 그녀를 떠나 궁전으로 돌아왔고, 모티를 깨우지 않고 자신의 방으로 갔다. 책상 위에 봐야 할 서류들이 쌓여 있는 게 보였다. 모두 중요한 서류들이었고, 이보다 덜 중요한 서류들은 궁전의 사무실 책상 위에 놓여 있다. 그는 서류더미를 힐긋 보고 나서 옆으로 치운 다음 침대로 들어갔지만 잠이 오지 않았다. 한 시간 정도 뒤척이고 나서 일어나 일을 했다. 아침이 되자 하인이 문을 열고 차를 내왔다. 그는 목욕 후 옷을 입고 나서 모티에게 준비가 되는 대로 방으로 갈 거라는 말을 전했다.

그가 한 시간 뒤에 도착했을 때 모티는 개인 베란다에 놓인 작은 상감 대리석 탁자에서 단출한 식사를 하고 있었다. 그는 몸을 굽혀 뺨을 그녀의 머리카락에 잠깐 갖다 댔다. 그들은 가장 친밀한 순간을 제외하고는 한 번도 입을 맞춘 적이 없다. 순간 그는 앞으로 다시금 모티에게 입을 맞출 수 있을지 생각해보았다. 하지만 이는 자신이 대답할 수 없는 질문 중 하나였다. 그는 이 질문에 대답할 필요가 없어서 고맙게 생각했고, 우선 다른 문제를 처리해야 했다.

"창백해 보이는군요."

모티가 외쳤다.

"물론 잠을 자지 못했어요."

그가 대답했다.

"책상 위에 많은 서류가 있더군요. 시의 부락회 원로들이 요청한 것들인데 아침까지 일했어요."

"저를 깨우시지 그랬어요."

모티가 말했다.

"그러면 당신까지 잠 못 자게 만들게요? 바보 같은 짓이지!"

"어젯밤에 당신이 오시는 줄 알았다면 기다렸을 거예요."

"일부러 내가 도착하는 시간을 알려주지 않았어요."

그는 본능적으로 자신이 "우리"라고 말하지 않은 것을 알아차렸다.

"당신과 서로 의논해야 할 일이 많아요."

그가 말을 이었다.

"먼저 아들을 찾는 중에, 무수리 북쪽에 있는 라마승을 만나고 왔어요. 그는 환생 이야기만 하더군요."

모티가 고개를 들었다.

"환생이요? 그렇다면 자이가 죽었다는 거군요!"

"아니면 다시 살아나던가요."

자가트가 말했다.

모티의 눈에 눈물이 고였고 창백한 그녀의 뺨으로 흘러내렸다.

"그것뿐인가요? 하지만 다른 사람의 아이에겐 아무 관심 없어요."

"그렇지만 당신은 환생을 믿지 않소?"

자가트는 자신의 목소리가 딱딱하고 억압적인 것을 느꼈으나 그냥 말했다. 그는 자이를 다시 찾으러 갈 생각이 없었다. 모티는 살아가는 동안 죽음을 잊어야 한다. 그녀는 마치 그의 생각을 알기라도 하는 듯 대답하지 않았다. 그리고 나서 그녀는 사리 옷자락을 들어올려 눈시울을 훔쳤다.

"프란시스 폴 신부가 죽은 자의 환생에 대해 말했어요."

그녀가 나지막이 말했다.

자가트는 거칠게 웃으며 대꾸했다.

"아, 제발, 모티! 그런 외국 신화에는 신경 쓰지 말아요! 우리도 충분히 많이 있다고요. 어쨌든 나는 더 이상 이런 여행은 떠나지 않겠소. 자이는 처음으로…"

"다시는 그 아이 이름을 말하지 말아요!"

자가트가 멍하니 모티를 바라보았다.

"모티, 당신은 이성을 잃었소…."

"그렇다면, 나를 그렇게 만든 건 당신이에요."

낯설게도 그녀는 자가트를 옆으로 흘겨보았다.

그는 그녀의 기분을 완전히 무시하고 계속 말했다.

"우리는… 로드리게즈가 도착했을 때 막 여정을 떠나려던 참이었어요. 물론 나는 집으로 돌아왔고요."

"미국 여자가 당신과 함께 있었나요?"

"그래요… 당신이 초대했으니까, 기억하죠!"

"그녀가 여기 있나요?"

"호수궁전 호텔에 있소, 물론."

"아, 그래요."

파닥거리는 나비처럼 부서지기 쉬운 침묵이 그들 사이에 흐르고 있었다. 그가 침묵을 깨뜨렸다.

"많은 문제 중 가장 시급한 것은 비라에 관한 것이오. 오스굿과 이야기하기 전에 내게 더 할 말이 있소?"

"그 아이와 먼저 말해봤으면 좋겠네요."

모티가 은종을 누르자 문가로 하녀가 와 섰다.

"아버지께 빨리 오라고 공주에게 전하여라."

그녀가 일렀다.

"알겠습니다, 왕비마마."

대답을 마치고 하녀는 물러났다.

"그러면,"

모티가 무관심해 보일 정도로 침착하게 말했다.

"가장 위급한 다른 문제는 뭔가요?"

자가트가 자리에 앉자 그녀는 커피를 따라서 그에게 건넸다.

"일상적인 것이오."

그가 대답했다.

"내가 떠나기 전 도적들의 상황에 관해 보고해주기를 요청했었죠. 몇몇 빌 족들이 연관된 것 같아서 영국인 신부에게 도움을 구할 거라고 생각했었소. 내가 떠나 있는 동안 마을사람들이 몇 군데서 도둑을 맞았는데 용감하게 저항하기도 했다는군요. 특히 한 마을에서는 이장의 진두지휘 아래 마을사람들이 도적들을 쫓아냈대요. 도둑 두 명이 죽고 네 명은 생포되었어요. 그 이장을 만나서 총과 500루피를 상으로 내릴 겁니다. 아마 다른 사람들에게도 용기를 내도록 고무시킬 수 있을 거요. 그래도 각지에서 경찰력이 강화되고 있는지 알아봐야겠어요. 이건 단지 머릿수의 문제가 아니라 단체정신의 문제입니다. 그들이 미나 족, 빌 족, 바스리 족, 칸자 족, 라이시크 족 중 어느 부족에서 왔든, 누구이든 간에 현대의 지역사회가 도적의 손에 좌우될 수는 없어요. 모두가 퇴보하는 부족들이오…."

자가트는 행정 업무에 대해 늘어놓으면서 마음속의 긴장이 풀리는 것을 느꼈다. 그때 비라가 들어왔다. 그녀는 정말 아름다웠다. 하지만 그는 딸을 불만스럽게 바라보면서 늘 자랑스러워하던 그녀의 아름다움을 지금은 미워해도 된다는 생각에 조금은 즐거웠다.

"아버지, 돌아오셨군요."

비라가 말하면서 합장했다.

"아버지가 저를 꾸짖으실 걸 아는 마당에 기쁘다고 말할 수는 없네요. 그러실 필요 없어요, 어머니가 벌써 하셨으니까요."

"앉아라."

자가트가 명령했다.

"너는 더 이상 아이가 아니니 혼내지는 않겠다. 단지 네 의견이 무엇인지만 물어보겠다."

비라는 웃으면서 말려 있는 검은 머리카락을 흔들었다.

"그건 보통 남자에게나 물어보는 거 아닌가요?"

"나중에 라지와 이야기할 거다, 하지만 먼저 너의 생각을 알아야겠다. 라지와의 약혼을 깨고 싶으냐?"

비라는 곧 심각해졌다.

"모르겠어요, 아버지. 아버지가 결정하는 걸 도와주셨으면 해요."

"라지를 사랑하느냐?"

"그는 내가 좋아할 수 있도록 노력하지 않았어요."

"그게 무슨 말이냐?"

"그게, 아버지는 어떤 건지 아시잖아요. 우리는 가족의 뜻에 따라 약혼했고 그렇게 지내왔는데, 앞으로 우리가… 아시잖아요."

그는 매우 잘 알고 있었다. 그 자신도 결혼하기 전 모티를 사랑하려고 노력하거나 그녀가 자신을 사랑하도록 애쓰지 않았다. 사실은 그도 천하다기보다는 너무 조급한 일이라고 생각했다.

"나는 모른다."

그가 대답했다.

"나와 네 엄마가 젊었을 때는 관습이 전혀 달랐어. 우리 가족은 영국 관리를 빼고는 서양인과의 접촉이 거의 없었고, 내 자신을 같은 계급의 젊은 여자에게 소개하는 일도 없었지. 네 엄마도 억지로 다른 젊은 남자에게 말할 일이 없었다."

"확실히 그랬지."

모티가 커피 잔을 들고 중얼거렸다.

자가트가 말을 이었다.

"나는 이제 많은 변화를 느끼고 있다. 예를 들어 내가 호수궁전을 호텔로 개조하기 위해 이곳에 미국인을 데려온 것에 대해 나 자신을 탓할 수도 있다. 미국인들이 그런 일을 잘하기 때문에 나는 그것을 단지 사업상의 일로 생각했어. 너와 버트 사이에 일이 생길 거라고는 미처 생각하지…"

"저도 그랬어요."

비라가 말했다.

"그러면 왜…"

"저도 모르겠어요, 아버지!"

비라의 목소리에 초초감이 묻어났다.

"이런 일들은 그냥 일어나잖아요, 그렇지 않나요? 아버지가 웨슬리 양을 만난 것처럼요!"

그는 이 가시 돋친 말을 그냥 무시했다. 솔직히 그는 대답할 수 없어서 평소와는 다르게 침착한 모습으로 말했다.

"그럼 네 결혼에 대해 어떻게 하면 좋겠니, 비라?"

"아, 모르겠어요."

그녀는 똑같이 퉁명스런 목소리로 대답했다.

더 이상 말하고 싶지 않은 게 분명했다. 일생 동안 말하지 않았던 성적인 문제들이 몇 분 안에 깨질 수는 없었다.

자가트는 한숨을 쉬었다.

"그럼, 오스굿과 얘기해봐야겠구나. 그에게 아무런 마음이 없을 수도 있으니까. 미국 남자들은 매우 단정치 못하다고 들었다. 그렇지만 라지에게는 말해야 할 것 같아."

비라가 놀라서 자가트를 올려다보았다.

"아, 안 돼요… 라지가 몹시 화낼 거예요!"

잔을 내려놓으며 모티가 말했다.

"결혼하기 전에 화내는 게 낫다!"

이 말에 비라는 아무 말도 하지 않았다. 적막한 가운데 새 한 마리가 보리수나무 속에서 소란스럽게 울어대자 하인이 달려나와 소리지르며 쫓아냈다. 그들은 하인의 행동을 보지 않고도 한 편의 소극을 관람하는 것 같았다. 그때 자가트가 일어섰다.

"잘 알았다, 비라. 네 조언이나 의견 같은 것이 없어도 오스굿과 얘기힐 것이고, 그가 어떻게 말하느냐에 따라 라시에게 말을 하거나 하지 않을 것이다. 그게 네가 바라는 것이냐?"

"모르겠어요, 아버지."

그녀는 여전히 시무룩하게 말했다.

"그 아이는 어떻게 해야 할지 몰라요, 오스굿 씨."

한 시간 후 자가트가 말을 꺼내고 있었다. 그는 호수궁전 호텔의 지배인 사무실에 있었는데 책상 뒤쪽이 그의 자리인 듯했다. 그는 미국인을 데려오라고 지시했고, 그 친구가 즉각 비라와의 관계를 이야기하면서 모든 책임이 자기에게 있다고 말하자 마음이 놓였다.

"그건 제 입장도 마찬가지입니다, 전하."

버트가 솔직한 태도로 말했다. 자가트는 버트의 안색이 창백해서, 핏기 없는 얼굴에 작은 반점들이 더 두드러져 보이는 것을 느꼈다. 버트는 아직 말하는 중이었다.

"그녀를 사랑합니다… 적어도 문제들을 깨닫지 못했을 때는요! 제가 너무 지나치게 금발이라서 항상 검은 머리를 좋아하기는 했지만 그녀는 내가 본 여자 중 가장 아름답습니다. 반대되는 것끼리 끌어당긴다는 말이 있지요. 그런데 두려워졌습니다. 그녀는 공주이고 난 아무것도 아니라는 걸 깨달았습니다. 제 아버지는 작은 마을의 치과의사십니다. 이제까지 가족 중 저만 유일하게 고향을 떠났습니다… 언제나 여행하고 싶어했던 것을 빼면 왜 그랬는지 모르겠습니다. 결국은 여전히, 제 고향으로 돌아가서 결혼하고 정착하기를 바랍니다. 지금 이 넓은 세상 중 인도에서 이런 일이 내게 일어났습니다. 그녀는 내 가족과 함께하게 된다면 행복하지 않을 것입니다, 그건 확실합니다. 이렇게 말해도 될지 모르겠지만 제가 그녀의 가족과 지내게 된다면 저도 행복할 수 있을지 모르겠습니다."

"그렇게 말해주다니 매우 정직한 사람이네요."

자가트가 대답했다.

"유일한 질문은 앞으로 어떻게 해야 하느냐죠. 당신이 비라를 더 이상 만나지 않거나 그렇지 않으면 우리 모두를 받아들여야 합니다… 변화를."

자가트는 '재앙'이라고 말하려다 이 젊은이를 좋아했기 때문에 부드럽게 표현했다. 버트의 어려 보이는 동그란 얼굴에 근심이 비쳤다.

"물론 멀리 떠날 수는 있지만, 전하, 그렇지만… 힘들 겁니다. 그녀가 다른 사람을 택해야만 그렇게 할 수 있을 것 같습니다. 제 말은, 예를 들어 만약 그녀가 저를 사랑했다고 말한다면… 저는 그냥 영원히 떠나지는… 못할 것 같습니다."

자가트는 순수하고 근심어린 버트의 얼굴을 보면서 더는 아무 대답도 하지 않았다.

"다른 한편으로는 이곳에는 제가 구상하고 있는 일이 있습니다. 아직 끝나지 않았습니다…. 즉 제가 시작한 일을 끝내야겠다는 책임을 느낍니다."

이제야 한숨을 돌린 자가트는 그 말의 의미를 포착했다.

"공사가 얼마나 끝났나요?"

버트는 실내에 놓여 있는 두 번째 책상으로 가 서랍을 열고 두꺼운 서류철을 꺼냈다.

"물어보실 것 같아서, 최근의 세부사항들까지 자세히 정리해두었습니다. 목록들을 잠깐 훑어보겠습니다…. 실내 장식은 끝났고 배관공사도 모두 끝났습니다. 몇 가지 이상이 있었지만 결국 제가 직접 챙겨서 기계설비도 끝났습니다. 미국 회사에 도움을 청했는데… 추가비용에 대해서 신경 쓰지 않으셨으면 합니다…. 발전기가 불안한 것 같아요. 이 지역 세탁용역은… 그렇게 불러도 될지 모르지만… 완전히 부적합합니다. 그래서 지하실에 우수하고 현대적인 세탁설비를 들여놓았으면 합니다. 아시다시피 그곳은 매우 넓습니다. 게다가 지금은 그곳에 보관중인 물건들을 많이 사용해서 거의 비어 있습니다.

저는 객실에 자부심을 느낍니다, 전하. 아주 멋집니다. 객실 요금은 충분히 받으셔야 합니다. 세탁에 관해서, 우리가 자체 설비를 갖추더라도 마을의 수문계단에서 여자들이 빨래방망이를 두드리는 것은 중지시켰으면 좋겠습니다, 전하. 관광객들은 매일 새벽 5시에 울리는 방망이질 소리에 깨고 싶지는 않을 겁니다. 저도 그렇고요."

"내가 바꿀 수 있다 해도, 그렇게 할 생각은 없어요."

자가트가 즉각 대답했다.

"그럼 앞으로 계속 저렇게 놔두실 거란 말씀입니까?"

감정표현이 풍부한 버트의 얼굴에 실망감이 어렸다. 그게 아니라면 믿을 수 없다는 표정이 역력했다.

"그것은 수세기 동안 내려온 것입니다."

자가트가 말했다.

버트는 한숨을 쉬었다.

"글쎄, 전하께서 백성들을 아시겠지요. 말씀드린 대로 제 임무를 거의 끝마쳤습니다. 그러나 개인적인 감정에 무슨 변화가 생기든 일은 정확하게 끝내고 싶습니다. 전하께 드리는 제안서류철을 만들었습니다. 그리고 저의 재량으로 특정 부서들을 만들려고 합니다… 조직계획, 이렇게 말할 수 있겠지요. 예를 들어 접객부… 이것은 경비, 유니폼 서비스, 객실관리, 시설관리를 말합니다. 연회부… 식음료, 다른 부서와의 조정을 말합니다. 인사부와 회계부… 말 그대로입니다. 물론 홍보부도 굉장히 중요합니다… 객실, 공공장소, 서비스 홍보 등등입니다. 미국인 관리자들을 쓰고 싶으시다면 보세요, 채용 가능한 인물들의 명단을 적어놓았습니다. 그들이 와서 전체적인 상황을 파악하고 추천을 할 겁니다. 더 많은 미국인을 쓰시는 건 전하에게 달려 있습니다."

버트는 말하면서 서류들을 넘겨보다 고무줄로 함께 묶었다.

"물론 모든 일이 마무리될 때까지 이곳에 남아 있지는 않을 겁니다. 아무리 아름다운 호텔이라 하더라도 좋은 직원들과 서비스가 없다면 실패할 것입니다."

"고맙습니다."

자가트가 말했다.

"이 자료를 가져가서 살펴보겠습니다."

자가트는 이 청년을 매우 좋아했는데, 만일 그의 불행한 피부색과 멀리 있는 가족들 그리고 완전히 다른 차이 등의 문제만 없었다면 모든 것이 훨씬 더 중요해졌을 것이다. 비라의 가족은 있는 그대로였고, 물론 시간이 지나면서 변하기는 했지만 왕실의 역사와 지위를 가지고 있어서 모든 것이 너무 어려웠다. 한 번에 하루씩 걸릴 것이다.

"궁금하네요," 자가트가 불쑥 말했다.

"내가 비라의 약혼자인 라지를 부르러 사람을 보내야 할지. 그도 자신의 의견을 말할 기회를 가져야 한다고 생각합니다."

버트는 갑자기 앉았다.

"원하시는 대로 하십시오, 전하. 어쨌든 전 공정하기를 바랍니다."

"우리 모두 그렇습니다."

자가트가 말했다.

"그저 우리가 그 방법을 모를 뿐입니다. 우리 스스로 찾아야 하겠죠."

자가트는 불쑥 손을 내밀더니 버트와 악수를 하고 가버렸다.

"자네는 내 사위가 될 그 친구를 찾아오게."

자가트가 로드리게즈에게 말했다.

"그는 무보님과 뭄베이에 있을 거야. 아니면 부모기 그의 거처를 알겠지. 내게 데려오게."

"네, 전하."

로드리게즈가 대답했다.

"그에게 정말 위급한 일이라고 말하게…. 그에 관한 중대한 문제라고."

"잘 알겠습니다, 전하."

집사가 대답했다.

"그리고 하인들의 입에 오르내리는 건 원하지 않네."

자가트가 날카롭게 말했다. 로드리게즈는 기분이 상한 척했다.

"제가 무슨 말이라도 한 적 있습니까? 전하, 저는 오직 한 분만을 모십니다."

"그럼 계속 나만을 섬기도록 하게."

자가트가 대꾸했다.

"그리고 오래된 궁전에 있는 관리인에게 가보게. 그가 자네에게 여비를 줄 것이야."

자가트는 책상 위의 서류로 다시 눈을 돌렸다. 온 신경이 호수 너머로 미칠 때 서류를 집중해서 보기란 어려웠다. 그는 이곳으로 돌아온 다음 날 부룩과 단둘이 만나지 못했고, 아직 그녀를 볼 수 있는 방법도 찾지 못했다. 모티는 간략한 설명과 함께 영국인 신부를 오늘밤 저녁식사에 초대했다.

"그가 위급한 문제를 논의하기 위해 당신을 만나고 싶어해요, 자가트, 그리고 더 이상 그를 기다리게 할 수 없어요."

자가트는 부룩과 연락할 방법을 찾아내야 했다. 특히 두 사람이 만날 수 없는 날이면 말이다. 그는 손뼉을 쳤고 하인이 방으로 뛰어들어 왔다.

"이것을 왕비마마에게 전해라."

그가 메모를 적으며 말했다.

"답을 곧장 가져오너라."

그는 하인이 모티의 답을 가지고 돌아올 때까지 초조하게 기다렸다. 답장은 봉해져 있었다. 그가 적은 질문은 다음과 같았다.

'오늘밤에 웨슬리 양을 초대할까요? 그녀는 호텔에서 꽤 외로울 겁니다.'

이에 모티가 답했다.

"좋으실 대로 하세요…. 하지만 저를 그녀와 단둘이 남겨두지 마세요."

자가트는 그 말이 무슨 뜻일까 자문해보았다. 자신이 직접 부룩에게 가야 할지 아니면 사람을 시켜 편지를 보내야 할지 곰곰이 생각하다가 펜을 던졌다. 그는 그녀와 단둘이 만나 이야기를 나누며 적어도 다음 며칠 동안의 계획을 세울 때까지 아무것도 할 수 없었다. 지금까지는 어쩌면 일시적으로 평화로웠는지 모른다. 잠시 뒤 그는 모터보트에 올라타고 있었다.

"아니다, 나 혼자 갈 것이다."

그가 사공에게 말했다. 얼마 후 그는 햇빛에 반짝이고, 남동풍에 물결이 일렁이는 호수 위를 건너갔다. 배를 정박한 다음 대기 중인 하인에게 밧줄을 던지고 계단을 뛰어올라 갔다. 로비에서는 실내 장식가 두 명이 떠날 채비를 하고 있었고, 짐가방이 바닥 한가운데 쌓여 있었다. 아까부터 줄곧 한 가지 생각에 사로잡혀 있던 자가트는 그들을 거의 보지 못하다가 이제야 급하게라도 그들에게 감사표시를 해야겠다는 생각이 들었다. 또한 부룩을 초대해서 함께 갈 만한 변명거리를 찾아야겠다는 생각도 했다.

"돌아온 뒤로 객실들을 자세히 보지 못했으니, 지금이라도 살펴봐야겠습니다."

자가트가 뉘우치듯 말했다.

알파 베론은 왕자가 직접 온 것을 보고 어찌할 바를 몰랐다.

"아, 전하." 그녀가 말을 쏟아냈다.

"저희 생각에 폐하가 만족하실 수 있도록 모든 것을 맞추려고 했습니다. 만일 뭔가 잘못 됐으면 그저 알려만 주십시오… 바로 시정하겠습니다, 그렇지요, 로니?"

"정말로 그렇게 할 겁니다, 전하."

로니 베론이 말했다. 연약하고 생기가 없는 이 젊은이는 내키지 않는 듯 미소 지었고, 악수를 하는 손에도 힘이 없었다.

자가트는 서둘러 그들에게서 벗어나려 했다.

"감사합니다… 감사합니다…."

자가트가 정중히 말했다.

"그럼 이만…. 안녕히!"

그는 때마침 나타난 버트 오스굿에게 두 사람을 맡기고는 서둘러 복도 반대쪽에 있는 전화기로 가서, 부룩의 방으로 전화를 걸었다. 그는 그녀의 목소리를 듣고 안도의 한숨을 내쉬었다. 그렇지만 그녀는 언제라도 간단히 **빠져나갈** 가능성이 있었다. 독립적이고 이해하기 어려운 그녀인지라 자가트는 그녀가 어떤 사람인지 종잡을 수 없었다. 그는 너무나 새로운 이 여자에게 아직도 익숙해지지 않았다.

"나와 함께 둘러보겠어요?"

그가 아무렇지 않은 척하며 물었다.

"물론이죠."

그녀가 대답했다.

"여기 로비에서 만나요."

그는 완전히 공개되는 편이 낫다고 생각했다. 그가 로비에 도착했을 때, 장식가들은 없었고 버트만이 책상에 앉아 편지를 읽고 있었다.

"우리의 첫 번째 관람객이 준비되었습니다, 전하."

그가 외쳤다.
"준비가 되었소?"
자가트가 물었다.
"됐습니다."
버트가 말했다.
"그리고 호텔 영업이 시작되어 기쁩니다…. 부분적이긴 하지만 제가 떠나기 전에 말입니다. 주방장을 채용했습니다… 뉴델리에서 오늘 올 겁니다. 직원채용을 계속 진행할까요, 전하?"
"중요한 사람들은 그렇게 해요."
자가트가 대답했다.
"그들 밑에서 일할 사람들은 내가 뽑겠소. 로드리게즈는 호텔로 보낼 생각이에요… 지금은 봄베이에 가 있습니다. 그는 할아버지 때부터 궁전의 집사로 일했어요. 정직하고 아주 훌륭한 고자질쟁이죠. 일어나는 모든 일을 내게 보고할 겁니다. 그는 계략과 소문을 좋아하지만 충직합니다."
"아하."
버트가 말했다.
"그러니까 그가 소식통이었군요!"
자가트가 웃었다. 왜 자신은 이 미국인을 그렇게 좋아하는 것인가? 어쩔 수가 없었다! 곤경에 빠져 있었지만 버트 오스굿은 아침에 웃을 수 있었다.
"장마철에는 손님들이 너무 많지 않았으면 좋겠습니다."
자가트가 말했다.
"당신이 떠나면, 내가 어떻게 그들을 슬겁게 해야 할지 모르겠어요."
"그 사람들은 일주일밖에 머물지 않을 겁니다."

버트가 대답했다.

"사실 뉴욕에 있는 제 친구들인데, 호텔에 대해 궁금해하길래 많은 이야기를 해줬습니다. 그들이 홍보를 톡톡히 해줄 겁니다… 모두 여행사 직원들과 기자들입니다."

"그럼, 신경 써 주세요."

자가트가 말했다. 그러는 중에 복도 저쪽 끝에서 부룩이 다가오는 게 보였다. 그녀는 자주 그렇듯 흰옷을 입고 있었고, 머리카락은 반짝거렸다. 가까이 다가온 그녀의 모습은 행복하고 평온해 보였다. 눈동자도 맑아 보였다.

"웨슬리 양을 모시고 좀 둘러보겠소."

자가트가 말했다.

"저도 같이 갈까요?"

버트가 물었다.

자가트는 고개를 저었다.

"호텔이 손님맞이 준비를 마칠 수 있도록 당신은 끝까지 최선을 다해주었어요. 변화가 있지만 나도 이곳을 알아요."

그는 도시의 반대쪽 객실로 올라가는 넓은 대리석 계단으로 부룩을 안내했다. 대리석 복도가 객실 사이로 이어지고, 각 방의 테라스 바깥으로는 조용히 물이 흐르고 있었다.

"강이 범람하지 않나요?"

부룩이 물었다.

"댐을 지은 후로는 그러지 않아요."

자가트가 말했다.

"우리는 수량을 완벽하게 조절할 수 있습니다."

두 사람은 서로 긴장하면서도 자유로웠다. 자가트는 전에는 여자가 신호를 보낼 때까지 기다린 적이 없었는데 이제는 그녀가 신호를 보낼 때까지 기다렸다. 그가 안내한 세 번째 객실에서 그녀가 마침내 신호를 보냈다. 두 사람이 서서 건너다보니 그 방은 샤자한이 오랫동안 감금되어 있던 섬과 마주보고 있었다. 그녀가 복도 쪽으로 걸어가 열려 있는 문을 닫았다. 그리고는 돌아와 그의 가슴에 머리를 묻었다. 그가 그녀를 안아주었다.

"무얼 할까요?"

그녀가 속삭였다.

"모르겠어요."

"당신이 모르면, 나는 어떻게 알겠어요?"

그녀가 중얼거렸다. 그는 섬세한 표정으로 그녀를 바라다보았다.

"여기서 이야기하는 건 안 되겠어요, 그렇지 않아요? 엿듣는 사람이 없는 먼 곳에서 만나야겠어요. 어디 보자…."

그가 인상을 쓰고 생각했다.

"있어요… 내일 치토르에 갑시다, 우리 둘이. 단둘이 가는 겁니다… 여기서 출발하는 게 아니라 마을에서요. 당신이 동틀 무렵 일찍 배를 타고 나가면 내가 찾을게요. 거리를 따라서 걸어요… 치토르, 그래, 바로 거기예요. 당신이 봤으면 좋겠어요… 조상대대로 내려오는 곳이고 위대한 전사였던 우리 선조들이 거기서 싸웠죠. 비록 싸움에 지고 나서 우리가 다시 회복할 때까지, 선조들과 그 후손들은 치토르에 다시는 들어오지 않겠다고 맹세했지만 알다시피 지금은 수상이 되찾았어요."

"몰랐어요."

부룩이 웃으며 말했다.

"그렇지만 당신이 내일 알려주겠죠."

"하루 내내."

그가 속삭였다.

새벽의 쌀쌀한 기운 가운데 반짝이는 배가 호수 위로 나아갔다. 노를 젓는 사공은 거친 면 소재의 천조각을 어깨에 걸친 채 떨고 있었다. 여자들은 벌써 빨래를 하고 있었다. 부룩은 그녀들을 지나쳐 수문의 계단을 올라갔다. 완전히 텅 빈 거리를 천천히 걸으며 자가트를 기다렸다. 몇 분 뒤 낮은 자동차소리가 들리더니 자가트가 그녀 옆으로 차를 세우고는 그녀를 태우기 위해 차문을 열었다.

"여기 담요를 둘러요."

그가 부드러운 색색깔의 수제담요로 그녀를 감싸면서 말했다.

"밤에는 추워요. 해가 뜨면 달라질 거예요. 우리 인도사람들은 해와 함께 살아가죠."

그것은 사실이었다. 그녀는 도시를 떠나면서, 깨어 있으나 아직은 생기가 없는 마을들을 지나쳤다. 흙집 바깥으로 나온 남자들은 집에서 짠 면 숄을 두르고 앉아 있었는데 추위 탓에 얼굴이 어두워 보였다. 반면 그 집의 여자들은 아침을 짓느라 분주했다. 시간이 가고 해가 높이 떠오를수록 마을은 생기를 되찾아갔다. 남자들은 밭으로 나가고 여자와 아이들은 우물로 향했으며, 많은 개가 사방에 돌아다녔다. 회색 원숭이들도 덩달아 깨어나 나무 위에서 재잘거리고, 검은 새들은 소의 앙상한 등 위에 내려앉아 바삐 움직이며 털가죽에서 벌레를 찾고 있었다. 그녀는 자가트가 혼자서 늘어놓는 말을 들으며 이 모든 풍경을 바라보았다.

"치토르는 길이가 3.5마일입니다. 기원전 1303년 단단하고 평평한 돌산 위에 지어졌지요. 성벽 안에는 채소밭과 호수와 같은, 살아남는 데 필요한 모든 것이 있어요. 선조들은 이곳을 난공불락으로 여겼습니다, 슬프게도! 치토르는 우리의 고대 수도였어요. 이슬람에게 세 번 약탈당했고 마지막 약탈자는 악바르 황제였습니다. 이 요새는 한때 숲에 둘러싸여 있었던지라 호랑이 사냥에 아주 좋았죠! 한때는 사자까지 있었는데 안타까워요…."

부룩은 갈색 스웨이드 가죽처럼 보이는 메마른 봄 들판 사이의 좁은 길을 올라가면서 오전 내내 제 앞으로 펼쳐지는 역사 이야기를 들었다.

"장마와 함께 비가 내릴 때까지 꽃이나 열매가 맺히지 않아요."

자가트가 말했다.

"오직 영국인들이 고추나물이라고 부르는 저 노란 꽃들과 가시덤불만 사방에 보이죠. 아, 저기 요새가 보이네요. 차를 세우고 잠근 뒤에 마을사람에게 봐달라고 돈을 줘야겠어요. 여기에요, 저 바구니 좀 줄래요?"

정오에 두 사람은 산 위의 평지에 차를 세우고 바구니를 끌어내렸다. 돌로 무성한 길을 오르며 자가트가 말했다.

"다른 때는 로드리게즈와 다른 짐꾼들이 기다리고 있었지요. 하지만 오늘은 당신만 있으면 되는데."

그렇지만 누더기를 걸친 마을 아이들이 두 사람을 졸졸 따라다녔고, 자가트가 소리치자 자리를 떠났다. 그리고 나서 단둘이 정상에 올랐다. 그는 폐허가 된 사원의 그늘진 곳에 바구니를 내려놓은 뒤 그녀의 손을 잡고 텅 빈 사원들과 궁전들을 둘러보았다. 그러다 사막의 바람에 조각이 부서진 큰 기둥 앞에 멈추었다.

"모든 것을 다 보여주고 말해주기는 어렵겠네요."

그가 말했다.

"남은 시간이 별로 없어요. 그렇지만 이곳은… 이곳은 우리가 보고 갈 겁니다.… 파드미니의 작은 궁전인데 불에 물러싸인 곳이라 그녀는 침략으로부터 안전했지요. 너무도 아름다운 그녀이기에 왕은 마른 땅을 죄다 차단해버렸어요. 그녀의 거처로 통로가 나지 않도록 말이에요… 거기 서 봐요, 그 뒤를 배경으로. 물에 비친 당신 모습이 보여요. 수면에 비친 파드미니의 모습도 그랬을 거예요… 아, 내 사랑!"

그는 앞으로 성큼 나와 두 팔로 부룩을 감싸 안았다. 그녀는 그의 품에 안긴 채 잠시 서 있다가 고개를 들었다.

"파드미니는 어떻게 됐죠? 정복자들이 쳐들어왔을 때요."

그는 팔을 내렸다.

"그녀는 왕이 죽고 요새가 함락될 때까지 기다렸어요. 그러고 나서 여인들을 데리고 어두운 통로로 가 하인들에게 불을 지르라고 명령했어요. 그녀는 그렇게 숨을 거두었죠."

"슬프네요…."

그녀는 속삭이며 다시 얼굴을 그의 가슴에 묻었다.

시간은 너무 빨리 흐르고, 두 사람은 곧 저무는 해질녘에 서 있었다. 오늘은 그동안과 달랐고, 이상할 정도로 조용하며 사랑도 나누지 않았다. 그들은 조용한 순간과 담소의 시간을 함께 나눴다.

단 한 가지 이상한 사건이 하루를 망쳐놓았다. 정오쯤의 일이었다. 두 사람은 폐허로 둘러싸인 밝은 산허리에 앉아서 이야기하며 샌드위치를 먹고 있었다. 근처 무너진 벽들과 부서진 테라스 사이에 탑 하나가 적막하게 서 있었다. 자가트는 탑에 관해 이야기하고 있었다.

"망루예요."

그가 말했다.

"저기서 우리 선조들은 적들에게 마지막으로 대항하며 몸을 숨기고 있었습니다."

그는 말하는 중이어서 샌드위치를 오른손에 쥐고 있었다. 잠자코 그의 이야기를 듣고 있던 부룩은 갑자기 하늘에서 내려온 커다란 새에 주의를 뺏겼다.

"매다…"

그녀가 외쳤다.

그녀가 소리를 질렀음에도 새는 두 사람을 향해 낮게 날아왔다. 너무 가까이 날아왔기 때문에 그 날갯짓 바람이 두 사람의 얼굴을 스쳐갔다. 그리고 새는 이내 발톱을 펴더니 자가트의 손에 든 샌드위치를 낚아챘다.

그는 빈손을 멍하니 보았다.

"내 손에 아무것도 없었나?"

그녀가 웃었다.

"있었어요!"

그러나 자가트는 웃지 않았다.

"이런 일은 전에 일어나지 않았어! 손에 빵을 들고 있었는데 사라졌어! 불길한 징조야… 내 아들인가? 아니, 그는 이미 죽었어. 다시 도둑을 맞는 건가? 그렇지만 무엇을? 누구를?"

그는 마치 부룩이 곁에 없는 것처럼 혼자서 중얼거렸고 그녀는 그를 큰소리로 불렀다.

"자가트, 이봐요! 그것은 단지 굶주린 매라고요…."

"그렇지만 내 손에서 빵이 사라졌어요!"

"신경 쓰지 말아요. 여기 샌드위치 또 있어요… 아주 많아요. 이곳의 새와 짐승들이 버릇없을 뿐이에요. 그들은 자기들을 인간으로 여기고 있어요…."

그러나 자가트가 다시 샌드위치를 먹도록 부룩이 설득하는 데 삼십 분이나 길렸다. 그닐 오후의 빈욜 넘겨서야 그는 정신을 차릴 수 있었다. 이후 아주 순식간에 해질 무렵이 된 것이다.

"이런 날이 또 올까요?"

그녀가 아쉬운 듯이 물었다.

"그럼요… 꼭 올 거예요."

그가 힘주어 말했다.

산을 반쯤 내려왔을 때 그녀가 멈춰 섰다.

"그렇지만 어떻게요?"

그는 그녀의 턱에 오른손을 힘차게 댔다.

"내 이름을 말해봐요."

그가 말했다. 그녀는 그의 이름을 좀처럼 부르지 않았다. 지금도 소심하게 이름을 불렀다.

"내 질문에 대답하지 않았어요… 자가트!"

"내 이름이 당신의 입에서 달콤하게 들리네요."

그가 부드럽게 말하고 그녀를 놓았다. 그리고는 힘찬 목소리로 다시 말했다.

"한 번에 하루씩만 생각해야 돼요, 하루, 하룻밤. 내일 저녁식사에 올 거예요?"

그녀는 고개를 들고 그의 눈을 바라보았다.

"그래야 하나요?"

"그럼요! 만날 수 있는 기회를 놓칠 수 없어요."

"그럼 약속해요… 나를 그녀와 남겨두지 말아요."

"그래요. 그녀도 똑같은 부탁을 했어요."

"그녀가요? 그녀가 알고 있나요?"

"나도 몰라요."

"그녀에게 미안하네요."

"미안하다고요?"

"당신이 나를 사랑하니까요."

"아, 그래요… 글쎄, 당신 둘은 달라요."

"다르다고요?"

"당신은 다른 세상에 있어요."

"그러면 당신은 어디 있나요? 어느 세상에 있지요?"

"사랑하는 당신, 나도 몰라요. 그것을 우리가 찾아내야 해요. 조금만 기다려줘요."

"네."

그녀가 말했다.

그리고 아무 말 없이 두 사람은 산을 내려왔다.

고백하나 운명의 사슬에 걸리다

다음 날 저녁, 부룩은 테라스에서 그의 말이 무슨 의미였는지 알 수 있었다. 전에 그녀가 자가트 내외 그리고 프란시스 폴 신부와 함께 보냈던 그날 저녁과 다름없지만 또한 완전히 달랐다. 그녀는 전과 같은 여자가 아니었다. 어떤 결정을 하든지 그녀의 여정은 끝났다. 그들은 저녁식사 후 테라스에 머물기 곤란해서 응접실에 앉았다. 바람이 매우 세찬 탓에 가까운 곳의 나무들은 뒤틀리거나 꺾이고, 호수는 물보라가 일며 출렁였다.

"며칠 있으면 비가 내리겠네요."

자가트가 말했다. 하인이 커피와 장미와인을 가져왔다. 오늘밤 로드리게즈는 봄베이에 가 있었다.

"술을 드릴까요, 웨슬리 양?"

자가트가 물었다.

"그래요, 전하께서 권하신다면."

그녀는 자가트와 아무 사이도 아닌 듯 겉으로 속여야 하는 게 어려웠고 안절부절못했다. 저녁식사 내내 대화하기가 힘들었다. 자가트는 자신만의 생각에 빠져 있었고, 모티는 거의 입을 열지 않았다. 프란시스 폴 신부가 아니었다면 식사 자리는 참기 어려웠을 것이다. 하지만 신부는 빌 족과의 일상적인 일에 관해서만 이야기했다. 그가 이 자리에 참석한 목적이 분명히 드러났고, 이제 노골적으로 자신의 이타적인 계획에 부룩을 이용했다.

"빌 족에 대해 아시나요, 웨슬리 양?"

그는 말하면서 방을 가로질러 가더니 그녀 가까이에 앉았다.

"죄송하지만, 당신이 말했던 대로 그들이 여러 부족 중 하나라는 것만 빼고는 몰라요."

"변덕스럽긴 해도 매력적인 사람들이죠."

프란시스 폴 신부는 술을 사양할 양으로 오른손을 저으며 말했다. "그들은 작고 강인하며 매우 용감합니다. 가장 오래된 원시 종족 중 하나로, 반스와라와 둥가푸르의 구릉지에 살며 아주 오랜 세월 동안 지내왔습니다. 그런데 제가 전하를 설득하려고 합니다… 설득할 수 있기를 바랍니다… 좀 더 나아질 수 있도록. 그들은 매우 충성스럽고… 충성심은 그들의 특징 중 하나입니다."

"듣고 있어요, 듣고 있다고요."

자가트가 우두커니 말했다.

"우리 영국인들은 그들을 위해 거의 한 것이 없습니다."

프란시스 폴 신부가 말을 이었다.

"라자스탄 주가 137년 동안 영국의 영토로 있었고, 82년 동안은 영국 황실의 직접적인 통치를 받았지만 빌 족은 별로 나아지지 못했습니다."

"적어도 황실은 모든 위험으로부터 우리 선조들을 보호해주었고 우리는 빌 족을 보호해주었습니다."

자가트가 말했다.

"하지만 이제 이곳은 야수들에게 던져졌어요."

"절대 그렇지 않습니다."

신부가 반박했다.

"전하는 훌륭한 경찰대를 가지고 계십니다. 저는 그들을 존경합니다. 사막의 불편한 텐트와 오두막에서 지내면서 물과 음식을 찾아 10~12일을 돌아다닙니다. 감히 말하건대 그들을 힘들게 하는 것은 도적과 밀수업자 그리고 가축도둑들보다는 끝이 없는 외로움입니다. 아니, 아닙니다, 전하. 보물은 당신의 백성들 마음속에 있습니다. 우리 빌 족이 범죄에 연관된 것은 사실입니다. 전하, 다시 한 번 말씀드리는데, 학교를 짓고 더 많은 우물을 팔 때까지 이 문제들은 풀리지 않을 것입니다. 관개수로가 전하의 지휘 아래 진척되고 있는 것은 알지만 그거로는 충분치 않습니다. 제게 계획이 있습니다… 전하, 당신의 백성들 중에 빌 족이 이제까지 적어도 약간은 나아졌음을 다시 한 번 기억해주시길 부탁드립니다. 그것은 교육과 건강에 관한 겁니다."

"나는 그들을 위해 1000여 채가 넘는 집을 지었습니다."

자가트가 말했다. 신부가 가로막았다.

"충분치 않습니다, 전하! 우리가 필요한 것은 새로 식수가 나오는 곳에 재정착할 수 있도록 준비하는 것입니다."

"그것은 계획대로 진행될 겁니다."

자가트는 이제 화가 났다. 이 영국인이 지금 자신의 복음을 설교하고 있는 것인가! 자가트가 날카롭게 말을 이었다.

"알다시피 이 주는 4개의 지역으로 나뉘어 있어요. 어느 곳에 관개시설이 가장 필요한지는 전적으로 강수량에 따라 정해집니다. 400피트까지 깊이 파보았지만 지하수에는 소금기가 있습니다. 그런

곳에서는 수로만이 효과가 있을 겁니다. 예컨대 강 수로를 보세요. 페로제포레 둑에서 물을 끌어와서 모든 지역을 바꾸어놓았죠! 제발, 나우랑데사르 지류에서의 공로를 인정해주면 좋겠습니다."

"그것은 인정합니다."

프란시스 폴 신부가 온화하게 말했다.

"그리고 아시리아 세미라미스* 여왕의 기념비에 새긴 비문이 생각납니다. 기념비를 보셨나요, 웨슬리 양?"

"비문을 본 게 기억나요."

부룩이 말했다.

"이렇게 씌어 있던데, 맞나요?"

그녀는 잠시 멈추고 나서 맑고 청아한 목소리로 암송했다.

" '나는 힘찬 강물을 내 의지대로 흐르게 하리라. 그리하여 전에는 메마르고 아무도 살지 않던 땅에 물줄기를 뻗게 하리라.' "

"정확합니다!"

프란시스 폴 신부가 소리쳤다.

"그리고 얼마나 잘 외우시는지! 전하, 전과 같이 많은 지역에서 이 일을 착수해야 합니다."

"그럴 겁니다."

자가트가 힘주어 반박했다.

"하지만 비용을 생각해야 합니다. 우리가 가지고 있는 돈으로는 이보다 빨리 할 수 없어요. 예를 들어 물이 흘러가는 동안 손실이 심각합니다. 멀리 내다보면 수로를 벽돌로 쌓는 게 낫지만 현재 소요

---

*Semiramis 고대 오리엔트의 전설적인 여왕으로, 반인반수의 여신인 아타르가티스의 딸이다. 아시리아의 왕인 니노스와 재혼하였으며 니노스 사후 여왕으로 군림하면서 메소포타미아와 이란 등지에 도시·도로·하수도 공사 등 대규모 건설공사를 벌였고, 특히 세계 7대 불가사의 중 하나인 '바빌론의 공중정원'을 건축한 것으로 유명하다.

되는 비용이 만만치 않아요."

그럼에도 프란시스 폴 신부는 열변을 토했다.

"한편 숲을 다시 조성하는, 조림계획을 세워야 합니다, 전하. 사람들은 수세기 동안 구릉에서, 심지어 작은 나무도 벨 수 있도록 허락받았습니다. 전하, 지금껏 삼림을 잘 관리해오신 것에 경의를 표합니다. 그렇지만…"

부룩이 자리에서 일어났다. 그녀가 보기에 자가트는 더 이상 참을 수 없는 지경에 이르렀다. 게다가 왕비는 이 상황에서 자가트를 구해내기 위해 아무런 노력도 하지 않는 것 같았다. 모티는 무관심한 채로 조용히 금무늬가 들어간 의자에 앉아 있었다.

"전하."

부룩이 높고 맑은 목소리로 말했다.

"폭풍을 보고 싶어요. 나무들이 이리저리 흔들리는 걸 보고 있었는데 저 창문을 닫으셨잖아요. 볼 만한 풍경일 거예요."

"아!"

자가트가 안도하는 기색으로 대답했다.

"탑 위로 데려다드리지요. 잠시만 실례해요, 모티… 그리고 신부님?"

왕비는 고개를 끄덕였지만 신부는 끈질겼다.

"돌아오시면 15분만 더 주시겠어요?"

"알겠습니다."

자가트가 말했다. 부룩과 그는 방에서 나갔고, 몇 분 동안 모티와 프란시스 폴 신부도 아무 말이 없었다. 그러다 모티가 고개를 들었다.

"신부님, 고백하고 싶어요."

"네, 왕비마마."

"칭호는 잊어주세요."

"알겠습니다."

"신부님, 제 삶을 견딜 수가 없어요."

"누구나 그럴 때가 있습니다."

"때를 이야기 하는 게 아니에요. 오직 지금을 말하는 겁니다… 지금 이 순간, 우리가 이 방에 단둘이 앉아 있을 때, 이곳에서, 당신과 내가."

"어떻게 도와드리면 될까요?"

"당신이 신부라는 것을 잊게 해주세요. 그래도 될까요?"

신부는 대답하지 않았다. 그는 반쯤 놀란 얼굴로 모티를 쳐다보았다. 그녀는 눈앞에서 달라진 모습으로 재빨리 말을 이어갔다. 그녀에게서 좀 전의 무관심함은 사라지고 없었다. 그녀는 신부에게 몸을 기울인 채 다급한 목소리로 말했다.

"전에는 누구도 사랑해본 적이 없어요… 아무도, 아시겠어요? 이제 당신을 사랑한다는 걸 깨달았어요. 당신을 사랑하는 건 내 바람이 아니에요. 제 어머니에게서 누군가를 사랑하는 것은 불행이라고 배웠어요, 특히 여자가 남자를 사랑할 때는 더욱."

그는 두려움과 동정심이 뒤섞인 채 깜짝 놀랐다.

"사랑하는 영혼이여, 당신은 남편을 사랑하지 않나요?"

"예, 절대로." 그녀가 말했다.

"그는 당신을 다정하게 대하던데요."

"그건 사랑이 아니에요."

"그는 당신을 사랑하나요?"

"내가 그를 사랑하지 않는데 어떻게 그가 나를 사랑하겠어요?"

"그럼 당신의 잘못은 아닌가요?"

그녀는 못 참겠다는 듯 부채를 바닥에 던졌다.

"방법이 있을까요?"

"그를 사랑할 수 있게 해달라고 기도하세요."

그녀는 씁쓸하게 웃었다.

"사랑에 대해 정말 모르는군요!"

그는 한 번도 그녀가 조급해하는 모습을 보지 못했는데, 그녀는 성급히 일어나더니 재빨리 마루를 가로질러 그의 발치에 무릎을 꿇었다. 그리고 자신의 손을 그의 무릎에 얹었다.

"도와줘요!"

그는 생전 처음으로 여인의 눈동자를 바라보았고, 그녀의 사랑에 무기력해졌다.

"도와줘요."

그녀가 다시 말했다.

"도와줘요!"

그는 그녀의 손 위에 자신의 손을 올려놓으며 예전처럼 떨었다.

"사랑하는 이여, 사랑하는 이여."

그가 나지막이 말했다.

"어떻게 도울 수 있는지 알았으면 좋겠어요."

그는 온 힘을 다해 그녀의 손을 그녀의 무릎 위로 부드럽게 치웠다. 그리고 그녀를 일으켜 세웠다.

"우리는 있는 그대로의 자신입니다."

그가 말했다.

"당신은 위대하고 선한 분의 아내고 나는 하나님을 섬기는 신부입니다. 이것이 우리의 운명입니다. 만일 우리가 다시 만나든… 만나지 못하든, 가슴이 아플 겁니다… 그것은 단지 우리가 함께 하나님의 사역을 하고 있기 때문입니다. 당신의 신이 크리쉬나(힌두교의 영웅신)이고 나의 신이 예수님인 것이 무슨 의미가 있습니까? 둘이 같다고 말하는 사람들도 있습니다… 크리쉬나krishna가 크리스티kristi

라고 불렸었다고… 누가 알겠어요? 당신의 백성들을 위해 함께 일해요, 나의 사람들이기도 하니까요. 내 사람이 되도록 만들었어요."

그는 성호를 긋더니 머뭇거리다가 그녀의 오른손을 잡고 입을 맞춘 뒤 다시 내려놓았다.

"당신이 한 말을 절대로 잊지 않겠어요. 영광으로 생각합니다. 그럼 실례지만 이제 폐하께 잠시 다녀와야겠어요. 그가 백성들을 위해 계획 중인 모든 일에 당신의 도움이 매우 필요해요. 이걸 항상 기억하세요… 내… 내 친구란 것을. 나의 사랑하는 친구."

고개 숙여 인사를 한 신부는 옷자락을 휘날리며 서둘러 자리를 떠났다. 마루 한가운데 서 있는 모티의 뺨 위로 눈물이 흘러내리고 있었다.

내 손수건을 써요, 아름다운 옷이 망가지잖아요

집사 로드리게즈는 이틀 동안 라지의 행방을 찾아 나섰다. 그러나 봄베이 어딘가에 있을 라지는 좀처럼 나타나지 않았다. 할 수 없이 로드리게즈는 혼자서 떠날 준비를 하고 있었다. 그러던 중 도시의 한 지하에서 라지의 고아 친구들을 만났고, 그들을 통해 라지의 소식을 들었다. 요컨대 라지가 봄베이의 영화사 중 가장 유명한 곳에서 영화를 찍고 있는 새로운 젊은 여배우에게 푹 빠져 있다는 것이다.

처음에 로드리게즈는 독실한 기독교 신자로서 주인님의 사윗감이 그런 쓸데없는 짓을 하고 있다는 사실에 매우 화가 났다. 그러나 집사는 곧 이 새로운 불행을 들추지 않으리라고 생각했다. 현재 힘든 상황에 놓여 있는 왕의 가정에 더는 문제를 보태지 않는 편이 나은 것이다. 집사는 젊은 스타가 촬영장에 나오는 시간을 미리 체크하고는 셋째 날 정오쯤에 영화사에 도착하였다. 그는 여배우에게 라지나라지의 소재를 묻는 대신 스타인 그녀에 대해 물어보았다. 그리고 가까이 다가가서야 그녀가 다름 아닌 세라 롤이라는 것을 알았다. 물론 그는 자이와 세라가 서로 알고 지낸 사이라는 것을 몰랐다. 하지만 그가 자신을 아마푸르 왕궁의 집사라고 소개하자 아름다운 그녀가 울음을 터뜨렸고, 그제야 두 사람의 관계를 알게 된 것이다. 세라는 하녀가 머리를 빗겨주는 동안 분장실의 거울 앞에 앉아 있었다. 동시에 그녀의 의상코디가 고대역사극 캐릭터에 맞는 큰 황금보석을 달아주고 있었다.

"왜 우시나요, 아가씨?"

집사가 물었다.

"그게, 자이는 내 친구였거든요."

그녀가 훌쩍거렸다.

"지금껏 그를 아는 사람을 만나지 못했어요."

"젊은 라지 나리가 아실 텐데요."

로드리게즈가 소리 질렀다.

"그가 자이의 누나와 약혼했으니까요."

이 말에 분노한 나머지 눈물이 곧 말라버린 젊은 여인은 라지를 데려오라고 소리쳤다.

"라지! 라지… 어디 있는 거야?"

그녀가 외쳤다. 모두가 라지를 찾았다. 그가 있을 만한 곳과 아닌 곳까지 뒤졌다. 얼마 후 그가 막 도착하여 세트장에서 그녀를 기다리고 있다는 것이 밝혀졌다. 세라 롤은 빨간색과 황금색의 옷을 집어들고 분장실을 뛰쳐나갔다. 로드리게즈도 뒤따라 나갔다. 그리고 마침내 자신이 찾아다니던 젊은이와 대면하게 되었다.

"라지."

세라가 울부짖었다.

"어떻게 당신이 자이의 누나와 약혼했다는 사실을 숨길 수 있어요?"

젊은이의 얼굴이 검붉어지고 귓가의 털이 곤두섰다.

"말했어야 하나요?"

라지가 받아 넘겼다.

"당연히 했어야죠."

그녀가 이제는 화가 나서 소리쳤다.

"만일 내가 그 사실을 알았더라면 당신과 인생을 낭비했을 거라고 생각하나요? 첫 번째, 자이의 누나… 당신이 나를 개처럼 쫓아다니도록 내버려둬서 그녀에게 상처를 줘야 하나요? 두 번째로, 이게 첫 번째인지도 모르겠지만 왜 내가 결혼 대신 당신이 바람피우는 것을 받아들여야 하나요? 사라져버려요… 사라져요!"

갑자기 그녀는 제 의사와는 상관없이 다시금 눈물을 쏟아냈다. 자이의 사망 소식을 들은 후로 그녀는 절로 눈물을 흘렸다. 자이는 모두에게 영웅이었지만 그녀에게는 절대 결혼할 수 없는 남자로서 완벽한 연인이었다. 절망 속에서 그녀는 부모에게 반항하며 봄베이의 이 영화사에 들어왔고, 뻔뻔스럽게 백만장자로 잘 알려진 아버지의 이름을 사용했다. 또한 그녀는 배우의 자질도 지니고 있어서 새롭고 모던한 영화인 〈여성의 승리〉에 출연한 도도한 스타였다. 그녀는 요즘 자이를 잊고서 대부분의 시간을 보낼 수 있었다. 하지만 또다시 자이가 생각나자 슬픔에 분노가 더해졌고, 그칠 줄 모르는 눈물바람에 분장이 망가져버렸다. 그녀는 넓은 치맛자락을 두 손으로 잡고는 문 안으로 들어온 새를 쫓듯이 라지를 쫓아갔다.

고아인 로드리게즈는 상황이 적절하게 흘러간다고 생각했다. 왜냐하면 매우 화가 난 라지가 자신을 비웃고 있는 사람들 앞에서 그렇게 사라졌기 때문이다. 로드리게즈가 왕궁에서 일어난 일을 라지에게 전할 때는 미국인에 대한 제 분노를 더욱 전가시킬 수 있었다.

"뭐라고!"

라지가 외쳤다.

"내가 약혼했던 여자 때문에 망신을 당하게 되었구나! 이 모든 일이…"

라지는 영화 촬영장 문을 향해 고개를 끄덕였다.

"영화 같고 말도 안 된다! 빨리… 아마푸르로 돌아가자. 내가 이 미국놈을 직접 만나서 자기 나라로 보내주겠어."

로드리게즈의 생각보다 훨씬 일찍 두 사람은 길을 나섰다. 비행기를 타고 출발하여 그날 밤, 아마푸르에 도착했다. 거의 자정이 다 된 시각이었다. 라지가 공항 호텔에서 저녁식사를 푸짐하게 하는 바람에 지체되었을 뿐이다. 그가 미국인을 만나러 갔을 때 버트는 벌써 잠자리에 들어 있었다.

"일어나, 일어나!"

라지가 소리쳤다.

"침대에서 빨리 나와, 이 도둑놈!"

버트는 일어나 앉아 멍한 상태로 옆에 있던 전등을 켰다. 대부분의 미국 젊은이처럼 그도 거의 죽은 듯이 자고 있었다. 라지의 성난 눈과 분노로 곤두선 귓가의 털을 보자 버트는 정신이 번쩍 들었다.

"여기 앉아요, 친구."

버트가 말했다.

"얘기 좀 합시다."

"무슨 할 말이 있나?"

라지가 다그쳤다. 그의 영어는 훌륭했지만 순간적으로 흥분하여 인도식 표현이 튀어나오고 있었다.

"당신은 내 마음 깊은 곳에 상처를 남겼어요! 마음을 훔치는 도둑처럼, 당신이 내 삶에 침입했어!"

가까운 의자에 앉은 라지는 주머니에서 커다란 비단 손수건을 꺼내 얼굴과 손을 닦았다. 버트는 자신이 슬리퍼와 목욕가운을 입고 있음을 알았다. 그는 하품이 나오려는 걸 참으려 했지만 마음대로 되지 않아 그냥 했고, 물에서 나온 개처럼 몸을 떨었다.

"자, 그럼."

버트가 말했다.

"무슨 일입니까?"

라지가 그를 노려보았다.

"당신이 모른단 말입니까?"

"솔직히 모르겠습니다."

버트가 대답했다.

"만일 당신이… 그렇군요. 당신이… 라지!"

"아, 이제야 죄책감이 드나보군!"

라지는 승리감에 고함을 질렀다.

"맞아요, 내가 라지요!"

그는 꽉 쥔 두 주먹으로 자신의 가슴팍을 두드렸다.

"당신의 사죄를 받으러 왔어요!"

"무엇에 대해서 말입니까?"

버트가 부드럽게 물었다.

"비라, 결혼을 약속한 내 사랑, 약혼녀에게 가지고 있는 애정 말입니다!"

"이봐요."

버트가 말했다.

"이성적으로 생각해봅시다. 만약 그녀가 당신을 선택한다면 그녀는 당신 것이에요. 만일 그렇지 않다면, 글쎄… 공정하게 경쟁해야죠."

"선택은 말도 안 되요."

라지가 새된 목소리로 외쳤다.

"선택하기에는 너무 늦었어. 우리 가족은 이미 결정했습니다. 모든 절차가 끝났어요. 주사위는 던져졌단 말이야."

"같이 가서 한잔합시다."

버트가 말했다.

"어디 말이오?"

라지가 물었다.

"아래층에 바로 갑시다. 아직 많이 없지만 위스키 몇 잔이면 생각이 정리될 거예요."

아무 말 없이 버트는 자고 있던 야간 경비원 두 명을 깨우면서 복도를 지나갔다. 그리고 바에서 음료를 섞으면서 라지를 향해 오라고 손짓했다. 그 둘은 서로 마주보며 작은 대리석 탁자를 사이에 두고 앉았다. 라지는 술기운에 이내 부드러워졌다.

"그녀를 사랑해요?"

라지가 물었다. 상대를 뚫어질 듯 바라보는 그의 검은 눈과 긴 속눈썹이 대찼다.

버트는 조심스러웠다.

"이렇게 말하죠. 그녀는 무척이나 매력적인 여자예요. 만일 그녀가 자유롭다면, 자신의 진로를 결정할 수 있고 그렇다면, 난 그녀를 사랑할 수 있어요."

"심지어 미국인이면서도 그녀가 매력적인가요?"

"아주 많이요."

"그건 칭찬으로 받아들이겠어요, 감사합니다."

라지는 오른손으로 큰 동작을 취했다.

"나에게 그녀는 놀라울 정도로 매우 아름답지요. 그녀를 사랑합니다."

"이해할 수가 없군요."

버트가 말했다. 자신의 조심스런 말들에 그는 고통을 느꼈다. 분명히 이 일은 아주 어려워질 것 같았다. 상식적으로는 가능한 한 빨리 집으로 돌아가야 한다고 생각했지만 절대로 잊지 못할 이 아름다운 인도소녀에게는 무엇인가 특별한 게 있었다. 그는 자신이 누구와 결혼하든, 얼마나 오랫동안 결혼생활을 하든, 이 궁전에 자신의 인연이 있었다고 생각할 것이다.

"나의 열정적인 사랑을 지금까지 몰랐다고 말하는 건 아니에요."

라지가 말했다.

"이 사랑을 깨닫게 해준 당신에게 감사해요. 그렇지 않았다면, 만일 사랑을 깨닫게 되더라도 많은 시간이 필요했을 겁니다."

"그녀도 물론 당신을 사랑해야 해요."

버트는 그 점을 상기시키며 다시 잔을 채웠다.

"물론이죠, 물론이에요."

라지가 아무렇게나 대꾸했다.

"그게 사실이란 건 내가 알고 있어요. 하지만 인도 소녀들은 남편과의 관계에 있어서 어머니와 나이 든 여자들에게 매우 잘, 교육을 받았죠. 그들은 자신의 남편을 사랑하라고 배웠어요."

"당신은 좋은 사람이네요."

버트가 말했다. 그것은 또한 사실이었다. 라지는 감정이 풍부하고 활기찬 좋은 친구였다. 그는 자신의 아내를 기쁘게 해주려고 할 것이다. 게다가 그는 비라에게 모든 것을 걸고 있다. 그녀는 그와 함께 자유롭게 살 수 있을 것이다. 그리고 거기엔 풍요로움이 있었다. 버트는 생각했다. 라지는 매우 비싼 영국제 옷을 입고, 오른쪽 작은 손가락에는 커다란 다이아몬드 반지를 꼈다. 수십 년이 지나 버트 자신이 인도로 돌아온다면 그들, 즉 라지와 비라를 다시 만날 것이고, 그녀는 검은 머리의 아이들과 함께 아름다운 부인이 되어 있을 것이다. 그리고 사내아이들의 귓가에는 털이 나 있을 것이다.

"그거 알아요, 라지…"

버트가 말을 하려다 멈추었다.

"그래요, 그래."

라지가 관심을 보이며 말했다.

"마음속에 있는 걸 다 털어놔봐요."

"당신이 돌아와서 몹시 기뻐요."

"고마워요…. 왜죠?"

라지가 손을 내밀자 버트가 잡았다. 아주 뜨겁지만 축축했다.

"당신이 오지 않았으면 어리석은 상상을 할 뻔했어요. 그것은…"

"뭐가요?"

"우리는 언제나 친구일 거예요. 그리고 결혼식에서 당신의 행복을 빌어줄게요. 내일 비라의 행복을 빌 수 있게 해줘요, 그 다음 날 미국으로 돌아갈 테니."

"당연히 그녀를 만나고 우리의 행복을 빌어줘야죠. 우리는 곧 결혼할 겁니다… 2주 후쯤에, 별자리의 운이 좋은 날에요."

"좋아요! 그러면 이제 당신이 잘 방으로 안내해 드릴게요."

이튿날 버트는 궁전으로 가 왕과의 만남을 청했다. 안내를 받고 나아가자 왕은 언제나처럼 궁전 사무실의 할아버지 책상 뒤에 앉아 있었다. 다행히 그는 혼자였고, 버트는 솔직히 말할 수 있었다.

"전하, 허락해주신다면 내일 우리나라로 돌아가고 싶습니다."

"왜 그렇게 서두르는 겁니까?"

"당신의 사위될 분이 어젯밤에 왔습니다, 전하. 우리는 오랜 시간 이야기를 나누었습니다. 제가 그의 인생에 끼어드는 것은 따님의 인생을 방해하는 것이므로 매우 잘못된 일이라는 것을 알았습니다. 아직은 우리 사이에 장애물들이 존재하고 있습니다. 그녀는 우리나라에서 행복하지 않을 것이고, 저도 여기 남아 있는 게 정말 행복하지는 않습니다. 우리의 행복은 그저 떠다니는 허상이고, 저는 고향을 좋아하는 사람입니다. 저야 그곳에서 잘 지낼 수 있지만 그녀를 나처럼 잘 지내도록 할 수 없고, 그녀도 그리 하지 못할 겁니다… 낯선 나라에서 말입니다. 이곳에는 각자에게 편리한 환경이 마련되어 있습니다. 저는 그것을 무너뜨리고 싶지 않습니다, 특히 당신의 딸 때문이라면요."

서로 이리 가깝게 느낀 적이 없었는데 순간 동질감이 두 사람의 가슴속에서 솟아났다. 자가트가 일어나 버트의 손을 잡고 악수했다.

"당신은 겸손하고 예의바르며 현명하게 말하고 있어요."

그가 따뜻하게 말했다.

"나는 내 자신과 가족들에게 감사합니다. 그럼 이제 내가 무엇을 도와주면 되겠어요?"

버트가 머뭇거렸다.

"잠시라도 그녀를 볼 수 있다면 제 마음을 전하고 싶은데…."

"물론입니다."

자가트는 벨을 눌렀고, 하인이 들어왔다.

"내 딸에게 즉시 오라고 전하거라."

자가트가 명령했다. 두 사람은 비라를 기다리는 동안 안절부절못했지만 조용했다. 모든 것을 털어놓았고, 감정이 최고조일 때 헤어질 시간이었다. 옅은 청색과 은색의 사리를 입은 비라가 손과 발에 은반지를 낀, 아름다운 모습으로 들어오자 자가트는 안도하며 일어섰다.

"나는 그만 나가볼 것이니 둘이 얘기해보거라."

그가 말했다.

"15분 뒤에 돌아오겠소."

"그렇게 오래 걸리지 않을 겁니다."

버트가 말했다.

"무슨 일이에요?"

문이 닫히자 비라가 속삭였다. 버트는 다가가 그녀의 고운 손을 잡았다.

"비라, 힘들 것 같아요."

"뭐가 힘들 것 같아요?"

"당신과 나 말이에요, 라지가 여기 왔어요."

그녀는 손을 빼더니 발을 굴렀다.

"그를 돌려보낼 거예요!"

"아니오, 그러지 말아요, 비라. 라지는 당신을 사랑해요. 당신과 결혼하길 원해요."

"덩치만 큰 멍청이!"

그녀의 눈에 눈물이 맺혔다.

"단지 그 사람만 그런 게 아니에요."

버트가 말했다.

"가족들도 있어요. 당신의 아버지는 내게 아주 잘해주셨어요… 훌륭한 분이죠. 그분에게 상처를 줄 수 없어요."

그녀는 훌쩍이며 버트에게 가까이 다가와 기대었다. 그는 두 팔로 그녀를 안지 않았다. 더 이상 그럴 수는….

"우리 더 이상 가족은 신경 쓰지 말아요."

그녀가 훌쩍거렸다.

"그건 너무 구식이에요. 봄베이의 여자들은…"

"당신은 봄베이의 여자가 아니에요."

버트가 말했다. 그의 목소리는 흔들리지 않았다.

"당신은 공주예요. 당신의 역할을 해야 해요. 그리고 나는 그것을 도와줄 수가 없어요. 나는 왕자가 아니지만 라지는 맞아요. 당신 둘은 멋진 한 쌍이 될 거예요. 멋지고 예쁜 아이들을 가질 거고, 당신처럼 아이들도 궁전에서 자랄 거예요. 미국에는 궁전이 없어요. 있다 해도 거기서 살 수 있을지 모르겠어요."

비라는 큰 눈으로 그의 얼굴을 쳐다보다가 갑자기 오른발을 구르며 소리 질렀다.

"당신은 정말 겁쟁이예요!"

그녀의 샌들이 벗겨져 날아갔다. 버트가 샌들을 잡아서 그녀의 발에 신겼다. 부드럽고 고운 그녀의 발이 손으로 느껴졌다. 그를 내려다보던 그녀는 갑자기 울먹이기 시작했다. 그가 일어섰고, 그녀는 물러나며 사리 자락으로 눈가를 훔쳤다.

"여기,"

버트가 말했다.

"내 손수건을 써요. 아름다운 옷을 망가뜨리지 말아요."

눈물을 닦은 그녀는 젖은 속눈썹으로 그를 책망하듯 바라보았다. 그는 찡그리며 슬픈 미소를 지었다.

"안녕, 비라."

그는 짧은 인사를 뒤로하고 방에서 나갔다. 홀로 선 그녀의 두 뺨 위로 눈물이 흐르는 것을 자가트가 보았다.

"자, 자,"

그가 딸의 어깨에 팔을 올리며 말했다.

"자, 이제 그만 울어라, 애야. 버트는 좋은 사람이다… 미국인이지만 아주 좋은 사람이야. 그 사람 때문에 나는 미국을 항상 좋아할 것 같구나. 하지만 그는 너의 짝이 아니야, 애야. 네가 여기 없으면 우리는 어떻게 하겠니? 그리고 우리가 잘 아는데 라지는 너를 사랑한다. 보석과 사리를 선물하고, 파리와 런던에도 데려갈 거야. 더 이상 울지 마라, 비라."

그러나 그녀는 아버지에게서 떨어져 양발을 구르며 말했다.

"울고 싶어요!"

그녀가 소리쳤다. 자가트는 익숙한 듯 어깨를 들썩였다.

"그럼 울어라, 아가야! 눈물은 슬픔을 씻어 내리지. 그렇지만 나는 시간이 없구나. 엄마에게 가거라."

비라는 울부짖으며 뛰쳐나갔으나 어머니에게 가지 않았다. 대신 자신의 방으로 가서 손뼉으로 하녀를 불렀다. 나이 든 하녀가 오자 그녀를 꾸짖었다.

"내가 필요로 할 때 어디 있었던 게야? 등명제(힌두교 축제. 11월 중순경 인도에서 열림) 때 입었던 황금빛 사리를 가져와. 내 약혼자가 왔으니 최대한 잘 보여야 해. 나는 2주 안에 결혼할 거야."

자이의 유품과 새 아기

장마가 미뤄지면서 하루하루가 지나갔다. 맑고 뜨거운 하늘에 태양이 은빛으로 빛났다. 호수궁전 호텔은 세계 곳곳에서 온 손님들로 서서히 차기 시작했다. 그리스 공주와 신랑이 신혼여행을 왔고, 미국 상원의원 세 명이 워싱턴에서, 나이 든 독신녀 자매 두 명이 런던에서 그리고 퇴역한 영국 중령과 그 부인이 왔다. 그러나 공식적인 개업식은 미국의 많은 여행사와 기자들이 도착하기 전에는 열리지 않을 것이다. 개업식은 자가트의 요청에 따라 두 번 연기되었다. 버트가 떠난 자리를 대신할 사람을 찾기 힘들었다. 또한 비라의 요란

한 결혼식이 끝나고, 그들 부부가 봄베이에 있는 새 집으로 떠나기 전까지, 자가트는 세탁설비와 미국에서 주문한 냉동보관 창고를 설치할 수 없었다.

"당신이 없었다면 어떻게 했을지 모르겠어요."

그가 부룩에게 거듭 말했다. 그녀는 곤경에 처한 그를 보고 묵묵히 나서서 도와주겠다고 제안했다.

"나는 교육받은 사업가가 아니에요."

그녀가 말했다.

"하지만 서신에 답장을 보내고, 손님들을 위해 객실 준비가 잘 완료되었는지 점검할 수 있어요."

"당신을 비서나 객실 청소부로 만들 수는 없어요."

그가 퉁명스럽게 말했다.

"아니에요, 아니에요."

그녀가 답했다.

"단지 잠시 동안이잖아요. 당신은 전문가가 필요할 거예요. 제발 하게 해줘요, 자가트! 당신에게 도움이 된다면 나도 행복해요."

두 사람의 관계는 변하기도 했지만 아직은 그대로이기도 했다. 그들은 밤에 한 번도 다시 만나지 못했고, 그녀는 가끔 '그를 언젠가 만날 수 있을까?' 하고 생각했다. 호텔의 분주한 일상이 그들의 시간과 생각을 앗아갔다. 그러다 소중하고 귀한 순간이 왔다. 우연인지 그가 계획한 것인지 알 수 없지만 그녀 홀로 있을 때 자가트는 그녀의 손을 낚아채 두 손으로 잡거나 지나가면서 그녀의 머리카락에 스치듯 입 맞추었다. 그런 순간순간마다 부룩은 아무것도 변하지 않을 것임을 알았다. 오직 어떤 시간, 어느 곳이냐가 문제였다. 떠나리라는 생각을 그녀는 해보지 않았다. 그는 이곳에 있다. 그녀는 밤에 혼자 잠들 때면 내일의 꿈을 꾸었다. 그를 만나서 이야기를 나누고 잘 지내는지 확인하는 꿈이다. 그는 그녀에게 마음속 깊이 자리 잡은 사랑이었고 비밀스러운 기쁨이었다. 그녀는 그를 완전히 믿었다. 그가 시간과 장소를 일러주면 매번 그곳에 가 있었다. 그때까지, 그녀는 자신은 홀로 살 거라고 스스로에게 말했다.

그리고 그녀는 홀로 지냈다. 결코 자가트와 단둘이 볼 수 없었다. 그는 그녀의 방에 들어갈 수 없었고, 단둘이 사무실에 있을 때도 문을 닫을 수 없었다. 그녀는 로드리게즈를 의식했다. 직원들의 수장으로 승격된 로드리게즈는 자가트와 모티에게 나름의 방식으로 충성을 다하고 있었다. 미국인이라면 누구도 믿지 않는 그는 이러한 충성심의 발로에서 부룩을 주의 깊게 감시했다. 그는 버트가 떠나고 나자 승리감을 만끽했고, 기세등등한 모습으로 미국인이 물러선 사실을 자랑하고 다녔다. 또한 자신이 부룩과 주인 사이에 어떤 사적인 관계가 있음을 발견하면, 주인이 자기를 쫓아내려 할 것임을 확신했다.

그러므로 부룩은 내면의 평화와 변치 않는 자가트의 사랑을 확인하고, 호텔로 돌아와 그 아름다움을 즐기며 자신만의 미를 창조했다. 그녀는 매일 아침 몇 시간 동안 공공장소와 객실의 꽃들을 정리했다. 그녀의 관리 덕에 안뜰의 정원에는 꽃들이 만발했다. 그녀와 자가트는 곧 만날 테지만 지금 그는 단지 그녀 옆을 지나면서 미소를 짓거나 몇 마디 인사말만 남겼다. 물론 그는 오후 늦게 자신의 궁으로 돌아갔다. 하지만 그녀는 사방에 듣는 귀가 있으므로 그에게 전화하지 않기로 했다. 남은 하루는 길기만 했다. 그녀는 마을을 산책했고, 잠시 동안 배에 올라 노를 저었다. 물결 소리를 들은 자가트가 부룩을 향해, 혼자선 작은 배를 타지 말라고 일렀다.

"악어들이 얼마나 잔인한데요."

그가 말했다.

"녀석들을 죽일 수 없었어요. 그들의 비늘은 강철 같아요. 총알조차도 그들의 몸에 상처 하나 못 내고 튕겨 나가지요. 제일 좋은 무기는 창인데, 그들의 아랫배에서 노란 부분이 시작되는 곳이 급소라는 걸 아는 사냥꾼이 던져야 해요. 창을 지니고 다니는 빌 족 중 악어를 잡을 줄 아는 사냥꾼을 아직 찾지 못했어요. 사실 악어들은 매우 오래된 파충류고 신성하기 때문에 주민들은 아직 녀석들의 죽음을 받아들일 준비를 못했어요. 그래, 호수 아래쪽의 강철 창살 안에 가둬둔 악어들을 모두 잡지 않았을 가능성이 항상 있어요."

그는 말을 멈추고 강렬한 눈빛으로 그녀를 보았다.

"만약 당신에게 무슨 일이 일어난다면, 나는 죽을 거예요."

그가 조용히 속삭였지만 죽는다는 것은 있을 수도 없고, 매우 위험한 일이었다. 그만큼 사랑이 담긴 말인 것이다. 그녀는 짧게 고개를 끄덕이며 약속했다.

"혼자서 노를 저어 나오지 않을게요."

그러나 오후에 오랫동안 걸어다녔노라고 얘기하지는 않았고, 누구도 이 일을 자가트에게 전하지 않았다. 그녀는 외로웠다. 그래서 말이 통하지 않음에도 주민들과 친해지려고 했다. 하지만 주민들은 그녀와 친밀해지려 하지 않았다. 그렇다, 심지어 그녀는 새와 짐승들과도 가까워지려 했다. 비둘기 떼 수백 마리가 날아오르면서 그녀를 스쳐갔다. 제비들은 한 마을의 낡은 벽에 붙은 진흙 둥지 안에 쉬고 있었고, 사랑받는 소는 황금색 반점으로 치장되어 있었다. 작은 당나귀는 무거운 짐을 싣고 가면서 다리를 떨고, 마을의 청년들은 송아지 옆에 쭈그리고 앉아 사막의 습한 곳에서 뽑아온 풀을 먹이고 있었다. 이 모든 작은 풍경들이 그녀의 외로움을 달래주었다.

마을 산책은 그녀의 습관이 되었다. 점심을 끝낸 후 그녀는 여기저기서 손님들과 즐겁게 이야기를 나누다가 선착장으로 갔고, 사공을 불러 호수 너머 도시의 대리석 계단이 있는 곳까지 배를 타고 갔다. 거기서 그녀는 강기슭으로 걸음을 옮기고는 사공을 향해 손가락 두세 개를 들어 보이며 몇 시간 뒤에 다시 와야 하는지 신호를 보냈다. 그러고 나서 그녀는 길을 떠났다. 사람들은 처음에는 그녀를 쳐다보았다. 몇 주가 지나서는 그녀에 대해 아는 것은 없어도 얼굴만은 알아보았고, 그녀를 괴짜 미국 여자로 받아들였다. 그들은 말했다, 호텔 손님인 그녀는 절대 떠나지 않을 것 같다고. 그녀는 아이들에게 친절했다. 어린아이, 꼬마아이, 엄마 품에 안긴 갓난아기들이 있는 곳이면 멈추어, 거리의 전등 쪽으로 아기의 조그만 얼굴을 돌리고는 자세히 보았다. 그러고 나서 엄마에게 한두 푼 쥐어주고 보냈다. 가끔은 손가방에서 작은 장난감 두세 개를 꺼내어 길거리의 흙바닥에 앉아 있는 아이 앞에 놓아주기도 했다. 그 아이는 언제나 어렸다. 심지어 두 살배기도 그녀에게는 나이가 너무 많았다.

"혹시 자이의 유품을 가지고 있나요… 그가 특별히 좋아했던 물건 말이에요?"

어느 날 로비에 들어서는 자가트에게 부룩이 물어보았다. 그는 그녀를 보며 미소 지었다.

"라마승이 말한 것을 믿는 건 아니죠?"

"네, 그리고 아니요."

그녀가 대답했다.

"무엇을 믿느냐고 물어보신다면 말 그대로 아니라고 억지로 대답할 거예요. 만일 그것이 사실인 것 같냐고 물어보신다면 사실이 아니라고 대답할 거예요. 그게 회의론자의 신조지요, 아닌가요? 나는 알 수가 없어요, 그래서 알지 못해요. 그래요, 내가 모른다면 별로 일어날 것 같지 않은 일이라 해도, 불가능한 건 아무것도 없어요. 나는 더 많은 빛이 비추기를 기다려요."

그녀와 함께 사무실로 걸어가면서 그는 뭐라 대꾸하지 않았다. 하지만 작은 미소가 그의 입가에서 떠나지 않았다. 그는 책상을 샅샅이 뒤지다가 비밀 서랍에서 물건 세 개를 꺼냈다… 작은 상아 코끼리 조각, 박제된 호랑이 앞발, 루비로 깎은 작은 원숭이 조각.

"이것들이 자이의 부적이에요."

그가 말했다.

"호랑이 발은 자이가 처음으로 잡은 호랑이한테서 떼어낸 거예요. 우리는 아라발리 언덕에 있는 사냥터의 오두막에 있었죠. 언젠가 당신을 데려가고 싶어요… 그런 날이 온다면요."

그는 한숨을 쉬고는 지친 듯 손을 제 이마에 댔다가 말을 이었다.

"원숭이 조각은 자이의 어머니 것이죠. 그녀가 이걸 어떻게 구했는지는 잊어버렸어요. 코끼리 조각은 자이가 학교 어딘가에서 가져왔는데… 모르겠네요."

이제 부룩은 이 작은 물건들을 손가방에 넣어서 산책할 때마다 가지고 다닌다. 그리고 매일은 아니지만 자꾸 남자아이의 얼굴을 보기 위해 멈추고는 했다. 그러던 어느 날 그녀는 도시 밖의 마을 입구에서, 한 엄마가 작은 아기에게 젖을 물리고 있는 것을 보았다. 아기의 엄마는 평범한 여자로 빛바랜 파란색 면 사리를 입었다. 맨발이지만 젊고 고운 얼굴에 길고 검은 머리를 어깨까지 땋아 내렸다. 그 아기는 엄마의 젖을 물고 있다가 고개를 돌리고는 마치 알아보기라도 하듯 이방인을 쳐다보았다. 그런 다음 빨고 있던 젖을 밀쳐내고, 제 엄마 옆에 서 있는 부룩에게 팔을 뻗었다.

"당신을 알아요."

아기의 엄마가 소리쳤다. 그녀는 자기 나라 언어로 말했는데 부룩은 이제 그 뜻을 이해할 정도로 충분히 알아들었다.

"어쩌면 나도 이 아기를 알 것 같아요."

부룩이 대꾸하면서 가방을 열어, 한때 자이가 가지고 놀았던 장난감들을 꺼냈다. 엄마 품에 안겨 있던 아기가 부룩의 손에 든 장난감들을 보려고 몸을 기울였다. 아기는 장난감들을 자세히 보더니 작은 손가락으로 조심스레 호랑이 발을 잡았다. 그리고 두 손으로 꼭 쥐고는 품 안에 안았다. 아기 엄마가 웃었다.

"호랑이 사냥꾼이 될 건가봐요."

그녀가 소리쳤다. 그러고 나서 아이를 달래며 호랑이 발을 빼앗아, 부룩에게 돌려주려 했다.

"검은 물을 건너온 이방인에게 호랑이 발을 돌려주자, 사랑하는 아가야."

그녀가 말했다. 하지만 아기는 선뜻 내주려 하지 않았다. 호랑이 발을 더 꽉 붙잡고 엄마 품에 얼굴을 묻었다.

"그냥 가지세요."

부룩이 말했다.

"그렇지만 잊어버리지 않도록 신경 써 주세요. 언젠가 아이에게 의미가 있을 거예요."

다시 길을 나선 그녀는 해가 질 무렵 호텔로 돌아왔다. 놀랍게도 로비에서 자가트를 만났다. 그는 손에 편지를 들고서 부룩을 기다리는 중이었다.

"어디 갔었어요?"

그가 다그쳤다.

"당신이 돌아오기만 초조하게 기다렸어요. 로드리게즈가 당신이 오후에 자주 나갔다가 해질녘에 돌아온다고 말하지 않았으면 당신을 찾으러 사람을 보냈을 거예요. 벌써 해가 진 지 한 시간이나 지났군요."

"마을 밖으로 나갔어요."

그녀가 말했다.

"그런데 왜 물어보는 거죠?"

"여기 편지가 왔어요."

그가 안절부절못하며 말했다.

"어떻게 해야 할까요? 미국인 몇 명이 다음 주에 온다고 해요. 내 쪽에서 그들을 맞을 준비가 됐는지는 상관없이 그냥 오겠노라 통보만 하네요. 27명이 3일 동안 머물 거라고요. 당신 친구도 끼어 있어요."

그는 편지를 읽어보았다.

"제롬 버넷."

그가 덧붙였다.

"전혀 들어본 적 없어요."

무늬가 들어간 공단 소파에 앉은 그녀는 편지를 건네받으려고 손을 내밀었다.

"최근에 유명해진 소설가, 제롬 버넷이 동행할 겁니다. 그는 특히, 우리가 알기로는, 귀하의 호텔에 묵고 있는 부룩 웨슬리 양과 면담하기를 원합니다."

"아뇨, 모르는 사람인데요."

그녀는 재차 말하고 자가트에게 편지를 돌려주었다.

"어쨌든 그들을 맞을 준비를 해야 합니다. 언제나처럼 인부들이 끝내지 않고 남겨둔 여러 가지 잡다한 일이 있어요. 내 사무실로 오세요. 모든 사항을 의논합시다. 27명의 미국인! 이런, 그들에게 어떻게 해야 하나요? 어떻게 그들을 즐겁게 하죠? 사흘 동안! 사진기, 필름… 그들은 사진을 찍으려 할 겁니다. 젠장, 오스굿, 이런 일을 내게 남겨두고 가버리다니!"

자가트가 여전히 초조해하며 말했다. 그는 부룩을 자신의 사무실로 안내했고, 커다란 흑단 책상 뒤에 앉으며 말했다.

"자 이제, 모두 몇 개의 객실이 준비되어 있나요?"

그가 이야기를 시작했다.

"2층에 있는 객실들과 동쪽 테라스에 있는 객실 4개. 아니… 잠깐만요! 화장실을 점검하지 않았어요. 내일 아침에 할게요. 1인용 침실은 작은 문제들을 제외하고 적어도 15개가 준비되어 있어요…. 쿠션과 그림을 배치하고 커튼을 달아야 해요."

"당신이 맡아주겠어요?"

"물론이죠."

문이 열려 있는 통에 두 사람이 말하는 동안 누구든 지나가면서 사무실 안을 볼 수 있었다. 자가트는 로드리게즈가 지나가는 것을 두 번 보았다. 세 번째로 그 고아인을 보자 자가트는 짜증이 났다. 곧 그의 얼굴은 의아한 표정으로 바뀌었고, 즉각 문 쪽으로 다가가 세차게 닫아버렸다.

"젠장, 저 참견하기 좋아하는 고아 늙은이."

그가 중얼거리더니 다시 앉았다. 그는 생각을 멈춘 채 멍하니 그녀를 쳐다보았다. 그녀는 숨김없이 그의 눈을 맞추면서 기다렸다… 무엇을?

"당신이 행복한지 물어보지 말아야겠소… 불행한지도."

그가 불쑥 말했다.

"나는 행복해요."

그녀가 조용히 말했다.

"신만이 이유를 알겠지!"

그가 나지막이 말했다.

그녀는 손가방을 열어 작은 종이쪽지를 꺼냈다. 그녀의 글씨로 빼곡히 사 있었다.

"책에서 몇 가지 옮겨 적었어요."

그녀가 말했다.

"이곳에 좋은 책들이 많이 있어요… 알고 있었나요, 자가트?"

"그럴 시간이 없었어요."

그가 솔직하게 말했다.

"그리고 나는 아마 할아버지처럼 책을 좋아하는 사람이 아닌 것 같아요. 할아버지는 나름대로 동서양의 철학자셨어요. 우리말을 읽듯 영어와 불어를 잘 읽으셨고 많은 언어에 능통하셨죠. 그래서 할아버지가 당신과도 대화를 나누었나요? 어디, 할아버지께서 뭐라고 했는지 들어봅시다."

"누군가 질문을 했어요."

부룩이 설명했다.

"그리고 누군가 그에 답했지요. 물어본 사람이 탐구자고 대답한 사람이 현자라는 것만 빼고는 둘 다 누군지 모르겠어요."

"말해봐요."

자가트가 재촉했다. 그녀는 부드럽고 정확하게 읽기 시작했다.

"한 사람이 물었어요. '평화를 찾는 걸 방해하는 게 무엇인가요?'

다른 사람이 대답했어요. '욕망입니다.'

'그렇지만 평화만을 원합니다.'

'그 욕망도 버리세요.'

'그러면 무엇이 마음에 평화를 가져옵니까?'

'사랑입니다.'

'누구를 사랑하는 것입니까?'

'이 등불에게 저곳을 비추지 말고 여기만 비추라고 말할 수 있나요? 모두를 위해서가 아니라면 누구를 위해 불빛이 타오를까요?'

'평화는 타오르는 불 속에 있나요?'

'그것은 불빛을 꺼뜨리는 데 있을까요? 아닙니다, 평화는 타오르는 불빛 한가운데서 기다리고 있습니다.'"

주의 깊게 듣고 있던 자가트가 고개를 저었다.

"그건 내게 아무런 의미가 없어요. 나는 아주 오래된 나라의 새로운 사람이오."

그러고 나서 일어나더니 재빨리 다가가 그녀를 품에 안았다.

"나는 배가 고파요."

그가 속삭였다.

"나는 목이 말라요. 난 불안해요. 이렇게 살 수 없어요… 당신 없이!"

"그렇지만 난 여기 있어요."

그녀가 대답했다.

"마치 우리 사이의 호수가 바다인 것처럼 떨어져 있어요."

그가 단호히 말했다.

"나는 밤에 창밖을 바라보며 당신의 창에 불이 켜져 있는지 살펴요. 오직 불이 꺼져 있을 때만 잠자리에 들지요. 잠이 올까요? 이곳에 돌아온 후로 밤에 잠을 잔 적이 없어요."

그는 그녀를 꽉 껴안으면서 오른손으로 그녀의 머리를 젖히고 강렬하게 입을 맞추었다. 문에서 인기척이 들려왔다. 두 사람은 황급히 떨어졌다. 활짝 열린 문 앞에 로드리게즈가 서 있었다.

"전하!"

그가 큰소리로 말했다.

"새로운 미국인이 선착장에 도착했습니다. 곧 도착할 일행의 선발자라고 합니다. 그 사람은 객실을 점검하고, 준비가 완료되었는지 보고하기 위해 왔답니다."

"가봐야겠군."

자가트가 서둘러 말했다.

부룩은 방 한가운데 남겨졌다. 그녀의 눈이 사악하고 검은 로드리게즈의 두 눈과 마주쳤다. 그는 한참 동안 그녀를 바라보더니 조용히 문을 닫았다.

폴 신부, 위대한 사랑을 논하다

아라발리 구릉지의 작은 집. 프란시스 폴 신부는 책상 앞에 앉아 있었다. 늦은 시각이긴 하나 오직 밤에만 자신의 역사를 기록할 여유가 생겼다. 그는 꼼꼼한 글씨로 커다란 노란색 종이를 채워나가고 있었다.

'인도의 고대와 중세 변환기에서 전에는 들어본 적이 없으나 8세기에 활약하기 시작한 라지푸트 족의 출현이 두드러졌다. 거의 모든 왕국은 라지푸트 일가나 부족이 통치하고 있다. 그들은 전사이면서 귀족이고, 다양한 후손이 있다. 그들 후손 대부분이 외지인이며 아마도 5, 6세기경에 인도로 들어온 스키타이인 같다. 고대에는 학식 있는 카스트계급의 브라만 족이 자주 라지푸트 크샤트리아 족이나 전사들과 결혼했다.'

신부는 글을 참고하기 위해 잠깐 멈추고 술탄 일투트미시*의 딸인 라지야에 관해 읽어내려 갔다. 일투트미시는 아들들이 형편없었으므로 사후 왕위를 라지야에게 물려주었다. '그녀는 위대한 군주였고, 현명했으며, 인정 많고 학식 있고, 정의를 구현하며, 백성을 아끼고, 남자의 능력을 지닌 여자이면서, 왕에게 으레 필요한 존경할 만한 모든 재능과 자격을 물려받았다. 그러나 그녀는 남자들 틈바구

---

* Iltutmish, ?~1236 인도 이슬람 파탄왕조 제3대 왕. 동왕조 시조인 아이바크의 노예에서 지방 총독, 나아가 술탄의 자리에 오른 입지적 인물이다.

니에서 자신의 성과를 인정받지 못하는 운명을 타고났다. 그러니 이 모든 훌륭한 자격이 무슨 소용 있겠는가? 아아, 그녀는 오직 3년간 나라를 다스리다 죽임을 당했다.'

이 여인의 운명을 곰곰이 생각하다가 프란시스 폴 신부는 모티를 떠올렸다. 모티 또한 여자란 이유로 어떤 재능을 잃어버렸는지 누가 알겠는가? 그가 모르는 사람을 포함해, 그녀는 단지 많은 이들 중 하나일 뿐이다. 그는 계속 써 내려갔다.

'10세기까지 라지푸트 족은 라지푸타나만이 아니라 인도 북부의 모든 대도시를 통치했다. 그러나 부족의 구성원들, 그들의 충성심은 부족 안에서 그쳤다. 그들은 가문의 자부심과 질투심 때문에 단결하기 어려웠다. 몇 세기 후 이슬람의 아랍인들과 터키인들이 쉽게 승리하면서 라지푸트 족은 힌두스탄의 중앙평원에서 물러났지만 그들의 적은 평지에 남았다. 그럼에도 라지푸트 족은 인도 아리아 족의 현재 표본으로 남아 있다. 그들은 자신의 영토를 소유한 통치자이자 대군주이나 땅을 갈지는 않았다. 그들은 육체노동을 불명예스러운 것으로 생각했다.'

순간 폴 신부는 서재 문에서 인기척을 들었다. 고개를 들어 귀를 기울였는데… 그렇다, 누군가 거기 있었다.

"들어오세요."

빌 족이라 생각하며 그가 외쳤다. 천천히 문이 열리면서 머리가 삐죽 나왔다. 빌 족 사람의 머리는 아니었다. 신부는 왕의 고아인 집사를 보았다.

"들어와요."

신부가 말했다.

"무슨 일로 이리 늦게 오셨나요? 무슨 일이 있다면 친구, 도대체 무엇 때문에 여기 오셨나요?"

그는 나무의자에 앉으라고 손짓했고, 로드리게즈는 그 가장자리에 걸터앉아 목에 두른 수건으로 얼굴을 닦았다.

"신부님."

집사가 말했다.

"저는 고백하러 왔습니다. 아시다시피 저는 독실한 천주교 신자는 아닙니다. 고아에서 우리를 지배하던 포르투갈인들로부터 하나님에 대해 들었습니다. 그렇지만 저는 오랫동안 고백을 해본 적이 없습니다. 이제는 해야 할 것 같습니다."

집사는 성호를 긋고는 고개 숙여, 영국인 신부에게 자신의 진실함을 보이기 위해 나지막이 '아베 마리아'를 중얼거렸다.

프란시스 폴 신부는 기뻤다. 그는 궁에 갈 때마다 이 남자를 보았는데 최근에는 보이지 않았다.

"궁에서 나오셨나요?"

신부가 물었다.

"승진을 했습니다, 신부님."

로드리게즈가 자랑스레 말했다.

"저는 이제 새 호텔에서 직원들의 책임자로 있습니다. 전하께서 저의 모든 것을 신뢰하십니다."

그리고 심호흡을 한 뒤 고백할 준비를 했다.

"저는 죄를 지었습니다, 신부님, 아주 큰 죄를. 제가 간직하지 말아야 할 비밀을 숨기고 있습니다. 그렇지만 무슨 말을 하겠습니까? 저는 왕의 부친에게도 그랬듯이 소중한 주인님이신 왕에게 충성을 다하고 있습니다. 저는 왕족을 명예롭게 생각합니다. 그를 모시는 것이 자랑스럽습니다. 하지만 오래전에 비밀을 말하러 왔어야 했습니다. 그럼에도 제 눈으로 직접 볼 때까지 기다렸습니다. 보지 않고는 믿을 수 없었습니다. 이 위대하고 명예로운 가족을 큰 죄로부터 구하는 것이 제 의무임을 이제는 알았습니다. 그렇지 않으면 이 왕족은 거센 바람에 사방으로 산산이 흩어질 겁니다. 이것은 죄가 아닌가요?"

"무슨 말을 하는지 모르겠어요."

프란시스 폴 신부가 말했다.

"죄가 있으면, 자세히 말해보세요."

로드리게즈는 목을 가다듬고 책상 옆의 휴지통에서 꺼낸 종잇조각에 침을 뱉었다. 그리고는 다시 휴지통에 넣었다. 그는 무릎을 벌리고 그 위에 손을 올렸다.

"이 순간이 왔군요."

그가 말했다.

"저는 왕의 따님 결혼식을 망칠 뻔했던 미국인으로부터 그 가족을 구해냈습니다. 네, 저는 고백합니다… 약혼자 라지에게 가서 미국인이 그녀를 망치고 있다고 말했습니다."

"그녀와 결혼하고 싶어해서요?"

프란시스 폴 신부가 물었다.

"결혼하거나 결혼하지 않거나요."

로드리게즈가 반박했다.

"빨간 머리의 아이가 우리의 명예롭고 고귀한 왕족에서 태어난다면 어떻게 보이겠습니까? 라지가 왔고, 미국인은 돌아갔습니다."

"그것이 당신의 죄인가요?"

프란시스 폴 신부가 물었다.

"아니오, 아닙니다."

로드리게즈는 약간 초조히 말했다.

"이제 죄를 말하려 합니다. 이게 저의 죄입니다… 알았지만 알기를 거부했었지요. 저는 심지어 왕 자신께서도 타락할 수 있다는 것을 보았지만 보기가 꺼려졌습니다."

그는 몸을 앞으로 숙였다. 그리고 부러진 검은 이 사이로 속삭였다.

"이틀 전에 왕께서 미국 여자를 사무실로 부르는 것을 봤습니다. 몇 분 후에 그는 문을 닫았습니다. 재빨리 문을 두드리고 제가 문을 열었을 때, 그녀는 그의 품에 안긴 채 서 있었습니다!"

로드리게즈는 눈을 크게 뜨고 목소리를 낮추면서 이 사실을 전했다. 프란시스 폴 신부는 기침을 했다.

"어쩌면 그것은 순간적인 감정일지도 몰라요."

신부가 말했다.

"좀 더 심한 일이 있었다면 왕비가 내게 조언을 구했을 겁니다."

로드리게즈는 조용해졌다. 그는 왕비의 기분이 이상한 것 같다고 말해야 할까 말아야 할까? 그는 자기편을 잃는 모험은 하지 않기로 했다.

"미국인은 후궁이 될 수 없습니다."

그가 말했다.

"그녀는 자존심이 매우 강합니다."

"내가 어떻게 하길 바랍니까?"

프란시스 폴 신부가 물었다.

"신부님."

로드리게즈가 신부를 확신시키기 위해 침을 튀기며 열성적으로 말했다.

"저는 당신이 미국인에게 조언해주시기를 간청합니다. 그녀와 이야기를 나누세요. 그녀가 명예롭고 위대한 왕자이며, 아들을 낳아준 고귀한 숙녀와 결혼한 한 남자의 집에 들어와 그의 품에 안긴 것은 죄라고 말씀해주세요. 아들이 죽은 것이 그녀의 잘못인가요? 저는 좋은 천주교 신자는 아니지만 신부님, 이런 일들은 두 눈으로 직접 볼 수 없습니다."

프란시스 폴 신부는 즉시 대답하지 않았다. 그는 한동안 생각에 잠겼다. 그리고 나서 고개를 들었다.

"내가 가서 미국인을 만나보지요."

그가 말했다.

"그녀에게 간청해보겠어요. 그렇지만 먼저 당신이 말한 게 사실인지 물어봐야겠네요."

"그것이 사실인가요?"

프란시스 폴 신부가 물었다. 사흘 후 그는 부룩 웨슬리를 찾아와 이렇게 질문했다. 그는 부룩이 자신의 방 거실에서 피아노를 한쪽 모서리에 놓으라고 지시하는 것을 발견했다. 그 자리에서는 큰 유리창으로 샤자한이 감금되었던 섬을 볼 수 있었다.

"전하의 선물입니다."

그녀가 기뻐하며 말했다.

"생일날 깜짝 선물이에요! 그가 한 달 전에 주문한 건데 방금 도착했습니다. 내가 얼마나 피아노를 그리워했는지 미처 깨닫지 못했습니다. 오늘 아침에 갑자기 짐꾼들이 커다란 상자를 가져왔어요. 가장 아름다운 음색의 독일 슈타인웨이입니다…"

그녀는 신부가 말을 꺼내기도 전에 앉아서 잔잔한 곡을 연주하기 시작했고, 곧 멈춘 후 피아노의자를 돌려 기쁜 표정으로 그를 보았다.

"너무 행복해요."

그녀가 부드럽게 외쳤다. 신부는 그녀의 목소리에 깃든 의미를 가늠할 수 있었다. 오직 사랑, 서로 좋아하는 사람의 감정만이 저런 음악을 여인의 목소리에 불어넣고 저런 빛을 그 눈 속에 담을 수 있다. 그래서 그는 물었다.

"뭐가 사실이냐고요?"

그녀가 물었다. 이번에는 반쯤 놀란, 매우 다른 목소리였다.

"당신과 전하가… 있지 말아야 할 그 무언가가 두 사람 사이에 존재한다는 거 말이에요."

그녀는 피아노를 닫고 신부와 다시 마주했다.

"왜 내가 당신에게 거짓말을 하겠어요? 우리는 서로 사랑합니다."

그들은 이제 단둘뿐이었다. 짐꾼들은 가고 문은 닫혔다. 호수 건너편에서 빨래하는 여자들의 규칙적인 방망이질 소리가 들려왔다. 프란시스 폴 신부는 갑자기 피로를 느끼며 자리에 앉았다. 그가 이 아름답고 고집 센 여자에게 뭐라고 말하겠는가? 그 자신도 사랑하지 말아야 할 사람을 사랑하는 것이 어떤 건지 알고 있는데 무슨 말을 하겠는가? 왕비를 만나기 전, 만난다는 걸 생각도 못했을 때, 그는 영국에서 형에게는 너무 어리고, 수수하고, 예쁜 형수와 사랑에 빠졌었다. 아직 헌신적이진 않았지만 그는 자신의 사랑을 돌려받을 때까지 희망과 절망 속에서 살았다. 그러다가 자신을 가르치는, 수도원의 대수도원장에게 고백하기로 결심했다. 대수도원장은 즉시 단죄했다.

"너는 심각한 죄를 지으려 했다."

그가 말했다. 젊은 시절의 절망으로 프란스시 폴이 소리쳤다.

"그렇지만 제 자신을 어떻게 합니까? 그녀가 밤낮으로 생각납니다."

"알겠다… 알겠다."

대수도원장이 대답했다.

"어느 누가 그 고통을 모르겠느냐? 그러나 순결의 서약을 지켰을 때, 영적 성장이 이루어진다. 신교도의 교회는 위대한 성인을 한 명도 만들어내지 못했다."

"그게 저와 무슨 관계가 있는지 모르겠습니다."

프란시스 폴이 고집스럽게 대답했다. 늙은 대수도원장은 한 치도 양보하지 않았다.

"기도와 명상을 통해 심오한 관계가 성립된다. 따라서 육체의 가장 강력한 힘은 영혼의 힘으로 변하고, 그렇게 변한 힘은 머리에 저장된다. 그것은 가장 낮은 곳에서 가장 높은 곳으로 올라간다. 신의 유혹과 신성한 인도를 받아 어부인 예수가 그물을 버렸고, 샤기아족의 왕자가 비단옷과 보석, 왕실의 영토를 버렸다…."

"그렇다면 육체는 해로운 것입니까?"

그가 물었다.

"육체가 해로운 것은 아니다."

대수도원장이 대답했다.

"순결은 의지의 수양이다. 단식도 그렇다. 지키지 않는 서약은 선보다 더 해롭다. 영적인 것만이, 부정적이고 나약한 것들이 아닌 생명, 힘, 기쁨, 불, 빛, 열정, 모든 아름답고 긍정적인 것들을 가져온다."

이 말들은 젊은 그의 머릿속에서 불타오르고 강렬해졌다. 그리하여 프란시스 폴은 영원히 영국을 떠났다. 그리고 왕비를 대하면서도 자신이 배웠던 내용을 다시 한 번 영원히 깨달았다. 이제 비로소 하나님에게 헌신할 수 있는 능력을 얻게 되었는데 부룩은 그렇지 못하는 것이다. 또한 그가 그 능력을 그녀에게 불어넣을 수도 없었다. 그녀는 그 능력을 스스로 찾거나 어쩌면 만들어내야 할지도 모른다.

"나는 이 사랑스러운 남자를 좋아하지 말라고는 못하겠어요. 단지 그를 더 사랑하라고 말할 수밖에 없네요."

그가 말했다.

"그건 불가능해요."

그녀가 말했다.

"무슨 생각을 하나요?"

그가 물었다.

"나는 그가 부탁하는 거라면 뭐든지 다 할 거예요."

그녀가 말했다.

"나는 더 위대한 사랑을 당신에게 부탁하는 겁니다."

신부는 확고하게 말했다.

"더 위대한 사랑은 몰라요."

그녀가 반박했다.

"그러면 내가 위대한 사랑을 알려줘야겠네요."

그가 말했다. 그는 입을 굳게 다물고 눈을 감은 채, 마음속의 교시를 찾아 기도했다. 얼마 후 눈을 뜬 그는 차분하게 그녀를 바라보며 말하기 시작했다.

"당신이 그를 사랑하는 만큼 그도 당신을 사랑하리라 확신합니다. 그러니까 그도 당신이 부탁하는 것은 뭐든지 다 할 겁니다. 이는 남자와 여자 사이의 진정한 사랑의 속성입니다. 나는 그 너머로 당신을 인도하지 않을 겁니다. 결국 결정은 내 것이 아니고, 당신의 인생은 당신 것이니까 원하는 대로 하세요. 나는 단지 그에 대해 이야기할 겁니다."

"나는 그를 이미 알아요."

그녀가 말을 가로챘다.

"당신은 그를 남자로서 아는 겁니다."

그가 그녀의 말을 고쳐주었다.

"나는 그를 신부로서만이 아니라 남자로서 알고 있습니다. 그를 백성의 통치자로서 알고 있어요. 그래요, 그는 아직도 그들 삶의 통치자입니다. 새로운 정부가 있지만 사람들이 바라보는 것은 그입니다."

"나는 백성들에게 책임이 없어요."

그녀가 말했다. 그녀는 제 안에서 낯설고 새로운 반발심을 느꼈는데 질투가 너무 약해서 뭐라 정의할 수 없었다. 그녀는 신부가 자신의 가장 약한 부분을 건드려 상처를 낼 것 같아 두려웠다.

"맞는 말이네요."

그가 말했다.

"당신은 이 사람들에게 아무런 책임이 없어요. 왕을 사랑하니까 단지 그의 행복에만 책임이 있죠. 그가 행복하려면 당신은 그가 가진 꿈을 알아야 해요."

"그의 꿈을 알아요."

그녀가 재빨리 말했다.

프란시스 폴 신부가 오른손을 들어 말을 막았다.

"단지 일부일 뿐입니다… 당신에 관한 것들이죠. 남자는 다른 꿈을 가지고 있습니다, 여자와는 상관없는 자신만의 꿈이죠, 사랑하는 여자라 해도 말이에요. 당신들이 서로를 사랑하고 당신이 하고 싶은 말이 모두 맞는다고 해도, 당신이 그의 다른 꿈들을 생각해주었으면 해요."

"무슨 말인지 모르겠어요."

그녀가 아주 낮은 목소리로 말했다.

프란시스 폴 신부는 힘차고 분명하게 대답했다.

"빌 족 이야기를 꺼내더라도 양해해주시길 바랍니다. 일생 동안 전하를 바라본 백만 명의 빌 족이 있습니다. 가난은 그들의 문제입니다. 그래요, 중앙정부가 그들을 지원해야 하는 건 알고 있지만 전하께서도 그들을 위해 꿈을 가지셔야 합니다. 정부는 꿈을 가지고 있지 않습니다. 정부는 다른 사람들의 꿈을 이루어줍니다. 따라서 전하는 빌 족이 살 가옥과 더 나은 농업기술 그리고 일자리를 만들어줄 마을의 수공업에 대한 꿈을 키우셔야 합니다. 빌 족에게는 병원이 오직 두 개밖에 없습니다… 백만 명의 사람들에게 병원 두 개라니요! 그리고 학교는… 그들은 많은 학교가 필요합니다. 무엇보다도 그들은 물이 필요합니다… 깊은 우물과 관개수로가 있어야 합니다. 왕은 이런 일들을 꿈꾸셔야 합니다. 그는 빌 족을 위해 싸워 나가야 합니다, 웨슬리 양. 다른 누구도 할 수 없어요."

"누군가 할 수 있어요."

그녀가 고집스레 말했다. 프란시스 폴 신부는 그 말을 무시했다.

"물질적 혜택만 생각하는 것은 충분치 않습니다. 더 큰 꿈이 있어요. 가난이 부정과 무지와 부도덕을 만들어냅니다. 우리 빌 족은 선한 사람이 되기 위해 도움이 필요합니다. 선한 빌 족이야 많이 있지만 더 많아져야 합니다. 그래서 이러한 더 높은 꿈을 이루려면 물질적인 발전이 선행되어야 합니다. 광산업을 예로 들어보겠습니다. 지난 10년 동안, 물론 이곳에는 발전이 있었지만 우리는 더 많은 발전이 시급히 필요합니다. 이 주에는 풍부한 광물이 있습니다. 그런데 사람들은 굶주리고 있지요. 대리석은 사방에 널려 있고, 그뿐만 아니라…"

그는 하얗고 긴 손가락으로 광물 종류를 세어보았다.

"텅스텐, 망간, 운모, 석면, 녹주석, 방해석, 벤토나이트, 점토, 에메랄드, 흑연, 석고, 석류석, 유리모래, 납, 은, 철, 형석, 시멘트의 원료인 석회석, 백토, 남정석, 아연, 갈탄…"

"제발 그만요."

그녀가 끼어들었다. 그가 웃었다.

"모든 꿈이 이루어지길 기다리고 있어요!"

"자가트가 그런 꿈을 가지고 있다고 생각하지 않아요."

그녀가 장담했다.

"그런 생각을 하고 계실 겁니다."

프란시스 폴 신부가 힘주어 말했다. 그의 눈이 반짝였다.

"만약 전하께서 아직 생각해보시지 않은 거라면 제가 알려드리겠습니다."

그녀는 마음속의 두려움을 잊으려고 애써 웃었다.

"신부님은 오직 영혼만을 구원해야 한다고 생각했는데요!"

"아, 그건 잘못 알고 있는 겁니다. 우리 신부들은 매우 실용적입니다. 육체가 먼저 구원받아야 한다는 것을 알고 있습니다."

그는 그녀의 아름답고 반항적인 얼굴을 살폈다.

"그가 이런 모든 꿈을 이루도록 방해하지 말아야겠네요."

그녀가 마침내 말했다.

"사실은 말씀하신 내용들에 찬성해요. 그를 도울 겁니다."

"아, 만약 그를 떠나는 게 제일 큰 도움이 된다면 어떻게 하겠어요? 그것이 그의 가정을 파괴하지 않는 데 도움이 된다면요? 백성들이 여전히 그를 존경할 수 있도록 그의 지도력을 훼손하지 않게 돕는다면요?"

그녀는 손으로 얼굴을 가리며 말했다.

"아, 제발 그만해요."

그녀가 작은 소리로 말했다. 그러나 프란시스 폴 신부는 가차 없었다.

"꿈을 가져야 하는 사람은 그만이 아닙니다. 백성들도 꿈을 가져야 합니다. 그들이 그를 위대하고 자비로운 존재로 믿어야 합니다. 그들은 그를 신뢰해야 합니다. 그가 백성 자신들에게 헌신하고 있다는 것을 알아야 합니다. 그리면 그들은 희망이 있기 때문에 행복할 겁니다. 하지만 당신이 여기 남아 있다면, 그들은 그에 대한 믿음을 버릴 겁니다. 그리고 그들의 믿음 없이 그가 행복할 거라고 생각하세요? 한 사람에게 숭고한 매력을 부여한 그 신비한 힘은 그에게서 떠날 겁니다. '그리고 내가, 만약 내가 높이 올라간다면.' 그리스도께서 이렇게 말씀하셨습니다. '내가 높이 올라간다면, 모든 사람을 끌어안겠다.'"

"아, 그만."

그녀가 손으로 얼굴을 가리며 울부짖었다.

"그만… 그만… 제발 그만요!"

그녀에게 이야기하고 싶었던 말들을 거의 마친 신부는 다가가 그녀의 머리 위에 손을 얹었다.

"당신을 축복합니다. 은총이 함께할 겁니다. 당신에게 평화가 함께할 겁니다."

그는 자리를 떠나 구릉지로 돌아갔다.

그날 밤 부룩은 잠을 이루지 못했다. 이튿날 피아노 선물에 고맙다는 말을 하기 위해 자가트를 만나지도 않았다. 그는 마지막 정리로 정신이 없었고, 늦은 밤에야 그녀의 방에 들어섰다. 그녀는 노크 소리를 들었다. 문이 열렸지만 그는 들어오지 않았다. 대신 방 안을 둘러보았다.

"선물이…"

"그래요, 그래요."

그녀가 외쳤다.

"여기 있어요. 내가 연주하고 있었어요. 당신에게 고맙다는 말을 하려고 기다리고 있었어요."

그는 방 안으로 들어와 문을 닫고 기대어 그녀를 품에 안았다.

"잠시도 머물 수 없어요. 로드리게즈가 흥분해서 제정신이 아닐 겁니다. 손님들이 올 때까지 대기해야 해요. 그들을 위한 저녁식사가 준비되어 있어요. 아직 옷을 입지 않았어요?"

"저를 소개할 건가요? 말하지 않았잖아요."

"물론이죠, 물론이죠! 긴 드레스를 입어요… 저 녹색과 은색 드레스로. 당신은 가장 명예로운 고객이 될 겁니다, 우리의 첫 번째 고객이니까요. 그리고 내게 용기를 줘요, 사랑하는 당신…."

그는 무척이나 잘생기고, 활기차고, 열정이 넘쳐서 그녀는 프란시스 폴 신부에 대해 냉정히 마음먹었다. 이곳은 더 이상 오랜 전통이 살아 숨 쉬는 예전의 인도가 아니다. 그녀가 사랑하는 남자가 이끄는 새롭고 젊은 인도다. 오래된 관습은 사라졌고, 예전의 충성심은 쓸모가 없어졌다… 새로운 인도다.

로비가 갑자기 소란스러워졌고, 미국인들의 큰 웃음소리와 낯선 목소리가 들려왔다.

자가트는 그녀를 놓아주었다.

"빨리, 빨리!"

그가 소리 지르며 자리를 떠났다. 그녀도 덩달아 흥분하여 그날 저녁을 위해 준비하기 시작했다. 샤워를 하고, 빛나는 긴 머리카락을 빗고, 가벼운 화장을 하고, 인도 팔찌와 귀걸이를 달았다. 이윽고 로비로 갔다. 많은 미국인 군중이 자신들 주위를 둘러싼 아름다움에 감탄했고, 그들의 시끄러운 목소리 때문에 그렇게 들리기도 했다.

"오, 봐요… 모든 게 대리석이에요… 바닥도…"

"저 그림은 대리석 위에 그렸어요…"

"대체 뭐죠… 여신 같은 건가요?"

"샹들리에로 날아드는 게 새인가요?"

"공항에 있는 회색 원숭이 봤어요? 사람들처럼 뛰어다니던데! 귀여워요…."

부룩은 어정쩡하게 그들 옆에 서 있었다. 그녀가 지금은 이방인이 되어버린 제 동포들과 함께 있기는 실로 오랜만이었다. 아니, 그것은 단지 시간의 문제가 아니었다… 훨씬, 그 이상이었다. 한 인도 남자, 자가트에 대한 사랑으로 그녀는 인도의 일부분이 되었다. 그의 사람들은 영원히 자신의 사람이기도 했다. 그들에게서 떨어져 기다리면서 그녀는 잠시 묵고 가는 사람들을 바라보며 두려움에 휩싸였다. 그들은 이방인이다. 만일 그녀가 자가트를 떠난다면 자신도 이방인이 될 것이다! 그녀는 잊히지 않도록 절대로 그를 떠나서는 안 된다. 그 대가가 무엇이든, 그녀는 그 없이 살아갈 용기가 없으므로 함께 있어야 했다.

어떻게 이 군중 속으로 들어가야 하지?

동요하고 있는 그녀를 향해 한 남자가 다가왔다. 그녀보다 나이가 많지만 아직은 젊은 남자였다. 금발에 검은 눈을 가진 그는 매우 잘생기고, 그렇게 크지는 않지만 그녀보다 큰 키에 체격이 다부져 보였다.

"웨슬리 양."

그가 손을 내밀며 부드럽게 말했다.

"오랫동안 기다렸습니다. 버트 오스굿과 연락하기 전에는 당신이 어디에 살고 있는지, 심지어 미국을 떠났는지도 몰랐습니다."

그녀는 손을 내밀었고 악수를 했다.

"그렇지만 전에 만난 적이 없는데, 그렇지요?"

그녀가 의아한 듯 물었다.

"아, 아닙니다, 만났었지요."

그가 말했다.

"당신의 할머니를 통해서 만났습니다. 그녀는 내가 가장 사랑하는 친구였어요, 제 이름은 제롬 버넷입니다."

"할머니가 사랑했던 남자 중에 한 분이시군요."

부룩이 그의 얼굴을 쳐다보며 천천히 말했다.

"그래요." 그가 짧게 말했다.

타오르는 불빛 한가운데서 평화가

긴 한 주 동안, 부룩은 호수를 지나가는 자가트를 잠깐 보기도 힘들었다. 그녀는 하루하루가 견디기 힘들 만큼 길게 느껴졌다. 그를 만나거나 목소리라도 들을 수 있다는 희망이 사라지자 긴 시간 속에서 길을 잃은 것 같았다. 주중에 한 번 그가 설명을 하기 위해 그녀에게 들렀다. 그들은 주체할 수 없을 정도로 서로를 갈망하며 복도를 지나갔고, 그녀는 팔을 내밀어 그의 손을 잡았다. 그가 갑자기 멈추었다.

"사랑하는 그대여, 나를 이 미국인들이… 원하는 게 너무나 많아요! 그렇지만 잘 되고 있어요, 그렇잖아요?"

"훌륭하게 잘 되고 있어요."

그녀가 그의 손에 매달려 대답했다. 그러나 그는 조심스러웠다. 그의 시선이 경계하듯 복도의 양쪽 끝으로 향하는 것을 보고 그녀는 손을 놓았다.

"미국인들 때문만이 아니에요, 이번 주 내내 마을의 부락회가 열리고 있어요. 지금까지 이 노인들은 학교를 짓거나 식수용 우물을 깨끗하게 관리하고, 도로를 통행할 수 있도록 유지하는 작은 일에 만족했어요. 그런데 갑자기 더 많은 걸 원하고 있어요. 그들은 자치정부와 산업개발, 더 많은 학교 그리고 무지와 가난의 해결책을 말하고 있어요. 지금 이 말이 왜 나온 거죠?"

그녀는 눈치 챘지만 말하지 않았다. 물론, 프란시스 폴 신부였다!

"그런 일들이 당신을 행복하게 하나요?"

그녀가 물었다.

"그건 내 꿈이기도 해요."

그가 열성적으로 말했다. 그리고 다시 그녀의 손을 잡았다가 미소 지으며 놓아주고는 서둘러 자리를 떠났다.

그녀는 혼자 천천히 걸어서 호수가 바라다보이는 대리석 난간으로 갔다. 그곳에 앉아, 배를 타고 사무실이 있는 옛 궁전과 이곳의 새 호텔 사이를 오가는 그의 모습을 보았다. 그녀는 손을 흔들었지만 그는 이를 보지 못했다. 멀리 강가에서 마을사람들이 그를 기다리는 게 보였고, 그녀는 그가 강가에 내려 군중 속으로 사라질 때까지 지켜보았다. 그때 그녀를 부르는 소리가 들렸다. 제롬 버넷이 다가오고 있었다.

"할머니에 대해 이야기하려고 하루 종일 당신을 기다렸어요."

그가 부룩 옆으로 앉으며 말했다.

"당신과 이곳에서 단둘이 만나게 되다니, 얼마나 운이 좋은지! 정말 대단한 사람들이죠, 이 미국인들, 예? 우리는 이곳을 사랑하게 됐어요. 왕자가 훌륭하게 해냈다고 말해야겠군요. 세부적인 것까지 완벽해요. 물론 요리는 나아질 겁니다. 카레와 처트니(달고도 매운 인도의 조미료)만으로는 조금 부담스럽지만 오래가지는 않을 거예요. 그에게 인도 요리사 외에 미국인 요리사를 추천했어요."

"할머니에 대해 얘기하신다고요?"

그녀가 말했다.

"그래요."

그가 대답했다.

"어떤 면에서 나는 그녀에게 갚아야 할 빚이 있어요. 그녀가 갑자기 숨을 거두는 바람에 내가 직접 갚을 기회가 없었고, 한편으로는 그 뒤로 당신을 찾고 있었어요. 당신이 그녀의 유일한 상속녀라는 걸 알아요, 그리고… 아, 이런, 그런 뜻이 아니에요! 나는 재산이 엄청나게 많아요… 아니, 아니, 그녀는 당신 말고 가족이 없는 것 같았어요. 그리고 당신에 대해 말하곤 했는데 한 번도 소개해주지는 않았어요. 신경 쓰지는 않지만… 아, 여기서 또 완전히 다른 이야기로 흘렀네요! 하고 싶은 말은, 나는 그녀를 너무나 사랑해서 다른 여자를 만나지 못해도 개의치 않았어요, 나이가 몇 살이든 말이죠!"

"할머니를 사랑하셨다고요?"

"물론이죠! 너무 놀라지 말아요! 그녀는 내게 이제까지 가장 매력적이고 아름다운 여자였어요. 나는 그녀를 잊지 못할 거예요. 그녀를 미치도록 사랑했어요. 우리 나이에 상관없이 곧바로 결혼했을 거예요. 그런데 그녀에게 결혼이라는 말을 꺼낼 용기가 없었어요. 그녀는 아마 웃었을 거예요. 내가 그걸 참을 수 없었을 겁니다."

"그녀는 웃지 않았을 거예요."

부룩이 말했다.

"아니라고요? 그럼, 난 그때 기회를 놓쳤군요. 만일 그녀가 좀 애를 썼으면 난 그녀의 사랑이 되었을 텐데. 하지만 그녀는 한 번도 노력한 적이 없었어요. 나는 그녀를 줄곧 바라보면서 이렇게 가까이에서만 좋아할 수밖에 없었죠. 그녀가 알고 있었나요?"

"할머니는 모르셨어요."

부룩이 말했다.

"그걸 어떻게 알죠?"

"말씀해주셨으니까요… 사랑에 대해서."

"아, 이런."

그는 작은 목소리로 말했다. 이후 호수를 바라보며 조용해졌고, 부룩도 역시 말이 없다가 다시 그의 진지한 얼굴로 고개를 돌렸다.

"할머니가 틀린 건가요?"

그녀가 마침내 물었다.

"만일 할머니가 조금이라도 노력했거나 결혼에 대해 이야기했다면 더 나아졌을까요?"

제롬 버넷이 부룩의 얼굴을 바라보았다. 그는 자신의 영혼을 찾고 있었다, 부룩은 알 수 있었다.

"아뇨."

그가 결국 입을 뗐다.

"아니, 그렇지 않았을 거예요. 그녀가 그렇게 한 것은 옳았어요."

"왜죠?"

그는 말하기 전에 생각하면서 손을 입 쪽으로 가져갔다.

"내 자신에게 물어보고 있어요. 만약 그랬다면… 아니, 그녀는 매우 현명했어요. 그때 내게 무엇이 필요한지 알고 있었어요. 나는 숭배하기를 원했어요. 누군가의 순수하고 숭고한 마음을 믿기 바랐어요. 그 모든 것을 당신에게 지금 설명할 수는 없지만 아마 언젠가 우리가 서로를 잘 알게 되면…. 나는 사람들에게 많이 실망했어요. 내가 믿었던 어머니는 갑자기 다른 남자와 멀리 떠났고 아버지는… 스스로 목숨을 끊었지요. 난 부모님을 사랑했어요. 하지만 두 분이 행복하지 않다는 것을 몰랐기 때문에 나는 이 세상에서 제일 외로운 사람이었어요. 그리고 내가 믿고 사랑할 수 있는 그녀를 찾았지요. 그녀가 만일… 그때 없었다면… 나는 견디기 힘들었을 거예요. 그리고 그녀는 달랐어요. 내게 자상했고, 꿈을 가져야 한다고 말해주었던 것 같아요. 설명할 수가 없네요."

"변명하는 건 싫어요."

부룩이 말했다.

"의미를 알든지 아니면 모르는 거죠. 이해하든지 이해하지 못하는 거예요."

그는 마치 처음 보기라도 하는 듯 그녀를 바라보았다.

"그녀가 바로 그렇게 말했을 거예요!"

"당신이 떠날 때,"

부룩은 너무나 느리게 말했고, 그래서 마치 누군가 억지로 시키는 것 같았다.

"당신이 여길 떠날 때," 그녀가 다시 말했다.

"나도 가겠어요… 미국으로. 내가 결국 이곳에 속하지 않는다는 걸 깨닫게 됐어요. 나는 이곳을 사랑하고 언제나 그럴 거예요…. 하지만 여기 어울리지 않아요, 그리고 내가 머물면 사랑을 잃어버릴 거예요. 설명할 수가 없네요… 내 자신도."

"그러지 말아요."

제롬이 말했다.

"그녀도 자신을 변명하지 않았어요. 사랑하는 그녀의 육신은 먼지가 되었지만 그 때문에 내가 항상 그녀를 사랑했고 지금도 그런 거예요."

그는 전에는 본 적이 없는 것처럼 그녀를 바라보았다. 그리고 천천히 자신이 말하려는 단어를 느끼면서 내뱉었다.

"이상해요… 당신은 그녀를 생각나게 하는군요. 하지만 그녀를 닮지는 않았네요. 그래도 그녀와 비슷한 점을 찾았어요… 내면에서 말이죠."

"저는 할머니를 완전히 알지는 못했어요… 정말로."

부룩이 고백했다.

"이해할 수 있어요."

그가 끄덕이며 말했다.

"나는 너무나 어렸죠, 너무 낮이…. 그렇지만 어쨌든 그녀를 사랑하면서 남자가 되었어요."

"이제는 저도 이해가 가네요."

그녀가 대답했다.

그녀는 자신도 사랑의 힘을 알고 있고, 사랑이 자신을 여자로 만들었다고 말하는 게 어떨까 생각에 잠겼다. 하지만, 아니… 너무 일렀다. 그녀는 변명을 믿지 않았지만 나중에, 어쩌면, 이곳이 아닌 다른 나라에서 변명하거나 그렇게 할 수 있을 것이다. 분명히, 그녀의 인생에서 지금은 침묵이 최선이었다.

변명을 믿지 않게 되자 그녀는 미련을 갖지 않았다. 하루하루가 별 의미 없이 흐르던 며칠 뒤, 어느 날 아침 그녀는 자가트에게 짧은 편지를 써서 다른 사람이 보지 못하도록 밀랍으로 봉했다. 그 안에는 몇 줄의 글이 씌어 있었다. 그가 편지의 내용을 이해한다면 세상을 가로질러 그들은 함께 묶여 있을 것이고, 이해하지 못한다면 그는 예전처럼 연민을 품은 채 동쪽과 서쪽으로 떨어져 있을 것이다.

'내가 떠나고 나면, 도시 바로 외곽 남쪽의 한 마을에 있는 꼬마 아이를 찾아요. 어느 날 그곳에서 나는 그 아이를 발견했고, 그 애는 호랑이 발을 골랐어요. 아직도 그걸 가지고 있어요. 당신이 알아볼 수 있을 거예요. 아이는 9개월 정도 되었고요. 당신이 아들을 잃은 게 9개월 전이지요?

나는 그 누구도 빼앗아갈 수 없는 기쁨과, 내가 처녀로서 주고 당신이 왕자로서 받았던 선물을 간직하고 갑니다.'

그녀는 편지를 쓰다가 멈추고는 무슨 이유에서인지 오래전 목을 맸던 그리스 소녀를 생각했다… 사랑 때문에, 분명히 사랑 때문에, 어쩌면 그녀에게서 멀어진 사랑 때문에 그랬을까? 누가 그 이야기의 끝을 알겠는가, 아니 누가 어떤 이야기의 마지막을 알겠는가?

부룩은 빠르게 적어내려 갔다.

'사랑은 타오를 거예요… 영원히. 그리고 평화가 기다리고 있어

요… 타오르는 불빛 한가운데서.'
"하지만 왜?"
자가트가 신음하며 말했다.
"내가 무슨 짓을 했기에 그녀는 떠나고 싶었을까?"

그는 빌 족을 위해 새로운 학교를 지을 계획을 세웠고, 프란시스 폴 신부가 숙고하여 여기저기 개선점을 제안했다.
"매우 흥분됩니다, 전하."
신부가 말했다. "웨슬리 양이 돌아오면…"
"그녀가 돌아올까요?"
자가트가 신이 나서 물었다.
"돌아오지 않을까요?"
자가트가 두 손을 들어 올리며 되레 물었다.
"내가 어떻게 알겠어요?"
"만약 그녀가 돌아오지 않으면요?"
프란시스 폴 신부가 부드럽게 물었다.
"만일 그녀가 돌아오지 않으면, 나는 백성에게 헌신할 겁니다… 나를 잊고."

두 남자는 질문을 던지며 서로 쳐다보았다. 자가트는 신부가 혹시 무언가를 알고 있는지 물어보았고, 신부는 자신이 어디까지 얘기해야 할지를 정했다. 각자가 인생이 흘러가는 대로 내버려두기로 했다.
프란시스 폴 신부는 일어났다.
"더 이상 하실 말씀이 없으시면, 전하…."
"다른 것은 모르겠네요."
자가트가 말했다.
"그저 계획대로 추진해서 실현해야겠습니다."

"꿈꾸는 것."

프란시스 폴 신부가 말했다. 자가트는 의아한 듯 눈썹을 올렸고, 신부는 말을 이었다.

"꿈을 꾸고 이상을 그리는 것이 다음 단계입니다, 전하. 그게 맞지 않습니까?"

"나도 모르겠습니다."

자가트가 말하고 나서 쓴웃음을 지었다.

"그게 요즘 내가 유일하게 하는 말인 것 같아요… 모르겠습니다!"

약 한 달 정도 지난 후 자가트는 도시의 남쪽 마을에서 한 여자를 보았다. 그녀는 식수용 우물에서 흙길을 따라 걸어오고 있었다. 황동 항아리를 머리 위에 이는 대신 왼쪽 엉덩이 부분에 걸친 모습이었다. 오른손으로는 커다란 황동 쟁반을 머리에 이고 있었다. 그 쟁반 위로 남자아기가 어린 부처처럼 다리를 꼬고 앉아 있었다. 젊고 강인해 보이는 그 여자는 미소를 짓고 있었고, 얼굴은 햇볕에 그을렸다. 머리카락은 사막의 모래먼지 탓에 주황빛이었다. 라자스탄 마을의 여자들이 입는 긴 치마를 두르고 있었는데 밝은 색깔로 무늬를 놓았다. 자가트는 그녀가 지나가도록 길을 비켜주었다. 그때 아기가 고개를 돌리고 그를 보더니 작고 하얀 이를 보이며 활짝 웃었다.

놀란 그 여자는 발에 힘을 주며 그 자리에 멈춰 섰다.

"제 아들이 당신을 알아보나요, 전하?"

"그 아이 손에 든 게 무엇이냐?"

자가트가 물었다.

"호랑이 발인데 외국 숙녀분이 주었습니다."

"어떻게 그 여자가 이런 장난감을 주었지?"

자가트가 물었다.

"사실대로 말씀드리면 이 아이가 골랐습니다. 그 숙녀분은 하얀색의 작은 코끼리 조각과 빨간 돌로 만든 작은 원숭이 조각을 가지고 있었습니다. 그런데 아들 녀석이 호랑이 발을 골랐습니다. 아들은 이걸 다른 사람이 손도 못 대게 했습니다, 심지어 잘 때도 그랬습니다."

그녀는 자가트의 얼굴을 바라보며 놀라서 말했다. 이상한 표정이 그 얼굴에 떠올랐다. 반쯤 놀라고 반쯤 미소 짓는 표정이었다.

"제 아들을 전에 본 적이 있으신가요, 전하?"

그녀가 물었다.

그는 이 상황을 믿으면서도 어쩐지 의심스러워하며 크게 한숨을 내쉬었다.

"나도 모르겠소."

그리고는 여전히 반신반의하며 자신의 갈 길로 떠났다.

국립중앙도서관 출판사도서목록(CIP)

만다라 / 펄 S. 벅 지음 ; 서정태 옮김 -- 고양 : 길산, 2007

448p. ; 125×187mm

원서명 : MANDALA
원저자명 : Buck, Pearl S.
ISBN 978-89-91291-13-3 03840 : 12000

843-KDC4 813.52-DDC21   CIP2007002013

■ 길산의 양서 & 컬트북

나폴레옹 전기

666 인간 '나폴레옹'
그는 알면 알수록 점점 커져만 간다(괴테)

역사상 그 누가 모스크바를 점령하여 아침 햇살에 빛나는 모스크바의 둥근 지붕들을 바라보았던가? 이 책은 너무나 잘 알려진 이름임에도 그동안 감추어져 있었던 영웅 나폴레옹의 진면목을 강렬하고 빈틈없이 요약했다. - 동아일보

펠릭스 마크햄 지음 / 값 13,000원

성서 이야기

기쁨과 슬픔을 집대성한 인류역사 소설
왜 인간은 에덴의 동쪽으로 돌아갈 수 없는가

노벨문학상 수상 작가 펄 벅 여사의 '성서 이야기'는 경건한 종교세계는 물론 인류역사의 시작과 그 과정을 특유의 유려한 필치로 흥미롭게 풀어낸다. - 조선일보

펄 S. 벅 지음 / 값 18,000원

베토벤 평전

진실한 삶 속에서 울리는 풍요로운 음악 소리
베토벤, 자신을 버린 세상을 끊임없이 사랑하다

악성 베토벤의 인간적 삶에 초점을 맞춘 전기. 알콜중독자 아버지에게 혹독한 훈련을 받던 어린 시절부터, 청각을 상실하는 말년에 이르기까지 베토벤의 삶과 예술을 풍성하게 되짚는다.
- 조선일보

앤 핌로트 베이커 지음 / 값 8,000원

상형문자의 비밀

고대 이집트의 눈부신 현장이 펼쳐진다

고대 이집트의 멸망과 함께 영원히 비밀 속으로 사라질 뻔했던 상형문자. 어느 날 회색빛 돌 하나를 로제타라는 작은 마을에서 발견하고, 돌 위에 씌어진 상형문자의 해독을 위해 모든 것을 바쳤던 사람들, 바로 그 정열적인 사람들의 신비로운 이야기.

캐롤 도나휴 지음 / 값 12,000원

두 개의 한국

한국 현대사를 정평한 제3의 객관적 시각
한반도 현대사는 진정한 핵의 현대사다

전 〈워싱턴 포스트〉지 기자 돈 오버더퍼의 눈을 통해 한반도 문제의 핵심인 청와대, 평양, 백악관 사이에서 비밀스럽게 진행됐던 수많은 사건들과 핵 협상의 숨막히는 담판 승부를 생생히 목도할 수 있다.

돈 오버더퍼 지음 / 값 22,000원

절대권력(전2권)

'돈 對 사상' 현대 중국의 고민

경제 발전에 따른 중국의 부패상을 담아낸 장편소설로 '사회주의적 인간의 건전성'을 찬미하는 데 목적을 두고 있다. 그러나 현대 중국의 갈등과 고민을 당성黨性과 자본주의적 배금주의와의 충돌로 이해하는 데 도움을 준다. - 중앙일보

저우메이선 지음

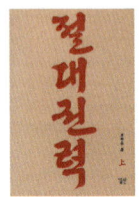

연인 서태후 (개정판)

꽃과 칼날의 여인, 서태후!

지금껏 수없이 오르내렸던 서태후란 이름은 각각의 입장에 따라 다른 해석이 나오게 마련이다. 환란의 청조 말기, 그녀의 이름은 어떤 사람에게는 시대를 밝히는 등불이었으며, 또 어떤 사람에게는 무시무시한 독재자의 이름이기도 했다. 중국에 대해 남다른 애정을 보였던 저자에게 '서태후'란 이름은 특히 매력적이었을 것이다. 이미 역작 『대지』로 친숙한 저자의 필치를 통해 '서태후'의 또 다른 모습을 볼 수 있다. 희대의 악녀로 불렸던 그녀를 순수하고 열정적인 여인으로 재탄생시키고 있는 것이다.

펄 S. 벅 지음 / 값 16,000원

매독

매독, 그리고 어둠 속의 신사들

콜럼버스가 신대륙 학살 끝에 얻어온 '창백한 범죄자' 매독은 근 500년간 천재들의 영혼을 지배하며 복수의 칼날을 휘둘러왔다. 링컨의 알 수 없는 광증, 베토벤의 청력 상실, 히틀러의 유대인 학살, 니체의 폭발적인 사유, 이 모두가 만일 매독이 불러일으킨 불가해한 현상이라면, 과연 유럽의 역사는 어떻게 달라져야 하는가?

데버러 헤이든 지음 / 값 20,000원

해외 부동산투자 20국+영주권

해외투자는 새로운 미래다!

이 책은 투자 천국인 미국, EU 영주권을 제공하는 몰타, 최저비용으로 고품격 삶을 누릴 수 있는 멕시코 등 20개국을 선별해, 금전적 이익과 생활의 자유를 한꺼번에 잡을 수 있는 새로운 차원의 투자 방법을 제시하고 있다. 새로운 경제 돌파구를 마련하고자 하는 소규모 투자자, 세계를 익히고자 하는 의욕적인 사업가, 새로운 문화 속에서 제2의 인생을 꿈꾸는 퇴직자라면, 이 책에서 해외투자에 대한 많은 정보를 얻을 수 있을 것이다.

헨리 G. 리브먼 지음 / 값 15,000원

누구를 위한 통일인가

전직 주한미군 그린벨의 장교가 바라본 한국의 분단과 통일관

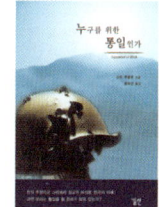

한국 격변기 때 중요한 역사의 현장을 온몸으로 체험한 주한미군 장교가 수기 형식으로 써내려간 이 책에서 우리는 흔히 접할 수 있는 딱딱한 이론이나 주관주의에 매몰된 자기주장 따위는 찾아볼 수 없다. 마치 한 편의 소설을 읽는 듯한 착각에 빠지게 만드는 저자 특유의 생동감 넘치는 대화체 등의 현장 묘사와 그동안 배후에 가려져 왔던 숨겨진 일화들을 공개함으로써 읽는 재미를 배가시키며, 나무와 더불어 숲을 아우르는 객관적이고 심도 있는 분석을 통해 남북분단의 근거와 실체, 주요 리더들의 특징과 그 역학적 관계에 대한 정확한 이해, 그에 따른 통일의 함정과 지향점 등을 설득력 있게 제시한 역작이다.

고든 쿠굴루 지음 / 값 17,000원

톨스토이 공원의 시인

톨스토이, 그리고 영혼의 집 짓기

1년밖에 살지 못한다는 시한부 인생을 선고받고 숲으로 들어와 20여 년을 더 살아낸 20세기 마지막 시인 헨리 스튜어트. 이 책은 삶과 죽음 사이를 흔들흔들 오가며 둥근 지붕의 집을 지은 헨리의 특별한 이야기이자 세월 속에서 잃어버린 우리 영혼에 대한 기록이다. 마치 눈으로 보듯 세밀하게 그려진 집 짓기 과정은 부나 명예와 같은 껍데기가 아닌, 내면이 뼈대를 구축하는 일이 얼마나 중요한가를 역설하고 있으며, 곳곳에 녹아 있는 레오 톨스토이의 사상은 매순간 삶에 대한 뜨거운 애정으로 되살아난다.

소니 브루어 지음 / 값 15,000원

Dear Leader Mr. 김정일

김정일은 악마인가? 체제의 희생양인가?

2005년 〈타임〉지 선정 '세계에서 가장 영향력 있는 100인(지도자&혁명가 부문)' 중 한 사람. 세계 최초로 핵확산금지조약을 탈퇴한 지도자. 예술적 면모와 열정을 지닌 북한 최대의 영화 제작자. 개인 최대 코냑 수입자. 주민의 10%가 굶어 죽어가는 나라의 지도자. 이 책에서는 이처럼 아이러니 그 자체인 김정일을 정확하고 심도 있게 분석하고 있다.
김정일을 둘러싼 분분한 소문보다는 그의 행동과 북한 체제, 과거부터 현재까지 북한의 역사와 한국과의 관계를 정확히 분석하여 가정을 세우고, 그 가정을 증명한 이 책은 그간 어디서도 찾아볼 수 없던 북한 정밀 보고서이며, 김정일 정신분석 보고서다. 북한의 핵문제가 전 세계적으로 파급되고 있는 이때, 북한과 김정일을 정확하게 파악하지 못한다면 세계의 미래 역시 예측 불가능할 것이다. 저자는 이 책을 통해, 김정일을 사악한 미치광이로 매도하는 것은 지나친 단순화의 오류며, 김정일 또한 냉전이라는 덫에 사로잡힌 역사의 제물이고, 북한 공산주의라는 체제의 피해자임을 지적한다.

마이클 브린 지음 / 값 14,000원

통제하의 북한예술

'북한 예술'을 발가벗긴 책

우리의 관심을 벗어날 수 없는 북한예술은 이 책을 통해 북한의 정치, 사회사를 통합적으로 관통한 저자의 서술에서 그 희미한 실체가 윤곽을 드러나게 된다. 또한 풍부한 자료를 통해 생생하게 전달되는 북한의 미술 세계에서 우리는 이제껏 품어온 궁금증을 하나씩 벗어버리며 저자의 훌륭한 안내를 받게 될 것이다.

제인 포털 지음 / 값 18,000원

독재자의 최후

한 권으로 읽는 지상 최고 악당들의 세계사

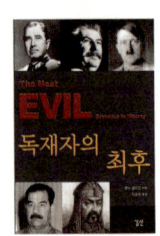

역사의 굵직굵직한 사건 뒤에는 늘 독재자들이 그 모습을 감추고 있었다. 그리고 사건이 표면화되면 그들은 서서히 모습을 드러내고 자신의 나라와 국민들을 피의 전쟁으로 몰아넣었다. 예수 그리스도의 탄생 후 자행되었던 헤롯의 유아 대학살, 칭기즈칸의 공포적인 영토 확장, 전 세계를 전쟁의 소용돌이로 몰아넣은 히틀러, 그리고 최근 비참한 말로를 맞은 후세인에 이르기까지…. 이 책은 역사상 가장 잔혹하고 무자비한 독재 정권을 통해 피의 향연을 펼치고, 아울러 역사를 바꾸기까지 한 독재자들에 대해 조명하고 있다. 어떻게 해서 그들이 독재적인 성격을 띠게 되었는지 그리고 어떤 최후를 맞게 되었는지를 알아보고, 국가와 국민들에게 행한 잔인한 실상들을 낱낱이 파헤치고 있다.

셀리 클라인 지음 / 값 18,000원

사요나라 BAR

일본 신사이바시 골목 어딘가에 '사요나라 바'를 무대로 펼쳐지는 이 소설은 사랑과 폭력 그리고 상처와 연민을 젊음과 중년세대를 아우르며 매우 실감나게 묘사하고 있다.
(야쿠자 조직원과 눈먼 사랑에 빠진) 영국인 호스티스 메리, (소설 '황금비늘'과 '캐리'의 주인공을 연상케 하는) 영험한 정신적 능력을 지닌 4차원적 인물 와타나베, (죽은 아내의 환상 속에서 살아가는) 외로운 일벌레 사토, 이들의 이야기가 탄탄한 구성과 함께 저자 특유의 현란한 문체에 힘입어 독자들은 어느 새 '사요나라 바'에 앉아 삶의 진한 페이소스로 혼합한 위스키 한 잔을 맛보는 듯한 착각에 빠질 것이다.

수잔 바커 지음 / 값 14,800원

북경의 세딸

소리 없이 찾아드는 대반점의 밤

이 소설은 거대한 중국 본토에 피의 강을 범람케 했던 '문화대혁명'의 물결 속에서 영혼의 갈등을 겪는 한 가족의 이야기다. 상하이 최고 대반점의 여주인으로 언제 무너질지 모르는 아슬아슬한 삶을 사는 어머니와, 조국의 부름과 자유 사이에서 번뇌하는 세 딸들… 온갖 영화의 시기를 구름처럼 흘려보내고 대혁명의 습격으로 인해 문을 닫게 되는 대반점과 양 마담의 비참한 최후는, 인간이 역사에게가 아니라, 역사가 인간에게 가져야 할 도의적 책임은 무엇인가라는 엄중한 물음을 던지고 있다.

펄 S. 벅 지음 / 값 14,000원

사탄은 잠들지 않는다

장개석과 모택동의 내전으로 넓은 중국 대륙이 온통 피로 물들던 시대, 두 명의 아일랜드인 신부가 중국 광동성의 시골 마을에 갇히고 만다.
강인한 신의 사자이자 인간적 위트로 넘치는 피치본 대신부와 무한한 애정 속에서 영혼의 치료사로 거듭나는 젊은 신부 오배논, 그리고 오배논에 대한 금지된 사랑으로 가슴 아파하는 아름다운 소녀 수란과 부모에게 버림받았다는 상처 속에서 삐뚤어진 공산당원이 되는 호산…….
이 네 사람 사이에 벌어지는 사랑에 대한 숭고하고도 슬픈 이 대서사시는, 수많은 극적인 사건이 숨겨진 한 편의 연극처럼 읽는 이를 거대한 감정의 파도 속으로 몰고 간다.

펄 S. 벅 지음 / 값 9,800원

골든혼의 여인

황금빛 물결 속에 피어난 인연의 꽃

이스탄불에 석양이 질 무렵 황금빛 물결을 출렁이는 골든혼. 그곳에서 운명 지어진 아시아데와 존 롤랜드 그리고 망명지에서의 새로운 연인 하싸. 어디로 흐를지 알 수 없는 세 남녀의 조국, 미래, 사랑의 물결을 따라 새 희망을 꿈꾸며 떠나는 인생 항로의 여정…….

쿠르반 사이드 지음 / 값 12,900원

열 두 가지 이야기

삶을 어루만지는 모성적 따뜻함의 정수

일상적 소재에서 신선한 감동과 삶을 이끌어낸 펄 벅의 열 두 가지 단편이 담겨 있다. 단절과 소외, 의혹과 불안의 시대를 살아가는 현대인의 가슴속에 따뜻한 온기를 불어넣어 삶에 대한 긍정적인 감정을 일깨워주는 작품.

펄 S. 벅 지음 / 값 12,900원

카불미용학교 (2007년 8월 말 출간 예정)

눈물과 웃음, 그것이 우리들의 신입니다.

아프간 여인들의 삶 속으로 들어간 데보라 로드리게즈의 다큐멘터리 기록 《카불미용학교》는 전쟁의 그늘 속에서 재기를 꿈꾸는 아프간 여성들을 위해 건설된 미용학교에서 벌어진 일들을 그린 논픽션 작품이다. 애절한 사랑을 가슴에 묻고 계약과 다름없는 결혼을 해야 했던 로샤나, 그 외에도 미용학교 수업을 듣기 위해 탈리반 남편의 잔인한 폭력에 맞서야 했던 수많은 아내들처럼, 이 미용학교는 가슴 아픈 사연을 한 자락씩 품은 여성들의 이야기로 넘쳐흐른다. 이들은 미용기술과 더불어 우정 그리고 자유가 무엇인지를 배워나가는 동시에, 전쟁의 포화 속에서도 인간적 삶을 놓치지 않으려 했던 아프간 사람들의 역사를 눈물과 웃음으로 털어놓는다.

펄 벅 시리즈

노벨문학수상작가
펄 벅이 돌아오다!

따뜻한 사랑과 화해를 향한 갈구, 역사와 인간에 대한 깊이 있는 시선으로
20세기의 고전을 빚어낸 "꿈의 스토리텔러 펄 벅"

기쁨과 슬픔을 집대성한 인류역사 소설
성서 이야기
704쪽 | 값 18,000원

꽃과 칼날의 여인, 서태후!
연인 서태후
732쪽 | 값 22,000원

소리 없이 찾아드는 대반전의 밤
북경의 세딸
380쪽 | 값 14,000원

여자의 눈물은 사탄이 소유한 최고의 무기
사탄은 잠들지 않는다
252쪽 | 값 9,800원

삶을 어루만지는 모성적 따뜻함의 정수
열 두 가지 이야기
380쪽 | 값 12,900원

2008년까지 펄 벅의 전집 총 25권이 도서출판 길산에서 출간됩니다.